Marianne

Unsauber

Kriminalroman

Aus dem Englischen von Marie Rahn

List Taschenbuch

Besuchen Sie uns im Internet:
www.list-taschenbuch.de

Mix
Produktgruppe aus vorbildlich bewirtschafteten Wäldern und anderen kontrollierten Herkünften
www.fsc.org Zert.-Nr. GFA-COC-1223
© 1996 Forest Stewardship Council

Dieses Taschenbuch wurde auf FSC-zertifiziertem Papier gedruckt. FSC (Forest Stewardship Council) ist eine nichtstaatliche, gemeinnützige Organisation, die sich für eine ökologische und sozialverantwortliche Nutzung der Wälder unserer Erde einsetzt.

Ungekürzte Ausgabe im List Taschenbuch
List ist ein Verlag der Ullstein Buchverlage GmbH, Berlin.
1. Auflage Februar 2008

Titel der englischen Originalausgabe: *Three Monkeys*
(Severn House Publishers Ltd., London)
Umschlaggestaltung: RME Roland Eschlbeck und Kornelia Rumberg
Titelabbildungen: Buch: © plainpicture / Friedrich, W.,
Affenmotiv: © getty images
Satz: LVD GmbH, Berlin
Gesetzt aus der Bembo BQ
Papier: Munkenprint von Arctic Paper Munkedals AB, Schweden
Druck und Bindearbeiten: Clausen & Bosse, Leck
Printed in Germany
ISBN 978-3-548-60778-8

Dieses Buch widme ich engen Freunden,
die ich eigentlich schon als Familienmitglieder
betrachte: Sevin Seydi und Maurice Whitby,
Mike Quinn und James Roane aus
Virginia und dem Westen.

Kapitel 1

Ein Affe

Mein Name ist Dido Hoare und ich hasse den Dezember. Selbst an einem der wenigen wolkenlosen Tage schafft es die Sonne nur mit Mühe, einen winzigen Bogen am südlichen Horizont zu ziehen, und erinnert uns daran, wie lächerlich weit im Norden London liegt. Ein missgelaunter Erdkundelehrer zwang uns einmal, es auf dem Globus nachzuprüfen: Ob Sie's glauben oder nicht, diese Stadt liegt auf dem gleichen Breitengrad wie die Aleuten, Südlabrador und Irkutsk. Kein Wunder, dass die Oberschicht früher den Winter geschlossen an der Riviera verbrachte oder gar Indien eroberte, während wir Zurückgelassenen, aller Badefreuden beraubt, nur noch nach Weihnachtsgebäck fahnden und uns betrinken konnten.

Es war an einem Nachmittag zu Beginn des Monats, kurz nach fünf. Seit nahezu zwei Stunden war es bereits stockdunkel und ich war hundemüde. Ben – mein fast vierjähriger Sohn – und ich hatten den Rückweg vom Kindergarten angetreten. Ein eisiger Ostwind hatte uns über die Essex Road geschoben und wir suchten eilends Schutz in einer Seitenstraße. Hoch ragte die dunkle Fassade der Baptistenkirche neben uns empor. An meiner Hand stapfte Ben unverdrossen weiter und summte eine Melodie, die sich stark nach »Hark the Herald Angels« anhörte – sie probten also bereits fürs Weihnachtskonzert. Ich wechselte die schwere Einkaufstasche in die linke Hand und ließ meine schmerzende rechte Schulter kreisen.

Und dann, für einen Moment, hatte ich den Eindruck, als läge vor uns, quer auf dem Bürgersteig, ein Körper – dunkel und formlos in dem schwachen Licht, das aus den Fenstern des viktorianischen Reihenhauses von der anderen Straßenseite zu uns drang. Natürlich stimmte das nicht. Irgendjemand hatte offenbar einen vollen Müllsack mitten auf dem Bürgersteig liegen lassen. Als wir schließlich davorstanden, schnappte ich Bens Hand, dann sprang er hoch und ich schwang ihn so hoch es ging über das Hindernis. Er krähte vor Vergnügen und ich fühlte mich gleich besser. Ich drehte mich um, stieß das Ding sachte mit dem Fuß an, und als es leicht verrutschte, fragte ich mich, was eigentlich heute mit mir los war, und beförderte das Ding mit einem kräftigen Tritt an das schmiedeeiserne Geländer, wo es kleinen Kindern und ihren trübsinnigen Müttern nicht mehr im Wege lag.

Vor uns, wo die Straße sanft zu ihrer Einmündung in die Hauptstraße bog, bemerkte ich ein grelles Scheinwerferlicht, und die Weihnachtsdekoration in den Schaufenstern der kleinen Läden glitzerte und funkelte mir zu.

»A, B, C, D!«, sang Ben nun aus voller Kehle, während er weiterhüpfte. »A, B, C, D! Wann gibt es endlich Schnee?«

»Das reimt sich«, sagte ich zu ihm.

Ben sah zu mir hoch und gluckste. »A, B, C, D, E, F! Wenn wir alle das können, dann lesen wir Bücher.«

»Das wird bestimmt toll!«, bestätigte ich, ihm zugewandt. Gleichzeitig begann ich, über das Abendessen nachzudenken.

An der Ecke zu unserer Straße machten wir kurz Halt, um ein Auto vorbeizulassen. Schräg gegenüber, auf der anderen Straßenseite, wartete bereits das zweistöckige georgianische Häuschen auf uns, in dem ich wohne und arbeite. Von der Straßenlaterne fiel Licht auf das gemalte Schild über dem Schaufenster im Erdgeschoss: *Dido Hoare – Antiquarische Bücher und Drucke*. Die Nachtbeleuchtung schimmerte matt hinter den blinkenden Lichterketten, die Ben und ich am Sonntagnachmittag quer durch die

Auslage gespannt hatten. Sie ließen das Lametta erstrahlen und im Fenster wurden schemenhafte Umrisse sichtbar: alte Bildbände und aufgezogene Stiche von Winterszenen aus dem neunzehnten Jahrhundert – allesamt passende Geschenke zu Weihnachten. Die ersten drei Wochen im Dezember herrscht im Laden stets ein reger Betrieb.

Auf einmal bemerkte ich, dass das rote Lämpchen der Alarmanlage nicht leuchtete. Am Nachmittag hatte ein letzter Kunde einfach nicht gehen wollen und in der Eile des Aufbruchs hatte ich offensichtlich vergessen, sie anzuschalten. Also musste ich daran denken, noch mal kurz nach unten zu springen, wenn Ben im Bett lag.

Das Auto war mittlerweile verschwunden. Wir überquerten die Straße und gingen zur Tür, die zur Wohnung über dem Laden führte. Endlich zu Hause. Ich jonglierte mit den Einkaufstüten, während ich in der Tasche nach meinem Schlüsselbund tastete. Dann wartete ich, dass Ben vor mir hineinging, fragte mich plötzlich, ob wohl eines meiner Gebote bei der heutigen Buchauktion erfolgreich gewesen war und ob ich noch Apfelsinen im Haus hatte, dachte über viel zu viele Dinge nach und vergaß dabei so einiges. Wie üblich.

Ich knallte die Tür hinter mir zu und schloss den Wind aus.

Als Ben schon die Hälfte der schmalen Treppe geschafft hatte, verkündete er gewichtig: »Ich hab den Affen gesehen.«

»Wirklich?«, gab ich zurück. »Wo? Im Kindergarten? Hast du Hunger?«

Am Treppenabsatz angekommen drehte er sich um und blickte zu mir herunter. »Er hat sich versteckt. Er hat mich angeguckt und ist dann weggerannt.«

»Wirklich?«, wiederholte ich langsam. Offenbar hatte ich was verpasst. Schwer atmend stieg ich zu ihm hoch. »Was für ein Affe war denn das, Ben?«

»Er wohnt hier irgendwo. Können wir Würstchen essen? Du hast es versprochen! Würstchen und Fritten!« Ich riss mich zusammen und eilte die restlichen Stufen nach oben, um die Wohnungstür aufzuschließen, und genau in diesem Moment begann das Telefon im Wohnzimmer zu klingeln.

Später wachte ich auf mit dem unbestimmten Gefühl, jemand hätte nach mir gerufen. Ich war vor dem Fernseher eingeschlafen. Gähnend drückte ich auf die Fernbedienung und lauschte den üblichen nächtlichen Geräuschen: Stimmen auf der Straße, ein vorbeifahrendes Auto, das Ticken der Uhr auf dem Regal über dem Kamin, der leise, dumpfe Schlag der Zentralheizung, die sich in Gang setzte, Kratzgeräusche ... Ich war von Mr Spock geweckt worden, unserem roten Tigerkater, der hereingelassen werden wollte. Wieder gähnte ich, dann hievte ich mich aus dem Sessel und schlich durch den dunklen Flur. Vom Kücheneingang aus fiel mein Blick auf den Kater vor dem Fenster, der zwischen Scheibe und Gitterstäben einen Buckel machte. In der Dunkelheit hinter ihm, nur für den Bruchteil einer Sekunde, bemerkte ich, wie sich etwas bewegte. Mein Herz fing an zu hämmern. Mit drei raschen Schritten durchquerte ich die Küche und spähte hinaus.

Auf der rückwärtigen Seite meines Häuschens gibt es einen einstöckigen Anbau, in dem wohl die Spülküche und die Speisekammer untergebracht waren, bevor das untere Stockwerk zu einem Laden umgebaut wurde, und in dem sich jetzt mein Büro befindet. Ich hätte schwören können, dass ich einen Augenblick lang eine gebückte, eckige Gestalt gesehen hatte, die über das Flachdach zur Mauer und dann in den feuchten Garten nebenan huschte.

Alle Gebäude in der näheren Umgebung haben auf der Rückseite kleine, schattige Gärten, schmal wie ein Handtuch und von hohen Backsteinmauern umgeben. Was immer ich wahrgenommen hatte, es konnte von überall her gekommen sein. Ich reckte den Kopf und schaute noch einmal hin, doch da war nur noch Mr Spock, der sich plötzlich auf die Hinterpfoten stellte und energisch an der Fensterscheibe kratzte. Also öffnete ich das Fenster, ließ ihn hinein und knallte es laut wieder zu. Unversehrt stand er auf der Küchentheke neben der Spüle, streckte sich, miaute ein wenig und landete dann mit einem gedämpften Aufprall zu meinen Füßen. Ein kratzendes Geräusch verriet mir, dass er seinen Napf mit dem Abendessen untersuchte.

Ich lehnte mich gegen die Arbeitsfläche und blickte weiterhin auf die Lichter in den Fenstern gegenüber und die Dunkelheit in den Gärten darunter. Es war wohl eine andere Katze gewesen, aber plötzlich fiel mir ein, wie jemand versucht hatte, in den Laden einzubrechen; und ich hatte immer noch nicht die Alarmanlage unten eingeschaltet.

Im Schlafzimmer, wo Ben schon seit zwei Stunden schlief, war es still. Ich riss mich zusammen, schlüpfte in meine Schuhe, ergriff die Schlüssel und schlich hinunter zur Straße. Hier waren Lichter und Menschen. Ich spähte durch das Schaufenster, obwohl ich wusste, dass alles in Ordnung war. Natürlich. Dennoch blieb ich einen Moment lang reglos in der offenen Tür stehen, lauschte und blickte quer durch den Laden in mein Büro. Dort war es noch dunkler, aber ich konnte erkennen, dass die Hintertür geschlossen war. *Herrgott, Dido!* Entschlossen ging ich hinein und betätigte den Lichtschalter. Das Deckenlicht schien hell über den mit Papieren übersäten Schreibtisch und die gefährlich hohen Bücherstapel, die auf dem Packtisch warteten: Alles war genau so, wie ich es zurückgelassen hatte. Die Tür zum Garten war oben und unten verriegelt, also verließ ich das Büro, knipste die Lichterkette aus und dachte dieses Mal daran, die Alarmanlage einzuschalten.

Zwischen der Seitenmauer meines Häuschens und der Gartenmauer des nächsten Geschäfts in der Querstraße befindet sich ein kleiner, gepflasterter Winkel. Dieser dreieckige Bereich scheint niemandem zu gehören; es ist eine dieser winzigen, nicht registrierten und in Vergessenheit geratenen Parzellen, die man in einer so alten Stadt wie London nicht selten findet. Abgesehen von dem Unrat, der von der Straße hineingeweht wird, befindet sich dort nur mein großer Müllcontainer auf Rädern. Das Licht von der Straßenlaterne dringt kaum bis zur Nische hinter der Tonne vor, trotzdem konnte ich etwas Schemenhaftes, Helles ausmachen, was ich dort nicht erwartet hätte.

Während ich noch zaudernd dastand, schlug die Glocke von St. Mary, zwei Straßen weiter südlich. Halb zwölf. Nicht die rechte Zeit zum Straßenkehren. Der Wind hatte sich zwar mittlerweile gelegt, doch die Luft war schneidend kalt. Morgen früh würde ich mir einen warmen Mantel überwerfen und mich um etwaige Abfälle kümmern, die dort deponiert worden waren. Schließlich war das nicht das erste und wohl auch nicht das letzte Mal.

Kapitel 2

An manchen Tagen geht einfach alles schief

In der Nacht hatte es Schneeregen gegeben. Selbst um neun Uhr morgens lauerten noch kleine vereiste Flächen tückisch in den Rinnsteinen und geschützten Nischen. Ich brachte Ben zum Kindergarten, zitterte zur George Street zurück, schlug die Ladentür hinter mir zu, schlängelte mich zwischen den Buchregalen hindurch, um die Alarmanlage auszuschalten, und marschierte unverzüglich ins Hinterzimmer. Das rote Lämpchen auf dem Anrufbeantworter blinkte, und als Allerelerstes hörte ich die Nachrichten ab, denn ganz gleich, was kommt, das Geschäft muss laufen. An diesem Morgen lief es auf vier Buchbestellungen aus dem Weihnachtskatalog hinaus, wovon drei bis jetzt noch nicht verkauft waren. Ich notierte mir die Einzelheiten und warf noch einen Blick auf die in Rechnung gestellten, aber unverpackten Bücher, die sich auf dem Packtisch türmten. Jemand würde sich heute mit ihrem Versand befassen müssen. Und dieser Jemand war ich.

Die letzte Nachricht auf dem Anrufbeantworter war jedoch geheimnisvoller.

»Dido«, ertönte forsch eine vertraute Stimme, »hier ist Pat. Ich muss dringend mit dir reden. Du bist doch heute im Laden, nicht wahr? Dann bleib, wo du bist, ich komm zu dir.«

Nach dem Tod meiner Mutter hatte meine Schwester Pat irgendwie die Verantwortung für unsere ganze, lebensuntüchtige Familie übernommen, mich und dann auch Ben ebenso eingeschlossen wie ihren Arztgatten, ihre zwei eigenen Söhne und unseren Vater Barnabas. Ich wählte ihre Nummer in St. Albans und bekam meinerseits nur ihren Anrufbeantworter zu fassen. Also gestattete ich mir eine kleine Arbeitspause und rief noch schnell bei meinem Vater an, aber auch hier war kein menschliches Wesen zu sprechen. Vorübergehend schien ich aller familiären Verpflichtungen entbunden zu sein. Es gab nur noch eine lästige Pflicht, bevor ich Noppenfolie und Packpapier herausholen musste. Ich angelte mir den Besen aus der voll gestopften Ecke neben dem Packtisch und schleppte ihn hinaus auf die Straße, zu der Stelle, wo etwas, was nicht dorthin gehörte, die ganze Nacht auf mich gewartet hatte.

Das Ding, das ich in der Dunkelheit nur flüchtig hatte erkennen können, entpuppte sich als ein großer Pappkarton, den jemand flach gedrückt und wie ein Polster auf dem kalten Boden ausgebreitet hatte. Darauf befanden sich ein paar aufgerissene Bonbontüten, eine zerdrückte Dose der billigsten Sorte Bier und eine zusammengeknüllte Frittenschachtel, die noch ein Streifen Ketchup zierte. Das alles hätte wohl auch von der Straße hereingeweht worden sein können, wäre da nicht der schmutzige, alte Schlafsack aus blauem Nylon mit der aufgeplatzten Naht gewesen, der zusammengeschoben neben dem Durcheinander lag. Ich ging in die Hocke und hob mit dem Besenstiel vorsichtig eine Ecke des speckig wirkenden Dings an. Ein Schlupfwinkel: Es sah aus wie der verwaiste Schlupfwinkel eines Tieres.

Ich stieß den Deckel meines Containers auf und warf einen Blick auf die klein gerissenen und platt getretenen Kartonreste, die vielen Werbezettel und ein paar Fetzen Verpackungsmaterial. Das alles hatte ich am Vortag dort hineingeworfen. Aber da lag auch ein Plastikbeutel von meinem Treteimer in der Küche und den hatte jemand offensichtlich aufgerissen. Feuchte Teebeutel, Orangen- und Kartoffelschalen und eine leere Müslischachtel lagen verstreut über den Abfällen aus dem Laden: Mein ganzer

Müll war durchwühlt worden. Die vierbeinigen Anwohner dieser Straße sind nichts Exotisches – nur Katzen und Ratten, die nicht in der Lage sind, in einen Container wie diesen hier zu gelangen. Nicht mal ein Affe wäre in der Lage gewesen, diesen Deckel anzuheben. Eine unangenehme Erinnerung stieg unvermittelt in mir empor: Da war ein Affe gewesen …

Ich langte nach dem Müllbeutel.

In diesem Augenblick ertönte hinter mir eine energische Stimme: »Dido, was machst du da? Hast du etwa keine dicken Handschuhe an? In diesem Dreck könnte doch … alles Mögliche sein! Scherben! Nadeln!«

Ich erschrak heftig. Ich war so in meine Entdeckungen vertieft gewesen, dass ich die Ankunft meiner Schwester in ihrem dicken, schwarzen Range Rover gar nicht mitbekommen hatte. Wieder einmal hatte sich Pat an mich herangeschlichen. Ich widerstand dem kindlichen Drang, ihr zu versprechen, mir sofort die Hände zu waschen. Stattdessen strahlte ich sie an: »Pat! Du hast ja gar nicht gesagt, dass du in die Stadt kommst. Wie geht es dir? Wie geht es John und den Jungen?«

Sie lächelte zurück und taxierte mich, fand aber nichts an mir auszusetzen und erwiderte, sie könne nicht klagen, hätte viel zu tun, könne aber wirklich nicht klagen. »Ich musste nur in die Stadt, um noch ein bisschen für Weihnachten einzukaufen. Geschenke. Hauptsächlich für die Jungen. Wahrscheinlich ein paar Videospiele, anscheinend wollen sie ja nichts anderes mehr, und John weiß in seiner Praxis wegen der grässlichen Grippewelle nicht mehr, wo hinten und vorne ist, und außerdem … also ich dachte plötzlich, es wäre besser, wenn ich mal in die Stadt käme. Wahrscheinlich kannst du mir verraten, wo ich all so was kriege. Dido, ich könnte jetzt eine Tasse Kaffee gebrauchen, wenn du nichts dagegen hast. Ich habe die Radlett Road genommen, aber trotzdem – dieser Verkehr! Und wir müssen uns über Weihnachten unterhalten. Hast du schon mit Dad gesprochen? Er geht einfach nicht ans Telefon – kommt er heute hierher? Wir müssen eine Entscheidung treffen. Kann ich den Wagen eigentlich für ein paar Minuten hier stehen lassen?«

Sie hatte den Range Rover auf einem Anwohnerparkplatz abgestellt, direkt vor meinem großen, purpurfarbenen MPV, aber wahrscheinlich würde sie für eine Weile damit durchkommen: Pat hat meistens Glück. Ich erklärte, dass die Politessen sich vormittags selten in unserer Straße blicken ließen und dass Barnabas diesen Tag nicht im Laden, sondern in der British Library verbringen würde.

»Ach so, dann ruf ich ihn später an«, antwortete sie und stand mit erwartungsvollem Blick da. »Da campiert wohl jemand neben deiner Mülltonne«, schaltete sich eine Stimme ein.

Ich schrak zusammen: Ein zweites Mal hatte ich zugelassen, dass sich jemand an mich heranschlich. Neben Pat tauchte in Schulterhöhe Ernie Weekes' Gesicht auf. Es wirkte an diesem Tag recht finster, denn es war von der Kapuze eines Pullis verdeckt, den Ernie unter seiner Jacke trug. Als Pat zur Seite wich, kam er ein Stück vor. Ernie ist breitschultrig und in seiner alten, schwarzen Bomberjacke wirkt er noch viel breitschultriger, aber er quetschte sich mit weitaus mehr Enthusiasmus in die Nische zwischen Container und Mauer als Pat.

»Haut wahrscheinlich ab, wenn wir die Klamotten wegräumen. Soll ich das für dich erledigen?«

»Gute Idee!«, sagte Pat prompt. »Ich muss nämlich dringend mit Dido sprechen. Warum schmeißen Sie nicht einfach alles in die Tonne? Hier ist der Besen.«

Ernie und ich wechselten einen Blick. Ernie hat mehrere Brüder, ganz zu schweigen von einer Mutter, die verwitwet ist und noch lieber herumkommandiert als Pat, wobei man ihr zugute halten muss, dass sie größtenteils allein mit der Erziehung dreier

Söhne fertig zu werden hatte, zuzüglich der Probleme, denen man als Bürgerkriegsflüchtling aus Sierra Leone so begegnet.

»Okay, wenn es dir nichts ausmacht«, kapitulierte ich. Dann fiel mir ein, dass Ernie eigentlich am Mittwochnachmittag und am Samstag bei mir arbeitet, um sich neben seinem Studium an der Universität von Holloway etwas dazuzuverdienen. »Ernie, was machst du hier überhaupt? Was ist mit …?«

»Seminar is' ausgefallen«, unterbrach er mich. »Dozent is' krank. Grippe oder so. Also dachte ich, ich komm hierher, bring die Webseite auf Vordermann und helf dir mit den Kunden.«

Ich entgegnete, das sei ja hervorragend, versprach ihm, in Kürze einen Becher Kaffee hinunterzubringen, zögerte dann und meinte, er sollte vielleicht den Schlafsack dalassen, den Rest hingegen ruhig in den Container werfen. Bestimmt würde der Besitzer dies als höflichen Wink betrachten. Dann überließ ich Besen und Laden seiner Obhut und führte Pat hinauf zur Kaffeemaschine in der Küche und zu einem Sessel im Wohnzimmer, wo mir viel zu spät einfiel, dass ich seit drei Tagen schon einen Berg Bilderbücher und Spielzeug hatte wegräumen wollen. Und auch das wirklich nur ziemlich kleine Häufchen Katzenkotze, das schon im Teppich eingetrocknet war, sollte seit geraumer Zeit entfernt werden. Aber wenn ich dieses eine Mal Glück hatte, würde sie es gar nicht bemerken.

Es war bereits halb fünf, als ich mich zurücklehnte, die Beine streckte, gähnte und den Packtisch betrachtete, der, abgesehen von ein paar Fetzen Einwickelpapier, endlich leer war. Ich zog sogar kurz in Erwägung, die Tischplatte abzuwischen, solange das noch möglich war. Ernie befand sich mittlerweile auf dem Weg zur U-Bahn-Station Richtung Heimat und brachte dabei den letzten Schwung Pakete zur Post. Im Laden war es ruhig. Das einzige Geräusch kam von der Straße: An der Ecke hupte jemand ohne Sinn und Verstand die Autoschlange in der Querstraße an, in der Ferne ertönte eine Sirene, in der Nähe die Stimmen von ein paar Kindern, die am Laden vorbei nach Hause liefen. Die Straßenlaternen leuchteten schon. Ich würde ein bisschen früher als sonst zuschließen, einen Kaffee trinken und dann Ben abholen.

Plötzlich läutete die alte nepalesische Glocke über der Tür und zeigte mir an, dass meine Pläne sich ändern würden. Ich beugte mich vor und beobachtete, wie Mrs Acker ins Geschäft schlich, ihr übliches vages Lächeln auf den Lippen, und hinter die letzte Regalreihe schlenderte. Ich verrückte den Stuhl um ein paar Zentimeter und ortete sie im Spiegel über dem Schaufenster, den ich am Tag, nachdem jemand eine Ausgabe von Mayhews *The Toothache* eingesteckt hatte, höchstpersönlich installiert hatte. Es war zwar kein besonders wertvolles Buch gewesen, aber aus Prinzip hatte ich mich veranlasst gesehen, eines Sonntagnachmittags im November die Stehleiter zu erklimmen, um meine Sicherheitsmaßnahmen zu verbessern. Nicht, dass eine alte Kundin wie Mrs Acker, die ein kleines Stück die Straße hinauf wohnte und seit der Eröffnungswoche meines Ladens Bücher von mir kaufte, ein Problem dargestellt hätte. Sie verlangte niemals Hilfe von mir. Noch nach sechs Jahren äußerte sie höchst selten etwas.

Von irgendwoher aus dem Garten hinter mir hörte ich rostiges Metall rhythmisch quietschen. Ich ignorierte es. Schließlich erschien Mrs Acker im Türrahmen, lächelte zaghaft und hielt ein Buch in ihrer linken Hand. Mein erster Gedanke war, dass einer von uns beiden einen Fehler gemacht haben musste. Sie hatte sich die angestaubte Ausgabe von *Pu der Bär* aus dem Jahre 1927 ausgesucht. Ich konnte mich nicht daran erinnern, dass sie jemals ein Buch gekauft hatte, das mehr als zwei Pfund kostete, und fragte mich, ob ich einen peinlichen Irrtum begangen hatte, als ich den Preis mit Bleistift auf das Vorsatzblatt schrieb. Aber dann schlug ich den Buchdeckel auf und sah beruhigenderweise, dass es mit vollkommen vernünftigen fünfundachtzig Pfund ausgezeichnet war. So neutral wie möglich wies ich Mrs Acker darauf hin.

Doch sie lächelte nur matt und fing an, in ihrer Handtasche herumzuwühlen. Dann zog sie eine Grimasse.

»Alles in Ordnung?«, erkundigte ich mich.

»Ja«, sagte sie und warf mir einen raschen Blick aus ihren blassen Augen zu. »Ich hab mir gestern Abend den Ellbogen angestoßen.« Mit ihrer linken Hand zog sie eine schwarze Lederbrieftasche hervor, fischte diverse Banknoten heraus und legte sie ungeschickt nebeneinander auf den Schreibtisch.

Mit den Gedanken an Weihnachten und Geschenke fragte ich vorsichtig: »Sammelt einer Ihrer Bekannten alte Kinderbücher?«

»Oh, das ist für mich«, antwortete sie. »Ich meine, im Grunde genommen liebe ich Kinderbücher, aber ich habe hauptsächlich Taschenbücher zu Hause. Zum Lesen. Mir ist nur gerade eingefallen, dass ich dieses Buch, genau diese Ausgabe, geschenkt bekommen habe, als ich ein Kind war. Ich hab es geliebt.« Aus irgendeinem Grund schien meine Frage sie zu verstören. Ich wandte mich für einen Moment beiläufig ab und als ich mich wieder zu ihr drehte, bemerkte ich, wie sie die Hände sinken ließ. »Oh. Oh, es tut mir Leid, ich hab … ich hab nur noch sechzig Pfund hier«, sagte sie. »Könnten Sie das Buch wohl für mich zurücklegen? Ich komme noch mal wieder.«

Ich versuchte sie zu beruhigen. »Ich akzeptiere auch Kreditkarten.«

»Oh, ich … eine Karte verwende ich … eigentlich nie. Ich würde noch mal vorbeischauen, am Samstag, um das Buch zu holen, wenn Sie nichts dagegen haben.«

Ich zuckte die Achseln. »Nehmen Sie es doch jetzt schon mit. Und bringen Sie mir den Rest, wann Sie wollen. Kein Problem.«

Ich überging ihren geflüsterten Dank, schrieb eine Rechnung, in der ich den Erhalt ihres Geldes bestätigte und einen ausstehenden Betrag verzeichnete, legte sie unter den Buchdeckel, schob das Büchlein behutsam in eine meiner Plastiktragetaschen und reichte sie ihr mit den Worten: »Als ich klein war, hab ich auch *Pu, der Bär* gelesen.«

Ihr Lächeln wurde ein wenig breiter und dann war sie ohne einen weiteren Kommentar verschwunden. Ich hörte auf zu lächeln, schaltete die Lampen aus und die Alarmanlage ein und folgte ihr zur Tür hinaus. Bevor ich aufbrach, nahm ich mir kurz Zeit, um hinter meinen Müllcontainer zu spähen. Die Nische, wo Ernie den alten Schlafsack zurückgelassen hatte, war leer.

Später, nachdem ich Ben vorgelesen hatte, bis er eingeschlafen war, blieb ich noch im Schlafzimmer sitzen. Eine Weile zuvor war der Berufsverkehr abgeebbt; alle, die von der Arbeit nach Hause fuhren, waren jetzt daheim; und diejenigen, die draußen spielen wollten, spielten immer noch irgendwo. Ich hatte Abendessen, Baden, Vorlesen und sogar eine lange telefonische Diskussion mit Barnabas in die letzten drei Stunden gequetscht. Pat hatte ihn angerufen, um ihm zu beschreiben, wie sie mich als Straßenkehrer verkleidet ertappt hatte, und die beiden hatten sich geeinigt, zu Weihnachten ein lärmiges Abendessen für die ganze Familie in St. Albans zu veranstalten – wie jedes Jahr, hauptsächlich, weil Pat als Einzige von uns eine ausreichend große Küche besitzt, um dort einen Riesentruthahn zuzubereiten, und einen Esstisch mit genügend Platz für neun oder zehn Personen. Ich gestand, über diesen Plan informiert zu sein und nichts dagegen einzuwenden zu haben; doch im Stillen fragte ich mich (wie so oft in letzter Zeit), ob ich nicht bald erwachsen werden und in ein zweckmäßiges kleines Haus ziehen sollte, wo sich mehr als zwei Personen zum Essen hinsetzen könnten.

Als ich ein Quietschen vernahm, schlich ich zum Fenster. Nach Einbruch der Dunkelheit hatten sich schwere Wolken zusammengezogen, und in den kleinen Gärten war es finster geworden. Es drang gerade genug Licht aus einem vorhanglosen Fenster irgendwo, dass ich die Umrisse von Bens Klettergerüst erkennen konnte. Da war etwas – ein schwarzer Schatten – auf dem Sitz der kleinen Schaukel. Auf dem Boden zwischen Schaukel und Haus entdeckte ich eine vertrautere Silhouette: Mr Spock. Er befand sich gerade in einem Katzenkampf oder stand kurz davor. Normalerweise verteidigt Spock sein Territorium nicht besonders eifrig. Ich hatte schon gesehen, wie er auf dem Flachdach vor dem Küchenfenster hingestreckt lag und einen Eindringling seiner Spezies mit wohlwollendem Blick beobachtete. Doch dieser Eindringling gefiel ihm offensichtlich nicht. Er machte einen Buckel und dann ertönte seine Kampfansage durch die Dunkelheit des Dezemberabends.

Ein schrilles Kreischen war die Antwort.

Draußen auf der Straße wurde laut eine Wagentür zugeschlagen und dann schoss Spock außer Sichtweite, tauchte jedoch mit einem dumpfen Aufprall wieder auf dem Flachdach auf und sauste am Schlafzimmerfenster vorbei. Die Silhouette auf der Schaukel änderte ihre Form; der Eindringling ließ sich zu Boden fallen und verschwand im Schatten. Ein paar Sekunden später bemerkte ich am kleinen Gartenschuppen eine Bewegung. Die Gestalt schwang sich über den Rand des Daches, drückte sich flach dagegen und sprang die Mauer hinunter. Dann war es vorbei. Leise entfernte ich mich vom Fenster.

Mr Spock wartete bereits, zwischen Gitterstangen und Glas gezwängt, vor dem Küchenfenster. Als ich ihm öffnete, schlenderte er hindurch, ließ sich zu Boden fallen und begann, seinen Rücken zu putzen. Kämpfen ist schon ein schmutziges Geschäft.

Gedankenverloren starrte ich in eine weitere Tasse Kaffee und ganz plötzlich fügte sich alles zusammen: das Ding, das nicht wirklich wie eine Katze ausgesehen hatte. Und Ben, der gesagt hatte … Da war wirklich ein Affe gewesen. Ich hatte es fast vergessen.

Kapitel 3

Der Besitzer des Affen

Die monatliche Buchmesse am Russel Square endet am zweiten Tag um sechs Uhr. Wenn man eine Stunde hinzurechnet, in der man hektisch zusammenpackt, den Wagen belädt, flucht und sich tausend Mal fragt, wie man darauf verfallen konnte, sich auf diese wahnwitzige Weise den Lebensunterhalt zu verdienen, und wenn man dann weitere zwanzig Minuten (an einem guten Abend) dazu zählt, um nach Hause zu fahren, dann war es mindestens halb acht an diesem Montagabend damals im Oktober oder auch September, als ich vor dem Laden parkte, aus dem Van fiel, kurz zu den Lichtern in den Fenstern der oberen Etage aufschaute, wo Barnabas und Ben auf mich warteten, und erst dann bemerkte, dass ich einen Besucher hatte. Ich sah noch einmal hin. Korrektur: zwei Besucher.

Ich erinnerte mich, ihn während des Sommers schon ein paarmal gesehen zu haben. Selbst bei gutem Wetter war er in mehrere Lagen aus Wintermänteln und Schals gehüllt und schien vollkommen in seiner eigenen Welt, wenn er sich die Straße entlangschob oder an einer Ecke stand und ins Leere starrte: Ein alter Mann, der an einer Mauer entlangschlurfte oder mit gesenktem Kopf, leerem Blick und ausgestreckter Hand, seinen ausgefransten, grauen Rucksack vor sich, auf einer Zeitung hockte. Jedem, der vorbeikam, hauchte er mit geisterhafter Stimme ein »Kleingeld? N' bisschen Kleingeld?« entgegen.

Solche wie ihn gibt es überall. Normalerweise versucht man sie zu übersehen. Was meine Aufmerksamkeit weckte, war sein

Affe: ein kleines, braunes Wesen mit hellem Gesicht, großen Ohren und runden, braunen Augen, das sich an der gebeugten Schulter des Mannes festklammerte. Es trug einen Laufgurt mit einem Stück Kordel als Leine, kauerte reglos neben dem Kopf des Mannes und schmiegte sich eng an seinen Hals. Natürlich lief das Bettlergeschäft auf diese Weise ziemlich gut. Die Leute, vor allem wenn sie Kinder dabeihatten, blieben stehen, um den Affen zu betrachten, und warfen eine Münze auf den Boden. Wenn sie vom Mann wegrollte, hüpfte der Kleine herunter, ließ seinen Arm hervorschnellen und schnappte sie sich. Manchmal versuchte ein Kind, das Tier zu berühren. Dann schnatterte der Affe und zeigte seine gelben Zähne und ein Erwachsener packte das erschrockene Kind bei der Hand und schimpfte mit ihm.

Daher erkannte ich das Gespann wieder, als es mich an jenem Abend besuchte. Allerdings ohne jede Begeisterung. Ich war völlig erschöpft und die beiden saßen zusammengedrängt im Eingang des Ladens. Der Affe kreischte schrill, woraufhin der Mann sich rührte.

»Sie müssen da weg.« Unmissverständlich klingelte ich mit dem Schlüsselbund.

Die Gestalt kam in Bewegung, lehnte sich zur Seite, schien aber Schwierigkeiten zu haben, auf die Beine zu kommen. Ohne nachzudenken, streckte ich ihm die Hand entgegen, doch da schrie der Affe erneut, und ich zog sie wieder zurück. Die lumpenumhüllte Gestalt erhob sich mühsam, langte nach dem Rucksack und wandte sich ab.

»Hier«, sagte ich rasch. In den Tiefen meiner Tasche hatte ich noch eine einzelne Pfundmünze gefunden. Ich hielt sie ihm hin und eine Hand in einem fingerlosen Wollhandschuh nahm sie schweigend entgegen. Ich war müde und am liebsten hätte ich geknurrt: »Kaufen Sie sich dafür was zu essen.« Pat hätte das getan. Aber ich fand, es ging mich nichts an, was er mit meiner

Spende machte. So schloss ich die Tür auf, schob den Keil darunter, schaltete die Alarmanlage aus und alle Lampen an und kehrte dann zu meinem Van zurück, um den ersten Karton zu holen.

Es war ein langer Tag gewesen, daher stellte ich alles bis zum nächsten Morgen im hinteren Teil des Ladens ab. Ich machte mir nicht die Mühe, die hölzernen Klappregale zu entladen, allerdings hatte ich auch einige Käufe für mich persönlich getätigt und diese separat gepackt; diese spezielle Kiste trug ich ins Büro. Ein Buch – eine englische Erstausgabe von Twains *Innocents Abroad* – wollte ich mir unbedingt noch mal ansehen und stöberte es deshalb hervor.

Ein gequältes Husten ließ mich jedoch aufblicken. Ich hatte die Tür nicht abgeschlossen und die beiden waren mir hineingefolgt. Der Mann stand ganz still da, doch seine Augen huschten über die Regale mit den unzähligen Bücherreihen. Ich trat langsam aus meinem Büro und blieb ein paar Schritte von ihm entfernt stehen.

»Der Laden ist geschlossen.«

Der Affe starrte mich an, während der Mann immer noch die Bücher bestaunte.

Ich holte tief Luft und öffnete erneut den Mund, doch der graue Mann kam mir zuvor. »Ich habe ein Buch.« Seine Stimme war hell und heiser.

Ich zögerte und entschied mich dann für: »Wirklich?«

»Könn' Se sehn.«

Ich wollte ihm vorschlagen, wieder zurückzukommen, wenn der Laden geöffnet war, aber ich glaube »zurückkommen« und »Laden geöffnet« bedeuteten ihm nicht viel, außerdem hatte er sich schon hingehockt und tastete sich langsam durch das, was sich in seinem schmuddeligen Rucksack befand, also entschied ich mich für höfliche Geduld. Schließlich zog er vorsichtig etwas hervor, was aussah wie ein Bündel Lumpen: ein buchförmiges Ding, verpackt in einer schmutzigen Zeitung. Der Mann wirkte harmlos, aber ich wollte weder ihm noch seinem Affen den Rücken zudrehen; also trat ich widerstrebend zu ihm, ließ mir das Ding in die Hand legen und entfernte die unzureichende Schutzhülle.

Als ich feststellte, um was es sich handelte, holte ich scharf Luft. »Ist das Ihr Buch?«

Er zuckte. Bestätigend. »Schön.«

Es war wirklich schön. Und womöglich ganz schön selten: Mir jedenfalls war es vorher noch nicht untergekommen – ein Oktavband aus dem neunzehnten Jahrhundert mit altem, braunem Leineneinband, der Lithographien von Blumen enthielt, davon einige koloriert. Es befand sich in einem guten, sauberen Zustand, abgesehen von dem Namen, der mit Tinte auf das Vorsatzblatt geschrieben worden war. Begierig betrachtete ich die Titelseite: James Andrews *Lektionen in Blumenmalerei*. Dann blätterte ich zu einer der handkolorierten Bildtafeln – einfach wunderschön. Ich war sprachlos.

Aber da streckte sich bereits eine graue Hand danach aus.

»Wenn Sie möchten, kaufe ich Ihnen dieses Buch ab«, sagte ich hastig. »Möchten Sie wissen, wie viel es wert ist?« Schnell schätzte ich es ab. »Fünfhundert Pfund. Sie könnten sich irgendwo ein Zimmer nehmen …«

Das war natürlich falsch von mir: unbesonnen. Es schien unmöglich, dass er auf ehrenhafte Weise an dieses Buch gekommen war, und wenn ich es kaufte, würde es nur Ärger geben. Aber dieses eine Mal schlugen die Probleme mein Angebot aus. Der Mann schüttelte heftig den Kopf, entriss mir das Buch und fing an, unbeholfen die Zeitung darumzuwickeln. Dabei schüttelte er die ganze Zeit weiter den Kopf. Nein. Nein.

Ich wollte einwenden: »Aber mit so viel Geld könnten Sie …« Dann bremste ich mich. Konnte er was? Was tun? Jemand wie er? Selbst damals glaubte ich nicht an das, was ich hatte sagen wollen. Ich überlegte noch fieberhaft, was jetzt am besten wäre, da verließen der Mann, der Affe und das Problem auch schon den Laden.

Also schaltete ich einfach die Lampen aus und die Alarmanlage ein, trat gegen eine Kiste, die mir den Weg zur Tür versperrte, und verließ das Geschäft. Das Buch würde abhanden kommen. In einem Moment der Unaufmerksamkeit würde er es irgendwo liegen lassen oder das Interesse daran verlieren und es wegwerfen oder dem Affen zum Spielen geben.

Und ich dachte bei mir: Zu schade, aber auch egal. Und dann hatte ich für ein paar Monate die beiden vollkommen vergessen.

Kapitel 4

Heulen und Zähneknirschen

Als ich vom Kindergarten zurückkam, hängte ich das Schild an die Ladentür – das, welches behauptet, ich sei in einer Viertelstunde zurück – und ging schnurstracks nach oben, um mir eine Kanne Kaffee zu kochen und die Kataloge zu durchforsten, die mit der Morgenpost gekommen waren: Daher lag ich ausgestreckt auf dem großen Sofa im Wohnzimmer, als das Heulen begann. Als ich es hörte, fing mein Herz an zu hämmern. Geräuschvoll setzte ich den Kaffeebecher ab, verstreute meine Notizen und rannte zum Fenster. Doch selbst von da aus konnte ich die Geräuschquelle nicht entdecken, also öffnete ich das Fenster und lehnte mich hinaus.

Das Geheul kam von einem gräulichen Bündel, das ein Stück weiter die Straße hinauf wankend an der Backsteinmauer der leerstehenden Werkstatt stand. Die vermummte Gestalt wiegte sich vor und zurück. Jeder andere hätte ihn wohl nur für irgendeinen dahergelaufenen Kerl gehalten (obwohl es alles Mögliche auf zwei Beinen hätte gewesen sein können), aber ich erkannte den Stil: mehrere Lagen alter Mäntel und eine Decke, die wie ein Schal um die gebeugten Schultern geschlungen war. An diesem Tag hatte er sich eine braune Strickmütze über Augen und Ohren gezogen. Ich hatte Zeit genug festzustellen, dass sein Affe nicht bei ihm war. Er ist immer noch verrückt, dachte ich, und es wird offensichtlich schlimmer. Ich wich zurück und versteckte mich hinter den Vorhängen, um ihn in Ruhe zu beobachten.

In diesem Augenblick torkelte der Mann mitten auf die Straße, blieb stehen und drehte sich unbeholfen um sich selbst – wie ein alter Hund, der seinen Schwanz jagt. Ein vorbeifahrender Van streifte ihn und stieß ihn gegen einen der Wagen am Bordstein. Der Fahrer bremste und beschleunigte wieder. Dann erhob sich ein klagender Laut in der engen Straße und ich verlor die Nerven. Während ich schon losrannte, vergewisserte ich mich, dass sich Schlüssel und Handy noch in meinen Taschen befanden. Dann stürzte ich die Treppe hinunter und zur Tür hinaus.

Auf der Straße war niemand außer mir und dem heulenden Kerl. Ich zwang mich weiterzugehen. Er war am Bordstein zusammengesunken und hockte nun zwischen zwei geparkten Fahrzeugen. Ich überquerte vor ihm die Straße. Er hielt den Kopf gesenkt, als hätte er mich nicht gesehen, aber das Heulen ebbte ab.

»Sind Sie verletzt?«

Einen Moment lang antwortete er nicht. Dann kam: »Ja. Verletzt.«

»Ich werde Ihnen helfen«, entgegnete ich. »Wo – wie sind Sie denn verletzt?«

»Verletzt«, wiederholte er, »verletzt, verletzt …«

»Zeigen Sie mir, wo?« Ich hielt es für unwahrscheinlich, dass der Van ihn wirklich schlimm erwischt hatte – er hatte ihn nur gestreift und er war ja gut gepolstert – doch ich wartete, dass er etwas sagte.

Stattdessen erhob er sich mühsam, stieg auf den Bürgersteig und wandte sich fuchtelnd zur Backsteinmauer.

Die Werkstatt war bereits vor langer Zeit geschlossen – oder besser: aufgegeben worden, so dass selbst das Verkaufsschild über der bröckelnden Mauer schon zerfiel. Auf der Mauer selbst stand in verblassender Farbe *Wartung und Reparatur aller Automarken* und daneben befand sich ein zweiflügliges Tor mit Vorhängeschloss, durch das die Wagen einst hinein- und herausgefahren waren.

Der Mann schob sich langsam zu einem Berg verwitternder Plastiksäcke, die seit Neuestem dort zwischen den Torpfosten deponiert wurden. Die Müllabfuhr hatte sie ignoriert; heutzutage leert sie nur noch Müllcontainer.

Ich holte ihn ein, als er neben dem Haufen stehen blieb. Das Geheul begann von Neuem. »Was?«, fragte ich drängend. »Was ist denn?«

Keine Antwort.

Verwirrt schaute ich selbst nach. Er hatte den Müll durchwühlt. Einige der Säcke waren aufgerissen. Sein Rucksack lag auf dem Boden, darin der vertraute alte, blaue Schlafsack, der mit einer Schnur zusammengebunden war. Vielleicht war es das, wonach er suchte. Ich schob mich an ihm vorbei und näherte mich widerstrebend dem Durcheinander. Hinter mir ertönte eine Art Kreischen und dann fummelte eine Hand an meinem Arm und eine Stimme, die beinah normal klang, sagte hastig: »Nein! Nein!«

Die meisten Säcke waren grau vom Staub und Straßenschmutz, aber einer sah aus, als läge er noch nicht lange dort. Der Mann hatte ihn weit aufgerissen. Ich war nahe genug, um den süßlichen Geruch wahrzunehmen, und unbesonnen genug, um einen Blick zu riskieren. Dieser Geruch …

Jetzt musste er mir gar nichts mehr erklären. Ich packte ihn am Ärmel und zog ihn mit mir. Als wir über die Straße stolperten, heulte er wieder. Im großen Erkerfenster des Nachbarhauses zog eine schemenhafte Gestalt die Vorhänge zu. Gute Idee. Ich schleppte den Mann auf den Bürgersteig, drückte ihn gegen das eiserne Geländer, damit er nicht zusammensackte, tastete nach meinem Handy, ohne ihn loszulassen, und drückte 999. Dann riss ich mich zusammen, schaltete das Handy an und versuchte erneut den Notruf. Es dauerte eine Ewigkeit, bis der erste Wagen kam.

Kapitel 5

Kommen und Gehen und ganz still Verharren

Mein Vater marschierte in den Laden und schmetterte die Tür so heftig zu, dass die Glocke schepperte. »Was ist passiert?«, bellte er.

Ich hörte auf, so zu tun, als arbeitete ich, und lief auf die große, weißhaarige Gestalt mit dem altmodischen Tweedmantel und dem uralten, gestreiften Schal zu. »Jemand hat etwas in einem Müllhaufen auf der gegenüberliegenden Straßenseite gefunden.«

Barnabas warf mir einen scharfen Blick zu, drehte sich auf dem Absatz um und ging wieder hinaus. Ich folgte ihm.

Während der vergangenen zwei Stunden war einiges geschehen. Mittlerweile riegelten bereits Schranken die Straße von beiden Seiten ab und die Polizei hielt die Schaulustigen fern. Vor der Werkstatt spannten sich Absperrbänder über die Straße und der Rest war fast zur Gänze von Fahrzeugen der Polizei blockiert. Ich hatte mitbekommen, wie sie das Tor aufbrachen. Jetzt bedeckte eine zeltartige, weiße Plane den Eingang. Die Leute von der Spurensicherung strömten in ihren weißen Overalls unvermindert hinein und hinaus und die ganze Straße wimmelte von Streifenpolizisten, die sich Zentimeter für Zentimeter mit gesenktem Blick an der Frontseite der Werkstatt entlanggearbeitet hatten, um den Bürgersteig und den Rinnstein abzusuchen, allerdings wahrscheinlich ohne Erfolg, da ich noch am Nachmittag die Straßenkehrer bemerkt zu haben meinte; jetzt arbeiteten sich die Beamten von einem Ende der Straße zum anderen vor, überprüften die Kellerbereiche vor den Häusern und untersuchten alle Müllcontainer, einschließlich meines eigenen, auf ihren

Inhalt. Mittlerweile schaute die Hälfte aller Einwohner Nordlondons zu. Um ehrlich zu sein, hatte auch ich hier und da einen Blick riskiert, seit ich den alten Mann der Streife überantwortet und den Polizisten erzählt hatte, was er und ich entdeckt hatten.

Barnabas überflog dies alles mit kühlem Blick. »Jemand hat da drüben offensichtlich etwas Illegales gefunden. Eine Leiche?«

Ich nickte, ertappte mich, dass ich mir die Szene wieder ins Gedächtnis zurückrief – und versuchte, es zu lassen. »Es war – ein alter Mann, Barnabas, einer von den Leuten, die auf der Straße leben. Wahrscheinlich suchte er nach etwas zu essen oder etwas, was er verkaufen konnte. Als er sie fand … flippte er einfach aus. Ich hörte ihn aufheulen, da bin ich nach draußen gerannt.«

Mein Vater betrachtete mich aus den Augenwinkeln. »Und du hast …«

»Jemand musste es tun und sonst war niemand da.«

»Natürlich.« Sein Ton war gemessen.

»Ich hab einen Arm gesehen. Er schien wie … Ich glaub es immer noch nicht. Er stank grauenhaft. Ein paar der Säcke liegen schon seit Wochen da.«

»Ist alles in Ordnung mit dir?«, fragte Barnabas.

Ich zwang mich, an etwas anderes zu denken, und brachte ein Nicken zustande.

Einen Augenblick später fügte er hinzu: »Man sollte doch meinen, dass zumindest ein paar von diesen Leuten eigentlich bei der Arbeit sein müssten.« Er warf einen kühlen Blick auf die Menge. »Oder in der Schule.«

»Mittagspause?«, schlug ich vor, obwohl es bereits nach zwei war. Er schnaubte. »Barnabas, es ist eiskalt hier draußen, ich geh wieder rein.«

Es gibt immer etwas im Laden, das darauf wartet, getan zu werden, selbst wenn die Polizei mir alle Kunden verscheucht. Ich ließ mich erneut am Schreibtisch nieder und bemühte mich, ein paar Webseiten nach etwas Erwerbenswertem zu durchsuchen; aber nichts war so interessant, dass es mich davon hätte abhalten können, den Geräuschen draußen auf der Straße zu lauschen. Ich beschloss, es mit etwas weniger Anspruchsvollem zu versuchen. Barnabas war inzwischen wieder zurückgekehrt. Ich konnte ihn im Laden hören.

»Ich geh nach oben. Ich muss noch das Frühstücksgeschirr spülen.«

»Wie wär's mit einem Tee?«

»Gib mir zehn Minuten«, erwiderte ich.

Barnabas grunzte zustimmend.

Als ich vor die Tür trat, zögerte ich plötzlich. Mittlerweile wurden graue Bündel aus dem Planenzelt getragen und in zwei Vans geladen. Polizeiarbeit besteht hauptsächlich aus penibler Routine – wie mir Leute erklärt haben, die es wissen müssen –, und ich ertappte mich bei der Vorstellung, wie der ganze Haufen Müll routinemäßig von Dutzenden würgender und hustender Mitarbeiter der Spurensicherung durchsucht wurde. *Hör auf damit!* Soeben begann die Polizei, Befragungen von Tür zu Tür durchzuführen, vermutlich um herauszufinden, ob jemand etwas beobachtet hatte; das lenkte mich ab. Hinter den Schranken am Ende der Straße waren auch schon zwei oder drei Fernsehteams aufgetaucht. Wahrscheinlich würde ein ranghöherer Kriminalbeamter demnächst eine Erklärung abgeben. Und ich würde ihn – und die Front meines Geschäfts – in den Londoner Abendnachrichten sehen. Prima.

Ich blieb lange genug im Schlafzimmer, um die Bettdecken geradezuziehen. Dann spazierte Mr Spock herein, um für den Rest des Tages mein Federbett in Beschlag zu nehmen, und ich schlenderte zur Küche. In der Kaffeemaschine befand sich noch eine lauwarme Pfütze, die leidlich einen Becher ausfüllte. Ich schenkte sie mir ein und wollte gerade einen Spritzer Milch hinzufügen, als ich zufällig einen Blick durchs Fenster warf.

Etwa zwei Meter von mir entfernt hockte der Affe mit geschlossenen Augen auf dem Flachdach. Er trug den alten Laufgurt, an den ich mich noch erinnern konnte, und an seiner Schnalle baumelte etwas, das aussah wie ein Adressschild. Es bestand kein Zweifel, wessen Affe das war. Ich hatte den Eindruck, dass es ihm nicht besonders gut ging: durch sein dünnes Fell konnte ich die Rippen zählen und sogar sein Herz schlagen sehen. Langsam stellte ich die Milchflasche ab, doch er hörte etwas, stellte sich auf die Hinterpfoten und schaute sich mit großen Augen um. Ich erstarrte. Schließlich ließ er sich auf alle viere fallen und bewegte sich aus meinem Sichtfeld.

Den Tierschutzbund anrufen.

Wenn man ihn fängt, wird man ihn nicht dem alten Mann zurückgeben, sondern ins Tierheim verfrachten.

Der alte Mann gehört eigentlich auch ins Heim.

Tja, bestimmt geht er da schon seit Jahren ein und aus. Vielleicht braucht er den Affen und wahrscheinlich braucht der ihn.

Du bist verrückt! Das Tier hat Hunger und friert und kann noch nicht mal für sich selbst sorgen. Es muss an einen warmen Ort zu anderen Affen.

Ich versuchte, die Stimme des gesunden Menschenverstands zu überhören.

In der Obstschale befand sich noch eine letzte Banane, die bereits braun wurde. Ich schnappte sie mir und schob vorsichtig das Fenster hoch. Das kleine Tier kauerte immer noch am hinteren Ende des Flachdachs. Es hatte den Anschein, als hätte ich seinen Zustand richtig eingeschätzt. Ich brach ein Ende der Banane ab und warf es ihm – oder ihr – zu. Der Affe zuckte zusammen. Nun schleuderte ich ein größeres Stück in die Nähe des ersten, dann noch zwei weitere, diesmal näher am Fenster. Schließlich legte ich ein großes Stück auf den Fensterrahmen, ließ zwei kleinere auf die Küchentheke fallen und legte das letzte auf den Boden darunter. Dann schob ich mich seitwärts aus seinem Sichtfeld und rührte mich nicht mehr von der Stelle. Nach einer beträchtlichen Weile kratzte etwas am Fenstersims.

Barnabas stampfte die Treppe hinauf, platzte in die Wohnung und entdeckte mich, wie ich mit angehaltenem Atem an der geschlossenen Küchentür lehnte. Die Sorge in seinem Blick verwandelte sich in Ärger. »Was zum Teufel geht hier oben vor?«, fauchte er. Die Antwort war ein Krachen und Splittern von der anderen Seite der Tür, woraufhin er mir einen seiner Blicke mit hochgezogenen Augenbrauen zuwarf.

»Ein Affe«, beschied ich ihm knapp. Ich hatte das Gefühl, schon seit Stunden der tosenden Zerstörung zuzuhören, und war nicht überrascht, dass das Poltern und Hämmern bis in den Laden durchgedrungen war.

»Ein Affe«, wiederholte Barnabas.

»Ich hab ihn mit einer Banane hereingelockt und hinter ihm das Fenster zugeknallt, da geriet er in Panik und fing an zu kreischen und herumzutoben, und auf der Küchentheke standen ein paar schmutzige Teller, außerdem mein Kaffeebecher und – dies und das. Er ist auf den Kühlschrank gesprungen. Du erinnerst dich doch noch an die große Glasschüssel, die ich dort aufbewahre? Das Klirren hast du wahrscheinlich gehört. Ich dachte, es wäre besser, wenn ich ihn sich erst mal beruhigen lasse.«

»Du hast einen Affen gefangen«, sagte Barnabas. Es geschieht nicht oft, dass mein Vater vor lauter Verblüffung nur zu Wiederholungen fähig ist.

Ich versuchte, ihm von dem alten Mann und seinem flüchtigen Haustier zu erzählen. Aber hauptsächlich war meine Aufmerksamkeit auf die nicht einsehbare Küche gerichtet, wo es jetzt schrecklich still geworden war.

»Das wird dir noch Leid tun«, prophezeite mir mein Vater. »Ich glaube, wir müssen ihn bändigen.«

Ich war überzeugt, dass er kaum noch mehr Schaden als bislang anrichten konnte, nickte aber. »Er trägt einen Laufgurt. Ich dachte, ich packe ihn mir am Gurt und stecke ihn in den Katzenkorb. Du weißt schon: Das Gitterding, das ich benutze, wenn ich Mr Spock zum Tierarzt bringe. Der Affe hat ungefähr seine Größe.«

Mein Vater zuckte die Achseln. »Gut. Aber wir werden eine kleine Decke oder ein großes Badelaken dazu brauchen. Und ich empfehle dir dringend, den Boden des Katzenkorbs mit Zeitungen auszulegen. Hol mal welche. Ich nehme das Handtuch und geh hinein; du musst die Tür hinter mir schließen und verhindern, dass der Affe herausschlüpft.«

Aber als ich mich mit dem Katzenkorb der Küchentür näherte, übernahm meine Nase die Kontrolle, und entsetzt ließ ich mich von ihr hineinleiten. Mir war nicht klar gewesen, dass ein in Panik geratener Affe genauso reagiert wie ein in Panik geratener Mensch. Dieses spezielle Exemplar warf etwas nach mir, woraufhin ich schnellstens aus dem Raum floh. In meiner Abwesenheit hatte es seine Exkremente überall auf dem Tisch, der Küchentheke, dem Herd und den Glasscherben auf dem Boden verschmiert.

Jetzt saß es zitternd auf einem der Hängeschränke und hatte Arme und Schwanz eng um den Körper geschlungen.

»Du solltest doch nicht hereinkommen«, bemerkte mein Vater ruhig. »Stell den Katzenkorb auf den Tisch und lass den Deckel geöffnet. Geh zurück.«

Ich gehorchte.

Mein Vater nahm den Schrubber hinter der Tür und hob den

Schrubberkopf auf Höhe des Affen. Das Tier rührte sich nicht. Also schob er ihn hinter den Körper des Affen und zog ihn sachte nach vorn, und plötzlich, innerhalb einer Sekunde, kreischte der Affe auf, flog durch die Luft auf den Boden, woraufhin Barnabas das Handtuch über ihn warf, einen Zipfel vom zuckenden Bündel lüftete, blitzschnell zugriff, ihn am Nacken packte, einen Arm um seinen Leib schlang und ihn in den Katzenkorb hob. Ich knallte den Deckel zu. Barnabas verschloss ihn. Dann blickten wir einander an.

Ich stöhnte auf. »Ich geh wohl besser einen Nachschub an Reinigungs- und Desinfektionsmittel besorgen.«

»Nur einen Augenblick«, erwiderte er. »Ich persönlich könnte jetzt erst mal einen Drink gebrauchen. Und es würde auch nicht schaden, das Tier hier allein zu lassen, bis es sich beruhigt. Wart mal eine Minute.« Er breitete das Badelaken über dem Tragekorb aus.

»Alles in Ordnung?«, fragte ich schuldbewusst. Mein Vater hat ein schwaches Herz. In letzter Zeit mache ich mir allerdings nicht besonders viele Sorgen darüber.

»Vollkommen. Dennoch käme ein Whiskey jetzt sehr gelegen.«

»Mir auch«, seufzte ich. »Wo hast du eigentlich gelernt, wie man Affen fängt?«

»In Marrakesch, direkt nach dem Krieg«, antwortete er. »Aber das erzähl ich dir ein andermal.«

Wir gingen ins Wohnzimmer, wo ich eine Flasche vom irischen Whiskey meines Vaters im Schrank aufbewahre. Fünf Minuten und etwa einen Doppelten später warf mir mein Vater einen Blick zu.

»Erkläre es mir.«

Ich tat mein Bestes.

»Ich verstehe«, sinnierte mein Vater im Tonfall eines Mannes, der gerade entdeckt hat, dass der Wahnsinn seiner Tochter möglicherweise doch nicht ganz der Methode entbehrt. »Und du hast das Tier bei dem alten Mann gesehen? Bist du sicher? Hatte er es heute dabei, als …?«

»Nein! Nein, und ich glaube, der Affe ist schon seit gestern oder so herrenlos herumgelaufen. Jedenfalls hatte Mr Spock letzte Nacht einen Kampf mit ihm.« Bei mir klickte es. »Wahrscheinlich hat der alte Mann in der Nische hinter meinem Müllcontainer campiert, und während er schlief, muss der Affe irgendwie weggelaufen sein.«

»Er ist jetzt sicherlich sehr durcheinander«, überlegte Barnabas. »Wenn Affen in Panik geraten, sind sie ziemlich gefährlich, weißt du, ähnlich wie Menschen. Und du bist auch wirklich unversehrt? Wenn du irgendwelche Kratzer oder Bisse hast, musst du dich noch heute Nachmittag gegen Tetanus impfen lassen. Und du darfst Ben nicht in seine Nähe lassen; Affen mögen Kinder oft nicht.«

»Und Katzen«, fügte ich düster hinzu. Dieser Affe stellte ein echtes Problem dar. »Barnabas, ich muss als Nächstes die Küche sauber machen. Danach versuche ich herauszufinden, wo der alte Mann ist, und lasse ihm ausrichten, dass sein Affe in Sicherheit ist.«

»Nach dem, wie du ihn beschrieben hast …«, setzte Barnabas an. Dann brach er ab. »Versuchen kannst du's ja mal. Geh alles Nötige einkaufen. In der Zwischenzeit werde ich einen Anruf tätigen, und wenn du zurückkommst, hat sich das Tier vielleicht so weit beruhigt, dass du wieder in die Küche kannst.«

»Es ist doch jetzt in einem Käfig«, wandte ich leicht gereizt ein.

»Seine Stimme aber nicht. Und auch nicht sein – nun, Geruch.«

»Willst du nicht noch für eine Weile in den Laden gehen?«, schlug ich vor.

Barnabas warf mir einen offensichtlich amüsierten Blick zu. »In der einen Stunde, seit ich hier bin, hatten wir genau einen Kunden, und zwar eine Dame, die ein Buch zurückgeben wollte. Da eine Empfangsbestätigung von uns im Buch lag, war ich einverstanden, obwohl sie mir nicht erklären konnte, was damit nicht stimmte. Ich bot ihr einen Scheck an, um ihr das Geld zu erstatten, aber sie wollte nur Bares. Was mich daran erinnert, dass wir mehr Wechselgeld brauchen. Vielleicht könntest du bei deinem Einkauf einen Umweg zur Bank machen.«

»Bargeld?« Ich zögerte, weil ich dachte, ich wüsste die Antwort auf meine Frage bereits, stellte sie dann aber trotzdem. »Wer war es denn? Warum wollte sie ihr Geld zurück?«

»Ich hab sie schon mal gesehen«, erwiderte Barnabas beruhigend. »Sie hat mir nicht verraten, warum sie das Buch zurückgeben wollte. *Pu der Bär.* Der Name auf der Empfangsbestätigung lautete – Asher? Eine schüchterne Frau. Sie hatte ein blaues Auge.«

»Acker?«, fragte ich.

Er überlegte kurz und nickte.

Ich tat dieses Problem ab und strebte zur Wohnungstür.

Dann fiel mir etwas ein. »Was fressen sie denn so?«

Barnabas erriet sofort, wovon ich sprach. »Frisches Obst und Gemüse. Vielleicht auch Erdnüsse mit Schale? Aber übertreib's nicht. Vielleicht ist mir da gerade was eingefallen.«

Kapitel 6

Aufräumen

Als ich nach unten kam, war die Straße wieder für den Verkehr freigegeben worden und die Fernsehteams hatten sich verzogen. Die Polizei allerdings war noch immer zugegen und hatte einen riesigen, weißen Lieferwagen vor der Werkstatt geparkt. Meine Uhr beschied mir, dass es schon nach drei war. Ich musste mich beeilen, wenn ich Ben zur üblichen Zeit abholen wollte, also setzte ich mich schleunigst in Bewegung.

Als ich zurückkam, verharrte ich auf dem Bürgersteig gegenüber, um die Lage abzuschätzen. In meinem Wohnzimmer konnte ich Barnabas erkennen, der mit dem Telefonhörer am Ohr am Fenster stand. Ich zog mich in den Laden zurück, um ebenfalls ungestört zu telefonieren, und zwar mit dem nächsten Polizeirevier – dessen Nummer sich durch langjährigen Gebrauch bereits in mein Hirn eingegraben hat. Mein alter Freund Paul Grant arbeitete nicht mehr dort, also würde ich einen Fremden mit wenigen Worten überzeugen müssen. Als sich schließlich eine gequälte Stimme meldete, bat ich, mit jemandem über den »Einsatz« in der George Street sprechen zu dürfen. Mittlerweile musste es doch schon ein lokales Einsatzzentrum geben.

Die zweite Stimme gehörte einer Frau. Ich holte tief Luft und sprang ins kalte Wasser. »Hier spricht Dido Hoare. Ich bin diejenige, die heute Morgen den Vorfall in der George Street angezeigt hat. Es geht um Folgendes: Ich hab gesehen, dass der alte Mann, der die – der den Fund machte, in einem Streifenwagen mitgenommen wurde. Ist er bei Ihnen? Ich habe etwas, was ihm gehört, und möchte ihn wissen lassen, dass es in Sicherheit ist.«

Ich war nur mäßig überrascht, als sie sich zweimal meinen Namen buchstabieren ließ und mich nach meiner Telefonnummer fragte, meine Nachricht aber nicht notierte. Ich grub einen Namen aus meinem Gedächtnis aus, bat, mit Superintendent Colley verbunden zu werden, und bekam zur Antwort, er sei schon im letzten August versetzt worden. Richtig. Ich hinterließ meine Handynummer und legte auf, um nachzudenken. Am Ende stieg ich nach oben zu meiner Müllhalde.

Am oberen Treppenabsatz empfing mich eine unheilverkündende Stille. Von meinem Vater keine Spur, aber Mr Spock starrte mich eindringlich von der Schlafzimmertür aus an. Ich ignorierte ihn und öffnete die Küchentür, der prompt eine Welle unaussprechlicher Gerüche entströmte. Mr Spock stellten sich die Haare auf und meine versuchten es ebenfalls. Barnabas hingegen stand am Tisch und bekam von dem Grauen offenbar gar nichts mit. »Er beruhigt sich langsam. Ich hab ihm ein Stück Apfelsine gegeben«, sagte er leise.

Ich fragte, ob ich reinkommen und sauber machen könne.

»Vielleicht sollte ich das lieber tun?«, entgegnete Barnabas. Ich hatte ihn schon begeisterter gehört. »Er ist wahrscheinlich eher an einen Mann gewöhnt.«

»Aber Ben …«

»Wir müssen versuchen, das Tier loszuwerden, bevor Ben nach Hause kommt.«

Sein Ton entging mir nicht. »Was hast du getan?«

»Ich habe Mr Stanley angerufen. Du kennst doch meinen Nachbarn von oben?« Ich wusste genau, wen er meinte, und wartete. »Er hat mal einen Papagei besessen, aber der ist irgendwann gestorben. Er besitzt aber immer noch einen großen Käfig mit allem Drum und Dran.«

Erleichterung überkam mich. »Kannst du ihn dir leihen?«

»Noch besser, Mr Stanley hat angeboten, das Tier vorübergehend zu sich zu nehmen. Ihm schien die Vorstellung zu gefallen: Eigentlich hat sogar er den Vorschlag gemacht. Ich glaube, er ist ein bisschen einsam, und vielleicht reizt ihn die Vorstellung, einen Affen bei sich zu haben.«

»Zumindest brauchen wir kein schlechtes Gewissen zu bekommen, dass wir ihm das Tier aufgehalst haben«, meinte ich zynisch. »Hast du ihn denn nicht gewarnt? Will er wirklich eine Art Baby mit Zähnen übernehmen?«

»Ich habe ihn hinlänglich gewarnt«, entgegnete mein Vater. »Er geht davon aus, dass du mich und das Tier absetzt, bevor du Ben im Kindergarten abholst. Ja?«

»Ja«, stimmte ich zu. Es würde knapp werden, aber ich hoffte, wenn ich das Katastrophengebiet erst mal aufgeräumt hätte, wäre da nichts mehr, worüber ich mir Sorgen machen müsste, und ich könnte mich ausruhen und mit Ben spielen oder sogar daran denken, bald ein paar Bücher zu verkaufen. Ich beschloss, den Katzenkorb in die Abgeschiedenheit des Treppenabsatzes zu stellen, ganz gleich, was Barnabas und der Affe davon hielten, dann die Küche zu säubern und mir vielleicht sogar noch schnell die Hände zu waschen und die Haare zu kämmen, bevor wir aufbrechen mussten. Außerdem konnte ich auch etwas Zeit gebrauchen, um in aller Ruhe zu überlegen, was jetzt zu tun war. Doch es stellte sich heraus, dass es dazu ein paar Stunden und einen Blick auf den Fernsehbildschirm brauchte.

Ich hatte die Sechs-Uhr-Nachrichten verfolgt, auf einen Bericht über den Leichenfund in Islington gewartet und war gespannt, ob mittlerweile irgendjemand etwas dazu zu sagen hatte. Der Beamte von der Streife, den die Reporter interviewt hatten, erwähnte die Leiche einer Frau. Er berichtete, die Untersuchung sei bereits im Gange. Die Kamera fuhr über die Menge der

Schaulustigen hinter den Schranken, über die Straße, glitt rasch an der Fassade meines Ladens vorbei und richtete sich dann auf die Plane über dem Eingang der Werkstatt. Die ganze Szene war voller Menschen, aber der eine, der meine Aufmerksamkeit fesselte, stand vor einer Schranke, ignorierte Tatort und Fernsehteam und unterhielt sich stattdessen konzentriert mit jemandem neben ihm. Der zweite Mann war mir unbekannt, aber die Größe, die Falkennase und das rote Haar des Ersten waren unverwechselbar. Seltsam, ihn dort zu sehen. Der Beamte im Vordergrund gab währenddessen die üblichen Phrasen von sich. Schreckliches Verbrechen. Mit allen uns zur Verfügung stehenden Mitteln. Sachdienliche Hinweise der Bevölkerung. Nachdem er fertig war, zeigten sie die Filmsequenz ein weiteres Mal, und der Rotschopf und sein Gesprächspartner tauchten erneut auf. Ich schaltete ab, als der Beitrag zu Ende war; und nachdem ich telefoniert und eine Nachricht auf dem Anrufbeantworter des rothaarigen Mannes hinterlassen hatte, ging ich, um Bens Essen in der makellosen, nach Zitrone duftenden, seltsam aufgeräumten Küche zuzubereiten.

Unser Gespräch beim Abendessen wurde vom Telefon unterbrochen. Ich überließ Ben seinen Spaghetti und rannte zum Apparat.

»Dido, alles in Ordnung mit dir?« Das war Pats Stimme, ziemlich laut. Da hatte jemand ferngesehen.

»Ja, natürlich«, beruhigte ich sie und gab ihr eine gekürzte Fassung der Ereignisse, bevor ich wieder zu Ben zurückkehrte.

Es war fast eine Stunde vergangen, als er sich schließlich meldete.

»Dido! Vor ein paar Stunden wäre ich fast bei dir vorbeigekommen.«

»Ich weiß. Ich hab dich im Fernsehen gesehen«, antwortete ich.

Seltsam, das rief Schweigen hervor. Dann: »Verdammt. War ich …?«

Ich wagte einen Versuch. »Nicht besonders. Es war eine dichte Menschenmenge und du hast nicht sehr nah an der Kamera gestanden, also glaube ich nicht, dass du besonders aufgefallen bist. War das ein Reporter, mit dem du geredet hast?«

Er zögerte. »Einer meiner Kontaktmänner bei der Polizei. Jemand hat heute Morgen bei der Zeitung angerufen und uns informiert, dass in der ›trendigen George Street in Islington‹ eine Leiche in einem Müllsack gefunden wurde. Das klang, als könnte es in Verbindung zu meinem gegenwärtigen Projekt stehen, also kontaktierte ich diesen Mann und vereinbarte mit ihm ein Treffen vor Ort. Aber ich möchte wirklich nicht damit hausieren gehen, dass ich mit ihm bekannt bin.«

Chris Kennedy und ich waren seit mehr als einem Jahr befreundet. Er arbeitet als investigativer Journalist bei einer großen Zeitung. Ich versuchte, mich auf das »Projekt« zu konzentrieren und nicht vom Gedanken ablenken zu lassen, dass mein Laden sich in einer trendigen Gegend befand und ich vermutlich die Preise anheben konnte.

»Chris, ich kenne den alten Mann, ich meine, ich hab schon früher einmal mit ihm gesprochen. Ich war hier, als er den Fund machte, und ich hab auch die Polizei angerufen.« Ich ertappte mich dabei, dass ich mir die Szene wieder ausmalte, und musste innehalten, um mich zu sammeln.

»Seit ich deine Nachricht abgehört habe, hab ich schon mehrfach versucht, dich zu erreichen, aber jedes Mal bekam ich den Anrufbeantworter im Laden oder ein Besetztzeichen. Ich fahre gleich zu dir, einverstanden?«

Mehr als einverstanden, dennoch erwiderte ich: »Ja, aber könntest du vorher noch was für mich tun? Oder zumindest versuchen? Ich muss mit diesem alten Mann sprechen und ich weiß nicht, wohin sie ihn gebracht haben. Bei der Polizei komme ich nicht weiter. Ich möchte ihm Bescheid geben, dass ich etwas gefunden habe, was ihm gehört, und es in sicherer Verwahrung halte.«

»Ich kann ihm bestimmt eine Botschaft übermitteln lassen. Man wird ihn wohl immer noch irgendwo befragen, und wenn er keine feste Adresse hat, werden sie ihn für eine Weile dabehalten wollen.«

Ich erklärte ihm, dass er nicht verstanden habe: ein Verhör würde wahrscheinlich das Begriffsvermögen dieses speziellen Zeugen übersteigen. Dann erläuterte ich es kurz.

Chris schaffte es, nicht das Falsche zu sagen, was einer der Gründe ist, weshalb ich ihn so mag. »In Ordnung, ich tätige mal einen Anruf und schau, ob ich ihm etwas ausrichten lassen kann. Bist du zu Hause?«

»Bis auf weiteres«, entgegnete ich.

»Falls ich zu ihm durchkomme: Was soll ich ihm erzählen?«

»Nur dass sein Affe in Sicherheit ist.«

»Affe?«

»Ja, Affe, wie wildes Tier mit langem Schwanz, ugha ugha.«

Ich hörte, wie er ein Lachen unterdrückte. »Bis gleich«, verabschiedete er sich und legte auf. Ich blieb mit dem Hörer in der Hand stehen und dachte über das Gespräch nach. Irgendwas musste da noch erklärt werden. Ich rief ihn zurück, doch diesmal bekam ich das Besetztzeichen und gab es auf.

Kapitel 7

Vermisstes

Es war fast zehn, als die Türglocke läutete. Ich stieg die Treppe hinunter und Kennedy drückte mir einen großen Topf mit einem rosafarbenen Weihnachtsstern in die Hände. »Hallo«, begrüßte ich ihn. Er nickte bloß und runzelte die Stirn. Ich fragte ihn, ob er nicht reinkommen wolle. Er nickte erneut und ich überlegte langsam, was los sein mochte.

Als ich mich umdrehte, um voranzugehen, packte er mich am Arm. »Warte: Wer ist noch da oben?«

»Ben. Er schläft. Warum?«

»Barnabas nicht? Hör mal, ich muss mit dir reden.«

Ich blickte ihn überrascht an. »Ich hab ihn vor Stunden nach Hause gebracht.« Den Affen erwähnte ich nicht. »Was ist los?«

Chris Kennedy ist ein hochgewachsener Mann; aber wenn ich zwei Stufen über ihm stehe, kann ich ihm direkt in die Augen schauen. Oberflächlich betrachtet sah er genauso aus wie zum Beispiel am vergangenen Samstag, als wir zusammen zu Abend aßen: stachliges rotes Haar, haselnussbraune Augen, schnabelförmige Nase, schwarze Lederjacke; aber heute strahlte er etwas aus, was ich nicht deuten konnte.

»Du sagst mir vielleicht besser, was los ist, und oben ist es wärmer«, meinte ich schließlich.

Sein Lächeln kam leicht zögernd. Er nickte. Ich öffnete den Mund, schloss ihn wieder, führte ihn nach oben in die Küche, die immer noch nach dem Raumdeo mit Zitrusduft roch, und platzierte den Weihnachtsstern mitten auf den Tisch.

»Hast du etwas über den alten Mann herausgefunden? Ich wünschte, ich wüsste seinen Namen, es kommt mir dumm vor, ihn ständig ›den alten Mann‹ zu nennen.«

»Harold Terence Lewis. Hört manchmal auf ›Harry‹.«

Das klang vielversprechend. »Wer ist er?«

»Er ist ein Niemand«, antwortete Chris. Erst jetzt bemerkte ich den rauen Unterton in seiner Stimme. »Die Polizei hat diesen Namen auf einem Rezept in seiner Tasche entdeckt. Er war in ihren Akten: Bagatelldiebstahl, Bettelei, Trunkenheit. Er lebt schon seit mindestens drei Jahren als Obdachloser in dieser Gegend. Jemand meinte, er sei ein ›Original‹, was nichts anderes heißt, als dass sie ihn für lästig, aber harmlos halten. Hin und wieder greifen sie ihn auf und bringen ihn ins Heim, aber er bleibt dort nie. Im Grunde haben sie es aufgegeben, denn er will sich partout nicht von seinem Affen trennen. Im St. Mungos sind Hunde erlaubt, aber bei Affen zieht man selbst dort die Grenze. Er sollte auch Medikamente nehmen, aber natürlich tut er das nicht. In seiner Tasche hat man einen großen Vorrat an Tabletten entdeckt.«

»Aber wo ist er jetzt?«

»Da man nichts Vernünftiges aus ihm herausbrachte, hat man einen Arzt gerufen, der bestätigen sollte, dass sich an seinem Zustand nichts ändern würde. Dann hat man ihn in ein Nebenzimmer geführt und ihm gesagt, er solle dort bleiben, man würde ihm einen Schlafplatz suchen. Eine der Mitarbeiterinnen fing an, herumzutelefonieren, und als sie ihm dann eine Tasse Tee bringen wollte, entdeckte sie, dass er einfach hinausspaziert war, wie der Unsichtbare Mann. Möglicherweise fragt man sich jetzt, ob er wirklich so harmlos ist wie angenommen.«

»Er hat ihnen also nichts Brauchbares erzählt?«

Chris zuckte die Achseln. »Sie meinen, er sei gar nicht in der Lage, etwas Vernünftiges von sich zu geben, selbst wenn er ruhig sei. Du hattest Recht: Sie glauben, dass er es rein zufällig gefunden hat, einfach weil er am falschen Ort herumstöberte.«

»Manchmal ist er auch etwas klarer.«

Chris blickte mich an. »Woher weißt du das?«

Ich wies darauf hin, dass ich den alten Mann schon früher einmal kennen gelernt hatte – den alten, verrückten Harry Lewis, wenn das wirklich sein Name war. Ich berichtete ihm sogar von dem Blumenbildband.

»Wahrscheinlich lebt er schon seit Jahren aus Mülleimern. Wenn er je irgendwas darüber wusste, was unwahrscheinlich ist ...«

»Wenn, dann ist es ihm jetzt entfleucht.« Wie anscheinend auch der Affe. Würde er sich überhaupt noch an das Tier erinnern? Möglicherweise würde Mr Stanley für länger einen Hausgast haben.

Über diesem Problem war ich ins Grübeln geraten. Chris riss mich schließlich aus meinen Gedanken »Als ich deinen Namen erwähnte, wussten sie übrigens gleich Bescheid. Sie wollen morgen jemanden vorbeischicken, der sich mit dir unterhält.«

»Sie haben sich schon mit mir unterhalten. Ich hab sie ja benachrichtigt, als der alte Mr Lewis die Leiche fand. Ich hab schon meine Aussage gemacht.« Dann kam mir wieder in den Sinn, was Chris gesagt hatte: »Du sprachst gerade von ›es gefunden hat‹. Aber es war doch eine Leiche, oder nicht?«

Er zögerte. »Er hat ein paar Teile einer Leiche entdeckt: den Torso und den linken Arm. Aber der Kopf fehlt, genauso wie der rechte Arm und die Beine. Es war ein junges Mädchen, ein Teenager.«

Ich drehte mich um und starrte gegen die Wand. Er hatte mir soeben meinen Eindruck bestätigt, die Leiche habe irgendwie seltsam ausgesehen: die Größe, die Form hatte nicht gestimmt. Ständig trat mir der verwesende Arm vor mein geistiges Auge, wie er auf einem schmutzig schwarzen Stoff lag, mit gebeugter

Hand und gekrümmten Fingern, so als ob es – sie – versucht hätte, sich an etwas festzuhalten, was nicht mehr da war.

»Dido – alles in Ordnung?«

»Ja.«

Chris schlang die Arme um mich und ich drückte mein Gesicht in seinen Pullover, weil ich weinen wollte, ohne Gefahr zu laufen, Ben aus dem Schlaf zu reißen. Nach einer Weile senkte er das Kinn und legte es auf meinen Kopf, und seine Umarmung verstärkte sich.

»Tut mir Leid. Ich bin müde. Tut mir Leid.« Meine Stimme kämpfte, nicht zu brechen.

»Ist schon gut. Ich weine auch«, murmelte er. Aber als ich mich von ihm löste und nachschaute, wirkte er wütend, und da waren auch keine Tränen.

»Wer ist sie? War sie? Weiß man das schon?«

»Ihre Fingerabdrücke sind nirgendwo verzeichnet, also dauert es möglicherweise eine Weile, bis sie es herausgefunden haben. Es heißt, sie sei zwischen vierzehn und achtzehn Jahre alt gewesen. Sie forsten jetzt stapelweise Vermisstenanzeigen durch und werden heute Abend im Fernsehen um Hinweise bitten. Wenn du nichts dagegen hast, würde ich gern die Nachrichten gucken. Morgen wird es auch in allen Zeitungen zu lesen sein.«

Es gab nichts, was ich hätte erwidern können, also machte ich frischen Kaffee und mit dem machten wir es uns dann im Vorderzimmer gemütlich und verfolgten auf drei verschiedenen Sendern die Berichte über den Mord. Danach diskutierten wir über alles, was wir erfahren hatten, und kamen dennoch zu keinem Schluss. Schließlich gaben wir es auf.

Es war weit nach Mitternacht, als er sich rührte und aufstand: »Pass auf dich auf«, brummte er.

»Rufst du mich an und gibst Bescheid, wenn du herausgefunden hast, wo der alte Mann ist?«

»Hast du gehört, was ich gesagt habe? Ich sagte: Pass auf dich auf.«

»Ich pass immer auf mich auf.«

»Ich meine es ernst! Mir zuliebe. Muss ich es erst so formulieren: Da ist ein sexbesessener, wahnsinniger Serienmörder in deiner Nachbarschaft! Natürlich ist das nur eine Vermutung.«

Fast hätte ich gelacht. Manchmal klingt Chris eher wie ein Boulevardjournalist und nicht wie ein seriöser Zeitungsmann. »Warum denn ›Serienmörder‹? Glaubst du, es hat noch weitere Opfer gegeben?«

Er wandte den Blick ab. »Das wird befürchtet. Wahrscheinlich noch drei.«

»Ich kann mich nicht erinnern, etwas davon gehört zu haben.«

»Es gab ein paar Artikel im Innenteil. Die anderen Leichen waren nicht verstümmelt, sondern nur in den Kanal oder auf die Müllkippe jenseits von King's Cross geworfen worden. Aber es gibt einige Übereinstimmungen. Dido, es tut mir Leid, ich hab versprochen, noch nicht darüber zu reden.«

»Wenn du möchtest, kann ich ja zusätzlich zur Alarmanlage im Laden auch die im Treppenhaus einschalten.« Normalerweise mache ich mir nicht die Mühe. Ich hatte es scherzhaft gemeint, doch dann überlegte ich, ob es nicht wirklich besser wäre.

»Und sprich auch nicht mit Fremden«, fügte er hinzu und grinste doch noch.

Ich lauschte, wie er die Treppe hinunterstieg, die Haustür leise öffnete und hinter sich zuzog. Dann sprang der Motor seines alten Jaguars an und wurde mit wachsender Entfernung immer leiser. Als es wieder still war, begann ich mir auszumalen, wo der alte Mr Lewis wohl diese kalte Nacht verbrachte; und während ich mir die Zähne putzte, beschloss ich, am nächsten Morgen einen Spaziergang zu unternehmen.

Kapitel 8

Streifzug

Pünktlich lieferte ich Ben im Kindergarten ab, blickte ihm nach, wie er vergnügt hineinhüpfte, schob dann meine kalten Hände in die Manteltaschen und wandte mich um.

Als Erstes marschierte ich die Essex Road hinauf, starrte in Hauseingänge und inspizierte sogar ein paar schmale Durchgänge, die ich zwischen den Läden und Reihenhäusern entdeckte. Als ich umkehrte und auf der Westseite genauso verfuhr, dämmerte mir allmählich, dass dies eigentlich eine Aufgabe für eine ganze Armee war.

Am Islington Green setzte ich mich zum Nachdenken auf eine Parkbank, holte mein Handy hervor und rief Barnabas an.

»Gut«, versicherte ich ihm als Antwort auf die üblichen Fragen, »mir geht's gut. Und dir und dem Affen? Und vor allem: Lebt Mr Stanley noch?«

»Wir alle machen uns prächtig«, entgegnete mein Vater. Bildete ich mir das nur ein oder lag ein seltsamer Unterton in seiner Stimme? Ich hakte nach.

»Der Affe kann mich nicht leiden«, seufzte er. »Wahrscheinlich wegen des Handtuchs. Andererseits scheinen Mr Stanley und er sich miteinander zu arrangieren. Jedenfalls wirkt Mr Stanley völlig verzaubert: Es ist buchstäblich Liebe auf den ersten Blick. Manche Beziehungen entziehen sich einfach unserem Verständnis.«

Ich fragte mich flüchtig, ob er damit etwas andeuten wollte, verschob diesen Verdacht aber auf später, denn ich wollte ihn um einen Gefallen bitten.

»Barnabas, hast du gestern Abend in den Nachrichten die Berichte über diesen Vorfall gesehen?«

»Ich war die meiste Zeit oben. Aber ich habe heute Morgen Radio 4 gehört.«

Es folgte ein gewichtiges Schweigen.

Ich holte Luft. »Nun, ich kann heute eine Zeit lang nicht im Laden sein – ich hab noch ein paar Dinge zu erledigen. Könntest du ihn öffnen und dableiben, bis ich zurück bin?«

»Was musst du denn so dringend erledigen?«

»Ich suche nach dem alten Mann.«

»Im Radio hieß es, die Polizei hätte ihn nicht in Gewahrsam behalten.«

»In Wahrheit ist er abgehauen, kaum dass sie ihm den Rücken zugewandt hatten.«

»Wirklich?« Ich hörte, wie er zögerte. Vielleicht versuchte er auch nur, taktvoll zu sein. »Ich glaube, das wurde gar nicht erwähnt.«

Ich zog eine Grimasse. »Das hat mir Chris verraten.«

Barnabas enthielt sich eines Kommentars. Er akzeptiert allmählich, dass Kennedy und ich Freunde sind, wobei ich finde, dass ihn das überhaupt nichts angeht. Stattdessen entschied er sich für ein: »Du suchst ihn also? Ich nehme an, die Polizei tut das auch.«

»Aber nicht besonders intensiv. Sie gehen davon aus, dass er die Leiche nur zufällig gefunden hat, und offensichtlich kann er ihnen nicht viel erzählen, selbst wenn er sich an etwas erinnern würde. Als Zeuge ist er ganz sicher unbrauchbar. Vermutlich haben sie nur die hiesige Streife angewiesen, die Augen offen zu halten.«

»Und warum machst du dir die Mühe?«

»So wie er gestern in Panik geriet, wird er bestimmt versuchen, der Polizei aus dem Weg zu gehen, aber ich glaube, vor mir hat er keine Angst. Ich denke, ich sollte ihm sagen, dass sein Affe in Sicherheit ist.«

»Ist das alles?«, erkundigte sich mein Vater argwöhnisch.

Aber ich blieb ruhig und fragte unschuldig zurück: »Was soll denn sonst noch sein? Schließlich ist es sein Affe, auch wenn Mr Stanley ihn mag.«

»Ja, ja, ja.« Barnabas klang ungeduldig. »Aber …« Er schlug einen anderen Ton an. »Also was genau machst du heute Morgen?«

»Ich bin ein wenig in der Gegend herumspaziert, weil er offensichtlich hier in der Nähe campiert«, erwiderte ich sanft. »Ich hab das ›Geschlossen‹-Schild an die Ladentür gehängt, aber es ist Freitag, und mir kommt es wie eine Schande vor.« Das war ein recht unfaires Druckmittel: Die Freitage gehören zu unseren geschäftigeren Tagen, vor allem vor Weihnachten. »Außerdem ist da noch etwas. Wenn du im Laden wärst, könntest du im Computer und auf dem Regal mit den alten Auktionskatalogen nachsehen, ob du irgendwas über einen viktorianischen Oktavband mit dem Titel *Lektionen in Blumenmalerei* von Andrews – James Andrews? – entdecken kannst. Der alte Mr Lewis hat mir vor ein paar Monaten ein Exemplar gezeigt. Es sah ziemlich wertvoll aus und ich halte es für sehr selten. Vielleicht könnten wir es für ihn verkaufen.«

»Bei mir klingelt da nichts«, gab mein Vater zu. »Gehört das Buch ihm?«

Ich begnügte mich mit der Antwort, er habe es vor ein paar Monaten in seinem Rucksack mitgeschleppt, das sei allerdings keine Garantie dafür, dass er es immer noch habe oder überhaupt der rechtmäßige Besitzer sei.

»Und du beabsichtigst lediglich, mit ihm über das Buch und seinen Affen zu sprechen?«, fragte mein Vater hartnäckig nach. »Mehr nicht?«

»Barnabas, ich muss es tun«, entgegnete ich unschuldig. »Er macht sich bestimmt große Sorgen um sein Tier, außerdem geht es ihm nicht gut und es heißt, es würde ein langer, harter Winter werden.«

»Ich bin in einer halben Stunde da«, verkündete mein Vater und verschob eine Auseinandersetzung, wenn auch wahrscheinlich nur für kurze Zeit – ich kannte diesen trockenen Tonfall schon. Wenn ich wirklich einer hochnotpeinlichen Befragung hätte ausweichen wollen, hätte ich mir eine Geschichte ausdenken müssen.

Es war zu kalt, um länger als ein paar Minuten lang sitzen zu bleiben. Vermutlich hätte ich mir jetzt die U-Bahn-Station vornehmen müssen, wo es einen vielversprechenden Bereich mit Läden, kleinen Restaurants, Büros und Baustellen gab, aber das war mir zu viel. Stattdessen drehte ich um und widmete mich der Gegend zwischen Upper Street und Essex Road. Ich wollte gewissenhaft vorgehen, daher nahm ich mir reichlich Zeit, überquerte mehrfach die Rasenflächen von Islington Green und schritt die Frontseiten der großen, gepflegten viktorianischen Villen ab. Schließlich bog ich hoffnungsvoll auf den Kirchhof von St. Mary's ein.

Vor einigen Jahren suchte ich schon einmal jemanden, den ich für einen Obdachlosen hielt. Damals hatte ich ein paar Leute in dem eingelassenen Rosengarten vor dem alten Friedhof entdeckt, die dort auf den Bänken saßen und tranken. Es war ihr üblicher Treffpunkt gewesen. Im Keller der Kirche gab es eine Art Suppenküche, was wahrscheinlich der Grund für ihre Anwesenheit war; aber der gesuchte Mann war nicht unter ihnen gewesen. Heute war der Friedhof menschenleer. Ich stand auf einem Pfad im kalten Licht und blickte über den ordentlich gemähten, braunen Rasen. Angesichts der Temperaturen war es kaum verwunderlich, dass er verlassen dalag, dennoch war ich enttäuscht: Die Sache hatte eine Bedeutung für mich angenommen, die ich kaum erklären konnte.

Mit Menschen wie Harry Lewis war ich nie näher in Kontakt gekommen. Ich war in Oxford aufgewachsen, wo mein Vater Englisch lehrte. Wir wohnten in einem riesigen Haus im Norden, umgeben von Büchern und Akademikern, und meine Schwester und ich besuchten die beste Mädchenschule der Stadt. Von dort aus wechselte ich aufs Somerville College. Alles war ganz einfach. Wenn es ein Problem gab, mit dem ich nicht zurechtkam, war immer jemand da, der mir half. Das war ganz selbstverständlich für mich. Und wenn mir auf der Straße jemand wie Harry Lewis begegnete, hätte ich nicht gewagt, ihn anzusehen. Im Vergleich zu anderen britischen Städten ist die Kriminalitätsrate in Oxford niedrig; aber das heißt nicht, dass nie etwas Schlimmes passiert oder dass es keine Armut gibt. Doch wenn man jung ist, glaubt man, alle würden mehr oder weniger so leben wie man selbst.

Nach meinem Abschluss ging ich mit einer amerikanischen Freundin vom College nach Amerika. Wir bekamen einen Job in dem Verlag, in dem ihre Schwester arbeitete, teilten uns eine Wohnung in der Nähe der Columbia University und trieben uns mit ihren Freunden herum, und eine Zeit lang sah und tat ich Dinge, die mir vorher völlig unbekannt gewesen waren – bis meine Mutter starb und ich nach Hause zurückkehrte. Als Barnabas nach London zog, folgte ich ihm, denn er war mittlerweile schon fast siebzig. Und während ich in einem antiquarischen Buchladen in Bloomsbury arbeitete, lernte ich einen überaus attraktiven Gauner kennen, der mich erst heiratete, dann verließ und mir, bevor er ermordet wurde, Ben schenkte. Wahrscheinlich hat mir Davey mehr als jeder andere schließlich die Augen für die Welt um mich herum geöffnet. Und jetzt sind sie so weit aufgerissen, dass ich mich immer wieder dabei ertappe, dass ich zu genau hingucke und nicht mehr in der Lage bin, das Gesehene zu ignorieren.

Gedankenverloren wandte ich dem kalten Wind den Rücken zu und schritt einen der Pfade hinunter, die den alten Friedhof durchkreuzten. Ich verglich mein Leben mit dem eines unsichtbaren Mannes, der davon lebte, Mülleimer nach Verwertbarem zu durchwühlen: menschlicher Abschaum. Und dem wollte ich seinen Affen zurückgeben.

Aber offensichtlich nicht heute. Selbst mit mehreren Wintermantellagen konnte er unmöglich hier herumsitzen. Ich würde an geschützteren Orten suchen müssen. Gemächlich umwanderte ich die Kirche, schlenderte durch die schmale Straße dahinter und dann durch den kleinen Gang, der mich ans hintere Ende meiner eigenen Straße brachte. Ich bog in die George Street ein, verweilte lange genug, um den praktischen Winkel neben *Dido Hoare – antiquarische Bücher und Drucke* zu inspizieren, und stellte fest, dass Barnabas noch nicht da war. Das Absperrband der Polizei flatterte im scharfen Wind, das zeltartige Gebilde überspannte immer noch das Tor der Werkstatt und der große Lieferwagen behauptete seinen Platz am Bordstein, aber sonst gab es an diesem Morgen keinerlei Anzeichen von Polizeipräsenz.

Etwa hundertfünfzig Jahre zuvor hatte ein Spekulant am nördlichen Ende der Straße zwei Reihen mit Doppelhaushälften hochgezogen. Als ich meinen Laden eröffnete, waren sie schäbig und verfallen gewesen, doch mittlerweile hat die ganze Gegend einen Aufschwung erlebt und man sieht wieder schöne, teure Häuser mit Satellitenschüsseln auf den Dächern und dicken, augenscheinlich neu gekauften Wagen am Straßenrand. Ich stapfte die eine Straßenseite hinauf und die andere wieder hinunter und blickte ohne große Hoffnung durch die schmiedeeisernen Zäune der Anwesen.

In diesem Augenblick bog am unteren Ende der Straße Mrs Acker mit noch jemandem um die Ecke und steuerte auf mich zu. Ihr Begleiter war ein kräftig gebauter Mann mittleren Alters.

Sein angegrautes Haar war sehr kurz geschnitten und er trug eine dunkelblaue Fleecejacke, eine schwarze Hose und schwere, schwarze Schuhe. An der Art, wie sie an seinem Arm hing und neben ihm hertrottete, wurde mir klar, dass ich in Kürze Mr Acker kennen lernen würde.

Ich versuchte, ihren Blick zu erhaschen. Zu gern wollte ich wissen, was mit dem Buch nicht stimmte, und ihr ausrichten – wenn sie sich für all die Mühe entschuldigte –, dass alles in Ordnung sei und sie es mir mitteilen solle, falls sie ihre Meinung geändert habe. Aber ihre Augen glitten ohne ein Anzeichen des Erkennens über mein Gesicht hinweg. Er seinerseits musterte mich beiläufig. Als wir vor dem Laden aufeinander trafen, schritt Mrs Acker so nah an mir vorbei, dass ich sie hätte berühren können, aber ihr abweisendes Gesicht signalisierte, mich noch nie zuvor gesehen zu haben. Und Barnabas hatte sich nicht getäuscht: Sie hatte wirklich ein blaues Auge. Als sie vorbeigegangen waren, drehte ich mich um.

Die beiden stoppten ebenfalls. Er machte eine Bewegung und sie wartete, während er die Straße überquerte und an die große rückwärtige Tür des Polizeiwagens klopfte. Als sie sich öffnete, vernahm ich, wie man sich begrüßte, und dann ertönten mehrere Stimmen, die beiläufig miteinander sprachen, aber ich konnte kein einziges Wort davon verstehen. Einen Augenblick später hob Acker seine Hand halb zum Gruß und überquerte erneut die Straße. Die Tür des Wagens schlug zu und die Ackers liefen weiter und bogen schließlich in einen Hauseingang weiter die Straße hinauf ein.

Mrs Ackers Begleiter hatte sich offensichtlich mit ein paar Bekannten unterhalten. Das schien auch seinen Kleidungsstil zu erklären: Er trug einen Teil seiner Uniform, denn Mr Acker war ebenfalls Polizist – ein dienstfreier Polizist. Das erklärte allerdings nicht, warum Mrs Acker beschlossen hatte, mich zu ignorieren.

Ich schwenkte in die Querstraße ein und an der nächsten Ecke wieder nach links. Die Westseite dieser Straße wurde in der Mitte von der fensterlosen Wand der Werkstatt eingenommen. Die restlichen Anwesen bestanden aus Reihenhäusern, ein oder zwei Jahrzehnte neuer als die Bauten in meiner Straße und kleiner. Ich trottete an ihnen vorbei auf die weiter hinten gelegenen Sozialwohnungen aus den sechziger Jahren zu und blieb auf der gegenüberliegenden Straßenseite stehen. Mein Blick wanderte die Fassaden der sechsstöckigen Wohnblöcke hinauf, dann musterte ich den schmalen Weg, der zwischen zweien von ihnen verlief. Und räumte endlich meine Niederlage ein. Es konnte hier alles Mögliche vor sich gehen, aber ich sah mich einfach nicht in der Lage, die ganze Gegend zu durchsuchen. Halbherzig überquerte ich die Straße und schlenderte sie entlang, aber es war so sinnlos, wie ich es vorhergesehen hatte. Ich bin zwar dickköpfig, aber nicht verrückt, und darum kehrte ich kurz darauf um.

Als ich zitternd und rotnasig beim Laden ankam, traf ich auf Barnabas, der mit einem demütig wirkenden Unbekannten über eine *Utopia*-Ausgabe von Morus aus dem achtzehnten Jahrhundert diskutierte. Soeben erging sich mein Vater ausführlich über eine Reihe kleinerer Mängel und ich begriff, dass der Fremde uns die Ausgabe verkaufen wollte. Ich schlich an ihnen vorbei ins Büro und starrte dann düster auf den alten Wasserkocher auf dem Aktenschrank. Wahrscheinlich würde noch ein kleiner Rest Instantkaffee im Glas sein.

Während ich noch zögerte, tauchte Barnabas auf der Suche nach dem Scheckbuch auf. »Warte noch eine Minute«, befahl er.

Ich nickte und beschloss, mich für den Augenblick einfach an den Radiator zu lehnen und die Wärme zu genießen. Nach erfolgreich abgeschlossenem Geschäft platzierte Barnabas seine Neuerwerbung neben Mrs Ackers *Pu der Bär* auf den Schreibtisch. Beide mussten noch geprüft werden, bevor sie ins Regal gestellt wurden.

»Nun?«

Ich nieste. »Zu kalt.«

»Ist es nicht auch die falsche Tageszeit?«, fragte Barnabas. »Am Abend sind die Leute in den Pubs und Restaurants vielleicht großzügiger.«

Tja, wahrscheinlich. Ich war nur zu bereit einzuräumen, dass es zu hell, zu früh und vor allem zu kalt war, um weiterzumachen. Meine kribbelnden Finger- und Fußspitzen sprachen eine sehr deutliche Sprache.

»Ich geh besser mal hoch und mach mir was Heißes zu trinken«, seufzte ich. »Gibt es irgendwas Dringendes?«

»Nein, nein«, erwiderte Barnabas. »Nicht in den nächsten Minuten. Geh nur.«

Ich schlich gerade zur Tür hinaus, da rief er noch: »Eine Frau vom hiesigen Polizeirevier hat angerufen. Aber keine Nachricht hinterlassen. Außerdem Mr Kennedy. Er meinte, er würde es diesen Nachmittag noch einmal versuchen.«

Ich winkte zum Zeichen, dass ich ihn gehört hatte, setzte aber meinen Weg in die Wohnung fort, drehte die Zentralheizung hoch, setzte den Wasserkessel auf und beschloss, ein heißes Bad zu nehmen. Als ich dem dampfenden Wasser entstieg, war Barnabas heraufgekommen und bereitete einen seiner fragwürdigen, lauwarmen Tees zu.

Ich kündigte an, ich würde meinen schwarz mit Zucker trinken. »Und ich geh runter, sobald ich mich angezogen habe«, fügte ich schuldbewusst hinzu. »Du hast Recht. Ich habe den ganzen Morgen verschwendet. Mir bleibt wohl nichts anderes übrig, als zu hoffen, dass er irgendwann auftaucht.«

»Wenn ihm ein Funken Vernunft geblieben ist, verbringt er den heutigen Tag in irgendeiner Unterkunft.«

Zweifelnd stimmte ich ihm zu. Dann fiel mir etwas ein. »Hat Chris nicht gesagt, was er wollte?«

»Nein, aber er wollte schon etwas«, versicherte Barnabas.

Rasch wechselte ich das Thema. »Wie geht es Mr Stanley heute Morgen?«

»Ich habe kurz bei ihm vorbeigeschaut«, berichtete Barnabas. »Er war so beschäftigt, dass er noch nicht mal den Fernseher angeschaltet hatte. Er meinte, der Affe sei offenbar dazu abgerichtet, sein Geschäft auf Zeitungspapier zu verrichten.«

Ach ja?

Kapitel 9

Stecknadel und Heuhaufen

Ich hatte meinen Streifzug mit einem wesentlich klareren Bild von meiner Nachbarschaft, vor allem der dunkleren Ecken, abgebrochen – mehr war dabei nicht herausgekommen.

Barnabas hingegen machte sich auf den Weg zur British Library, um ein paar Bücher zu bestellen, so dass ich den Laden für mich allein hatte. Eine kurze Pause lag vor mir, bevor die Spätnachmittagskunden eintrudeln würden – im Dezember haben wir freitags immer bis sieben geöffnet. Also starrte ich müßig durch die Glastür auf die Leute, die auf der Straße vorbeieilten, und versuchte zu verarbeiten, was ich gesehen hatte. Allmählich jedoch wandelte sich die Rückschau in einen Tagtraum. Also riss ich mich zusammen und fing an, den Schreibtisch aufzuräumen.

Zunächst einmal war da das Exemplar von *Utopia,* das Barnabas gerade erworben hatte. Den Gesprächsfetzen, die ich vernommen hatte, zum Trotz gab es keine ernsthaften Mängel. Mit Bleistift schrieb ich einen Preis und die Worte »Ausgezeichneter Zustand« auf das Vorsatzblatt. Dann war da der A. A. Milne, Mrs Ackers rätselhafte Reklamation. Als ich das Deckblatt aufschlug, entdeckte ich die Originalrechnung mit der Bemerkung »60 Pfund Rückerstattung, Verkauf annuliert« in der Handschrift meines Vaters. Ich zog sie heraus und heftete sie ab. Daraufhin blätterte ich durch das Buch, aber es schien in genau demselben Zustand wie vor dem Verkauf zu sein. Sie hatte davon so angetan gewirkt – ich war sicher gewesen, dass es sie glücklich machen würde. Wieso nur hatten die ausstehenden fünfundzwanzig

Pfund sie so belastet? Ich sann darüber nach und stellte den Band dann nicht ins Regal zurück, sondern legte ihn in die unterste Schublade meines Schreibtischs, die auch als mein persönliches, inoffizielles Zwischenlager für ungelöste Probleme fungiert. Ich suchte den alten Aktenordner heraus, der früher, bevor Ernie damit begonnen hatte, unsere Listen in den Computer einzugeben, als unsere Kundenkartei fungiert hatte: Aber nein, ich hatte ihr nie ein Buch oder einen Katalog zugeschickt. Am Ende starrte ich mit gerunzelter Stirn an die Decke. Ich würde einfach hinauslaufen und sie anhalten müssen, wenn sie das nächste Mal am Laden vorbeiginge.

Es war auch möglich, dass der alte Mann einfach so auftauchte und ich ihn mir auf die gleiche Weise schnappen könnte. Es war von vornherein nicht sehr sinnvoll gewesen, in einer Gegend nach ihm Ausschau zu halten, die mehr leerstehende Gebäude, Hintertüren und kleine dreieckige Nischen bot, als ich mir jemals hätte vorstellen können. Ich hatte meine Zeit damit verschwendet, die Nadel im Heuhaufen zu suchen, und es konnte Tage dauern, den Heuhaufen Halm für Halm zu durchkämmen. Wenn ich wirklich dieser speziellen Stecknadel habhaft werden wollte, würde ich es anders versuchen müssen. Ein Magnet wäre vielleicht hilfreich – etwas, um die Nadel anzuziehen.

Ich fand die Digitalkamera in einer Schublade, mummte mich in meine Jacke, holte das Schild mit »In einer halben Stunde zurück« hervor und hängte es an die Tür. Mein purpurfarbener Van stand immer noch zwei Straßen weiter geparkt, wo ich ihn zurückgelassen hatte, als unsere Straße abgeriegelt worden war, und die ganze Strecke dorthin rannte ich. Dann nutzte ich die ersten zwanzig Minuten meiner versprochenen halben Stunde Wartezeit damit, durch den dichten Verkehr zum Haus am Crouch Hill zu schleichen, wo mein Vater wohnt. An der obersten Klingel stand schlicht STANLEY. Ich betätigte sie, lauschte auf die Schritte, die langsam die Treppe hinunterkamen, fixierte ein fröhliches Lächeln auf meinem Gesicht, als sie die Eingangshalle erreichten, und machte mich bereit zu erklären, dass ich den Affen besuchen wollte.

Mr Stanley öffnete mit vorgelassener Kette die Tür, spähte durch den Spalt und erkannte mich. Klimpernd fiel die Kette.

»Miss Hoare? Stimmt was nicht?«

Ich versicherte ihm, es sei alles in Ordnung, und folgte ihm die breite Treppe hinauf zu seiner Wohnung.

Mr Stanley ist ein Staatsbeamter im Ruhestand, drei oder vier Jahre jünger als mein Vater, weist jedoch eine beginnende Glatze, runde Schultern und viel mehr Falten auf und ist längst nicht so energiegeladen. Er führte mich durch einen kurzen Flur zum Wohnzimmer. Als wir uns der Tür näherten, drang ein vertrauter Geruch zu mir.

»Treten Sie ein, aber leise. Bitte machen Sie keine ruckartigen Bewegungen, er ist immer noch sehr nervös. Wenn Sie sich setzen möchten, mache ich Ihnen einen Tee. Ich bin sicher, Sie haben nichts zu befürchten.«

Ich nickte gehorsam und folgte ihm in einen Raum, der mit schweren, weinroten Plüschmöbeln und angestaubten Vorhängen mit Blumenmustern voll gestopft war. Auf einem Tisch neben dem Fenster stand eine große Voliere. Jetzt fungierte sie allerdings als Affenkäfig, ganz wie mein Vater berichtet hatte. Der Affe und ich musterten einander voller Argwohn. Dann schnatterte er laut und sprang auf eine Sitzstange im oberen Teil des Käfigs. Ich ignorierte ihn und ließ mich auf einem Sessel nieder.

Mr Stanley rief: »Aber Charlie!«, und zu meiner Verblüffung verstummte der Affe, setzte sich auf sein Hinterteil und starrte mich an. »Braver Charlie«, lobte Mr Stanley und dann zu mir gewandt: »Ich nenne ihn Charlie«, und: »Als Sie klingelten, fing gerade das Wasser an zu kochen.« Er verschwand. Der Affe und ich ignorierten einander, bis unser Gastgeber mit einem Tablett zurückkehrte: Teekanne und Milchkännchen, Zuckerdose, zwei Tassen und ein Teller mit einfachen Vollkornkeksen. Charlie merkte auf.

»Möchten Sie ihm ein Stückchen Keks geben?«, fragte Mr Stanley. »Aber achten Sie darauf, nicht die Finger durch die Gitterstäbe zu stecken.«

Ich erhob mich langsam, nahm einen halben Vollkornkeks vom Teller, trat langsam zum Käfig und hielt den Keks wie ein Friedensangebot vor mich hin. Der Affe beäugte ihn.

»Braver Charlie«, sagte ich ruhig und schob den Keks zwischen zwei Gitterstäben hindurch. Eine kräftige Hand schnellte nach vorn und entriss ihn mir. Meine eigene Hand zuckte fast ebenso rasch zurück und ich wich nach hinten.

»Sehr schön!«, strahlte mein Gastgeber. »Sehen Sie? Er lernt.« Er freute sich so sehr, dass er keine Einwände erhob, als ich ihn bat, Charlie fotografieren zu dürfen. Ich versprach, dass Barnabas ihm einen Abzug davon geben würde, schaltete den Blitz aus, um das Tier nicht zu erschrecken, und machte vor dem Fenster ein paar Aufnahmen. Dann trank ich meinen Tee aus und erklärte, ich müsse nun Ben abholen. Es war zwar noch nicht mal vier Uhr, doch hatte ich noch ein paar andere Erledigungen auf meinem Zettel, bevor Barnabas zurückkehrte und mich ertappte. Trotz der Verbotsschilder parkte ich vor dem Schreibwarengeschäft, um eine neue Farbpatrone für meinen Drucker zu kaufen. Als dann die nepalesische Glocke ertönte und ich aufblickte, um meinen Vater in der Tür zu entdecken, hatte ich bereits ein Dutzend Ausdrucke aus dem Drucker gezogen und sie in einen Schnellhefter geschoben. Wenn ich diese noch mit Klarsichtfolie aus der Küchenschublade vor Regentropfen schützte, konnte ich sie an ein paar Laternenpfähle kleben. Wie die selbstgemachten Schilder, die allerorten zur Suche nach vermissten Katzen oder Hunden aufrufen. Auf meinem allerdings würde GEFUNDEN stehen und darunter ein Bild des Affen. Und darunter wiederum DER BESITZER MELDE SICH BITTE IM BUCHLADEN IN DER GEORGE STREET. Mr Lewis konnte vermutlich lesen; wenn nicht, würde er, sobald er das Bild gesehen hätte, sicherlich jemanden darum bitten. Ich verließ mich darauf. Dies war mein Magnet, die beste Möglichkeit, die Angelegenheit mit dem Affen endgültig zu regeln.

Also entschuldigte ich mich bei Barnabas, der mir etwas hinterherrief, was mit »Vergiss nicht die Nachricht …« anfing und rannte mit dem Hefter und einer Rolle Packpapier die Treppe hinauf. Auf dem Weg zum Kindergarten pflasterte ich die George Street und die Straße mit den Sozialwohnungen zu. Auf dem Rückweg wurden Ben und ich den Rest in der Querstraße los. Das führte bei ihm zu einer Menge Fragen, die ich ihm so eifrig beantwortete, dass ich vollkommen die Nachricht vergaß, die mir schon zweimal übermittelt worden war, bis ich eine Stunde später ins Wohnzimmer kam und das wild blinkende rote Lämpchen meines Anrufbeantworters entdeckte.

Kapitel 10

Besucher

Am Samstagmorgen waren wir bereits um neun Uhr im Laden, was mir genügend Zeit ließ aufzuräumen; das schien mir nur recht und billig, musste ich Barnabas, kaum dass er eingetroffen war, doch schon gestehen, mich an einem der betriebsamsten Tage des ganzen Jahres zum Mittagessen verabredet zu haben. Ben kniete auf dem Schreibtischstuhl und war in das kleine Computerspiel vertieft, das Ernie ihm für Zeiten wie diese installiert hatte; währenddessen prüfte ich die Regale und hielt Ausschau nach Barnabas und Ernie, der ebenfalls frühzeitig eintreffen sollte (obwohl seine Ankunft davon abhängen kann, was er am Vorabend gemacht hat und mit wem). Chris Kennedy erwartete ich ebenfalls. Als wir es gestern Abend endlich geschafft hatten, persönlich miteinander zu sprechen, hatte er nur erwähnt, dass er meine Hilfe bräuchte und am nächsten Tag um zwölf zu mir käme, weil wir »jemanden« treffen wollten. Ich hatte ihn darauf hingewiesen, dass ich Ben würde mitnehmen müssen. Darauf hatte er geantwortet, das sei »vielleicht keine schlechte Idee« und er würde mir alles erklären, wenn er mich abholen käme. Ich hatte einige Zeit mit dem Versuch verbracht, diese Aussagen zu deuten.

Unser erster Kunde, der Punkt halb auf der Türschwelle erschien, war allerdings jemand, mit dem ich am wenigsten gerechnet hätte. Als die Glocke schellte, warf ich einen beiläufigen Blick zur Tür und schrak auf. Mrs Acker schlich zwischen den Regalen hindurch und dieses Mal starrte sie mich direkt an. Dann wanderte ihr Blick von meinem Gesicht durch den Raum und flackerte, als er auf Ben am Computer fiel. Ich lächelte ermutigend. Sie zog den Kopf ein.

»Miss Hoare, es tut mir Leid wegen des Buches.«

»Ich bitte Sie«, antwortete ich, »machen Sie sich keine Sorgen. Stimmt denn etwas nicht damit?«

Auch heute schien sie mein rechtes Ohr zu studieren. »Nein. Nein, aber ich hätte es nicht mitnehmen sollen, wo ich doch nicht genug Geld hatte. Wenn es Ihnen nicht zu viel Mühe macht …« Ihre Stimme erstarb und ich bemerkte, dass sie auf das Regal starrte, wo der Milne ursprünglich gestanden hatte. »Ich seh es gar nicht.«

»Es ist im Büro«, erwiderte ich leichthin. »Ich bin noch nicht dazu gekommen, es wieder einzustellen.«

Wie immer hatte sie ihre braune Handtasche dabei, und während ich noch sprach, bewegte sich ihre Hand langsam in Richtung Verschluss. »Ich möchte es immer noch«, stieß sie dann hastig hervor. »Aber nur, wenn Sie es für mich zurücklegen, bis ich es vollständig bezahlen kann. Ich könnte Ihnen wöchentlich fünf Pfund geben, jeden Samstag. Wäre das in Ordnung?«

Ich stellte eine kurze Berechnung an und überschlug, dass ihr das Buch irgendwann im April gehören würde. Ich wollte ihr erneut versichern, dass ich mich glücklich schätzen würde, einer so alten Kundin mein Vertrauen auszudrücken, aber sie schüttelte entschieden den Kopf, holte einen Geldschein aus ihrer Brieftasche und hielt ihn mir hin. Ich brachte ihn ins Büro, stellte eine Quittung aus, steckte eine Notiz mit der Bemerkung »Verkauft« ins Buch und beobachtete dann, wie sie nickte, fast lächelte und sich zum Gehen wandte. Das blaue Auge war heute nicht mehr so auffällig.

Ich fragte mich noch, was das alles zu bedeuten hatte, als Ben den Computer abstürzen ließ und um Hilfe rief, also vertieften wir uns in ein Gespräch darüber, wie man den Computer aus- und anschaltet und wie man normalerweise feststellt, dass alles funktioniert. Natürlich hatte ich alles stark vereinfacht dargestellt, dennoch fand ich es ziemlich wirklichkeitsgetreu. Der Computer begann wieder hochzufahren, Barnabas traf ein und fast genau im gleichen Augenblick kam das Geschäft ernsthaft in die Gänge.

Es war fast elf, als der nächste unerwartete Besucher hereinschneite. Plötzlich stand Mrs Ackers Begleiter in der Tür. Er trug dieselben halb offiziellen Kleider wie am Vortag, schien also nicht im Dienst zu sein, auch wenn er ein Blatt Papier in der Hand hielt.

Höflich erkundigte ich mich, ob ich ihm behilflich sein könne.

Doch er streckte mir einfach das Papier entgegen – es war einer meiner selbst fabrizierten Anschläge, an dem noch das Klebeband baumelte. »Ist das von Ihnen?«

Ich nickte trotzig.

»Dieser Affe.« Er blickte kurz auf das Foto und dann wieder zu mir. »Er gehört einem Mann, den wir suchen. Die Polizei. Sie haben den Affen also hier?«

»Nein, nicht hier«, berichtigte ich ihn. Was sollte das? Ich überlegte rasch, stellte sicher, dass ich Barnabas den Rücken zuwandte, senkte die Stimme und fuhr fort: »Ich glaube, es hat ihn jemand gestohlen. Ich habe ihn gestern Nachmittag auf der Straße gesehen und später waren da ein paar Männer mit einem Lieferwagen. Sie hatten so ein – Sie wissen schon, Fangnetz mit langer Stange dabei.« Ich zählte darauf, dass die anderen Stimmen meine übertönen würden, so dass Barnabas nichts hiervon mitbekam.

Acker bedachte mich mit einem scharfen Blick. Ich begriff, dass irgendwas an meiner Geschichte nicht stimmte.

»Was für ein Lieferwagen?«

Es war ganz leicht, eine ratlose Miene aufzusetzen.

»Farbe? Kennzeichen?«

Ich grübelte, seufzte und schüttelte schließlich den Kopf. »Tut mir wirklich Leid, daran erinnere ich mich nicht mehr. Ich glaube, er war hell. Grau vielleicht. Irgendwie mittelgrau? Vielleicht war's ja der Tierschutz?«

Er schlug auf den Zettel. »Was soll das dann?«

Gute Frage. Ich beschloss, mein Heil in einer Notlüge zu suchen. »Oh, das hab ich früher angeschlagen! Ich hoffte, dem Besitzer würde es ins Auge fallen, dann hätte ich ihm erzählen können, dass der Affe in meinem Garten war, und vielleicht hätte er ihn fangen können. Er muss sich doch ziemliche Sorgen machen.«

Er sah mich so lange schweigend an, bis ich einen kurzen Blick auf das Plakat warf und bemerkte, dass ich eine große, große Dummheit begangen hatte. Ich musste all meine Kaltblütigkeit aktivieren, um ihm mit ausdruckslosem Gesicht standzuhalten.

»Dieser Mann, den Sie erwähnten – die letzten ein, zwei Tage war er wohl nicht hier?« Vielleicht hatte er es noch nicht bemerkt. »Wir suchen nach ihm. Er ist Zeuge in einem Fall. Wenn er also zu Ihnen kommt …«

»Dann melde ich es natürlich sofort der Polizei.«

»Könnten Sie mich bitte persönlich kontaktieren?«

»Sicher kann ich das, Mr …? Tut mir Leid, ich hab Ihren Namen nicht verstanden.«

»Acker«, wiederholte er noch einmal. »Police Constable Ken Acker. Sobald er auftaucht, rufen Sie mich über Handy an und ich komm rüber. Manchmal sind die Leute auf dem Revier zu beschäftigt, um schnell zu reagieren.« Er suchte etwas in den Taschen seiner Fleecejacke. Ich reichte ihm den Bleistift, den ich zufällig bei mir trug. Er zögerte und schrieb dann seinen Namen und eine Handynummer auf die Rückseite meines Plakats.

»Werden Sie ihn verhaften?«

»Ihn? Nein, wir müssen ihm nur noch ein paar Fragen stellen. Und was den Affen betrifft …«

Ich wartete besorgt.

»Wenn ich nur kurz mit dem Mann sprechen kann – sein Name ist übrigens Lewis –, dann versuche ich, ob ich den Affen für ihn auftreiben kann. Da vor ein paar Jahren ein Gesetz zum Schutz vor gefährlichen Tieren erlassen wurde, gibt es für die Haltung von Affen einige Beschränkungen. Sagen Sie ihm, ich würde ihm helfen, das für ihn zu regeln. Alles klar?«

Das hatte ich nun gar nicht von ihm erwartet, daher lächelte ich und nickte, folgte ihm dann zur Tür und blickte ihm nach, während er zur Straßenecke marschierte. Als er weg war, wurde meine Aufmerksamkeit von einer Frau angezogen, die hinten am Ende der Straße stand. Mir war, als hätte sie die Fahrbahn überqueren wollen, als Acker in der Tür erschien, doch dann hatte sie sich rasch umgedreht und die Kapuze ihrer Jacke über ihr ausgeblichenes rötliches Haar gezogen. Ich starrte ihr auf den Rücken, während sie ihrerseits die Aufmerksamkeit auf etwas im Schaufenster des Spielzeuggeschäfts an der anderen Ecke richtete. Sie schien von den grellbunten Holztieren ganz fasziniert zu sein. Ihr Gesicht konnte ich nicht erkennen, betrachtete aber ausgiebig die kleine, gedrungene Gestalt, die sandfarbene Baumwolljacke mit dem zottigen Webpelz an der Kapuze, die Jeans und die schmutzig-weißen Sportschuhe.

Ich schloss die Tür, ohne sie aus den Augen zu lassen, und versteckte mich hinter der Weihnachtsdekoration. Als sie sich schließlich wieder umdrehte, spähte sie so lange zu meinem Schaufenster herüber, dass ich ernsthaft glaubte, sie wäre in der Lage, mich in meinem Versteck hinter dem Lametta und den Drucken aufzuspüren. Vielleicht zog sie aber auch nur die Schönheit der Lichterketten in ihren Bann. Ich erwartete schon, dass sie in den Laden kommen würde; doch ein paar Sekunden später drehte sie sich um und bog ebenfalls um die Ecke.

»Was sollte das denn?« Barnabas war zu mir getreten.

Ich sagte, das wüsste ich nicht. Doch dann wurde mir klar, dass er sich auf den Kunden bezog. »Die Polizei«, erklärte ich, »sie suchen immer noch nach dem alten Mann.«

Nun wurde es zu betriebsam für Privatgespräche. Ich starrte noch einmal grimmig auf den kleinen Schnappschuss, über den ich so miserabel gelogen hatte. Zwar hatte ich darauf geachtet, den Affen zwischen zwei Gitterstäben zu fotografieren, um eine deutliche Aufnahme zu erhalten; doch der Hintergrund war leider ebenso klar getroffen; und trotz der Blumen auf den Vorhängen war es offensichtlich, dass der Affe sich in einem Käfig und in einem Haus befand und keineswegs in einem Blumenbeet, und genauso eindeutig war es, dass ich das Blaue vom Himmel heruntergelogen hatte. Vielleicht hatte Acker es nicht bemerkt, aber das glaubte ich kaum. Warum hatte er sich nicht geäußert, sondern mir nur den Beweis meiner faustdicken Lüge überreicht? Ich war versucht, Ben bei Barnabas zu lassen und draußen schnell die anderen verräterischen Beweise für eine Lüge gegenüber der Polizei abzureißen. Aber das hätte den Eindruck, mich schuldig gemacht zu haben, nur noch verstärkt, und außerdem würde dann der Mann nichts über den Verbleib seines Affen erfahren – wie denn auch?

Ich holte ein paarmal tief Luft und redete mir energisch zu, dass ich nichts Falsches getan hatte, außer meine Phantasie ins Kraut schießen zu lassen. Ich akzeptierte voll und ganz, dass ich für ein Leben als Kriminelle nicht geschaffen war, da ich augenscheinlich nicht die nötige Intelligenz dafür aufbrachte. Ich faltete den Zettel zusammen, stopfte ihn in eine Tasche und trat zu einem Kunden, der zwischen den Regalen ein wenig verloren wirkte. Im Zweifelsfall nichts überstürzen: ein ausgezeichnetes Motto, das zusätzlich den Vorteil hat, von Barnabas uneingeschränkt gebilligt zu werden. Ich wünschte nur, es wäre mir früher eingefallen.

Kapitel 11

Lunch mit Annie Kelly

Ich warf nicht zum ersten Mal einen Blick auf meine Armbanduhr, als ich aus dem Augenwinkel den dunkelblauen Jaguar bemerkte. Kennedy stellte ihn ab, überquerte mit großen Schritten die Straße und trat ein. Zurzeit befanden sich nur vier Kunden im Laden und sie waren allesamt männlich, daher entdeckte er mich ohne Mühe in der Abteilung Reiseliteratur. Ich schob ein herrenloses Buch irgendwo ins Regal, stand auf und öffnete den Mund, um meine Fragen loszuwerden.

Doch er kam mir zuvor. »Tut mir Leid, ich bin spät dran – der Verkehr. Ist alles geregelt?«

Ich erwiderte, dem sei so, doch müsse ich so rasch wie möglich wieder im Laden sein.

»Klar. Ich hab für halb eins einen Tisch reservieren lassen. Sie wird sich dort mit uns treffen.«

»Wer? Und wo?«

»Im Granita. Okay?«

Ich blickte ihn an. Das Granita ist eines der angesagtesten Restaurants in Islington und wahrscheinlich auch das berühmteste. Dort sollen der Premierminister und seine Kumpanen gegessen und ihre Taktik für die Wahlen ausgetüftelt haben, damals, 1997. Und nicht jeder kann sich das Granita leisten.

»Ihre Idee«, setzte er hinzu. Er klang, als bedauerte er es. »Annies. Mein Verleger bezahlt zwar, aber ich musste ihm gut zureden. Annie Kelly.«

»Ein Filmstar?«, riet ich.

»Du denkst jetzt wohl an Gene. Annie ist eine Prostituierte im Ruhestand.« Er warf mir einen hämischen Blick zu. Ich schnaubte. »Einer meiner Informanten hat uns miteinander bekannt gemacht. Er meint, sie könnte mir bei meinem Projekt helfen.« (Das war jetzt schon die zweite Erwähnung: Um was für ein Projekt handelte es sich genau?) »Wir haben uns gestern kurzgeschlossen und über ein Interview gesprochen, aber sie sagte, sie hätte einen dringenden Termin, also haben wir es auf heute verlegt. Ich weiß nicht, ob sie mich überprüfen oder nur ein kostenloses Essen wollte, aber ich möchte so schnell wie möglich mit ihr reden. Ich dachte, die Anwesenheit einer weiteren Frau würde sie beruhigen. Als sie also darauf hinwies, sie würde hier in der Gegend wohnen, erwähnte ich, dass ich mit dir zu Mittag essen würde, und bat sie, sich uns anzuschließen.« Er sah mit ausdruckslosem Gesicht zu mir hinunter und fügte hinzu: »Ein Restaurant ist ein sicherer öffentlicher Ort und du bist ziemlich respektabel.«

Ich schnitt ihm ein Gesicht und fragte mich, was da bloß vor sich ging.

Chris verdient sich seinen Lebensunterhalt als Journalist bei einer überregionalen Zeitung. Er schrieb schon seit einigen Jahren ernstzunehmende Artikel über soziale Probleme, als ich ihn kennen lernte, und mittlerweile sind wir schon über ein Jahr befreundet; doch jetzt bat er mich das erste Mal um Hilfe. Ich hatte gerade begonnen mit: »Was für ein Projekt ist das? Du sprichst ständig …«, als Barnabas auftauchte, Chris begrüßte und mir einen gequälten Blick zuwarf.

»Ich könnte ein bisschen Hilfe bei meinem zunehmend gelangweilten Enkel gebrauchen«, seufzte er, »oder auch bei meinen Kunden. Und sollte Ernie nicht längst da sein?«

Chris sprang in die Bresche. »Ich unterhalte mich mit Ben, bis Dido fertig ist.«

»Ich will trotzdem«, rief ich ihm hinterher. »Ich komme, Barnabas!«

In diesem Augenblick trat ein Kunde vor mich hin. Ein langes Gespräch und einen unbedeutenden Verkauf später blickte ich auf die Uhr und signalisierte lautlos »Tut mir Leid, nur noch eine Minute« zu Chris, als ich ins Büro kam, um ein paar von unseren Plastiktüten aus dem Karton zu fischen.

Er stand auf. »Wenn das in Ordnung ist, warten Ben und ich im Wagen.«

Ich nickte hektisch, lief zurück, um ein paar Bücher auszuhändigen, empfing eine Zehnpfundnote dafür und verabschiedete mich von Barnabas. Chris und Ben verließen gerade Hand in Hand den Laden, als Ernie mit entschuldigender Miene hereinhüpfte, und genau in diesem Augenblick wurde ich von einer Kundin angesprochen, die ein Weihnachtsgeschenk für ihren Mann suchte, doch es gelang mir, sie nahtlos an Ernie weiterzureichen, während ich mir meinen Mantel schnappte.

Ich zischte Barnabas noch »Eine Stunde, vielleicht anderthalb« zu und floh regelrecht nach draußen.

Das Restaurant war nur eine Minute Autofahrt die Hauptstraße hinauf entfernt. Sein Speisesaal war ein langgestreckter Raum mit hohen Decken, grauen und cremefarbenen Wänden und einer minimalistischen Einrichtung aus hellem Holz und Stahl. Eine Empfangsdame nahm unsere Mäntel und wies uns unseren Tisch in der Mitte des bereits vollbesetzten Saals an. Wir waren zehn Minuten zu spät dran, doch niemand wartete auf uns.

Ich half Ben, auf den Stuhl zu klettern, und holte tief Luft: »Ich wünschte, du würdest mir verraten, worum es geht. Oder zumindest, wie diese Frau aussieht, nur für den Fall, dass ich sie vor dir entdecke.«

»Dann halte nach einer kleinen, gedrungenen Person Ausschau. Mittleres Alter. Rötlichblondes Haar, geflochten. An einem Ort wie diesem springt sie einem sofort ins Auge.«

Ach, das war die Frau?

»Was genau hast du ihr über mich erzählt?«, fragte ich vorsichtig.

»Nur dass du Buchhändlerin bist und in ihrer Gegend wohnst und dass wir befreundet sind. Sie sagte, sie würde deinen Laden kennen.«

Ich erwiderte nur: »Oh«, und war schon drauf und dran zu erzählen, dass ich sie schon mal gesehen hatte, ließ es dann aber. Wenn sie so vorsichtig war, wie Chris angedeutet hatte, dann hatte sie vielleicht auch mich überprüfen lassen. Das erklärte aber nicht, warum sie Mr Acker nicht hatte begegnen wollen.

Er habe Hunger, ließ Ben sich höflich vernehmen. Chris schob den Brotkorb in seine Richtung, und als ich von der Pflicht des Butterns wieder aufblickte, stand sie in der Tür. Sie trug dieselbe alte Baumwolljacke. Jemand vom Personal trat eilig auf sie zu, um sie abzufangen.

»Chris …«

»Schon erkannt.« Er stand auf und tat einen Schritt, doch sie hatte der Empfangsdame, die mit steinerner Miene eine Frage gestellt hatte, die Anstoß erregende Jacke in die Hand gedrückt und marschierte auf uns zu. Ihr Blick schoss von Chris zu mir und dann zu Ben, der sein Besteck stapelte. Er musste an diesem Tag wirklich viel warten.

Ein Kellner erschien, um ihr den Stuhl zurückzuziehen. Chris übernahm die Vorstellung. Sie schob eine pinkfarbene Plastiktüte neben sich unter den Tisch und musterte mich ausgiebig.

Der Kellner erkundigte sich, ob wir etwas zu trinken wünschten.

Sie grinste. »Zu einem Whiskey würde ich nicht nein sagen. Ein Hundewetter ist das da draußen.« Sie überschritt die Grenze der Höflichkeit mit einer weiteren ausgiebigen Musterung. Voller Interesse erwiderte ich ihren Blick. Sie hatte ein rundes, verbrauchtes Gesicht, das vor Kälte rosa angelaufen war, und blassblaue Augen mit Fältchen in den Augenwinkeln. Ich schätzte sie auf Mitte fünfzig. Sie holte ein Päckchen Silk Cut hervor, bot allen davon an, entzündete eine Zigarette und grinste durch den Rauch. »Nettes Restaurant. Hier war ich noch nie.« Ihr Blick wanderte zu Ben. Ihre Miene wurde sanfter. »Ben, nicht wahr? Ich bin Mrs Kelly. Wie alt bist du denn, mein Schatz?«

Ben erklärte ihr, er sei drei Jahre und zehneinhalb Monate alt, und nahm dann sein Glas Orangensaft vom Kellner entgegen, ohne die Augen von ihrem Gesicht zu wenden.

Die Bestellung nahm ein paar Minuten in Anspruch. Dann verkündete Annie Kelly, sie müsse mal wohin, stand auf, griff nach ihrer Schultertasche und ging langsam zu der Tür mit der Aufschrift *Toiletten*.

Ich schaute Chris an. »Sie spielt Spielchen.«

»Genau wie gestern Abend.« Er zuckte die Achseln. »Sie hat ihre Einkaufstüte hier gelassen, also denke ich, sie beabsichtigt zurückzukommen.«

Mir war endlich klar geworden, was ich hier sollte. »Ich glaube, ich muss mir mal die Hände waschen«, murmelte ich daher.

Daraufhin verkündete Ben unverblümt, er wolle auf die Toilette.

»Lieb von euch beiden«, meinte Chris und wirkte etwas glücklicher.

Zu den Toiletten gelangte man über eine kurze Treppe und durch eine schwere Tür. Annie Kellys Sportschuhe blitzten unter einer der Kabinentüren hervor. Ben trat durch eine zweite. Ich lehnte mich gegen das Waschbecken, genoss den Moschusduft der Seife und wartete. In der ersten Kabine schien irgendwas vor sich zu gehen: Als wir eintraten, war hinter der Tür ein schwaches schnaubendes Geräusch zu hören gewesen, das jedoch sogleich erstarb. Ich bemerkte, dass Ben sehr schön allein zurechtkam. Er wurde groß.

»Dido?«, schnarrte eine Stimme. »Ich bin gleich da.«

»Machen Sie sich keine Gedanken«, antwortete ich höflich. »Ich warte nur auf Ben.«

Aber die Toilettenspülung ertönte, die Tür schwang auf und da stand sie und zog ihre Jeans gerade. Sie trat zu den Waschbecken.

»Wissen Sie, ich hab Sie heute Morgen schon mal gesehen«, bemerkte ich beiläufig, »drüben in der George Street. Aber Sie sind verschwunden, ohne hereinzukommen.«

Sie betrachtete sich im Spiegel und zog ihre Lippen nach. »Ich hab jemanden wiedererkannt. N' Bullen. Hatte keine Lust, dem ›Hallo‹ zu sagen. Hat der ein Buch bei Ihnen gekauft? Ich wette, nicht: Der gehört zu den knausrigen Schweinen.«

Ich verdaute erst mal die Implikationen und entgegnete dann: »Ich wusste zuerst nicht, dass er von der Polizei ist, aber dann fing er an, Fragen über jemanden zu stellen, der bei uns in der Gegend eine Weile lang rumgelungert ist. Wissen Sie zufällig, auf welchem Revier der Kerl arbeitet?«

»Hier im Viertel«, antwortete sie ohne Zögern. »Sie hatten doch Ärger in Ihrer Straße, am Donnerstag, oder? Ich hab's aus dem Fernsehen. Ziemlich grässlich. Ich schätze, das hält sie ganz schön auf Trab. Hat man schon was über die Leiche rausgefunden?«

Und so gerieten wir in ein Gespräch über den grausigen Fund und die reißerischen Berichte in einer der Boulevardzeitungen, die sie gelesen hatte, ich allerdings nicht. Offenbar suchte die Polizei immer noch nach den restlichen Leichenteilen. Der Kopf fehlte – also auch das Gesicht und ein Zahnstatus.

»Das arme Kind.« Sie klang irgendwie unbestimmt. »Es war wahrscheinlich eines dieser Arschlöcher, die meinen, die Frauen gehörten ihnen. Das Problem ist, dass das manchmal sogar zutrifft.«

Etwas an dieser Bemerkung ließ mich aufhorchen. »Sie könnte demnach eine Prostituierte gewesen sein – meinen Sie das? Aber sie war doch noch so jung?«

Sie blickte mich ungläubig an, schnaubte und suchte dann nach einem Handtuch. »Für Männer ist nichts zu jung.« Sie entdeckte einen Stapel dicker, pinkfarbener Frotteetücher, nahm eines und betrachtete es eingehend. »Das ist es doch, worüber Ihr Typ mit mir sprechen will, oder?«

Nun zuckte ich die Achseln und entgegnete, das hätte er mir nicht verraten. Mein Typ.

»Nun, passen Sie auf«, sagte sie.

»Sie scheinen Männer nicht besonders zu mögen«, erwiderte ich.

Sie kicherte. »Ich mag Männer schon, aber sie nutzen das aus. Ich kann nicht mit ihnen und nicht ohne sie.«

Dem schloss ich mich gerade mehr oder weniger an, als Bens Toilettenspülung ging, seine Tür aufschwang und er herübergesaust kam, um sich die Hände zu waschen. Ich half ihm mit den Dingen, an die er nicht herankam, und entdeckte, dass Annie Kelly mit einem weiteren, sauberen Handtuch bereitstand, um ihm die Hände abzutrocknen.

»Ich hatte auch einmal ein Kind«, gestand sie abrupt. »Ein Mädchen. Aber die Fürsorge hat's mir weggenommen. Ich war wirklich eine blöde Kuh.«

»Sehen Sie sie jetzt ab und an?«

Sie schüttelte den Kopf. »Sie wurde adoptiert. Ich dachte, es wäre nicht fair. Aber wenn sie jemals danach fragt, wird man ihr meinen Namen nennen.«

»Vielleicht macht sie das ja. Wie alt ist sie jetzt?«

»Fast zwanzig.«

»Vielleicht meldet sie sich doch.«

»Ach was«, gab sie zurück. »Das alles ist schon lange her.« Sie klang fröhlicher, als ich geklungen hätte; ihre Augen strahlten. »Vielleicht sollten wir jetzt wieder in den Speisesaal? Ich verhungere langsam.«

»Ich verhungere langsam«, echote Ben, also taten wir, was beide wünschten. Als ich hinter ihr die Treppe hinaufstieg, fiel mir auf, dass sie noch nicht mal in die Nähe des Behälters mit den benutzten Handtüchern gekommen war, und ich sah dort, wo der Reißverschluss ihrer Schultertasche leicht geöffnet war, etwas Pinkfarbenes hervorschimmern.

Wir wurden bereits von Chris und unserem Menü erwartet.

Sie eröffnete die neue Runde damit, dass sie sich ein Pommes frites in den Mund steckte, ihr Steak aufspießte und nuschelte: »Also, Mist-Chris, was wollen Sie wissen?«

»Sie wissen ja, dass Detective Sergeant Johnson mir Ihren Namen gegeben hat.«

»Natürlich kenne ich den, drüben von King's Cross. Aber haben Sie auch mit jemandem vom hiesigen Revier gesprochen? Jemandem namens Acker?«

Ich spießte einen Spargel mit der Gabel auf und heftete meine Augen auf die heruntertropfende Butter, ohne dass mir auch nur ein Zucken der beiden entgangen wäre.

Chris runzelte die Stirn. »Wer ist Acker?«

Sie zuckte leicht die Schultern. »Einer aus dieser Ecke. Egal. Tja, wenn Sie also nach so was suchen, werden Sie's auch drüben in King's Cross finden, selbst wenn die behaupten, sie hätten aufgeräumt. Ich hab Freunde da drüben. Und *er* weiß es – Sam Johnson meine ich. Worüber wollen Sie also reden?«

»Sergeant Johnson war der Ansicht, Sie könnten mir Ihre – Ihre persönliche Sicht auf die Geschehnisse darlegen.«

»Ich kann Ihnen schon ein paar Geschichten erzählen«, entgegnete sie, »wenn's Ihnen darum geht. Was – wollen Sie Geschichten über die Mädchen?«

Ich wurde langsam ungeduldig und beschloss, Protest einzulegen. »Solche Artikel liest man doch schon seit Jahren in den Zeitungen.«

»Ich konzentriere mich auf Neuzugänge«, erläuterte Chris glatt. »Dido, es gibt Mädchen, die illegal aus dem Ausland hierher gebracht werden. Eingeschmuggelt, verstehst du?«

»Oh, wirklich«, bemerkte ich. Den ganzen Herbst über hatte ich die Berichte über junge Frauen verfolgt, illegale Immigrantinnen, die in der Hoffnung auf Reichtum und Ruhm oder zumindest auf einen anständigen Lebensunterhalt ihre Heimat verlassen hatten, um dann in England ein ganz anderes Schicksal zu erleiden. Also arbeitete er nicht an einer der üblichen trivialen Storys über die Laster von King's Cross, sondern an einem speziellen Artikel über Menschenhandel; allerdings verstand ich nicht, warum er daraus ein Geheimnis machte.

»Gute Idee«, stimmte Annie fröhlich zu. »Sagen wir hundert Pfund die Stunde, okay? Sie stellen mir Fragen und ich erzähl Ihnen, was ich weiß. Vielleicht fallen mir auch noch ein paar richtig zu Herzen gehende Geschichten aus meinem Leben ein. Jetzt ist es zehn nach eins, nicht wahr? Bestimmt wollen Sie auch noch ein paar Namen, Leute, mit denen Sie reden können, oder?«

Chris brachte ein winziges Diktafon aus einer Seitentasche zum Vorschein, drückte auf einen Knopf und legte es auf den Tisch. Ben kniete sich auf seinen Stuhl, um es besser betrachten zu können. Chris grinste ihn abwesend an, holte ein Notizbuch hervor und öffnete es auf einer bereits beschriebenen Seite.

»Und ich brauche Bargeld«, fügte sie hinzu.

»Kein Problem.«

Annie seufzte. »Scheiße auch, ich hab zu wenig verlangt.«

Ich versuchte, ein Kichern zu unterdrücken.

Eine nachdenkliche Stimme neben mir wiederholte: »Scheiße auch, Scheiße auch.« Ich unterbrach sie, indem ich Ben mit meiner Serviette den Mund abwischte und fragte, ob er einen Nachtisch wolle.

Annie stieß ein wieherndes Lachen aus, das Ben und mich auffahren ließ. »Okay«, verkündete sie. »Okay, fragen Sie. Ich werde es jugendfrei halten. Tut mir Leid, Dido.«

Kapitel 12

Böses sprechen

Eine riesige Portion Schokoladeneis zum Dessert hatte Ben so erschöpft, dass ich ihn auf der Hüfte, mit seinem Kopf an meiner Schulter, nach Hause tragen musste. Wir hatten schon fast den Anfang der George Street erreicht, als der Jaguar uns einholte und sein Tempo drosselte. Als ich ihn ignorierte, beschleunigte Kennedy und bog um die Ecke. Kurz darauf sah ich seinen Wagen vor dem Laden stehen und er eilte mit großen Schritten auf uns zu.

Trotz meiner Last schaffte ich es, ihm auszuweichen und weiterzugehen.

»Dido?«

»Ich bringe ihn jetzt nach oben, damit er sein Mittagsschläfchen halten kann«, flüsterte ich. »Wenn du mir etwas zu sagen hast, kannst du im Wohnzimmer warten.«

Den Rest des Weges legten wir schweigend zurück. Ich marschierte an der Ladentür vorbei die Treppe hinauf. Im Flur ließ ich die Schlüssel fallen und trug Ben geradewegs ins Schlafzimmer. Chris schlich ins Wohnzimmer, und während ich Ben die Schuhe auszog und ihn in sein Bett legte, hörte ich ein gemurmeltes Telefongespräch, das abrupt abbrach, als ich die Schlafzimmertür vorsichtig zuzog. Als ich das Wohnzimmer erreichte, war ich immer noch wütend.

»Wirst du mich jetzt in dein Geheimnis einweihen?«

»Was?«

»Worum geht's bei der ganzen Sache eigentlich?«

Da war wieder dieses Ausweichende in seinem Blick. Es war nicht das erste Mal, dass ich damit zu tun hatte, also starrte ich ihn nur finster an.

»Dido, rück doch einfach damit raus, was dich stört.«

Gut, warum nicht? Ich setzte mich auf den Schreibtischstuhl und blickte ihm direkt ins Gesicht. »Es gefällt mir nicht, benutzt zu werden. Zunächst einmal ist da dein Gerede über ein ›neues Projekt‹, über dessen Einzelheiten du dich ausschweigst. Du hast mich einfach in dieses Treffen mit Annie Kelly verwickelt, ohne dass ich dafür einen vernünftigen Grund erkennen könnte – sie ist ganz bestimmt nicht schüchtern, sie braucht keinen Anstandswauwau. Und übrigens: Ich glaube, ich mag sie. Dann hast du darauf bestanden, mit dem Wagen zu einem Restaurant zu fahren, das nur fünf Minuten Fußmarsch von uns entfernt ist, und zwar trotz der Tatsache, dass man samstags niemals auf der Upper Street einen Parkplatz findet und wir immer noch unsere Runden drehen würden, wenn nicht rein zufällig ein Taxi vor dem Eingang weggefahren wäre, genau …« Ich unterbrach mich und starrte ihn an. »Und war es wirklich ein glücklicher Zufall, dass das Taxi genau in dem Moment wegfuhr, als wir ankamen? Wirklich? Schließlich taucht Annie Kelly auf und du machst ein Geschäft mit ihr und zahlst ihr hundert Pfund.«

»Zweihundert. Es dauerte länger als eine Stunde.« Seine Miene war gewichtig.

Ich weigerte mich zu lachen und widmete mich wieder meiner Attacke. »Dafür bekamst du auch ihre gesamte Lebensgeschichte zu hören. Ich konnte darin nichts entdecken, das einer Zeitung auch nur zehn Pfund wert gewesen wäre: Es war alles nur leeres Geschwätz über sie, ihre Bedürfnisse und wie die Männer sie immer nur ausgenutzt haben – nichts Neues also –, außerdem etwas darüber, wie es vor fünfzehn Jahren auf der Straße war, oder vor fünf, bevor in King's Cross aufgeräumt wurde; dann irgendein unzusammenhängendes Zeug: dass sie nun bekehrt sei und die ganze Zeit ihre Vergangenheit bereue und in den Läden im West End umherstreife – warum nur? Vielleicht, um was zu klauen? Handtücher und dergleichen?«

»Sie hat wirklich ein paar Vorstrafen«, gab Chris kleinlaut zu. Er spielte den reuigen Sünder und versuchte tapfer, nicht zu lachen.

Aber es war Zeit, mit meiner Konfrontation zum Ende zu kommen. »Als ich schließlich ging, erzählte sie dir immer noch Dinge, die man heutzutage in jeder Zeitung lesen kann.«

»Dein Abgang war wirklich sehr stilvoll«, bemerkte Chris. »Du hast auch darauf verzichtet, mir deinen Kaffee entgegenzuschleudern. Danke.«

Ich streckte die Beine aus, kreuzte die Knöchel und legte ihm nahe, dass er mich für meine Zurückhaltung mit einer stilvollen Schilderung dessen, was eigentlich los sei, belohnen solle.

Er zögerte. »Unter einer Bedingung.« Ich starrte ihn an. »Okay, keine Bedingung, nur die Bitte, mit allem, was ich dir anvertraue, vorsichtig umzugehen. Du magst Annie Kelly ja mögen, aber ich bin mir nicht so sicher. Sie ist eine Frau mit Vergangenheit und hat immer noch ein paar merkwürdige Freunde. Was war das Erste?«

»Das Projekt.«

»Natürlich arbeite ich nicht an einer weiteren Trivialstory. Mir geht's um – um einen neuen Aspekt bei der gegenwärtigen Panik vor illegalen Einwanderern, wenn man so will. Hast du schon mal etwas über osteuropäische Banden gelesen, die hier ins Geschäft mit Prostitution und Drogen drängen? Menschenhändler? Als mein Verleger beschloss, darüber eine Serie zu bringen, marschierte ich schnurstracks zu einem alten Freund bei Scotland Yard, der mir den Tipp gab, in King's Cross und Teilen von Westlondon sei da was im Gange. Er schickte mich zu einem Detective namens Johnson, der auf dem Revier von King's Cross Dienst schiebt – das ist der Mann, den du mit mir zusammen im

Fernsehen gesehen hast. Ich glaube, er ist in Ordnung, aber mein Freund bei Scotland Yard deutete ziemlich direkt an, dass jegliche Information von Johnson zu begrüßen sei, sollte ich aber irgendwas Neues ausgraben, dann sollte ich mich nur an ihn und keinesfalls an jemand anderen wenden.«

»Das heißt also, du vertraust Johnson mehr oder weniger, aber Scotland Yard meint, die hiesige Polizei könnte in dem, was auch immer da im Gange sei, ihre Finger haben?«

Chris schaute mich an. »Du hast das Misstrauen eines wahren Journalisten.«

Ich nahm das für ein Ja.

»Also ging ich hausieren mit der üblichen Boulevardgeschichte, die ich angeblich für eine größere Zeitung schreiben sollte. Jeder weiß, dass daran nichts Neues ist, wie du ja auch schon so richtig bemerkt hast. Aber auf diesem Wege bekomme ich ohne große Mühe einen kleinen Hintergrundartikel zusammen, der nächsten Samstag veröffentlicht wird, und jeder wird annehmen, das wäre es dann gewesen; doch wenn ich aufpasse und ein wenig Glück habe, gerate ich vielleicht an Insiderinformationen über etwas sehr viel Besseres.«

Ich beruhigte mich langsam, konnte mir aber nicht verkneifen zu sagen: »Ich wünschte, du würdest mir vertrauen und glauben, dass ich nichts herumtratsche.«

»Und ich wünschte, ich könnte davon ausgehen, dass niemand nur deshalb in Gefahr ist, weil er mich kennt.«

Ich starrte ihn an. Er fixierte einen Punkt in der Mitte der Decke. Es hatte keinen Zweck zu fragen: »Und was ist mit dir?«, also verlegte ich mich auf: »Warum wolltest du mich heute dabeihaben?«

»Dich und Ben? Zur Tarnung. Ich hab wirklich lange darüber nachgedacht, bevor ich entschied, dass es sicher genug sein müsste: Niemand behauptet, Annie Kelly selbst sei in die Angelegenheit verwickelt. Sieh mal, Johnson vermutet, dass sie über einen Kleinkriminellen aus der Gegend, mit dem sie mal befreundet war, Kontakt zu den Schlepperbanden haben könnte. Als sie und ich gestern einander vorgestellt wurden, wich sie mir ständig aus, doch ich glaube nicht, dass Johnson sich in Bezug auf sie getäuscht hat, vor allem, weil sie sich so raffiniert verhielt. Ich war davon überzeugt, dass ich ihr schon etwas anbieten müsste, damit sie sich so weit entspannen würde, um mir etwas zu verraten oder mich mit – gewissen Leuten bekannt zu machen. Sie nimmt selbst ab und zu Drogen, lebt aber von der Stütze, daher ist sie empfänglich für meine Bestechungsgelder, so wie für die Geschenke und Drohungen anderer Leute auch; aber sie ist sehr um ihre Sicherheit besorgt und, wer weiß, wahrscheinlich hat sie Recht damit. Ich halte sie für eine echte Überlebenskünstlerin. Abgesehen davon dachte ich, sie würde sich in Anwesenheit von dir und Ben einfach wohler fühlen.«

»Das hat sie also auf der Toilette gemacht«, antwortete ich langsam. »Ich war mir eben nicht sicher, aber sie hat was genommen.« Und damit meinte ich nicht die beiden pinkfarbenen Handtücher.

»Ich hab's gemerkt, als ihr zurückkamt. Was war sonst noch? Ach ja, der Wagen – wir sind mit dem Wagen hingefahren, damit ich ihr anbieten konnte, sie heimzubringen, weil ich gerne wüsste, wo sie im Moment wohnt. Sam Johnson übrigens auch. Aber ich hab einen Fehler gemacht und sie scheute zurück. Und ja, natürlich hab ich das Taxi gemietet, damit es uns einen Parkplatz freihält. Ich musste, für den Fall, dass sie mein Angebot akzeptiert, den Wagen bereit haben.«

»Das ist der Vorteil, wenn man ein so auffälliges Auto besitzt«, murmelte ich. »Was meinst du mit Fehler?«

»Ich bot ihr an, sie nach Hause zu chauffieren, und fragte dabei, ob wohl einer von unseren Leuten sie fotografieren dürfte.

Ich dachte, sie würde sich geschmeichelt fühlen, aber sie schoss wie von der Tarantel gestochen davon.«

»Sie wollte ihr Gesicht nicht in der Zeitung sehen?«

»Ganz klar und eindeutig: Nein.«

»Okay: Was passiert als Nächstes?«

»Ich hab ihre Handynummer und werde sie morgen anrufen, ihr danken und sie bitten, mich mit jemandem bekannt zu machen, der ebenfalls reden will.«

Aber ich hatte bereits eins und eins zusammengezählt. »Und was hat das jetzt alles mit der Leiche von gegenüber zu tun?«, wollte ich wissen.

»Wer sagt, dass es was damit zu tun hat?«

»Du. Du und dein Freund von der Polizei sind direkt hierher zum Fundort gerast, schon vergessen?«

»Wir waren zufällig beisammen, als er einen Anruf zu diesem Fall bekam. Möglicherweise steckt gar nichts dahinter.«

Ich zögerte. Mir fiel einfach keine gute Ausrede ein, ihn weiter zu drängen, also ließ ich das Thema vorübergehend ruhen und verkündete: »Ich schau jetzt besser mal nach, was im Laden los ist.« Es war schon nach drei und von jetzt an bis Ladenschluss würde es ziemlich chaotisch zugehen.

»Ich möchte ein bisschen nachdenken, mir Notizen machen und herumtelefonieren«, entgegnete er. »Was hältst du davon, wenn ich das Babysitten übernehme?«

Ich stand auf, beugte mich vor und küsste ihn leicht auf die Wange. »Ben war so müde, dass er wahrscheinlich erst in ein, zwei Stunden aufwacht. Gib mir Bescheid, wenn du wegmusst.« Das hieß unausgesprochen, dass ich ihm zwar verziehen hatte, es aber trotzdem nicht mochte, wenn jemand Spielchen mit mir spielte, auch wenn oder besonders dann, wenn man mich vor den Gegebenheiten des Lebens schützen wollte. Ich will meine eigenen Entscheidungen treffen.

Um sieben Uhr schloss ich den Laden ab und flüchtete ins Büro. Barnabas war bereits nach oben verschwunden, um sich auszuruhen, einen Tee zu trinken und Ben etwas vorzulesen, der vermutlich gerade sein Abendessen beendet hatte und nun auf mich wartete, um zu spielen, zu baden und ins Bett gebracht zu werden. Chris war schon seit Stunden weg und Ernie war soeben mit den Taschen voller Geld zur Tür hinaus, um ein paar Freunde zu treffen, die ihm halfen, es wieder auszugeben. Samstagabend eben. Dido Hoare, die froh war, dass nur einmal im Jahr Weihnachten ist, versuchte, für den nächsten Tag ein wenig Begeisterung zu entwickeln. Wir hatten uns entschieden, die ersten drei Sonntage im Monat zu öffnen, hauptsächlich, weil alle anderen Läden im Umkreis es ebenfalls machten und das bedeutete, dass es gut fürs Geschäft sein musste.

Samstagabend. Und ich wollte nur noch ins Bett.

Die letzte Pflicht des Tages bestand darin, das Bargeld zu zählen, die Schecks aufzulisten und alles zum Nachttresor der Bank zu bringen. Ich sortierte, zählte, verzeichnete. Die Summe heiterte mich für kurze Zeit auf. Ich stopfte alles in den Umschlag der Bank und verstaute diesen in meiner Schultertasche. Dann suchte ich einen unserer Müllsäcke heraus und füllte ihn mit dem Inhalt des Papierkorbs und einem zerkleinerten Pappkarton. Ich hatte mittlerweile den Autopiloten eingeschaltet: Bürolichter aus, Alarmanlage an, Schlüsselbund in der einen, Müllsack in der anderen Hand. Aber der Container war voll und die nächste Leerung sollte erst am Dienstag erfolgen. Trotzdem drückte ich die Fetzen Packpapier und Noppenfolie energisch hinunter. Plötzlich stieß ich auf Widerstand.

Eine Sekunde lang blitzten vor meinem inneren Auge Müllsäcke und eine Leiche auf. Ich konnte es nicht verhindern.

Schwach beleuchtete die Straßenlaterne den Container. Ich zog etwas Packpapier beiseite, um einen Blick darunter zu riskieren. Es war kein Plastik, sondern dickes Leinen, ein Riemen und etwas Weiches. Ich packte den Riemen, hievte den Rucksack des alten Mannes heraus und ließ ihn zu Boden fallen.

Er musste ihn hier gelassen haben. Und zwar innerhalb der letzten zwanzig Stunden, denn am Abend zuvor war er noch nicht da gewesen. Mit Sicherheit würde er ihn holen kommen. Wenn es mir gelänge, ihn abzufangen, konnten wir die Sache mit dem Affen regeln und vielleicht auch ein Geschäft mit dem Blumenbuch. Zu dieser Jahreszeit hätte ich es innerhalb eines halben Tages verkauft und er würde im Gegenzug genug Geld erhalten, um das neue Jahr bequem davon zu leben. Nur kurz kam mir die Frage in den Sinn, ob das wirklich einen Unterschied für ihn ausmachen würde. Jedenfalls konnte ich den Rucksack nicht einfach dalassen, sonst würde er heimlich wiederkommen, ihn an sich nehmen und verschwinden.

Ich füllte den frei gewordenen Platz im Container mit meinem Müllbeutel und schloss den Deckel. Ich wollte den Rucksack nicht in der Wohnung haben, also musste ich zurück in den Laden, um die Sachen des Mannes im Büro zu deponieren und dann erneut die Alarmanlage anzuschalten. Schließlich machte ich mich auf den Weg zum Nachttresor. Ich passte auf wie ein Schießhund. Neben dem Geldautomaten saß jemand auf dem Bürgersteig. Er war noch nicht alt. Ein Junge. Ich warf eine Münze auf seine Decke und eilte zurück Richtung George Street und zum Licht und der Wärme, die in der Wohnung auf mich warteten.

Kapitel 13

Wie ich mir die Hände schmutzig machte

Ich breitete den Sportteil der Zeitung auf dem Büroboden aus und kniete mich mit dem Rucksack des alten Mannes davor. Nur der Schweiß- und Schmutzgeruch, der über meinem Fund waberte, ließ mich einen kurzen Augenblick zögern.

Als Erstes löste ich den Riemen um den schmuddeligen Nylonschlafsack und rollte ihn aus. Abgesehen von ein bisschen Sand, einigen offenbar toten Flöhen und einer halb aufgerauchten Zigarette befand sich nichts darin. Ich fuhr mit den Außenseiten des Rucksacks fort: zwei Pillendöschen – ein Antibiotikum (dreimal pro Tag zu den Mahlzeiten, kein Alkohol) und eins mit einer Bezeichnung, die mir nichts sagte –, ein Plastikbeutel mit ein paar Tabakfetzen, ein paar Streichhölzer und die Verpackungen von zwei Schokoriegeln. So weit nichts Ungewöhnliches. Da ich meine Hand nicht in den Rucksack stecken wollte, kippte ich das ganze Ding um und schüttete den Inhalt auf die Zeitung: durchgelaufene Socken, ein Geschirrtuch voller Löcher, das aussah, als hätte er sich damit die Nase geputzt, ein Knäuel Plastikfolie, ein paar Pullover, die sich schon aufribbelten, ein kleines T-Shirt mit einer Rose auf der Vorderseite, eine ramponierte alte Pralinenschachtel mit einem Gummi darum, ein Einwegrasierer, eine schmuddelige, rote Fleecejacke mit aufgerissenem Ärmel, ein schmutzigweißer Turnschuh ohne Schnürsenkel und ein paar Unterhosen, die ich lieber nicht entdeckt hätte. Kein Buch. Ohne davon im Geringsten überrascht zu sein, inspizierte ich meinen Fund und kam zu dem Schluss, dass meine Einmischung mir genau das gebracht hatte, was ich verdiente – nämlich schmutzige Hände. Das Einzige, was mir jetzt noch blieb, war, alles wieder einzupacken und so zu tun, als wäre nichts passiert.

Obwohl es mich drängte, die ganze Angelegenheit zu beenden und wieder nach oben zu gehen, schüttelte ich noch den Schuh aus, bevor ich ihn wieder in den Rucksack warf. Ich legte die Kleider einzeln hinein. Es hatte keinen Sinn, etwas zu falten. Die alte Pralinenschachtel klapperte, als ich nach ihr griff, also öffnete ich sie und kippte sie ebenfalls aus. Eine kleine Kaskade aus Münzen und Zetteln ergoss sich über den Boden. Ich hob sie einzeln auf und legte sie zurück, wobei ich sieben Pfund und 23 Cents in gemischten Münzen zählte, dazu ein paar nicht eingelöste Rezepte, ausgestellt von einer Klinik irgendwo in Hoxton – ich hatte davon bereits erfahren –, und ein brüchiges Blatt Papier, das sich als eine alte Geburtsurkunde entpuppte: Harry Lewis war am ersten Mai 1954 im Southend geboren – der Mann war jünger, als er aussah. Der Name seiner Mutter war Alice; sein Vater hieß ebenfalls Harold Lewis. Außerdem war da ein gefaltetes und verblichenes Schwarzweißfoto von einer Frau mit zwei kleinen Jungen. Ausgehend von der Frisur der Frau handelte es sich bei einem der Kinder wahrscheinlich um meinen verrückten, alten Mann. Es gab weder Briefe noch Zettel oder Empfangsbestätigungen: nichts, das mir irgendetwas über seine Herkunft oder seinen jetzigen Verbleib verraten konnte.

Ich sicherte die Schachtel mit dem Gummiband, legte sie zu dem Durcheinander im Rucksack und zog die Kordel an der Öffnung wieder zu. Ein Teil von mir grübelte immer noch über das hübsche, kleine Buch nach. Wahrscheinlich hatte er es im Vorbeigehen in einen Mülleimer geworfen oder es auf einer Bank vergessen. Allerdings – so korrigierte ich mich ein wenig – hatte es an dem Tag, als er es mir zeigte, durchaus den Anschein gehabt, dass er es sehr wertschätzte.

Auf einmal blinkte etwas in den letzten, nicht mehr zu identifizierenden Müllresten auf. Ein Ohrring? Es war eine winzige, matte Scheibe mit einem zarten Blattmuster an einer Kette, daran ein Haken für ein durchstochenes Ohr – ganz fein, leicht zu übersehen. Als ich das Objekt näher betrachtete, erkannte ich, dass es nicht vollständig war; ein Loch am unteren Ende der Scheibe wies noch ein Glied einer dünnen Kette auf, die einmal an etwas anderem befestigt gewesen sein musste. Ich hielt das kleine Ding in meiner ausgestreckten Handfläche und fragte mich, was das hier sollte – woher er es hatte und warum er es bei sich trug. War es ein Souvenir? Am Ende legte ich es unter meine Computertastatur, um später darüber nachzudenken.

Als der neu gepackte Rucksack wieder auf dem Boden neben der Tür stand, überlegte ich, wann Lewis wohl zurückkommen würde. Der Laden würde bis sechs geöffnet sein, also blieb ihm noch einige Zeit, um hereinzukommen und seinen Besitz, einschließlich des Affen und des noch wichtigeren, warmen Schlafsacks, zurückzuverlangen. In der Nacht zuvor war er offenbar davon ausgegangen, es ohne ihn aushalten zu können.

Ich stieg die Treppe hinauf, um nach Ben zu sehen, und schob ein von Sorge motiviertes Telefonat mit meinem Vater ein, um sicherzustellen, dass er vor Öffnung des Ladens um eins eintreffen würde. Das verschaffte mir mehr Zeit. Wahrscheinlich war es die lebhafte Erinnerung an den Schmutz des alten Mannes, der mich veranlasste, die nächste Stunde im Waschsalon um die Ecke zu verbringen. Dorthin kann ich Ben mit einem Stapel Bilderbücher mitnehmen; es liegt etwas Tröstliches darin, zu beobachten, wie die Schmutzwäsche der letzten vierzehn Tage hinter einem Bullauge in der Lauge herumwirbelt, während man selbst laut vorliest. Als eine zweite Ladung im Trockner herumflappte, beschloss ich, den restlichen Morgen mit Dingen zuzubringen, die fürs Leben und fürs Geschäft nützlich und wesentlich sind.

Ich schob zwei weitere Münzen in den Schlitz und schleppte die erste Wäscheladung nach Hause.

Auf dem Rückweg wandten wir uns nordwärts, um noch einmal um den Block zu gehen. Ich wollte unbedingt am Haus der Ackers vorbei, denn ich hatte mir ein paar Gedanken über meine scheue Stammkundin gemacht. Doch als wir Hand in Hand zum Haus schlenderten und ich einen verstohlenen Blick durch den Gitterzaun warf, stand dort Mr Acker mit dem Rücken zu uns auf dem Pfad und wusch seinen Müllcontainer mit etwas aus, was nach Bleichmittel roch. Daneben warteten zwei volle Müllbeutel. Ich wurde den Eindruck nicht los, als hätten die Leichenteile in unserer Straße jeden aus der Ruhe gebracht. Wahrscheinlich war Mrs Acker unerreichbar für mich, wenn ihr Mann zu Hause war. Egal, ich hatte noch anderes zu tun.

Während ich mit der zweiten Ladung sauberer Wäsche in die Wohnung schwankte, fasste ich den Entschluss, der rechte Zeitpunkt sei nun gekommen, mich auch um die andere Angelegenheit zu kümmern. Ich verstaute den Wäschesack im Schlafzimmer, versorgte Ben mit einem Glas Milch und einem Keks und lief nach unten. Mein Müllcontainer zeigte keinerlei Anzeichen einer erneuten Durchsuchung und es lungerte auch niemand mit suchendem Blick vor dem Laden herum. Man konnte sich fragen, wie Harry Lewis ohne seine Habseligkeiten zurechtkam. Man konnte sich aber auch fragen, ob etwas passiert war.

Von der Wohnung aus rief ich die Polizei an. Die Zentrale stellte mich zu einer Frau durch, die sich als Detective Sergeant Laura Smiley vorstellte und meiner Geschichte lauschte, ohne mich zu unterbrechen.

Als ich schließlich zum Ende kam, erkundigte sie sich: »Miss Hoare, sind Sie nicht diejenige, die uns auch vergangenen Donnerstag benachrichtigt hat?«

Einen kurzen Augenblick wollte mir nicht einfallen, was Donnerstag gewesen war. Oh: dies hier war derselbe gequälte Sopran wie damals, als ich darum bat, dem alten Mann etwas ausrichten zu lassen. Ich bestätigte mit matter Stimme, dass dem so sei.

Ihre Antwort kam scharf. »Bleiben Sie bitte, wo Sie sind. Ich komme sofort zu Ihnen.«

Der dringliche Ton in ihrer Stimme war so interessant, dass ich gespannt am Fenster wartete, bis sie eintraf: eine mollige Frau in meinem Alter, mit kurzem, aschblondem Haar, einem maßgeschneiderten blauen Mantel und geschäftsmäßigem Gebaren. Ich rannte nach unten, führte sie in den Laden und stellte mich ihr vor. Und den Rucksack. Doch den ignorierte sie.

»Es tut mir Leid, Miss Hoare, wir hätten Sie wirklich schon früher aufsuchen sollen. Es gibt noch ein paar Unklarheiten bei Ihrer Aussage von neulich. Kannten Sie Mr Lewis persönlich?«

Mittlerweile hatte ich fast das Gefühl, dass das der Fall wäre, doch ich erklärte wahrheitsgemäß, er hätte sich monatelang in der Gegend herumgetrieben, manchmal hinter meinem Müllcontainer genächtigt, er sei mir vor allem wegen seines Affen aufgefallen – mehr sagte ich dazu nicht – und ich hätte den alten Mann aufheulen hören, als er seine grauenvolle Entdeckung machte. Dann hätte ich gestern seinen Rucksack in meinem Müllcontainer gefunden, wo er ihn meines Erachtens selbst deponiert hätte, und bislang sei er nicht gekommen, um ihn abzuholen.

Sie hatte aufmerksam zugehört. Ich wies erneut auf den mitnahmebereiten Rucksack. Ohne einen Blick darauf zu werfen, entgegnete sie: »Ich fürchte, Mr Lewis ist im Krankenhaus. Er wurde gestern Abend von einem vorbeifahrenden Autofahrer auf einer Straße direkt hinter der Balls Pond Road gefunden. Wir gehen von einem Unfall mit Fahrerflucht aus.«

»Wurde er schlimm verletzt?«

Sie blickte mich ausdruckslos an. »Er hat sein Bewusstsein wiedererlangt, aber man wird ihn noch eine Weile dabehalten. Warum wollen Sie das wissen?«

»Nur so«, log ich. Gerade war mir aufgefallen, dass Lewis seinen Rucksack im Müllcontainer versteckt hatte, kurz bevor er in der Dunkelheit geradewegs auf seinen Unfall zugeeilt war. Das legte die Frage nahe, ob ihn jemand verfolgt hatte. Es wäre schön gewesen, wenn all dies einen Sinn ergeben hätte. Ich hievte den Rucksack hoch. »Ich möchte Ihnen dies hier geben. Vielleicht ist etwas darin, was Ihnen weiterhilft. Ich gehe jetzt besser wieder nach oben. Mein Sohn ist allein in der Wohnung. Aber – könnte ich Mr Lewis vielleicht besuchen?«

Sie zögerte. »Ich weiß nicht, vielleicht später, wenn er Besuche empfangen darf. Kennen Sie ihn denn nun persönlich?«

»Ich hab ein paarmal mit ihm gesprochen. Und einmal war er auch hier im Laden«, antwortete ich.

»Ah ja.« Ich sah, wie sie darüber nachdachte. »Wir werden ihn fragen, was passiert ist, sobald es ihm wieder besser geht.«

»Sie sagten, es sei ein Unfall gewesen?«

»Gäbe es Ihrer Meinung nach denn einen Grund, weshalb es kein Unfall gewesen sein sollte?«, gab sie zurück.

Ich blinzelte.

Sie verzog ihr Gesicht: offensichtlich wusste sie auch keinen, sprach es aber nicht aus. Sie schien einen Entschluss gefasst zu haben. »Miss Hoare, ich übernehme jetzt diese Tasche von Ihnen und danke Ihnen, dass Sie uns angerufen haben. Sie haben sie also gestern in Ihrem Müllcontainer entdeckt?«

»Ungefähr um sechs Uhr abends. Wir hatten gerade geschlossen.«

»Alles klar. Dann werde ich nur zur Sicherheit jemanden herschicken, der den Container leert. Die Kollegen werden in einem Streifenwagen kommen, und zwar innerhalb der nächsten halben Stunde, denke ich. Sie werden den Inhalt einpacken wollen, also berühren Sie bitte nichts, legen Sie nichts dazu und nehmen Sie nichts heraus, bevor sie da waren. Wenn Sie wollen, stellen wir Ihnen eine Empfangsbestätigung aus.«

Ich erwiderte, das sei nicht nötig. Vielmehr drängte es mich zu verstehen, was da eigentlich vor sich ging. »Es tut mir Leid, was mit ihm passiert ist«, murmelte ich zaghaft.

Sie zuckte bloß die Achseln und nickte. »Was für ein Leben diese Leute führen! Hören Sie, rufen Sie mich in ein paar Tagen an, dann sag ich Ihnen, wie es mit Besuchen aussieht, okay? Wenn ich noch Fragen habe, suche ich Sie noch einmal auf. Sie verreisen doch nicht über Weihnachten, oder?«

Ich beschloss, dass das Weihnachtsessen in St. Albans nicht zählte, und erklärte, nein, ich bliebe zu Hause. Sie verschwand mitsamt dem Rucksack und seinen Ausdünstungen. Kaum war sie fort, fiel mir ein, dass ich gar nicht die *Lektionen in Blumenmalerei* erwähnt hatte. Aber das hielt ich augenblicklich auch nicht für besonders wichtig. Wir wollten in ein paar Minuten öffnen und Barnabas war noch nicht eingetroffen und irgendwie schien mir das dringlicher zu sein.

Kapitel 14

Und wie ich wieder Ordnung schuf

Als ich am nächsten Morgen die Post öffnete, fiel es mir schlagartig wieder ein: der Affe. Ich hatte seit meinem Besuch nicht mehr an das Tier gedacht, aber jetzt war schon Montag und ich fand, ich sollte Mr Stanley ankündigen, dass er wahrscheinlich länger als erwartet einen Untermieter haben würde. Vielleicht hätte ich das Barnabas überlassen, aber als ich die Nummer meines Vaters wählte, nahm niemand ab. Mr Stanleys Nummer stand nicht im Telefonbuch. Andererseits war er zu Hause gewesen, als ich das letzte Mal vorbeikam, und ich hegte den Verdacht, dass er gewöhnlich zu jeder Zeit dort anzutreffen war. Es war verlockend, selbst so eine Kleinigkeit in Ordnung bringen zu können; also lief ich hinaus zum Wagen und steuerte Richtung Crouch Hill.

Ich hatte Recht gehabt. Als er die Tür öffnete, trug er Gummihandschuhe; offensichtlich hatte ich ihn beim Spülen gestört. Der Geruch im Vorderzimmer war nicht schlimmer als beim letzten Mal und der Affe – Charlie – reagierte heute sehr ruhig auf meine Ankunft. Ich blickte in das helle Gesicht und die wachsamen haselnussbraunen Augen und bemerkte, dass der Laufgurt verschwunden war. Offenbar hatte man Fortschritte gemacht. Ich wandte mich zu Mr Stanley um und sah, dass er lächelte.

»Er wirkt glücklich.«

»Ich habe ihn gebadet«, erklärte Mr Stanley. »Er hat sich ständig gekratzt. Solange er drinnen ist, lasse ich den Laufgurt fort. Sind Sie gekommen, um mir … Neuigkeiten zu erzählen?«

Ich nickte. »Sein Besitzer, Charlies Besitzer, liegt im Krankenhaus. Ich hatte noch nicht die Möglichkeit, ihm vom Verbleib des Affen zu erzählen, daher … hätten Sie was dagegen, ihn noch ein wenig länger hier zu behalten?«

Er ging hinüber zum Käfig und öffnete die Tür. Der Affe sprang nach nur kurzem Zögern heraus und landete auf Mr Stanleys Schulter. Eine Hand packte den alten Herrn am Ohr. Aber Mr Stanley winkte nur und sagte: »Starren Sie ihn nur nicht an.« Ich trat langsam näher und bemerkte aus dem Augenwinkel, dass das kleine Wesen mich ohne besondere Anzeichen von Furcht beobachtete. Ein paar Schritte entfernt blieb ich stehen. »Er hat sich verändert.«

»Er verändert sich noch. Man muss Affen respektieren«, erläuterte Mr Stanley im Tonfall eines Fachmanns.

Ich antwortete, dass meiner Meinung nach alles sehr gut laufe, da fiel mein Blick auf den alten Gurt, der hinter dem offenen Käfig auf dem Tisch lag. An der Schnalle war eine kleine Scheibe befestigt. Sie war mir schon früher aufgefallen, aber ich hatte sie nie aus der Nähe betrachtet. Wenn das eine Erkennungsmarke war, wie sie auch Hunde am Halsband trugen, sollte ich sie wohl mit untertänigsten Entschuldigungen Sergeant Smiley überreichen. Ich streckte die Hand aus, nahm sie und stellte fest, dass es nur eine Münze war; eine abgegriffene Silbermünze, leicht angelaufen und mit einem Männerkopf sowie kyrillischen Buchstaben verziert, die ich zwar erkennen, aber nicht lesen kann. Durch ein Loch in der Münze war ein kurzes Stück angelaufener Draht gefädelt und dann um die Schnalle des Laufgurts geschlungen worden. Ich legte den Gurt beiseite und meinte, ich hoffte, es wäre alles in Ordnung, und ich wolle Mr Stanley nicht weiter beim Spülen stören.

»Besuchen Sie uns gerne wieder«, erwiderte er förmlich. »Sie sind jederzeit bei uns willkommen.«

Ich dankte ihm ebenso höflich und ging mit dem Gedanken, das dies ja gut geklappt hatte und ich schon mal einen Punkt von meiner geistigen Erledigungsliste streichen konnte.

Während ich meinen MPV in eine schmale Parklücke vor dem Laden zu zwingen versuchte, klingelte mein Handy. Das Display verriet die Nummer von Chris. Ich schaltete das Telefon ein, meldete mich mit: »Einen Moment bitte«, und legte es ab, bis ich den Motor abstellen und aussteigen konnte.

»Hier bin ich wieder.«

»Hast du die Nachrichten gesehen?«, fragte er statt einer Begrüßung.

»Was? Du meinst … welche Nachrichten?«

»Man hat gestern einen weiteren Fund gemacht. In einer Plastiktüte, die jemand im Laufe der Nacht in den Eingang eines Ladens auf der Upper Street gelegt haben muss. Der Geschäftsführer hat sie am Morgen entdeckt, als sie gerade öffnen wollten.«

»Was haben sie denn nun gefunden?«, fragte ich. Meine Stimme klang selbst in meinen Ohren bis aufs Äußerste angespannt.

»Einen Kopf.«

Meine erste Reaktion war, dass man sie nun identifizieren konnte. Mein zweiter Gedanke lautete, dass ich nun Sergeant Smileys abwesende Miene verstand.

»Sie haben am Gesicht einige Rekonstruktionsmaßnahmen vorgenommen und ich denke, sie werden jemanden suchen, der sie identifizieren kann. Wahrscheinlich fragen sie als Erstes dich und andere Ladeninhaber in der unmittelbaren Nachbarschaft.«

»Es gibt keinerlei Grund anzunehmen, dass sie hier in der Gegend gewohnt hat!«, fauchte ich. Die Vorstellung, die Polizei würde mich ein weiteres Mal besuchen, machte mich nervös. Außerdem kam mir die Tatsache, dass ich Sergeant Smiley einiges zu sagen vergessen – oder nicht zu erwähnen beschlossen – hatte, langsam etwas tollkühn vor.

»Ich zitiere jetzt mal die Statistik«, erwiderte Chris. »Einundneunzig Prozent aller Mordopfer werden im Umkreis einer halben Meile vom Tatort gefunden.«

Ich hätte einwenden können, dass damit immer noch neun Prozent blieben; aber die Zahlen waren unerfreulich aussagekräftig. »Würde ein Mörder die Leiche nicht möglichst weit wegschaffen?«

»Zeugen. Zufälle. Totgewicht.«

Ich hielt dagegen, wenn man eine Leiche zerstückelte, sollte man sie doch leichter und nicht schwerer loswerden können … und traute kaum meinen Ohren, was ich da von mir gab.

»Aber«, dozierte Chris in übertrieben geduldigem Tonfall, »je mehr Leichenteile du in den Straßen herumkarrst, desto größer ist die Wahrscheinlichkeit, dass dich jemand sieht. Nun existieren zwei verschiedene Fundorte in dieser Gegend, also nimmt die Polizei an, dass der Mörder in der Nähe wohnt. Verdammt! Dido? Hör mal, ich habe da gerade einen anderen Anrufer in der Leitung.«

Ich sagte, ich bliebe zu Hause, ließ alles fallen und eilte nach oben, um den Fernseher einzuschalten. Es gab eine kurze Ankündigung in der Nachrichtenübersicht; aber erst fast fünf Stunden später zeigten sie am Ende der Abendnachrichten ein computergestütztes Bild. Die Tote war von dunkler Hautfarbe gewesen und ihr längliches Gesicht mit hohen Wangenknochen wies keinerlei Spuren des Mordes auf. Sie wirkte sehr jung.

Abwesend lauschte ich der erneuten Bitte, jeder, der das Opfer zu erkennen glaube, solle sich bei der Polizei melden.

Es war gut möglich, dass ich sie einmal gesehen hatte. *Jeder* hätte ihr begegnen können, wo auch immer. Ihr Gesicht wirkte starr und leer, aber sonst ganz normal.

Ich wollte gerade abschalten, als ein weiteres Foto den Bildschirm füllte und das Wort »Ohrring« meine Hand erstarren ließ. Das Opfer hatte offenbar einen einzelnen langen Ohrring aus mattem Silber getragen, der aus einer kleinen Scheibe an einem feinen Kettchen und einer größeren Scheibe – eigentlich eine Münze – am unteren Ende bestand. Ich musste nicht erst nach unten gehen, um sicher zu sein; der Haken und die kleine Scheibe mit dem eingravierten Blattmuster waren identisch mit dem auf dem Ohrring, der immer noch unter meiner Tastatur lag. Schlimmer noch, das Stück, was an dem Ohrring auf meinem Schreibtisch fehlte, war identisch mit dem auf dem Bildschirm – die Stimme aus dem Off beschrieb es als eine alte russische Münze – und ich hatte es erst vor Kurzem am Laufgurt des Affen entdeckt.

Das war natürlich ganz unmöglich.

Ich langte nach dem Telefon, hielt dann aber inne. Manchmal bremse ich mich tatsächlich und erinnere mich dann an den Schwur, den ich kurz vor Bens Geburt abgelegt hatte: *Von nun an werde ich erst denken, bevor ich handle.* Anderthalb Stunden Verzögerung konnten keinen großen Unterschied ausmachen, mir aber wohl die Möglichkeit verschaffen, über die Probleme nachzusinnen, die ich mir selbst bereitet hatte. Ich konnte mir schon vorstellen, dass die Polizei es seltsam finden würde, dass ich Beweismittel zurückgehalten hatte, verschleierte dies doch eine Verbindung zwischen Harry Lewis und der Leiche. *Er hatte sie gekannt.* Wie sonst hatte er ihren Ohrring für seinen kleinen Gefährten bekommen sollen? Als Schmuck, der, wie mir unangenehmerweise einfiel, schon einige Zeit am Laufgurt angebracht war, *bevor* Lewis und ich den Torso entdeckten. Ich ging die gesamte Folge der Ereignisse zweimal durch, kam aber jedes Mal zum selben Ergebnis: Der Affe war mit seinem Laufgurt mindestens zwei Tage vor der Entdeckung der Leiche durch den alten Mann entwischt. Ich versuchte, dafür eine Erklärung zu finden, aber es gelang mir nicht.

Das Tier trug also einen der beiden Ohrringe, die Leiche den anderen. Nun, möglicherweise gab es mehr als ein Paar von diesem Modell. Aber ich fand es schwer zu glauben, dass viele solcher seltenen ausländischen Schmuckstücke im Umlauf waren. Hatte er das Mädchen gekannt, bevor es umgebracht wurde? Wusste er auch, wer sie getötet hatte? Hatte er sie möglicherweise selbst ermordet, nur um ihr den Schmuck für den Laufgurt seines Affen zu stehlen? Ich jonglierte mit Zufällen: die Möglichkeit, dass es zwei identische Paare dieser Ohrringe gab, gegen die Wahrscheinlichkeit, dass Lewis einen der Ohrringe in aller Unschuld irgendwo vom Bürgersteig aufgelesen hatte wie ein Zehnpencestück. Wenn er sie nicht selbst umgebracht hatte – für so eine Kleinigkeit –, war er dann in der Nähe des Tatorts gewesen? Ich konnte mir vorstellen, dass er in einer dunklen Ecke gelauert und beobachtet hatte, was sich ereignete, und sich vor lauter Angst nicht rühren konnte. Ich schloss die Augen. Nacht. Dunkelheit, eisige Kälte. Der alte Mann irgendwo zusammengerollt im Freien, schlafend: ein Wagen stoppt, ein Kampf, ein Schrei, und Lewis schleicht sich erst aus seinem Versteck, als es wieder still ist, und bewegt sich langsam auf die dunkle Gestalt am Boden zu …

Ja, das schien mir möglich, nur: Wann war das geschehen? Man konnte nicht so einfach die Leiche eines Mädchens zerlegen, nicht auf einer Londoner Straße, selbst wenn es eine ruhige Straße und mitten in der Nacht war. Also musste Lewis an dem Ort gewesen sein, wo auch immer die Bluttat stattgefunden haben mochte, und vielleicht hatte er den Täter erkannt. Das aber konnte bedeuten, dass sein »Unfall« kein Unfall war. Mir schwirrte der Kopf.

Fest stand: Es gab eine Verbindung zwischen dem toten Mädchen und dem verrückten alten Mann. Und ich würde noch einmal mit Sergeant Smiley sprechen müssen, um mich zu entschuldigen, zu erklären und sie zu überzeugen und …

Und zwar sofort.

Kapitel 15

Nicht ganz koscher

Aber ich verschob mein Telefongespräch, denn ich hatte mir überlegt, dass es zur Schadensbegrenzung zunächst einmal das Beste wäre, einen zwar nicht erfolgreichen, aber amtlich registrierten Versuch zu starten, Sergeant Smiley über alles zu informieren. In der Hoffnung, dass sie immer noch in der Tagschicht arbeitete, hinterließ ich kurz nach einundzwanzig Uhr meinen Namen bei der Zentrale, legte dann auf und beanspruchte bei Mr Spock, der zu schläfrig war, um Widerstand zu leisten, das bequeme Ende des Sofas für mich. Ich musste dringend meine Strategie überprüfen. Eine Weile später rief ich Barnabas an, beichtete so wenig wie möglich und versprach, ich würde alles erklären, wenn wir uns sähen.

Kurz vor zehn läutete es an der Tür. Obwohl ich eigentlich keinen Ärger erwartete, hatte ich die Zähne fest zusammengebissen, als ich zum Fenster trat, hinuntersah und Kennedy entdeckte, der mit einer Tragetüte in der Hand vor der Haustür stand und hinaufblickte. Ich warf ihm den Schlüssel hinunter, ging ihm durch den Flur entgegen und schloss im Vorbeigehen sachte die Schlafzimmertür.

Als er in der Tür stand, umwehte ihn ein fischiger Geruch, den ich begierig einsog.

»Entspann dich – es ist genug für uns beide da.«

»Ich hab schon mit Ben gegessen«, wiegelte ich entschieden ab. Trotzdem schnüffelte ich weiter. »Aber ich könnte ein paar von den Fritten nehmen. Ich hole den Essig.«

»Und Papierservietten«, fügte er hinzu. »Und den Flaschenöffner – ich hab Bier mitgebracht.«

Wir machten es uns im Vorderzimmer bequem, und während er zwei große Stücke Backfisch und zwei Haufen dicker Pommes frites auspackte, schaltete ich den Fernseher an, drehte die Lautstärke herunter und hockte mich zu ihm aufs Sofa. Ich hatte doch ein bisschen Hunger. Wir hoben unsere Flaschen und prosteten einander schweigend zu. Dann versuchte ich, meine Aufmerksamkeit zwischen den Fritten und den keineswegs neuen Nachrichten über den so genannten »Müllsackmord« so gut es ging aufzuteilen. Natürlich wurde der Verkehrsunfall, dem ein Obdachloser zum Opfer gefallen war, erst gar nicht erwähnt. Als der Moderator sich der Zusammenfassung der überregionalen Nachrichten zuwandte, schnappte Chris sich kurzerhand die Fernbedienung und schaltete den Apparat aus. Währenddessen kratzte ich ein großes Stück Teighülle von der Verpackung und fragte: »Hast du irgendeine Ahnung, was da eigentlich vor sich geht?«

»Vielleicht. Es gibt ein paar Dinge, die nicht der Öffentlichkeit bekannt gegeben wurden. Die Leiche zeigt Anzeichen ausgiebigsten Sexualverkehrs. Außerdem war die Tote heroinsüchtig. Man nimmt an, dass sie irgendwo in der Gegend als Prostituierte gearbeitet hat. Erinnerst du dich, dass ich dir von ein paar anderen, ähnlich zugerichteten Leichen erzählt habe? Jetzt setzen sie massiv auf die Medien, um jemanden zu finden, der sie gekannt haben könnte. Wenn du die ungeschminkte Wahrheit wissen willst: Die Polizei befürchtet, niemals zu erfahren, wer sie war oder was ihr zugestoßen ist.«

Ich leckte das letzte Fett von meinen Fingern und dachte nach. »Deshalb bist du und Wie-heißt-er-noch – Johnson – so an Annie Kelly interessiert. Geht es in Wirklichkeit darum? Glaubt ihr, sie könnte etwas über die Mädchen wissen? Ist sie eine Informantin?«

Chris zuckte die Achseln, lehnte sich zurück und gähnte.

»Nicht wirklich. Sie kennt immer noch Leute in dem Geschäft, obwohl sie sich angeblich zurückgezogen hat. Deshalb vermutet die Polizei da drüben, sie könnte irgendwie mit drinstecken. Ich persönlich meine, es besteht kaum Hoffnung.«

»Sie kennt aus alten Zeiten viele Polizisten und hat wahrscheinlich das Gefühl, die seien der eigentliche Feind«, warf ich nachdenklich ein.

»Ja, aber der Hauptgrund besteht darin, dass sie selbst Drogen nimmt, und das macht sie angreifbar. Sie kennt ein paar dubiose Typen und kann es sich nicht leisten, Ärger zu machen.«

»Aber warum sollte sie überhaupt mit dir reden? Kannst du sie nicht überzeugen, dass du irgendwie für sie bürgst, wenn sie sich einverstanden erklärt, mit einem deiner Kontaktmänner zu sprechen?«

Er gähnte erneut. »Johnson – den hab ich angerufen. Er sagt, er hätte monatelang an diesem Problem geknackt. Es ist überall bekannt, dass ein Geschäft mit Wirtschaftsflüchtlingen existiert, die dafür bezahlen, ins Land geschmuggelt zu werden. Das aufgefundene Mädchen war vermutlich eine von ihnen. Die Boulevardzeitungen machen eine Riesenkampagne aus diesem Mord und es wird eine Menge Druck seitens der Presse geben, den Fall restlos aufzuklären.«

Ich überlegte, ob das all meine Fragen beantwortete, beließ es doch für den Moment dabei. »Chris, ich muss dir was erzählen. Es gibt eine Verbindung zwischen dem alten Mann und der Leiche, die er gefunden hat.«

Ich berichtete von der Münze am Laufgurt.

Chris runzelte die Stirn. »Vielleicht hat er sie rausgefischt, bevor er merkte, was noch in dem Müllsack war?«

»Nein! Sie war am Laufgurt des Affen befestigt, aber der kleine Kerl war doch bereits einige Tage vorher entlaufen, schon vergessen?«

Er verzog das Gesicht. »Wo und wann hat der Alte sie also gefunden? Du hast Recht: das ist wichtig. Was meint denn die Polizei dazu?«

»Ich hab die Ermittlerin, die bei mir war, schon angerufen, aber sie hat sich noch nicht gemeldet.«

Als er mich anstarrte, fing ich an, meine Geschichte zu wiederholen, aber er unterbrach mich. »Da ist etwas, was ich dir noch nicht mitgeteilt habe. Der Gerichtsmediziner hat festgestellt, dass die Leiche eingefroren gewesen ist. Verstehst du?«

Nein, wohl nicht. Oder doch? Wenn zwischen dem Mord und der Entdeckung der Leiche auf der anderen Straßenseite eine längere Zeitspanne lag, dann warf dieser Umstand mein berechnetes Timing gänzlich über den Haufen. Wurde die Sache mit dem Ohrring dadurch problematischer oder nicht?

»Möglicherweise weiß Lewis überhaupt gar nichts«, entgegnete ich.

»Und der Ohrring könnte ein Zufall sein. Doch selbst wenn: Ist der Unfall auch so ein Zufall? Sie versuchen zurückzuverfolgen, wohin er seit seinem Entkommen aus dem Polizeirevier gegangen ist. Ich finde, wir sollten die Dinge jetzt vorantreiben.«

Nun war er wach, auf den Beinen und auch noch an seinem Handy. Ich vernahm, wie er mit jemandem sprach, der ihn offensichtlich an der Stimme erkannte, denn er nannte seinen Namen nicht. Ich lehnte mich gegen die Kissen, schloss die Augen und hörte mit. Johnson – natürlich sprach er mit Johnson – verband ihn nach einer kurzen Erklärung weiter. Ich war froh, auf dem Revier in Islington angerufen zu haben. Chris unterrichtete seinen Gesprächspartner von dem Affen, der Münze und meiner Rolle in der Angelegenheit. Es gab diverse Pausen und sogar einen Punkt, an dem ich möglicherweise kurz einschlief. Es war ein langer Tag gewesen.

Als das Telefonat sich dem Ende zu nähern schien, öffnete ich die Augen.

»Dido, sie möchten wissen, wo sich der Affe und der Laufgurt im Moment befinden.«

Ich gähnte und nannte ihm Mr Stanleys Adresse, protestierte aber: »Sie werden doch jetzt nicht dorthin fahren, oder? Er wird schon im Bett liegen. Da kriegt er einen Herzanfall!«

»Sie schicken schon jemanden, der behutsam vorgeht«, antwortete er ungeduldig. »Keine Sorge.« Ich hörte, wie er die Adresse weitergab.

Kaum hatte er aufgelegt, telefonierte ich selbst. Am anderen Ende wurde nach einem Klingelton abgenommen.

»Barnabas?« Ich unterbrach ihn, als er zu sprechen ansetzte. »Hör zu: Die Polizei befindet sich auf dem Weg zu Mr Stanley, um den Laufgurt des Affen zu holen. Könntest du ihn vorwarnen und bitten, nicht zu Bett zu gehen, und dann vielleicht bei ihm bleiben, bis sie wieder weg sind?«

»Natürlich.«

Ich hatte den Eindruck, er wollte etwas hinzufügen. »Rufst du mich dann zurück? Chris ist bei mir. Wir werden warten.«

»Ah ja? Entschuldige, ich geh jetzt mal besser nach oben.«

Ich kehrte zu meinem Platz zurück. »Gute Idee«, lobte Chris. Ich rückte näher an ihn heran. Er legte mir einen Arm um die Schultern und wir warteten.

Mehr als eine Stunde war vergangen, als das Telefon läutete.

»Sie waren da«, meldete Barnabas ohne weitere Einleitungen, »und sind wieder weg. Den Laufgurt haben sie mitgenommen.«

»Was ist mit dem Affen?«

»Sie wollten eigentlich dafür sorgen, dass der Affe mitgenommen wird, schließlich ist die Haltung von Affen verboten. Aber das Tier war verschwunden. Ich muss wahnsinnig sein, dass ich da mitmache. Andererseits hat mein Nachbar den Affen ziemlich ins Herz geschlossen. Über Geschmack lässt sich wirklich nicht streiten.«

»Was hat Mr Stanley denn gesagt?«

»Dass er ein Fenster offen gelassen hat«, erwiderte mein Vater trocken, »und dass das Tier sich vermutlich rausgeschlichen hat, bei diesem Wetter aber sicher bald wiederkommen wird.« Das klang wie ein halbwegs wasserdichtes Alibi.

Ich atmete aus und erwiderte, dann sei es vielleicht sogar ein Glück gewesen, dass ich letztens den Katzenkorb dort vergessen hätte. Barnabas grunzte unverbindlich. »Ich glaube nicht, dass sie noch mal zurückkehren. Also könnte ich den Korb mitbringen, wenn ich morgen zu dir komme.«

Ich dankte ihm und fragte, ob er und Mr Stanley nun allein zurecht kämen.

»Wahrscheinlich«, gab er zurück. Es gelang ihm, dies so klingen zu lassen, als hätte ich ihm noch eine Menge zu erklären.

Als ich auflegte, bemerkte ich, dass Kennedy mich mit einem Grinsen beobachtete, das sich langsam über sein ganzes Gesicht ausbreitete.

»Sie haben den Affen in den Katzenkorb gesetzt und ihn irgendwo versteckt, wahrscheinlich in der Wohnung meines Vaters, und dann haben sie der Polizei erzählt, er sei entlaufen. Die Behörden denken jetzt, er sei für immer weg. Mein Vater weiß nicht, ob er das ärgerlich oder amüsant finden soll.«

Damit war das Problem gelöst. Mr Stanley hielt nicht länger unrechtmäßig ein gefährliches Haustier und sie würden wohl auch aufhören nachzufragen. Wenn die Polizei irgendwann zu Lewis durchdringen konnte, hatten die Beamten ihm nichts zu berichten. Das war wahrscheinlich für alle Beteiligten das Beste. Ich würde dem alten Mann selbst alles erzählen, wenn ich ihn besuchen ging und es bis dahin kein Risiko mehr darstellte. So lautete jedenfalls mein Plan.

Kapitel 16

Suchen und Finden

Niemand, der mich näher kennt, würde Ordnungsliebe zu einer meiner Tugenden zählen. Trotzdem machte ich am nächsten Morgen auf dem Rückweg vom Kindergarten einen kleinen Rundgang und riss die selbstgemachten Poster wieder ab. Zu Hause angekommen warf ich sie in meinen leeren Müllcontainer und schloss die Tür zum Laden auf, wo mein Vater schon auf mich wartete. Er wirkte finster. Ich war selbst an diesem Morgen nicht bester Laune, also sprach ich, bevor er den Mund aufmachen konnte.

»Es war richtig, was wir mit dem Affen gemacht haben.«

Barnabas brummte. »Der Affe selbst ist für die Untersuchung der Polizei irrelevant. Aber wenn du gedacht hast, ich würde mitmachen, um Mr Stanley einen Gefallen zu tun, hast du richtig gelegen. Trotzdem gibt es ein vollkommen annehmbares Affenasyl drüben im West Country.«

Ich sah ihn fragend an.

»Ich habe am Samstag das Affengehege im Zoo angerufen, um wenn nötig einen Plan B in der Hinterhand zu haben. Mein Badezimmer stinkt immer noch. Offenbar verbindet der Affe unangenehme Erinnerungen mit dem Katzenkorb.«

»Ich habe Raumdeo«, bot ich ihm kleinlaut an.

»Ich auch. Aber jetzt Schluss mit dem Vorgeplänkel, Dido: Was ist hier eigentlich los?«

»Eine Menge«, antwortete ich, »ich gehe davon aus, dass du gestern Abend nicht ferngesehen hast?«

»Erzähl's mir einfach.«

»Aber das wird einige Zeit in Anspruch nehmen.« Ich entfernte einen Stapel Kataloge vom Besucherstuhl, um mich hinsetzen zu können, rief mir noch einmal den Augenblick in Erinnerung, da ich den Rucksack aus dem Container gezogen hatte, und machte mich daran, Barnabas auf den neuesten Stand der Dinge zu bringen. Als ich meine Aktivitäten vom Vorabend schilderte, sann er bereits angestrengt nach.

»Ich möchte sichergehen, dass ich dich richtig verstanden habe. Ein junges Mädchen wurde ermordet, die Leiche eingefroren, dann zerstückelt und später – teilweise – in verschiedenen Plastiksäcken entdeckt, die hier in der Nachbarschaft verteilt wurden. Trotz ihrer Jugend war die junge Frau eine Prostituierte. Die Polizei glaubt, die Tat stünde mit ähnlich gelagerten Morden an jungen Frauen in Verbindung, die hier in der Gegend im Zeitraum von … in welchem Zeitraum stattfanden?«

Ich versuchte mich an das zu erinnern, was Chris berichtet hatte. »Ich schätze, noch weiß niemand genau, ob sie miteinander in Verbindung stehen.«

»Eine Autopsie könnte doch eine Verbindung bestätigen oder ausschließen?«, spekulierte mein Vater. »Der *Modus operandi* wird sehr aufschlussreich sein. Nun ist aber die nächste Frage, ob dein alter Mann irgendwie involviert war.«

»Zufall? Oder er hat etwas aufgehoben, was einfach *en passant* am Fundort gelandet war.«

»Nein: du sagtest, er hätte den Ohrring schon länger gehabt.«

»Ich hab die ganze Nacht versucht, eine Lösung zu finden, aber ich wüsste nicht, wie man daraus schlau werden sollte. Verstehst du, es gibt keinen Beweis, dass er ihn dem Mädchen weggenommen hat, sei es nun vor oder nach ihrem Tod. Er hat gewohnheitsmäßig Mülleimer durchsucht, das konnte man an dem Kram sehen, den er mit sich herumschleppte. Möglicherweise hat er ihn in irgendeinem Unrat gefunden, der vom Mörder stammte. Ursprünglich *könnte* der Ohrring in oder an ihren Kleidern gewesen sein, aber da er ihn schon mindestens ein paar Tage hatte, bevor er … sie … fand, heißt das gar nichts. Die Müllabfuhr kommt ein-, zweimal die Woche, wenn sich also irgendwas in dem Abfall befand, was noch nicht entdeckt wurde, ist es jetzt endgültig weg.«

Barnabas durchdachte meine Argumentation, seufzte und zuckte die Achseln. »Wie auch immer, was die Zerlegung der Leiche betrifft: Du sagst, bislang habe man nur den Torso, den Kopf und einen Arm gefunden? Das heißt, es steht noch mindestens ein ›Fund‹ aus, es sei denn, der Rest der Leiche ist schon längst irgendwo auf einer Müllkippe verschwunden. Sehr schön, das führt uns zu zwei Fragen. Erstens: *Warum* ist das arme Kind so malträtiert worden? Es erinnert mich an das, was man über Serientäter hört. Weißt du noch, dieses unangenehme Ehepaar vor ein paar Jahren, dessen Garten voller Leichen junger Frauen war, inklusive der ihrer eigenen Tochter?«

»Willst du damit andeuten, der alte Mann könnte Leichen gesammelt haben? Barnabas, er war obdachlos! Wo hätte er sie denn verstecken sollen?«

Aber mein Vater ließ sich jetzt nicht dazwischenreden. »Die Polizei sollte mal solche brachliegenden Grundstücke untersuchen, wobei ich annehme, dass es sie angesichts all der leerstehenden Gebäude zwischen Euston Station und Angel Islington extrem viel Zeit kosten dürfte.«

»Und wenn Lewis gar nichts damit zu tun hatte?«

»Aber noch etwas deutet darauf hin, dass dem sehr wohl so ist«, widersprach Barnabas hartnäckig, »und zwar sein ›Unfall‹. Jeder, der mit dem Mord zu tun hat, würde ihn für einen erheblichen Risikofaktor halten. Eine Schande, dass die Polizei ihn nicht in Gewahrsam halten konnte, als sie die Möglichkeit dazu hatte.«

Ich wies ihn darauf hin, dass es sich um einen Verkehrsunfall gehandelt habe.

Barnabas warf mir einen vernichtenden Blick zu.

»Ich könnte ja versuchen, das herauszufinden«, bot ich ihm kleinlaut an.

»Warte kurz! Überleg mal: Warum wurde die Leiche zerstückelt? Du meintest, es bestünde eventuell eine Verbindung zu anderen Morden, aber sie – die Leiche von gegenüber – ist doch, soweit bekannt, die Einzige, die auf diese Art entsorgt wurde, oder?« Er blickte stirnrunzelnd an die Decke. »Dafür muss es einen Grund geben. Es könnte am Geisteszustand des Mörders liegen oder mit etwas ganz anderem zu tun haben.«

»Oder es könnte einfach leichter gewesen sein, die Leiche auf diese Art zu verstecken.«

Barnabas schnaubte. »Verstecken? Ich finde, den Kopf des Opfers in einer zerrissenen Plastiktüte auf eine Türschwelle in der Upper Street zu legen, ist wohl kaum die effektivste Art, etwas zu verstecken, da könnte man ja auch gleich bei Scotland Yard hereinschneien, mit dem Beweis wedeln und den Lord Oberrichter unflätig beschimpfen.«

»Also wollte jemand, dass sie gefunden wurde?«

»Ich denke, das geht eindeutig daraus hervor.«

Das konnte möglich sein, aber warum? Wir sahen einander an.

»Ich könnte ja mal nachfragen.«

»Bei Mr Kennedy?«

»Ich werde ihn sofort anrufen. Oder …« Mir kam eine Idee und ich blickte zum Anrufbeantworter auf dem Schreibtisch.

Mein Vater drückte auf den Knopf. Es waren zwei Nachrichten darauf: eine Bestellung für Cholmondeley-Pennell's *Sportfischen in Großbritannien* und eine Bitte von Sergeant Smiley um Rückruf, mit Angabe ihrer Handynummer; es klang dringend. Beide Nachrichten waren am Morgen eingegangen.

Wir tauschten die Plätze und ich wählte.

»DS Smiley.«

»Hier ist Dido Hoare. Sie wollten mit mir sprechen?«

»Miss Hoare, Sie haben mir gestern Abend eine Nachricht hinterlassen.« Sie klang beschäftigt.

»Ja.« Das hatte ich schon fast vergessen. »Ich wollte Ihnen erzählen, dass ich vor kurzem einen Teil des Ohrrings gesehen habe – den fehlenden von dem Paar, das dem ermordeten Mädchen gehörte. Ich habe ihn erkannt, als er gestern Abend im Fernsehen gezeigt wurde: Mr Lewis hatte ihn. Als Sie nicht zurückriefen, hat … jemand, der gerade bei mir war, einem Freund auf dem Revier von King's Cross die Sache gemeldet. Die schickten jemanden, der den Ohrring abholte. Aber ich habe immer noch ein Teilstück davon hier in meinem Laden – es tut mir schrecklich Leid, aber ich hab es, als ich es fand, auf meinen Schreibtisch gelegt und dann vergessen, als Sie wegen des Rucksacks hier waren. Ich denke, Sie wollen es bestimmt noch, oder?«

»Wie lange ist es schon bei Ihnen?«

Ich dachte rasch nach. Oh, natürlich – seit Samstagabend. Ich erklärte ihr, ich hätte vergessen, es in den Rucksack zurückzulegen.

Ihre Stimme nahm einen resignierten Ton an. »Hören Sie, Miss Hoare, ich bin gerade ganz in der Nähe, also fahre ich direkt bei Ihnen vorbei. Sind Sie im Laden?« Ich murmelte etwas. »Okay, dann bin ich gleich da.«

»Sie kommt im gestreckten Galopp«, schmunzelte ich zu Barnabas gewandt und legte auf.

»Gut, dann packe ich mal das Buch ein«, verkündete mein Vater. »Das übers Fischen. Du kannst dich ja währenddessen auf die Ausarbeitung deiner Geschichte konzentrieren.«

»Das ist nicht nötig«, versetzte ich. An diesem Tag sprach ich die Wahrheit – zumindest einen Großteil davon.

Ich ging wieder hinaus in den Laden und lungerte zwei Minuten dort herum, bis draußen ein Blaulicht aufblitzte und ein Wagen unübersehbar auf dem Bürgersteig geparkt wurde.

Als sie durch die Tür rauschte, fragte ich: »Kaffee?«

Sie schüttelte den Kopf. »Ich muss schnell zurück. Wir durchkämmen immer noch – also, wir führen momentan eine Durchsuchung durch. Haben Sie den Ohrring?«

»Im Büro«, entgegnete ich und stellte ihr Barnabas vor.

Sie wies den von ihm angebotenen Stuhl zurück, nahm den unvollständigen Ohrring, als ich ihn aus seinem Versteck holte, und ließ ihn in einen kleinen Plastikumschlag gleiten.

Ich versicherte ihr noch einmal, dass ich den Rucksack nur auseinander genommen hatte, um einen Hinweis auf den Verbleib des alten Mannes zu finden.

Sie nickte, wirkte aber nicht, als hörte sie besonders aufmerksam zu. »Ich glaube, es ist kein Schaden daraus entstanden. Danke, ich werde mich …«

»Wissen Sie, wahrscheinlich hat es gar nichts zu bedeuten, aber es fehlt etwas, das eigentlich da sein sollte«, unterbrach ich sie. »Er besaß ein altes Buch, über Blumen. Vor ein paar Monaten hat er es mir mal gezeigt, aber als ich den Rucksack fand, war es nicht darin.«

»Was ist mit dem Buch?«

Ich erklärte es ihr, so gut ich konnte. Dass es ein Bildband aus dem neunzehnten Jahrhundert über Blumenmalerei gewesen wäre und dass ich versucht hätte, es ihm für fünfhundert Pfund abzukaufen, er aber abgelehnt hätte.

Sie hob die Augenbrauen. »Er lehnte fünfhundert Pfund ab?«

Ich wandte ein, der alte Mann hätte es vielleicht nicht verstanden oder das Buch hätte ihm zu sehr am Herzen gelegen, um es zu verkaufen. Es klang nicht überzeugend. »Ich glaube, das

Ganze hat nichts zu bedeuten. Ich meine, wenn man bedenkt, wie verwirrt er meistens war. Aber ich dachte, ich sollte es erwähnen.«

DS Smiley wirkte skeptisch. »Wahrscheinlich hat er es gegen eine Dose Bier eingetauscht. Der arme alte Kerl befindet sich die Hälfte seiner Zeit in einem Paralleluniversum.«

»Ich nehme an, es war auch keine große Überraschung für Sie, dass er vor ein Auto lief – wenn es denn so geschehen ist.«

Ich wartete darauf, dass sie nickte oder die Achseln zuckte. Aber sie reagierte nur vage und wich meinem Blick aus.

Barnabas bemerkte es auch. »Wie ist es eigentlich passiert?«, fragte er unschuldig. »Ich glaube, es kam nichts in den Nachrichten darüber?«

»Es sieht so aus, als wäre es ein Verkehrsunfall gewesen.«

Barnabas bedachte sie mit einem väterlichen Lächeln. »Wollen Sie damit andeuten, dass etwas Ungewöhnliches an dem Vorfall war?«

»Professor Hoare, ich will nichts dergleichen andeuten. Bevor er nicht mit uns spricht, können wir darüber keine Auskunft geben. Danke, dass Sie uns dies hier gemeldet haben, Miss Hoare. Bevor ich gehe – muss ich wissen, ob Sie sich noch an irgendetwas Seltsames oder Verdächtiges innerhalb der letzten ein, zwei Wochen erinnern, das in Verbindung mit der Leiche von gegenüber stehen könnte.«

Ich schüttelte den Kopf.

»Also danke noch mal«, verabschiedete sie sich, nickte meinem Vater kurz zu und verschwand.

»Was glaubst du?«, wandte ich mich an Barnabas.

»Etwas an diesem Unfall macht ihnen Kopfzerbrechen.«

Dieser Meinung war ich ebenfalls.

»Ist dir aufgefallen, dass sie etwas von einer Durchsuchung sagen wollte, sie ›durchkämmten noch‹, sich dann aber bremste?«

Das hatte ich auch bemerkt, aber schließlich waren sie wohl gezwungen, die ganze Umgebung zu überprüfen. Was mich darauf brachte, dass ich selbst nach etwas forschen musste: nämlich im Computer nach einem Exemplar von *Lektionen in Blumenmalerei*. Es war so ein ungewöhnliches Buch. Wenn momentan ein Exemplar zum Kauf angeboten wurde, sollte ich Interesse daran bekunden. Vielleicht sollte ich sogar eine Suchanfrage starten? Die Webseiten der Buchverbände sind sehr nützlich und hilfreich, wenn man nach einem bestimmten Buch sucht.

Nachdem ich eine halbe Stunde ohne Glück am Computer und eine weitere Stunde mit der Morgenpost verbracht hatte, wartete ich immer noch auf einen Anruf von Kennedy. Sein Handy war natürlich ausgeschaltet. Aber als er sich schließlich meldete, begann er mit der Frage, was denn los sei.

»Nichts«, erwiderte ich so lässig wie möglich und berichtigte mich dann. »Ich hab heute Morgen mit DS Smiley gesprochen, als sie das Stück von dem Ohrring abholte. Sie erzählte, das heißt, sie ließ durchblicken oder eher …«

»Ich weiß, was du meinst«, drängte Chris. »Sprich weiter.«

»Okay, ich glaube, am Unfall von Mr Lewis stimmt was nicht.«

»Ich kann versuchen, etwas darüber herauszubekommen. Dido, hast du viel zu tun?«

»Nun, der Laden ist heute nicht geöffnet und Barnabas ist hier, aber … du weißt schon.«

Er grunzte. Wenn er es nicht kapierte, hatte er nicht zugehört. »Ich bin auf der Suche nach Annie Kelly. Eben noch stand sie in der Nähe der Caledonian Road, aber jetzt ist sie nicht mehr da, und zu Hause ist sie auch nicht. Es ist wirklich dringend.«

»Und jetzt soll ich wohl nach ihr Ausschau halten? Ich weiß, sie hat gemeint, sie würde hier in der Gegend wohnen, aber das muss nicht viel heißen.«

»Ich wollte dich lediglich bitten, die Augen offen zu halten.

Vermutlich geht sie nur Teebeutel und Zigaretten einkaufen, aber ich muss so bald wie möglich mit ihr reden. Ich hab schon mehrfach auf die Mailbox ihres Handys gesprochen, aber ich kann nicht riskieren, deutlicher zu werden, falls jemand mithört. Wenn du sie irgendwo siehst oder sie zufällig in den Laden kommt, versuch, sie dazu zu bringen, mich anzurufen – das ist alles.«

»Wo bist du jetzt?« Ich hörte im Hintergrund Verkehrslärm und ein Geräusch, das von großen Maschinen zu stammen schien.

»Ich befinde mich östlich von dir. Weißt du, wo die Southgate Road den Kanal kreuzt?«

Genauso gut hätte er es auf Chinesisch sagen können.

»Dido, hast du's denn noch nicht in den Nachrichten gehört? Okay. Man hat hier einen Wagen im Wasser gefunden, mit einer Leiche darin. Der Taucher meint, es sähe so aus, als wäre es wieder eine junge Frau. Im Augenblick hieven sie den Wagen aus dem Kanal. Wenn du Annie zu Gesicht bekommst, richte ihr aus, ich müsste mich unbedingt noch einmal mit ihr unterhalten und ich hätte Geld. Mehr nicht.«

»Warum sollte sie etwas über den Vorfall wissen?«

»Zieh keine voreiligen Schlüsse. Ich möchte ihr erzählen, dass die Polizei glaubt, sie sei in Gefahr.«

Aber das wusste sie doch schon. Was sonst sollte ihr Verhalten erklären?

»Falls die falsche Person erfährt, sie hätte mit jemandem von der Zeitung gesprochen …«

»Mit jemandem von der Polizei wäre schlimmer«, entgegnete ich. »Okay, alles klar.«

Als ich auflegte, blickte Barnabas von dem Katalog auf, in dem er gerade las, und ließ eine Augenbraue in die Höhe fahren.

Ich lieferte ihm eine grobe Zusammenfassung.

Er verzog das Gesicht. »Irgendwie drängt sich mir der Eindruck auf, dass sich die Dinge gefährlich beschleunigen. Sie scheinen völlig außer Kontrolle zu geraten.«

Das war nur allzu wahr und ich hoffte inständig, diese Schleuderfahrt hätte endlich ein Ende, denn ich wollte aussteigen. Ich schlug eine Teepause vor und wir begaben uns nach oben.

Als ich um fünf Ben abholen wollte, ging ich nicht zu Fuß, sondern nahm den MPV. Im Handschuhfach hatte ich eine Straßenkarte liegen, auf der ich die Southgate Road ausfindig machen konnte. Aber als Ben und ich eine halbe Stunde später zum Kanal hinunterfuhren, war dort alles dunkel und keine Spur mehr von den Aktivitäten zu entdecken, die Chris noch ein paar Stunden zuvor beschrieben hatte. Wir parkten, standen eine Weile auf der Brücke und blickten hinunter auf das schwarze Wasser. Der Wind hatte sich zwar gelegt, dennoch drang die Kälte bis in unsere Knochen. Es war nicht unwahrscheinlich, dass der Kanal noch dieses Jahr zufror.

»Es stinkt«, beschwerte sich Ben. »Es stinkt total schlimm. Können wir nach Hause?«

Nichts war zu sehen, keinerlei Anzeichen, dass etwas nicht in Ordnung war. Ich stimmte Ben zu, es stank wirklich schlimm, und so liefen wir Hand in Hand zum Wagen zurück. Ben erzählte mir von seinem Tag und den Proben. Ich hörte zu und stellte die richtigen Fragen. Später, auf der Hauptstraße, bog ich nach links und fuhr hinunter zur Old Street, nahm die City Road und stieß auf dichten Verkehr, durch den ich mich Richtung Angel Islington kämpfte. Zum ersten Mal kam mir in den Sinn, dass diese Route im Grunde drei Seiten eines Gebiets umfuhr, auf dem sich nur Industrieruinen, Gewerbegebiete und dunkle Gewässerabschnitte befanden. Und dass das ganze Areal direkt neben dem Glanz und dem Geld meines »angesagten« Islington lag und nur darauf wartete, dass das Geld hinüberfloss und die düsteren Ecken der Dunkelheit entrissen und saniert würden. Und dass Annie

Kelly oder jemand anderer, der das Areal kannte, jeden Tag von einer Seite zur anderen schlüpfen konnte, ohne dabei bemerkt zu werden.

Kapitel 17

Ausweichmanöver

Natürlich war es lächerlich. Ich war ja noch nicht mal in der Lage gewesen, trotz intensiver Suche einen mehr oder weniger unbeweglichen Obdachlosen aufzustöbern, da konnte nur ein unerwarteter Zufall dafür sorgen, dass ich Annie gegen ihren Willen fand. Außerdem hatte ich das unbestimmte Gefühl, dass dies nicht geschehen würde, sollte sie mich zufällig als Erste ausfindig machen. Und doch fühlte ich mich bemüßigt, ab und zu zum Schaufenster zu treten und einen Blick auf die Straße zu werfen. Draußen regnete es wieder. Ich schaltete die Weihnachtsbeleuchtung ein.

Nachdem ich Ben im Kindergarten abgeliefert hatte, wo sie den ganzen Tag mit wichtigen Proben verbringen wollten, war ich ohne große Begeisterung zum Laden zurückgetrottet. Mein Vater war zur British Library aufgebrochen und Ernie erwartete ich an diesem Tag ebenfalls nicht. Ich schlug mich mit der Post herum, die größtenteils aus Weihnachtskarten von Geschäftsfreunden bestand. Der Wind hatte sich in der Nacht nach Westen gedreht und schwere Wolken und Schauer mit sich gebracht. Es war heute ein bisschen wärmer und fast so dunkel, dass die Straßenlaternen sich von selbst einschalteten.

Soeben hatte ich den Anrufbeantworter abgehört. Chris hatte nicht zurückgerufen, also kümmerte ich mich um die anderen Nachrichten und packte ein Buch für den Versand ein. Dann zog ich die unterste Schublade auf, holte Mrs Ackers *Pu der Bär* hervor, schlug es an irgendeiner Stelle auf und fing an zu lesen. Ich konnte mich immer noch genau an den Wortlaut erinnern. Ein paar Seiten weiter bemerkte ich, dass ich mir langsam vorkam wie I-Aah, also legte ich den Band wieder zurück und schlenderte erneut zur Auslage. Die Straße war menschenleer.

Am Vortag hatte ich ziemlich viel Geld zum Nachttresor gebracht. Normalerweise hätte mich das dazu inspiriert, ein paar neue Bücher zu kaufen. Heute aber war ganz kurzfristig eine Erste-Hilfe-Maßnahme nötig. Meine Gedanken wanderten zu der neuen kleinen Boutique gegenüber vom Waschsalon. Ein rotes Kleid hatte dort im Schaufenster gehangen, mit Spaghettiträgern und einem Rock aus mehreren Lagen von Gazedreiecken, die rechtwinklig an eine nach unten versetzte Taille genäht worden waren, so dass die Spitzen die Knie umspielten. Noch vierundzwanzig Stunden nach Erstentdeckung konnte ich mir jedes einzelne Detail davon ausmalen. Damit würden den anderen beim Weihnachtsessen in St. Albans die Augen aus dem Kopf fallen. Die Tatsache, dass es früher oder später mit größter Sicherheit Bratensauce abbekäme, schien mir irrelevant.

Dreißig Sekunden später bog ich mit meiner Kreditkarte um die Ecke. Der Laden – er nannte sich *Feine Fummel* – war geöffnet und das rote Kleid befand sich immer noch in der Auslage. Mein erster Blick dorthin bestätigte, dass ich mich nicht geirrt hatte. Ich stürzte hinein. Zehn Minuten später kam ich atemlos wieder heraus, in der Hand eine glänzend schwarzgoldene Tüte und in meiner Tasche einen neuen Kreditkartenbeleg.

Da bemerkte ich Mrs Acker, die um die Ecke zur George Street bog. Ich folgte ihr und stellte fest, dass sie mit gesenktem Kopf und einer Hand auf dem Fenstersims vor meinem Geschäft stand. Ich wich zurück. Nach einem Augenblick richtete sie sich auf und ging langsam weiter. Als sie einen guten Vorsprung hatte, rannte ich zu meiner Ladentür und deponierte das rote Kleid sicher im Geschäft. Dann lief ich ihr nach. Fast hätte ich sie eingeholt, da blieb sie erneut stehen und hielt sich am Geländer fest.

Als ich rief: »Ist alles in Ordnung?«, wandte sie den Kopf.

»Ich weiß nicht.« Das kam nur flüsternd. »Mir ist plötzlich … so schwindelig …« Ihr Gesicht war bleich und der mittlerweile gelbliche Bluterguss hob sich deutlich ab.

»Kommen Sie, ich bring Sie nach Hause«, sagte ich und fasste sie am linken Ellbogen.

»Das nächste Haus«, flüsterte sie. Stockend schritten wir durch ein Gartentor und eine breite Treppe zur Haustür hinauf und dann stützte ich sie, während sie langsam drei Schlösser öffnete. Als die Tür zur Wohnung aufschwang, meinte sie: »Jetzt wird es schon gehen«, und hielt sich am Türrahmen fest.

Ich stützte sie erneut. »Ist Ihr … ist Mr Acker da? Oder soll ich ihn anrufen?«

»Nein! Er ist im Dienst. Es wird schon …«

»Ich bring Sie ins Bett, Mrs Acker. Wenn Sie möchten, mache ich Ihnen dann einen Tee und warte, bis Sie sich entschieden haben, ob ich Ihren Arzt rufen soll.« Ich sparte mir das: »Oder einen Krankenwagen«, schloss es aber nicht aus. »Sprechen Sie jetzt nicht, warten Sie, bis Sie drinnen sind.« Wir schwankten hinein. Ich schloss mit einem Tritt die Tür.

Wir standen in einer Eingangsdiele mit hoher Decke und mehreren geschlossenen Türen, die außer einem abgenutzten, langen Läufer und einem kleinen, verkratzten Beistelltischchen an der Wand vollkommen leer war. Eine breite Treppenflucht führte hinauf zu einem düsteren Treppenabsatz, und ich schob Mrs Acker darauf zu. Ich nahm ihr die Einkaufstasche aus der Hand und ließ sie am Fuß der Treppe stehen. Im oberen Korridor wandten wir uns vorsichtig zu einer der Türen, die zu einem Schlafzimmer mit altmodischen Buchenmöbeln und einem großen Doppelbett führte. Die Jalousien waren heruntergelassen. Ich brachte sie zum Bett und ließ sie sich niedersetzen.

»Ist das besser?«

»Es tut mir Leid, dass ich Ihnen solche Mühe mache.« Ihre Stimme klang nun ein wenig kräftiger. »Ich hab das Frühstück ausgelassen. In einer Minute wird's mir sicher besser gehen. Ich möchte Sie wirklich nicht weiter belästigen.«

»Das tun Sie auch nicht.« Das Ganze war also auf ein ausgelassenes Frühstück zurückzuführen? Ich beschloss, so zu tun, als glaubte ich ihr. »Möchten Sie sich nicht hinlegen, während ich mal nach unten gehe und Ihnen etwas zu trinken hole, eine Tasse Tee und vielleicht einen Keks oder so? Wo ist die Küche? Im Erdgeschoss oder im Keller?«

Sie zögerte und nickte dann. »Danke. Die Küche ist gleich unten, nach hinten raus. Aber ich sollte die Milch und den Fisch in den Kühlschrank legen.« Sie streifte die Schuhe ab und legte langsam nacheinander ihre Beine aufs Bett. Dann ließ sie sich gegen das Nackenpolster sinken. Den Mantel hatte sie anbehalten. Das war vermutlich eine gute Idee: Im Zimmer war es eiskalt.

»Das mache ich. In einer Minute bin ich zurück«, erwiderte ich und ließ sie allein.

Ich trug die Einkaufstasche in die Küche – noch so ein großer, kalter, schlichter Raum mit Wandschränken und einem kleinen Resopaltisch –, die kahl und sauber war. Als Erstes ging ich zum Brenner an der hinteren Wand und schaltete die Zentralheizung ein. Wie konnte man es nur aushalten in einem derart kalten Haus? Auf der Arbeitsfläsche stand ein alter elektrischer Wasserkocher, daneben eine Teedose und eine Zuckerdose aus Keramik, und im Schrank darüber fand ich eine saubere Tasse. Alles war makellos aufgeräumt. Leer. Abgesehen von einer alten Küchenuhr über dem Kühlschrank und einem Kalender von einem Schnellimbiss in der Upper Street waren die Wände kahl. In einer Schüssel im Spülbecken entdeckte ich zwei schmutzige Teller mit irgendwelchen undefinierbaren Resten – vielleicht Tomatensauce; aber natürlich war es durchaus möglich, dass

Mr Acker gleich zweimal gefrühstückt hatte, bevor er aufbrach, um sich der harten Polizeiarbeit zu widmen.

Ich füllte den Wasserkocher, stöpselte ihn ein und suchte, während er heiß wurde, nach etwas Essbarem. Kurz überkam mich der Eindruck, dass ich nichts weiter entdecken würde als das Sixpack Bier in einem der unteren Schränke. Dann tauchte eine angebrochene Schachtel Schokoladenkekse auf. Die Ackers wohnten in einer großen, geräumigen Maisonettewohnung, die aus den oberen Etagen eines schönen, alten Hauses mit eleganten, hohen Räumen umgebaut war und die nur das Allernotwendigste enthielt. Ich zog eine Papierserviette aus einem Halter neben den Tassen, legte sie auf das Tablett und schlich zurück in die Diele.

Auch hier war nichts zu sehen. Wie in der Küche war alles kahl und sauber. Kein Spiegel, kein Bild. Zu meiner Linken befanden sich zwei Türen. Getrieben von reiner Neugier schlich ich zur nächstgelegenen und schob sie auf. Ein Esszimmer lag dahinter: polierter Esstisch auf einem weiteren abgenutzten Teppich, Stühle, Anrichte mit einer leeren Keramikschale darauf. Kronleuchter mit kleinen, kerzenförmigen Birnen über dem Tisch. Aufgeräumt. Staubfrei. Leer.

Ich zog die Tür zu und versuchte die nächste, die sich zu einem Wohnzimmer öffnete. Zwar waren die Vorhänge vor dem Erkerfenster vorgezogen, aber ich konnte genug erkennen. Der kleine Fernseher war schon fast antik. Auf dem Tisch am Fenster stand ein Weihnachtsstern, der beinahe alle Blätter verloren hatte. Was war das für eine Familie, in der es keine Familienfotos und keine kleinen Porzellanfiguren gab und in der weder Zeitschriften noch die Zeitung von gestern herumlagen? Auch keine Bücher. Ich hatte Mrs Acker so viele Bücher verkauft. Sie musste sie oben stehen haben.

Ein Knacken ließ mich auffahren, aber es war nur der Metallheizkörper, der sich durch die Wärme ausdehnte, und keine empörte Mrs A, die heruntergeschlichen kam und mich beim Herumspionieren ertappte. Ich schloss leise die Tür. Mittlerweile musste selbst der alte Wasserkocher fertig sein.

Als Mrs Acker endlich die Augen zufielen, verabschiedete ich mich flüsternd und ließ sie schlafen. Das Tablett stellte ich auf den Küchentisch: ein wenig Unordnung. Aber plötzlich bildete ich mir ein, der stramme Police Constable käme nach Hause und fände mich hier, und diese Vorstellung trieb mich eilends aus Küche und Haus. Ich zog die Eingangstür hinter mir zu, hörte, wie das Schloss einschnappte, und hoffte, Mrs Acker würde sich wieder erholen.

Ein paar Häuser weiter war das Schild eines Immobilienmaklers am Zaun befestigt. Ich prägte mir Namen und Telefonnumer ein, bevor ich heimkehrte.

Vor der Tür meines Ladens hatte sich Gott sei Dank noch keine Schlange gebildet. Zuerst brachte ich mein neues Kleid hinauf. Zwar lenkte es mich noch ein paar Minuten ab, es auszupacken und aufzuhängen, aber irgendwas wollte sich direkt unter der Oberfläche meines Bewusstseins bemerkbar machen. Ich ging zum Telefon und tätigte meinen Anruf. Ja, die obere Maisonette in der George Street sei zurzeit noch frei, obwohl sich an diesem Nachmittag schon zwei Paare zur Besichtigung angemeldet hätten. Ja, es waren die umgebauten zwei oberen Etagen eines Hauses, drei Schlafzimmer, zwei Bäder, saubere Ausstattung, gemeinsame Nutzung des Gartens. Vermutlich dasselbe wie bei den Ackers, obwohl es viel schöner klang. Ja, und der geforderte Preis war 455 000 Pfund. Ich gestand, das sei ein wenig mehr, als ich mir im Moment leisten könne, und erklärte mich einverstanden, dass man mir eine Liste ihrer Objekte zusandte. Warum nicht?

Es wurde Zeit, mal etwas zu arbeiten; aber vorher ging ich in die Küche, wo Mr Spock vor sich hin döste, und setzte die Kaffeemaschine in Gang. Dann stützte ich mich mit den Ellbogen auf den Tisch. Spock kam an, stupste mich mit der Stirn gegen die Nase und ließ sich dann mit erwartungsvollem Blick vor mir nieder. Gehorsam kraulte ich ihn hinter den Ohren und fragte ihn, ob er wisse, wie es sich ein Police Constable leisten könne, eine solch teure Wohnung zu mieten, selbst wenn sie nur halb möbliert und schrecklich kalt war. In den Zeitungen hatte es geheißen, der ungeheure Anstieg der Londoner Hausmieten in den Neunzigern hätte dazu geführt, dass die Angestellten des öffentlichen Dienstes im Stadtzentrum kaum noch Wohnungen im näheren Umkreis ihrer Arbeitsstätte finden könnten.

Spock hörte sich höflich meine Theorie an: Die Ackers hatten schon vor zwanzig Jahren diese Wohnung angemietet, welche seltsamerweise keinerlei Mieterhöhungen unterlag. Mr Acker war eigentlich ein Herzog und Mitglied des Königshauses. Und Mrs Acker arbeitete nachts heimlich als Hirnchirurgin.

Schließlich öffnete mein kleiner Gefährte sein Mäulchen und gab ein stummes Miauen von sich. Ich schenkte mir einen frischen Kaffee ein und stieg damit die Treppe hinab. Nachdem ich das Schild abgehängt hatte, auf dem stand, ich sei »geschäftlich unterwegs«, begab ich mich ins Büro, um die Buchungen zu überprüfen, die Ernie in unsere Computertabelle eingegeben hatte. Ab und zu unterbrach ich die Arbeit, unternahm einen fruchtlosen Anruf und staubte ein paar Regale ab. Kennedy hatte immer noch nicht auf meine Nachricht reagiert.

Um Viertel nach vier machte ich Schluss, zog meinen Mantel an, griff nach dem Schirm und brach auf, um etwas Milch zu kaufen. Und Bananen. Ich war schon den ganzen Weg zur U-Bahn geschlendert, bevor mir klar wurde, dass ich die ganze Zeit nach Annie Kelly Ausschau hielt. Also drehte ich mich um und lief direkt zum Kindergarten. Ich kam eine Viertelstunde zu früh, stand unter meinem Schirm vor dem Tor, starrte in den Regen und konnte einfach keinen Sinn in all dem erkennen.

Kapitel 18

Was Träume bedeuten

Jemand musste sie mit einem Messer oder einer Axt malträtiert haben. Wahrscheinlich einer Axt. Die Tür war aufgesprungen, gegen den Schaukasten geknallt, und dann war Mrs Acker mit weit aufgerissenen Augen und leerem Blick in den Laden gestolpert. An einer Seite ihres Schädels befand sich ein tiefer Einschnitt. Sie war blutüberströmt. Mit stockendem Atem starrte ich sie an, bis es erneut knallte, diesmal noch lauter als beim ersten Mal, und ich die Augen öffnete und Ben erblickte, der auf Zehenspitzen ins Schlafzimmer geschlichen kam. Im Hintergrund hörte ich die Toilettenspülung. Es war noch dunkel.

Ben erklärte: »Es ist sieben Uhr noch was.« Mit den Stunden kennt er sich mittlerweile gut aus, nur die Minuten sind schwieriger.

Stöhnend schob ich die Bettdecke zurück. Der Wecker auf dem Nachttisch begann zu piepen. »Guten Morgen, mein Schatz«, flüsterte ich, richtete mich mühsam auf und fing langsam, mit noch umnebelten Hirn an, übers Frühstück nachzudenken.

Später, als ich vom Kindergarten zurückkam, war Barnabas bereits im Laden und musterte mit gerunzelter Stirn ein Regal mit Kinderbüchern.

Ich schaltete die Weihnachtsbeleuchtung ein. »Barnabas, was bedeuten Träume?«

Solchen Fragen ist mein Vater stets mehr als gewachsen. »Sie sind nichts weiter als der Regenerationsprozess des Gehirns, die

Verarbeitung all dessen, was man am Tage erlebt hat. Kann ich davon ausgehen, dass du nicht besonders gut geschlafen hast?«

Ich erklärte, ich hätte im Gegenteil ganz gut geschlafen, und dann verbrachten wir ein, zwei Minuten mit dem Vergleich unseres Schlafs, unseres allgemeinen Gesundheitszustands und unserer sonstigen Zufriedenheit mit dem Leben. Es sah ganz so aus, als ginge es uns beiden und auch Ben recht gut. Ich nutzte die Chance, ihn daran zu erinnern, dass wir beide als Zuschauer beim Weihnachtskonzert des Kindergartens vorgesehen waren. Dann übermannte mich ein dringendes Bedürfnis nach Koffein und ich ging, um welches zu besorgen.

Als ich mit zwei Bechern Kaffee zurückkehrte, hatte ich mir einen Plan zurechtgelegt. Dazu brauchte ich eine der schönen Tragetaschen in Blau und Gold aus dem Laden, ein Leseexemplar von Roald Dahl und meinen Mantel. Ich leerte meinen Becher und informierte Barnabas, dass ich zu Recherchearbeiten aufbräche.

»Neuerdings verbringst du mehr Zeit außerhalb des Geschäfts als innerhalb«, bemerkte er. Fast hätte man es als Klage bezeichnen können. »Kommst du denn wieder?«

Ich nickte unbestimmt. Auf der Straße wandte ich mich nach links, ging an den ersten Häusern vorbei und blieb genau gegenüber vom Fundort der Leiche stehen. Der Polizeiwagen war verschwunden und die Plane über dem Tor sah aus, als wäre sie bereits ins feste Inventar der Straße aufgenommen. Ich fing an, Klinken zu putzen. An den ersten drei Türen erschien niemand. Die Vierte öffnete sich vor einem Spaniel und einer alten Frau im Trainingsanzug.

Ich sagte mein vorbereitetes Sprüchlein auf. »Hallo. Mir gehört das Antiquariat etwas weiter die Straße hinunter und ich wollte Sie bitten, mir zu helfen.« Ich hielt die Tüte in die Höhe. »Eine Kundin hat gestern im Laden ein Buch liegen gelassen, das ich ihr gern ausliefern möchte. Mrs Acker. Ich weiß, dass sie hier irgendwo wohnt, kenne aber ihre Hausnummer nicht. Ich glaube, sie ist mit einem Polizisten verheiratet. Kennen Sie sie vielleicht?«

Als die Dame mit Hund mich ausdruckslos anstarrte, entschuldigte ich mich und ging weiter.

Ein paar meiner Klingelversuche blieben ohne Reaktion: Arbeitszeit. Im Zickzack lief ich die Straße entlang und schaffte es, dass mir ein paar Türen geöffnet wurden und ich ein Dutzend Mal meinen Spruch anbringen konnte. Als ich schließlich das Haus der Ackers erreichte, drückte ich auf die Klingel der Kellerwohnung und lehnte mich dann lauschend gegen die Tür. Auf einem kleinen Schild neben der Klingel stand 21 B – also handelte es sich wirklich um eine separate Wohnung, und hier war auch die Wahrscheinlichkeit am höchsten, dass jemand verdächtige Geräusche von oben gehört haben konnte. Aber es regte sich nichts. Ich klingelte erneut, ein schrilles Piepsen ertönte und ich begann, mich eingehend umzuschauen.

Die Fenster waren von innen mit Blendläden verschlossen, genau wie am Vortag. Als ich einen genaueren Blick riskierte, fragte ich mich, ob die Verdunklung überhaupt einen Unterschied machte, denn die Fensterscheiben starrten derart vor Schmutz, als wären sie seit Erbauung des Hauses nicht ein Mal geputzt worden. Das Sims vom Fenster war ebenso mit Ruß von der Straße bedeckt wie das der Tür. Anscheinend war die Wohnung unbewohnt. Als ich die Türschwelle aus Beton nach einem Hinweis absuchte, entdeckte ich in der Schmutzschicht Spuren von Füßen und Rädern – was auf einen Einkaufstrolley hindeuten konnte. Mutiger geworden presste ich mein Ohr an die schmale Glasscheibe und lauschte der absoluten Stille.

Das war mein größter Trumpf gewesen. Nun gut, ich würde es später erneut versuchen.

Das obere Stockwerk kam mir ebenso unbewohnt vor. Ich

vergewisserte mich, dass kein Gesicht am Fenster zu sehen war, und zog mich dann eilends und mit gedrückten Daumen zurück. Vom Eingang des Grundstücks aus suchte ich – wieder im Zickzack – die unmittelbaren Nachbarn auf. Jetzt fragte ich direkt nach den Ackers.

Beim dritten Versuch wurde eine Frau von ihrer kleinen Tochter an die Tür gerufen, die mir erzählte, dass im betreffenden Haus wirklich ein Mann und eine Frau wohnten.

»Ich nicke ihnen auf der Straße zwar zu«, erklärte sie, »aber sie bleiben für sich. Einmal habe ich ein Paket für sie entgegengenommen, aber an den Namen erinnere ich mich nicht mehr. Tut mir Leid.« Ich dankte ihr trotzdem und ging ein Stück weiter.

Es schien, als würde niemand die Ackers wirklich kennen. Ich hatte auf ein bisschen Klatsch und Tratsch gehofft, selbst wenn ich dafür einen Teil der Wahrheit hätte preisgeben müssen, aber ich hörte nichts Ergiebigeres als die Bemerkung »sie bleiben für sich«. In einer großen Stadt mit einer geschäftigen Bevölkerung ist das oft so.

Ich ging nach Hause, überlegte, ob ich am frühen Abend, wenn mehr Leute zu Hause wären, den Nerv hätte, es noch mal zu versuchen, und dachte dann über eine bessere Möglichkeit nach, über das Leben meiner Kundin Aufschluss zu gewinnen. Vor allem über die Blutergüsse und das blaue Auge. Es hatte nicht erst der Erklärung meines Vaters über Träume bedurft, um zu wissen, dass ich schon seit Tagen über Mrs Ackers Blutergüsse grübelte.

Kapitel 19

Tipps und Tricks

Manchmal tue ich so, als müsste ich Paul Grants Telefonnummer nachschlagen, als wäre sie nicht längst in mein Hirn eingebrannt. Ich nehme an, eines Tages wird er sie ändern lassen. Wir kennen uns seit fast fünf Jahren. Damals arbeitete er noch als Detective Inspector auf dem Revier von Islington. Dann wurde er in eine der Spezialeinheiten der Metropolitan Police versetzt und seitdem stehen wir nicht mehr im regelmäßigen Kontakt.

Ich schlich mich so unauffällig wie möglich an meiner Auslage vorbei und lief nach oben zum Telefon. Er meldete sich sofort.

»Hier spricht Dido. Wie geht's?«

Nach kaum wahrnehmbarem Zögern erwiderte er: »Bei mir läuft es bestens. Hab viel zu tun – du weißt schon. Und du? Was macht die Familie?«

Ich erklärte, Ben und Barnabas seien wohlauf, und wuselte mich irgendwie zu dem Geständnis durch, dass ich ein Problem hätte.

»Kann ich dir helfen?« Ich hörte den Anflug von Amüsement in seiner Stimme und musste unwillkürlich daran denken, dass ich nicht das erste Mal unter solchen Umständen anrief.

»Könntest du mir nicht ein paar Informationen über einen Mann namens Acker zukommen lassen? Er ist bei der Streife in Islington und ich bin ziemlich sicher, dass er schon da war, bevor du versetzt wurdest.«

Erneut bemerkte ich ein interessantes Zögern auf seiner Seite. »Ich glaube, ich kann mich an ihn erinnern. Gibt es ein Problem mit ihm?«

Ich versuchte es mit der Wahrheit, wenn auch nicht mit der ganzen – dass Mrs Acker Kundin bei mir war, seit ich den Laden hatte, und ich mir jetzt Sorgen um sie machte. »Sie ist kürzlich misshandelt worden, wahrscheinlich sogar mehr als einmal. Als ich sie danach fragte, antwortete sie, sie hätte sich selbst verletzt.«

Schweigen. Dann: »Du meinst, sie hat behauptet, sie hätte sich an einer Tür gestoßen?«

»Sie reagiert irgendwie ausweichend, wenn man sich danach erkundigt. Oder eher voller Scham.«

»Vielleicht schämt sie sich, weil sie so ungeschickt ist.«

Daraufhin hörte ich den alten Rat, mich um meine eigenen Angelegenheiten zu kümmern. Ich ignorierte ihn, wie immer. »Ich bin mir sicher, sie schämt sich, aber das heißt nicht, dass ich mich hinsichtlich der Ursache täusche.«

»Dido, hör mal: Häusliche Gewalt, wenn es das ist, worauf du hinauswillst, ist eine schwierige Angelegenheit. Wenn du meinen persönlichen Standpunkt wissen möchtest: Halt dich da raus. Wenn du ihr helfen willst, wendest du dich besser an denjenigen auf eurem Revier, der aktuell damit betraut ist. Ich kann dir zwar keinen Namen nennen, aber du kannst die Zentrale anrufen und nachfragen.«

»Aber Acker ist Polizist und er *arbeitet* dort«, gab ich zu bedenken.

Erneutes Schweigen. »Ken Acker?«, entgegnete er schließlich. »Er kam, kurz bevor ich ging, aber leider habe ich nie mit ihm zusammengearbeitet. PC Ken Acker, richtig? Ich glaube, er wurde aus irgendeinem Revier südlich des Flusses versetzt – vielleicht von Bermondsey?«

»Ist er nicht schon viel zu alt für einen Police Constable?«

»Viele Polizisten bleiben in dieser Position – das ist nicht nur eine Frage des Alters.«

»Du willst also damit zum Ausdruck bringen, bei ihm gäbe es

nichts Ungewöhnliches?« Erneut erhielt ich nur ein Schweigen als Reaktion. »Paul! Warum kannst du es mir nicht einfach erklären? Ist es etwas Inoffizielles?«

»Ich hab keine Ahnung. Wir hörten, er wäre degradiert worden, als er zu uns kam. Er sei vorher Sergeant gewesen.«

»Warum?«

»Normalerweise bedeutet das, dass seine Vorgesetzten ihm ein inkompetentes oder fragwürdiges Verhalten vorwerfen, es aber keine Beweise dafür gibt oder nicht genug, um ein Disziplinarverfahren einzuleiten. Möglicherweise hat man ihm nahe gelegt, um eine Versetzung zu bitten. Ich hatte nicht den Eindruck, dass er dumm war, aber er war auch nicht besonders gesellig. Ich glaube, es gab einmal eine Beschwerde, er wäre zu grob mit einem Verdächtigen umgesprungen, aber das verlief irgendwie im Sande. Wenn es da wirklich Unregelmäßigkeiten gab, dann hätte man das mittlerweile rausgekriegt. Nein, er schien seine Arbeit ordentlich zu machen.«

Ich überlegte, ihn zu fragen, ob er nicht mehr herausfinden könnte, entschied mich aber dagegen. Wahrscheinlich reichte das Bisherige schon.

»Dido?«

»Mmh?«

»Warum gehen wir nicht mal was zusammen trinken?«

»Ja, warum nicht?«, stimmte ich zu. »Vielleicht irgendwann mal mittags, wenn du in der Nähe bist?« Das würde ich sicher noch schaffen.

»Gut. Nur eins noch, Dido.« Ich wartete. »Wenn du Recht hast, und er schlägt seine Frau wirklich, solltest du dir im Klaren sein, dass es hässlich werden könnte. Gewalt in der Ehe ist immer schrecklich; und ja, es ist schon heikel, wenn man bedenkt, welchen Beruf er ausübt. Aber ich warne dich: Du könntest die Frau in Schwierigkeiten bringen.«

Ich holte tief Luft. »Daran hab ich auch schon gedacht, aber sie hat jetzt schon große Probleme, und bestimmt nicht nur emotionale. Meinst du nicht, ich sollte mich mal mit ihr unterhalten?«

»Und dann?«

»Dann«, erwiderte ich langsam, »werde ich sie zu überzeugen versuchen. Sie sollte wirklich Anzeige erstatten.«

»Ja«, versetzte Paul. »Genau. Keine einfache Sache.«

»Ich weiß«, lenkte ich ein.

»Tja – gut, Dido, wir sehen uns.« Er hängte auf.

Ich hingegen blieb mit einigen Fragen zurück. Ich hätte nur zu gerne gewusst, womit sich Ken Acker eine Degradierung und Versetzung eingehandelt hatte – wenn das denn wirklich der Fall gewesen war. War er mit den Verdächtigen zu sehr »auf Tuchfühlung« gegangen? Das würde zu seinem Verhalten seiner Frau gegenüber passen. Aber wie konnte ich Mrs Acker überreden, sich mir zu öffnen, wenn sie schon unter normalen Umständen eine der verschlossensten Personen war, die ich je kennen gelernt hatte?

Ich zog die verlockende Möglichkeit in Erwägung, das alles zu vergessen: Kinn hoch, höfliches Lächeln, Augen direkt geradeaus. Ich stattete der Anrichte einen Besuch ab, genehmigte mir einen Schluck von Barnabas' Tullamore und wischte den aufkeimenden Gedanken fort, das alles triebe mich in die Trunksucht. Dann setzte ich mich, um eine Verschnaufspause einzulegen und meine Möglichkeiten zu überdenken.

»Bist du sicher?« Barnabas legte die Stirn in Falten. »Dido, es handelt sich um reine Indizienbeweise. Selbst wenn Mrs Acker Anzeichen einer Misshandlung aufweist, so erklärte sie doch, sie hätte einen Unfall gehabt, und Unfälle passieren nun einmal. Dürfte ich dir die Redewendung ›aus der Mücke einen Elefanten machen‹ in Erinnerung rufen?«

»Aber das Buch: *Pu der Bär.* Barnabas, die beiden leben in einer teuren Wohngegend, wo man einen Police Constable mit seinem Einkommen wirklich nicht vermuten würde, aber er schafft es trotzdem, also müssen sie Geld haben, und da hat sie ein Problem mit fünfundachtzig Pfund?«

»Glaubst du etwa, er hätte etwas gegen den Kauf gehabt und sie geschlagen, damit sie das Buch zurückbringt?«

Vielleicht, es gab ja noch ganz andere Sachen.

Barnabas seufzte. »Kommt da noch was?«

»Eigentlich nicht.« Oder eben doch. Es stand mit dem anderen in keinerlei Verbindung, doch plötzlich fiel mir wieder ein, wie Acker mit einem meiner Plakate im Laden aufgetaucht war. Wahrscheinlich hatte ich versucht, diese Peinlichkeit zu verdrängen, aber damals hatte ich angenommen, dass er meine Lüge bemerkt hatte. Kurz danach war Lewis ins Krankenhaus eingeliefert worden und jetzt war man sowohl des Alten als auch des Ohrrings habhaft. Sobald er wach, nüchtern und bei Sinnen war, konnte man ihn mit Fragen behelligen. Vielleicht war es das.

»Die ganze Argumentationskette ist brüchig«, bemerkte Barnabas, »auch wenn ich weiß, wie sehr dich das beschäftigt. Warum fragst du niemanden um Rat?«

»Du meinst die Polizei? Mr Acker ist die Polizei.«

»Ich meinte staatliche Institutionen«, knurrte Barnabas. »Oder einen Verein zur Unterstützung von Frauen, den du mit Hilfe der Behörden oder der Polizei finden könntest.«

Ich blickte ihn argwöhnisch an. »Ich dachte, du würdest mir raten, mich um meine eigenen Angelegenheiten zu kümmern.«

Mein Vater lächelte matt, wandte sich ab, um nach dem Stapel Bücher zu langen, mit dem er gerade beschäftigt war, und warf mir über die Schulter zu: »Das wäre mir immer lieber, aber in diesem Fall rate ich dir nur zur Vorsicht.«

»Recherche«, überlegte ich laut. »Ich denke, ich muss noch ein wenig mehr wissen, bevor ich die Truppen zu Hilfe rufe.«

»Sag mir Bescheid, wenn ich dich unterstützen kann.« Barnabas klang auf einmal friedfertig. Für Recherche ist er immer zu haben.

Zwei Frauen, die wirkten wie Mutter und Tochter, betraten den Laden und setzten unserem Gespräch ein Ende. Ich bedachte sie mit einem Lächeln und sah zu, wie sie sich umtaten. Aus ihrer Unterhaltung ging hervor, dass sie auf der Suche nach Weihnachtsgeschenken waren. Ich machte ein paar Vorschläge, räumte ein bisschen in den Regalen auf und sann über Mrs Acker nach.

Immer wenn ich einen juristischen Rat benötige, wende ich mich an Leonard Stockton. Er ist Anwalt, mit einem Büro ganz in der Nähe in der Essex Road. Die Kanzlei befasst sich vor allem mit zivilrechtlichen Angelegenheiten (obwohl Stockton sich einmal auch die Mühe machte, mir persönlich aus Schwierigkeiten zu helfen, die ich mit der Thames Valley Police hatte) und war somit genau das, was ich jetzt brauchte. Kaum hatten sich die Frauen mit zwei Hundebildbänden verabschiedet, warf ich einen Blick auf meine Uhr und beschloss, den Versuch zu wagen, ihn noch vor der Mittagspause zu erwischen. Ich tänzelte ins Büro.

Barnabas schaute auf. »Kommst du allein zurecht, wenn ich mal kurz ein paar Besorgungen erledige?«

Einkäufe vermutlich. Ich nickte. »Ernie müsste bald hier sein, also werde ich's schon schaffen. Ich werde ihn bitten, ein paar Überstunden zu machen.« Weihnachten raste auf uns zu und auch ich sollte wohl noch ein paar Geschenke besorgen.

Nachdem er verschwunden war, stürzte ich mich auf mein Adressbuch, suchte die erforderliche Telefonnummer heraus und fragte nach Mr Stockton. Wir tauschten Nettigkeiten aus. Leonard Stockton scheint mich zu mögen, obwohl ich mich ständig in Schwierigkeiten bringe. Vielleicht findet er mich auch einfach amüsant.

Ich holte tief Luft. »Ich rufe an, weil ich Sie fragen wollte, wie man den Namen des Grundeigentümers von einem der Häuser in unserer Straße herausfinden kann. Es ist in zwei Wohnungen aufgeteilt und ich interessiere mich für die obere Maisonettewohnung, aber alle weiteren Informationen …«

»Wollen Sie sie kaufen?«

Vorsichtig antwortete ich, das wäre schon möglich.

»Natürlich können wir das alles rasch in einer Besitztitelsuche feststellen. Wenn Sie vielleicht warten möchten?«

Doch ich grub in meinem Gedächtnis nach einer Unterhaltung, die ich einmal mit Ernie geführt hatte, da ging es um Probleme seiner Mutter mit dem Haus. Ich setzte also hinzu: »Ich hab bereits gehört, der Grundeigentümer sei nicht zu erreichen und es könnte ja Probleme mit größeren Reparaturen am Gebäude und mit der Versicherung geben, und das wäre mir zu viel Ärger. Bevor ich ein Angebot unterbreite, möchte ich wissen, was schlimmstenfalls auf mich zukommt. Könnten Sie mir erklären, wie ich vorgehen muss?«

»Nun, Sie könnten mich um Hilfe bitten«, antwortete er prompt. »Passen Sie auf, ich ruf Sie zurück. Sie haben ganz Recht, man sollte vorsichtig sein. Geben Sie mir schnell die Adresse. Es wird nicht lange dauern.«

Stammelnd drückte ich meinen Dank aus, er entgegnete, das sei doch gar nichts, und ich lächelte in mich hinein und verabschiedete mich. Dann lungerte ich herum und wartete. Gegen zwei war Ernie bereits eine Stunde zu spät. Ich packte ein paar Bücher ein, verhandelte mit einem Kunden, war allein und versuchte gerade, mich zu überzeugen, dass ich ohnehin nichts zu essen brauchte, als plötzlich die Ladentür aufsprang und zwei Gestalten hereinstürzten. Eine von ihnen war Annie Kelly. Ihre Zöpfe standen fast im rechten Winkel vom Kopf ab. Energisch schleifte sie die andere, eine schlaksige Blondine in einer roten, wattierten Jacke, am Handgelenk hinter sich her.

Ich öffnete den Mund.

Annie schmiss die Tür so heftig zu, dass die Scheibe klirrte, und schrie: *»Dido! Verstecken Sie uns!«* Dann stürmte sie an mir, die mit heruntergeklappter Kinnlade nur dastand, vorbei und zog ihre Begleiterin ins Büro. Das Mädchen quiekte, als sie aus Versehen gegen den Türrahmen knallte. Ich folgte den beiden. Das Mädchen schnappte rasselnd nach Luft und Annies Gesicht war hochrot angelaufen. Dann fiel das seltsame Mädchen auf die Knie und versuchte, sich unter den Packtisch zu quetschen, wo ich meine Kartons und die Luftpolsterfolie aufbewahre. Aber da war nicht genug Platz. Ich hörte auf nachzudenken, sprang zur Hintertür, entriegelte sie, riss sie auf und winkte sie hindurch. Ein Kommentar war eigentlich ganz unnötig, dennoch zischte ich ihnen ein *»Und seid leise!«* zu. Annie keuchte nur und nickte, als sie sich hindurchquetschte. Ich knallte die Riegel wieder zu, drehte den Schlüssel im Schloss und warf ihn über den Aktenschrank, so dass er klirrend dahinter zu Boden fiel. Als ich mich umdrehte, rannten zwei Schemen am Schaufenster vorbei. Sie hielten kurz an der Tür inne und kamen dann herein. Die Vorstellung, dass es sich um Polizisten handelte, blieb mir nur lange genug, um mir die Frage zu stellen, in was für Schwierigkeiten ich mich jetzt wieder gebracht hatte.

Kaum waren sie im Laden, trennten sie sich und durchsuchten die Gänge zwischen den Regalen. Ich beobachtete, wie ein Unbehagen über ihre Gesichter glitt. Bücher, so viele Bücher, schienen ihre Mienen auszudrücken. Der mir Nähere entdeckte mich. Er war ein kleiner Mann mittleren Alters mit einem schmalen, faltigen, akneversehrten Gesicht und buschigen, dunklen Haaren. Der andere war einer der größten Menschen, die ich je gesehen hatte, weit über zwei Meter, mit der Muskulatur eines Bodybuilders. Oder eines Schlägers. Sein Kopf war rasiert, sein Kinn allerdings nicht, und es war schwer zu entscheiden, ob nun sein Schädel oder sein Gesicht mehr Haare aufwies. Beide trugen Ledermäntel und Jeans und der Muskelmann stolzierte in braunen Stiefeln mit dicker Sohle umher, die dazu gemacht schienen, Hunde zu Tode zu trampeln.

Was nun, Dido?

Ich holte tief Luft, um mein Angstgewinsel im Keim zu ersticken, und tastete auf dem Schreibtisch hinter mir herum, bis meine Finger mein Handy umschlossen. Verstohlen hob ich es ans Ohr und sagte laut: »Ja, ja, natürlich erinnere ich mich an Sie, Sergeant. Warten Sie kurz, bitte, es sind gerade ein paar Kunden gekommen.« Ich wandte mich direkt an den Kleinen und rief: »Hallo! Ich telefoniere gerade – sehen Sie sich nur um, ich bin in einer Minute bei Ihnen!«

Keiner der beiden schien mich zu verstehen. Der Große blockierte die Ladentür, während der Kleine sich mir näherte und unbehaglich um sich blickte. Da mir keine Fluchtmöglichkeit blieb, trat ich auf ihn zu und hielt die Hand hoch. Er zögerte. Ich hielt das Handy ans Ohr.

»Ja«, sagte ich zum Handy, »ja, natürlich kann ich Ihnen ein paar Fragen beantworten. Wie war noch gleich Ihr Name?« Ich verstummte kurz. »Sergeant Smiley, ja. Eine Sekunde.« Zu dem Kleinen flüsterte ich: »Ich muss mich kurz mit jemandem unterhalten. Ich bin gleich bei Ihnen. Fahren Sie fort, Sergeant.«

Ich bemerkte, dass der Kleine sich umdrehte und seinem Begleiter einen Blick zuwarf. Dann nickte er mir mit ausdrucksloser Miene zu und wandte sein Gesicht zu den Regalen. Er versuchte, sich wie ein Kunde zu benehmen, aber ich hatte nicht den Eindruck, dass er wirklich die Buchtitel las.

Vorne im Laden rührte sich der Große. »Miss? Wir suchen zwei Damen, zwei Freundinnen. Sie waren hier zufällig?« Das sollte wie eine höfliche Frage klingen.

Ich bat mein Handy, mich kurz zu entschuldigen, und rief: »Wann war das? Wann sollen sie hier gewesen sein?«

»Jetzt«, gab der Kleine zurück.

»Aber jetzt sind sie nicht hier«, erwiderte ich korrekterweise. »Das heißt: Vor ungefähr einer halben Stunde waren hier zwei Frauen. Sie haben ein paar Hundebücher gekauft.«

»Nein, ich glaube nicht.« Er trat einen weiteren Schritt vor und ich wich unwillkürlich aus. Jetzt stand er an der Tür zum Büro und spähte hinein.

»Entschuldigen Sie, aber das ist mein Büro – privat.« Als das keinen Eindruck auf ihn zu machen schien, teilte ich dem Telefon deutlich mit: »Tut mir Leid, dass ich Sie warten lassen muss, Officer, aber es sind gerade ein paar Männer hereingekommen; sie suchen offenbar nach zwei Frauen. Nein, nein, ist schon in Ordnung. Ich kann gleich mit Ihnen sprechen.«

Ich hielt inne und bedachte beide mit einem hochmütigen Blick. Der Kleine beendete die Inspektion meines Schreib- und meines Packtischs, drehte sich zu dem anderen um und schüttelte fast unmerklich den Kopf.

Dann sprang die Tür auf, Ernie hüpfte herein und mir fiel auf, wie schnell mein Herz schlug. Etwas am Anblick der Männer ließ Ernie mitten in der Bewegung verharren. Er schloss langsam die Tür, ließ den Riemen seines Rucksacks von der Schulter gleiten und setzte ihn nachdenklich auf den Boden. Dann blickte er mit ausdrucksloser Miene von einem zum anderen. Sein Mund spannte sich zu einer Linie. Leichthin rief er: »Hey, Dido, viel zu tun?«

»Nein«, erwiderte ich. »Diese beiden Herren kamen und erkundigten sich nach zwei Frauen, aber da ich niemanden gesehen habe, werden die Herren den Laden wieder verlassen.«

Ernie öffnete erneut die Tür und trat dann beiseite. Seine Augen waren auf einen Punkt zwischen den beiden Eindringlingen gerichtet, fixierten keinen, behielten aber beide im Visier.

»Ich kann Ihnen nicht helfen«, stellte ich entschieden klar. Und in mein Handy versprach ich: »Nein, warten Sie noch: Mein Assistent ist gerade gekommen, daher können wir jetzt unser Gespräch fortführen, Sergeant.«

Da setzte sich der Kleinere plötzlich in Bewegung, schob sich an mir vorbei, den Gang entlang, auf seinen Partner zu.

»Danke«, grunzte er noch, als sie hinausstapften. Ernie schloss hinter ihnen die Tür und ließ den Riegel vorschnappen, noch bevor ich ihn darum bitten konnte. Ich ließ das Handy in meine Hosentasche gleiten, damit ich es griffbereit hatte.

»Mit wem hast du geredet?«, fragte Ernie. »Etwa mit den Bullen?«

»Mit niemandem«, entgegnete ich.

Ernie begriff und lachte kurz. Dann wurde er wieder ernst. »Kennst du die? Täusche ich mich oder hatte einer einen komischen Akzent?«

Ich ersparte mir eine Antwort. Ich zitterte am ganzen Körper. Diese Reaktion trieb mich ins Büro, wo ich mich hinsetzte und wartete, bis der Anfall vorbei war. Ernie war mir gefolgt.

»Alles in Ordnung mit dir?«

»In einer Minute«, murmelte ich. »Ich hatte solche Angst.«

»Angst?«, wiederholte Ernie. »Du warst klasse, nur zahlenmäßig unterlegen. Was ist denn eigentlich passiert?«

»Sie haben zwei Frauen verfolgt, die kurz vor ihnen hier hereinkamen.« Das war Erklärung genug; ich beabsichtigte, die Gründe dafür herauszufinden, sobald meine Beine mich wieder trugen. Aber davor … Ich griff nach einem selbstklebenden Adressschildchen, das auf dem Schreibtisch lag, holte einen Filzstift aus der obersten Schublade und schrieb sorgfältig ZUM EINLASS BITTE KLINGELN darauf. Ich hielt es ihm hin. »Ernie, kleb das auf die Scheibe in der Tür, direkt neben die Klingel. Wir lassen den Laden eine Weile geschlossen. Während du draußen bist, wirf mal einen kurzen Blick die Straße rauf und runter und sieh nach, ob die Typen wirklich weg sind. Und lass sie nicht sehen, was du machst.«

Nach einer Minute kam er mit der Neuigkeit zurück, dass direkt ein Stück weiter die Straße hinunter ein Wagen mit laufendem Motor stand. »Ein alter, grauer Ford«, fügte er hinzu. »Wir passen besser auf.«

Ich nickte.

Er schaute sich mit großen Augen um. »Aber ich kann keine zwei fremden Frauen hier entdecken.«

Ich wies ruckartig mit dem Kopf zur verschlossenen und verriegelten Tür, die in den kleinen Hinterhof führte. »Ich möchte sie nicht reinlassen, bevor wir sicher sind, dass die Männer wirklich weg sind. An ihrer Stelle würde ich noch mal zurückkommen und mich vergewissern.«

»Sehr guter Gedanke«, fand Ernie und ging zum Schaufenster, um dort herumzulungern. Ich lehnte mich zurück, schloss die Augen und konzentrierte mich darauf, ruhig und tief zu atmen.

»Sie kommen.«

Ich fuhr auf und blickte gerade rechtzeitig hin, um einen Blick auf den Wagen zu erhaschen, der langsam am Laden vorbeirollte. »Ernie? Kannst du erkennen, ob beide drinsitzen?«

»Ja, alles in Ordnung. Ich gehe nur mal kurz raus und vergewissere mich, dass sie nicht noch mal anhalten.«

In Ordnung. Ich wartete, bis er wieder auftauchte und nickte. Dann versuchte ich, den Aktenschrank von der Wand abzurücken, überließ das dann aber Ernie, der mit dem Gewicht weniger Schwierigkeiten hatte als ich, und kniete mich hin, um dahinter herumzutasten, bis ich den Schlüssel erwischte. Ich schloss die Hintertür auf und trat hinaus in den Regen, der gerade wieder eingesetzt hatte. Annie stand am Gartenschuppen und starrte mich an. Das fremde blonde Mädchen versuchte sich zwischen

Annie und die Wand des Schuppens zu quetschen, was offensichtlich an Annies Nerven zerrte.

»Sie sind weg. Kommen Sie, wir gehen rauf«, rief ich ihnen zu.

Annie kam näher, aber das Mädchen blieb wie angewurzelt an ihrem Platz. Ich lief zu ihr und streckte die Hand aus. Ihr strömten die Tränen über die Überreste ihres grellen Make-ups und sie schien zu eingeschüchtert, um sich zu bewegen, also nahm ich ihre Hand und zog sie über den Hof. Als ich die Tür erneut verschloss und verriegelte, rannte Ernie vor, um sicherzustellen, dass wir ungesehen nach oben gehen konnten, aber es schien, als wären die Verfolger verschwunden.

Kapitel 20

Teatime

Die Frauen hockten zusammengesunken auf dem großen Sofa unter der Fensterreihe und umklammerten ihre Becher mit süßem Tee. Das Mädchen hatte allerdings nur einen halbvollen Becher bekommen, denn sie zitterte so heftig, dass ich es nicht hatte riskieren wollen, ihr mehr einzuschenken. Ich hatte gute Lust, ebenfalls in mich zusammenzusinken, aber das hätte einen falschen Eindruck gemacht; also hatte ich Mr Spock den Sessel überlassen und war stattdessen zu dem hochlehnigen Stuhl am Schreibtisch gegangen. Das bedeutete, dass ich in jedem Fall hoch aufgerichtet dasaß. Wie eine Autoritätsperson, hoffte ich.

Ich nippte an meinem Tee und stellte den Becher vorsichtig auf einem Katalog neben dem Telefon ab. »Annie, wer waren die beiden?«

Annies Blick richtete sich nach innen, so als ob sie mehrere Antworten gegeneinander abwägte. »Der Kleine?«, antwortete sie schließlich, »Georgie? Das ist ein alter Kumpel von mir. Und der große ist ein Kollege von ihm.«

»Das waren Freunde von Ihnen?«, fragte ich ungläubig. »Warum sind Sie dann weggerannt?«

Ihre Augen glitten flackernd zu dem Mädchen neben ihr, dann nach unten und konzentrierten sich schließlich auf ihren Becher.

»Und wer ist sie?« Das Gesicht des Mädchens blieb ausdruckslos, sie schien die Frage nicht gehört zu haben.

»Ihr Name ist Nina. Sie ist Ausländerin. Russin oder so was Ähnliches, glaube ich. Ihr Englisch ist nicht so gut, verstehen Sie?«

»Waren sie hinter ihr her?«

Annie sah mich bedeutsam an und nickte.

Gut, immer schön eins nach dem andern. »Warum?«

»Sie schuldet ihnen Geld. Ihnen und ein paar anderen Leuten.«

»Was?«

Annie wirkte angenervt und richtete sich ein wenig auf. »Verdammt noch mal, Dido, wo leben Sie denn? Sie ist Asylantin, klar? Sie hat sich nach England schmuggeln lassen, um hier zu arbeiten und ein bisschen Geld zu verdienen. Aber was kann ein Kind wie sie hier schon tun? Geschirr spülen oder Akkordarbeit in irgendeiner Klitsche, Hausarbeit, auf Kinder aufpassen, etwas in der Art? Für ein, zwei Pfund die Stunde, weil man keine Papiere hat? Sie schuldet das Geld den Leuten, die sie hierher gebracht haben, und sie muss es irgendwie abarbeiten. Kapiert? Sie gehört ihnen, bis sie sich loskauft, und wie kann sie fast dreitausend Pfund durch einen Kellnerjob abbezahlen?«

»Sie ist eine Prostituierte.«

Annie zog ein Gesicht und seufzte. »Na endlich! Es gibt viele von ihnen, wissen Sie – ist nichts Besonderes. Tja, es hängt davon ab, für wen man arbeitet, manche sind gar nicht so übel.«

»Aber sie möchte es nicht?«

Annie zuckte die Achseln. »Am Anfang haben sie ihr ziemlich zugesetzt.«

»Warum stellt sie sich nicht den Einwanderungsbehörden? Die schicken sie wieder nach Hause.«

Das Mädchen rührte sich und ich bemerkte, dass sie mich anblickte. Ihre Augen waren fast schwarz. »Nein!«, krächzte sie heiser. Ihre Stimme war dünn; mir wurde klar, dass ich sie zum ersten Mal sprechen hörte. »Nicht nach Hause! Dann kommen Männer.«

»Wenn sie nach Hause geht, schnappen sie sie sich«, übersetzte Annie, »und bringen sie, wenn sie Glück hat, wieder hierher.

Wenn sie allerdings zu angepisst sind, tun sie ihr was Übles an. Sie muss sie bezahlen, das ist die einzige Lösung.«

Überraschung! »Und wo haben Sie sie kennen gelernt?«, wollte ich wissen.

»Sie war bei Georgie, als ich heute morgen bei ihm vorbeikam.«

»Ist er einer dieser Männer? Ist er der Schlepper?«

»Der was? Tja – nein! Er hat einen Freund, von dem bekommt er … Dido, ich weiß nicht, wo ich anfangen soll. Sie tat mir einfach nur Leid, mehr nicht. Sie sehen doch, was mit ihr los ist. Sie weinte und sie tat mir Leid, sie ist erst fünfzehn, was zum Teufel … Als ich mitkriege, dass sie mal pinkeln geht, lauf ich ihr nach und zieh sie raus, bevor jemand es bemerkt – wahrscheinlich bin ich nicht mehr ganz richtig im Kopf. Ich weiß immer noch nicht, wie es passiert ist, aber plötzlich rennen wir aus der Wohnung und dann stehen da zwei Bullen neben einer Bushaltestelle vor dem Haus, also stellen wir uns daneben und springen in den ersten Bus, und Georgie kann uns nicht aufhalten, weil ja die Bullen da sind. Sie folgen in Georgies Wagen dem Bus und ich wollte sie eigentlich mit zu mir nach Hause nehmen, aber da hätten sie uns gefunden. Als der Bus also auf der Hauptstraße drüben bei der Kirche hält, sehe ich, dass das Auto an der Ampel steht, also springen wir raus und rennen hierher. Das war's.«

Irgendwas klickte bei mir: etwas, was mir aufgefallen war, als Annie dem Mädchen aus der wattierten Jacke half. Ich stand auf und schritt langsam um den Wohnzimmertisch herum zum Sofa. Nina schaute zu mir auf und schrak zurück. Ich hielt ihre Hand mit dem Becher ruhig und schob ihren losen Ärmel hoch. Auf ihrem Unterarm prangten ein halbes Dutzend kleiner Einstichstellen und die Spuren alter Wunden: Narben von einer Nadel. Ich zog ihr wieder den Ärmel herunter.

»Ist sie drogensüchtig?«

»Es nimmt den Schmerz, Dido. Innerlich. Sie tun ihr oft weh.«

Ich wollte die Augen zukneifen. »Dein Freund – der kleine Mann …«, begann ich.

»Georgie?«

»Ist er ein Dealer?«

»Nein! Das heißt, er hat manchmal was für seine Freunde.«

Oh. Also war Nina seine Freundin. Dann war ja alles klar.

»Warum sind Sie zu mir gekommen? Sie kennen mich doch gar nicht.«

Jetzt klang Annie etwas selbstsicherer. »Ach, das ist ganz einfach. Ihr Kumpel, Chris. Als wir im Bus saßen, dachte ich mir, dass er uns helfen könnte. Sie ist doch genau das, wonach er sucht, nicht wahr? Große Zeitungen haben 'ne Menge Einfluss. Also kann er mit ihr reden und blättert dafür ein paar tausend Pfund hin. Vielleicht kann er 'ne Reportage machen. Ich hab gehört, dass Zeitungen Tausende für ein gutes Interview springen lassen. Oder er nimmt sie mit und versteckt sie irgendwo, besorgt ihr Papiere und Arbeit. Aber dann hatten wir fast keine Zeit mehr, und ich beschloss einfach, wir kommen hierher und Sie sagen ihm Bescheid. Wohnt er hier?«

Wir blickten uns beide nach Anzeichen eines männlichen Bewohners um, aber ich persönlich entdeckte nichts – abgesehen von drei Schuhen, die Ben gehörten.

»Ich werde ihn anrufen.«

»Verstehen Sie, ich nehm sie besser nicht mit zu mir nach Hause. Georgie weiß bestimmt, wo ich gerade wohne.«

»Wenn die Kerle bei Ihnen auftauchen – was passiert dann?«

»Georgie ist kein Problem. Ich kann ihm sagen, sie wäre irgendwo aus dem Bus geflüchtet und abgehauen. Das bringt mir vielleicht 'ne Ohrfeige ein, aber er würde niemals zulassen, dass man mir ernsthaft wehtut.«

Ich sah sie an. »Sind Sie sich sicher?«

Sie nickte; ich hatte dennoch meine Zweifel.

Ich versuchte zu telefonieren; aber Chris' Handy war ausgeschaltet. Ich probierte es unter seiner Durchwahl bei der Zeitung und bekam nur seine Voicemail. Ich hinterließ auf beiden Apparaten die gleiche Nachricht: Ärger. Bitte zurückrufen. Dringend. Ich hoffte, er würde das bald abhören und auch ernst nehmen. Eine Sekunde lang fragte ich mich, ob ich versuchen sollte, diesen Polizisten aufzutreiben, Chris' Kontaktmann Johnson; aber ich hatte keine Ahnung, wie ich ihn finden sollte, und Annie würde diesen Versuch gar nicht gutheißen – so viel war mir schon klar.

»Okay«, erklärte ich. »Er ruft zurück, sobald er Zeit hat. Bis dahin sind Sie hier oben wohl sicher, Ernie passt unten auf – Sie sind ihm ja begegnet. Er weiß, wie man sich in solchen Situationen verhält.«

Aber Annie wurde zusehends nervöser. »Ich glaub, ich mach mich mal wieder auf die Socken.«

Damit konnte ich mich überhaupt nicht anfreunden; nicht bis ich diese Frau sehr viel besser kennen gelernt hatte – und einschätzen konnte, wie weit ich ihr trauen durfte. »Nein: Bleiben Sie bitte hier, bis wir mit Chris gesprochen haben.«

Sie starrte mich an. »Ja, ja. Okay. Wie wär's dann noch mit etwas Tee, mein Mädchen? Haben Sie zufällig ein paar Schokoladenkekse da?«

Ich nickte. Als ich an der Tür zum Flur vorbeiging, drehte ich den Schlüssel im Steckschloss um: Ohne meine Einwilligung käme hier keiner rein oder raus.

Wir saßen vor einer leeren Teekanne und einem Teller voller Krümel, als das Telefon klingelte. Es war Barnabas.

»Dido, Ernie hat mir soeben erzählt, dass da ein paar Leute bei dir sitzen. Ist alles …«

»Barnabas, wo bist du?«

»In der Bibliothek. Ich wollte gerade …«

»Gut«, fiel ich ihm ins Wort. »Gut. Barnabas, könntest du bitte Ben abholen? Nimm dir ein Taxi – bis fünf kannst du leicht am Kindergarten sein. Nimm ihn mit zu dir. Mach ihm was zum Abendessen. Zeig ihm den Affen. Warte, bis ich dich wieder anrufe, okay?«

»Möchtest du, dass ich dir die Polizei vorbeischicke?« Sein Ton war ruhig, fast beiläufig.

»Nein!«, antwortete ich rasch. »Auf gar keinen Fall! Ernie ist hier und kümmert sich um alles.«

»Das hat er auch gesagt.« Mein Vater klang nicht überzeugt.

»Ich wollte mich mit Chris in Verbindung setzen.«

»Du möchtest mich wohl nicht aufklären …«

Ich erwiderte, dazu hätte ich im Augenblick nicht die Zeit, würde es aber sobald wie möglich nachholen. Zwar konnte ich nicht gerade behaupten, eine Strategie zu haben, doch entwickelte ich langsam ein, zwei Taktiken.

Von den beiden Männern fehlte seit ihrem Verschwinden jede Spur. Ich wusste das, weil ich alle fünf Minuten aus dem Fenster spähte, um die Straße zu kontrollieren. Weit und breit war kein Ford zu sehen oder jemand, der im kalten Nieselregen herumlungerte, anstatt eilig hindurchzumarschieren. Langsam bekam ich den Eindruck, wir hätten es geschafft.

Ein paar Kunden zockelten ihrem Feierabend entgegen, betätigten folgsam die Klingel und betraten den Laden. Ernie managte alles. Um sechs Uhr rief ich unten an und bat ihn, zuzuschließen und die Alarmanlage einzuschalten.

»Dido, sind die beiden Damen noch da? Soll ich raufkommen?«

Ich antwortete, das wäre eine gute Idee.

»Kein Problem«, gab er eifrig zurück.

Ernie hat in ein paar Clubs in Holloway als Rausschmeißer

gearbeitet. Es ist zwar nicht so, dass er den Ärger sucht, aber er weiß damit umzugehen, und ich wollte ihn bei uns haben, nur für den Fall, dass Annie gelogen hatte und Georgie mit dem Muskelpaket zurückkehrte. Bis dato hatte ich mit der Vorstellung geliebäugelt, dass ich bei Bedarf nur die Polizei anzurufen brauchte und sie durch einfaches Betätigen des Notfallknopfs meiner Alarmanlage herzitieren konnte. Aber was war mit Nina? Um ehrlich zu sein, war das für mich nicht so ausschlaggebend, denn es würde Monate dauern, sie abzuschieben, und zumindest wäre sie in der Zwischenzeit sicher. Vielleicht konnten wir sogar einen Weg finden, die Behörden zu besänftigen. Darüber sollten wir wirklich diskutieren, sobald wir Zeit hatten.

Aber zunächst einmal galt es, uns sicher durch die nächsten Stunden zu bringen – und zwar uns alle. Ich warf einen verstohlenen Blick auf die beiden schweigenden Frauen. Annie schien in ihre eigenen Gedanken versunken zu sein, und soweit man aus ihrer Miene schließen konnte, waren es keine angenehmen. Mit Nina hingegen stimmte irgendwas nicht: Sie zitterte und zitterte. Ich mochte mir gar nicht vorstellen, was sie durchgemacht hatte.

Ich musste auf der Stelle mit Chris reden. Gerade langte ich erneut nach dem Telefon, da klingelte es.

Kapitel 21

Reise nach Jerusalem

Ernie und Nina waren vollkommen in eine Folge von *Buffy – Im Bann der Dämonen* versunken, die bei abgestelltem Ton im Fernsehen lief. Unwillkürlich fragte ich mich, was Nina wohl davon verstand. Annie war mehr daran interessiert gewesen, meine zahlreichen Telefonate mitzuhören, die vor allem Barnabas galten. Ich hatte ihm in groben Zügen erklärt, warum Annie Kelly und ein ausländischer Teenager – der nur sehr wenig Englisch sprach und krank zu sein schien – in meinem Wohnzimmer saßen. Dann führten wir eine lange Debatte darüber, was jetzt zu tun sei, wobei Barnabas eine vernünftige Lösung bevorzugte. Annie hatte sich darauf offensichtlich einen Reim gemacht, denn sie wurde immer unruhiger. Nach meinem letzten Telefonat gab ich ihr noch fünf Minuten bis zur Explosion. Aber es dauerte ganze zehn Minuten, bevor sie sich aus meinen bequemen Kissen hievte und mit finsterem Blick nach vorne lehnte.

»Dido – ich geh jetzt nach Hause.«

Anstatt zu antworten, das würde sie nicht, es sei denn, sie klettere aus dem Fenster, entgegnete ich überaus freundlich: »Dann ruf ich jetzt wohl besser die Polizei.«

»Auf gar keinen Fall! Was soll das?«

»Annie, wir müssen etwas *tun.* Klar? Ich schalte jetzt die Polizei ein. Dann sind Sie in Sicherheit. Wir alle sind dann in Sicherheit.«

Annie starrte mich mit einer solchen Intensität an, dass sie Funken zu versprühen schien. »Sie haben doch keine Ahnung!

Dido, wenn Sie die verdammten Bullen holen, wird alles nur noch schlimmer. Niemand wird in Sicherheit sein, gottverdammt noch mal! Und Sie können jetzt auch die Tür aufschließen, Mädchen. Halten Sie mich für so blöde? Wenn Sie die Bullen rufen, bin ich hier weg, und wenn ich Ihre Tür eintreten muss!«

Damit hatte sie Ernies Aufmerksamkeit auf sich gezogen. Ich blickte ihn an und schüttelte leicht den Kopf. Dann wandte ich mich wieder zu ihr. »Die Polizei kann Sie in Sicherheit bringen.«

»Dido, hören Sie denn nicht *zu*? Die Polizei wird die Kleine zurückschicken und dann werden dieselben Leute sie wieder in die Hände kriegen. Wenn sie einen guten Tag haben, tun sie ihr nur was an und lassen sie woanders anschaffen. Ansonsten wird sie es wahrscheinlich nicht überleben. In jedem Fall hab ich bei einem alten Freund verschissen, verstehen Sie? Und Sie – vielleicht lassen sie's auch an Ihnen aus – oder an dem Kleinen. Ein paar von denen sind wirklich übel. Haben Sie das endlich kapiert?«

Ich hatte es kapiert. Es war ja auch eine laute, eindrucksvolle Tirade. »Dann werden wir Sie beide irgendwo anders verstecken. Und vor allem müssen wir uns vergewissern, dass Ihre Freunde keine Ahnung haben, wo das Mädchen sich aufhält. Die Typen sollen glauben, dass Sie beide nicht mehr hier sind. Mein Vater würde die Polizei rufen und ich täte das auch am liebsten, aber ich werde versuchen, eine andere Lösung zu finden.«

Fast hätte sie gelächelt; die Situation stand auf Messers Schneide. »Alles klar, wir beide gehen Ihnen ziemlich auf die Nerven. Aber ich verstehe nicht, was Sie eigentlich vorhaben.«

Ich setzte an, es ihr zu erklären, aber da klingelte das Telefon. Als ich den Hörer abnahm, explodierte eine Stimme in meinem Ohr.

»Chris! Uns allen geht es gut.«

Schweigen. Dann: »Ich hab gerade deine Nachricht gehört und dann rief Barnabas an. Es klang …«

»Es war ernst und es ist ernst. Annie Kelly ist vor ein paar Stunden mit einem Mädchen namens Nina aufgetaucht – sie spricht kaum Englisch. Die beiden wurden von zwei Männern regelrecht gejagt. Annie sagt, der eine sei ein Freund von ihr, aber ich fürchte, darauf kann sie nicht bauen.«

»Hast du schon die Polizei gerufen?«, wollte Chris wissen.

»Vielleicht werde ich das noch, aber könntest du bitte so schnell wie möglich herkommen? Sofort? Es ist kompliziert, wir müssen reden. Hast du deinen Wagen dabei? Gut, den werden wir brauchen. Wir sind alle oben in der Wohnung. Ich glaube zwar nicht, dass wir in unmittelbarer Gefahr sind, aber wir werden es vielleicht sein, wenn wir versuchen, das Haus zu verlassen.«

»Keine Angst. Ich bin gleich da«, versprach er in einem Ton, der Chaos auf den Straßen ankündigte.

Ich wählte ein weiteres Mal die Nummer meines Vaters. Er meldete sich so rasch, dass ich argwöhnte, er habe die ganze Zeit mit einer Hand am Hörer dagesessen.

»Dido?«

»Chris hat gerade angerufen«, verkündete ich. »Er ist auf dem Weg. Aber dich brauche ich auch hier. Was machen wir jetzt mit Ben? Geht es ihm gut?«

»Natürlich.« Mein Vater klang gekränkt, als hätte ich ihn eines großväterlichen Fehlverhaltens bezichtigt. »In ein paar Minuten schläft er ein.«

Ich suchte händeringend einen Ausweg aus all dem, denn mir fehlte noch eine Person. Nach ein paar Sekunden kam mir endlich ein Gedanke: »Glaubst du, Mr Stanley würde sich vielleicht um ihn kümmern? Ich könnte auch Susie Bates bitten, ihn zu nehmen. Ich könnte sie anrufen und du würdest ihn in ein Taxi setzen und dann sofort zu mir kommen.«

Barnabas schwieg einen Moment. »Nein. Ich bleibe bei Ben«, erwiderte er dann.

Das war mir eigentlich auch am liebsten, aber ich musste noch etwas anderes bedenken. Es waren mehr Hilfskräfte nötig. Ich brauchte unbedingt jemanden, der sich um die Frauen kümmerte: jemand Zuverlässigen, jemanden, der weder Polizist noch in irgendeiner Weise in diese Situation involviert war. Ich spielte sämtliche Möglichkeiten durch und musste feststellen, dass ich ein ernsthaftes Personalproblem hatte. In meiner Verzweiflung überlegte ich sogar, Ernies jüngere Brüder zu rekrutieren. Aber das waren Teenager und ich ging davon aus, dass Annie die beiden mit einem einzigen Blick vernichten würde.

»Ich brauche noch einen Mann«, klagte ich hilflos meinem Vater. »Einen großen Mann mit viel Autorität.« Meine Gedanken schlitterten unkontrollierbar in Richtung Paul Grant, der diese beiden Kriterien erfüllte, unglücklicherweise aber durch seinen Beruf disqualifiziert wurde.

»Da hab ich vielleicht eine Idee«, antwortete Barnabas. »Gib mir zwanzig Minuten.« Er legte auf.

Annie und ich vertrieben uns die Zeit mit lustlosen Debatten. Hier und da warf eine von uns einen Blick zu Nina hinüber. Sie sah fern, schien aber nichts davon wirklich wahrzunehmen. Irgendwann murmelte Annie: »Dido, wir haben ein Problem.«

Die Türklingel. Ich schob langsam das Fenster hoch und lehnte mich hinaus. Am Bürgersteig stand der alte Jaguar und daneben Chris, der zu mir hochblickte. Ich winkte ihm zu und lief hinunter zur Haustür. Er wollte etwas sagen, aber ich flüsterte: »Ich muss zurück«, und ging voran.

Als ich das Steckschloss hinter uns betätigte, packte er mich mit hochgezogenen Augenbrauen am Arm.

Ich beugte mich zu ihm und hauchte die Worte: »Annie. Sie ist kurz davor zu türmen.«

Er nickte rasch und zog mich kurz an sich. Ich drückte ihn ebenfalls, packte ihn dann am Ärmel und zog ihn in die Küche.

Er schloss die Tür hinter uns und lehnte sich dagegen. »Wer ist alles hier?«

»Annie und das Mädchen, das sie bei sich hatte, und Ernie. Das Mädchen ist offenbar eine von den Illegalen, die du erwähnt hast. Laut Annie ist sie Russin und auf der Flucht vor den Leuten, die sie nach England geschmuggelt haben. Annie glaubt, du könntest ihr helfen. Chris, sie ist erst fünfzehn und will nicht nach Hause geschickt werden. Annie behauptet, die Kleine könnte umgebracht werden, und ich muss immer daran denken, dass sie so sehr diesen Mädchen ähnelt, die ermordet wurden.«

»Also hat Annie sich doch durchgerungen?«

Ich nahm ihm seine Illusion, als ich ihm erklärte, was geschehen war, während ich Kaffeemehl in die Maschine löffelte und sie dann anstellte.

»Geh und sprich mal mit Annie«, schlug ich vor. »Ich fürchte, du wirst nicht weit kommen – sie führt etwas im Schilde. Ich folge dir gleich mit dem Kaffee. Wenn das Telefon läutet, ruf mich.«

Als ich mich ein paar Minuten später zu ihnen gesellte, starrten sich Chris und Nina in gegenseitigem Unverständnis an, während Annie vor sich hin schmollte. Auf dem Fernsehbildschirm tummelten sich eine Menge Gestalten – auch Werwölfe waren darunter –, die zu Ernies Amüsement in einen Kung-Fu-Kampf verwickelt waren. Ich verteilte den Kaffee, da klingelte es erneut an der Tür.

Diesmal sah Chris hinaus und zog dann rasch den Kopf ein. »Dido? Da steht ein Wagen mit zwei Männern – ich kenne sie nicht.«

Ich schluckte, quetschte mich zwischen ihm und der Sofalehne hindurch und blickte verstohlen hinunter. Vor dem Jaguar stand, mit abgestelltem Licht und Motor, ein Kombi. Ich konnte den Mann am Steuer erkennen und einen zweiten, der an meiner Haustür stand und sich dagegen lehnte, als horchte er auf

Schritte. Ich musste unbedingt sein Gesicht überprüfen, daher räusperte ich mich. Mr Stanley blickte hoch und nickte mir höflich zu. Ich verfluchte Barnabas für seine Auffassung von einem großen Mann mit Autorität, lächelte matt und versprach, ich wäre gleich unten.

Jetzt wurde es langsam voll im Wohnzimmer. Ernie ließ sich, ohne den Blick vom Fernseher abzuwenden, auf den Boden gleiten, wodurch ein Sitzplatz frei wurde. Die anderen starrten Mr Stanley erstaunt an, der in seinem blauen Anzug äußerst korrekt wirkte. Ich hatte ihn den Weg die Treppe hinauf ebenfalls ausgiebig betrachtet. Mr Stanley ließ seinen Blick von einem zum anderen wandern und landete schließlich bei mir.

»Ihr Vater bat mich, herzukommen. Er sagte, ich solle einen Wagen mitbringen und warten lassen.«

Ich bedeutete ihm, dort Platz zu nehmen, wo Ernie gerade abgerückt war. Er würde schließlich längere Zeit hier bleiben. »Das war sehr nett von Ihnen. Uns Ihre Hilfe anzubieten. Was den Wagen betrifft …«

»Er steht bereit«, versicherte Mr Stanley. »Keine Sorge. ›Solange es nötig ist‹, das waren Barnabas' Worte, ›selbst wenn es die ganze Nacht dauert‹. Und bevor Sie fragen: Charlie geht es stündlich besser.«

Gut. In Ordnung. Ich überblickte meine Truppen. Sie wirkten ziemlich zusammengewürfelt und ich meinte, einen Anflug von Ungläubigkeit in Chris' Augen wahrzunehmen. Aber es war keine Zeit für eine Erklärung.

»Ernie? Tut mir Leid – es ist Zeit aufzubrechen.«

Ernie schüttelte den Kopf und stand auf. »Schon klar. Ist sowieso 'ne Wiederholung. Also geh ich jetzt mal nach unten und mach einen Spaziergang um den Block. Dabei halte ich Ausschau nach einem geparkten Wagen, und zwar demjenigen von heute Nachmittag mit den beiden Schlägern drin. Ich komm auf jeden

Fall sofort zurück und achte darauf, dass mich niemand sieht, wenn ich das Haus betrete.«

Ich nickte und er streifte sich seine alte, schwarze Lederjacke über und verschwand. Als er weg war, erklärte ich den Übrigen, was jetzt anstand. Während ich den Plan durchging, überlegte ich kurz, ob er nicht viel zu kompliziert war, aber die anderen schienen ihn gut zu finden.

Plötzlich ertönte die Türklingel. Ich glaubte zwar nicht, dass Ernie schon so schnell zurück sein konnte, aber als ich nach unten lief und durch die geschlossene Tür rief, antwortete seine Stimme. Ich ließ ihn herein. Seine Augen blitzten im Dämmerlicht.

»Sie sind da, Dido. Der Wagen steht in dieser Richtung auf unserer Straßenseite und beide sitzen drin.«

»Hast du die Straße auch auf andere verdächtige Wagen untersucht?«

Ernie warf mir einen vorwurfsvollen Blick zu.

Ich hob entschuldigend die Hände: »Gut! Dann fangen wir mal mit unserer Straßenshow an.«

»Okay, aber ich weiß immer noch nicht, wieso sie mich für das Mädchen halten sollen.«

»Vertrau mir einfach, Ernie.«

Drei Minuten später eilten wir über den Bürgersteig zum Jaguar. Chris marschierte voran, seine schlaksige Gestalt war selbst im trüben Licht unverwechselbar. Ernie folgte ihm. Er hatte sich eine Decke über Kopf und Schultern geworfen, hielt sie fest um sich geschlungen und setzte stockend und unsicher einen Schritt vor den anderen, um bestmöglich den Eindruck zu erwecken, er würde wie ein krankes, junges Mädchen vorwärtsschwanken – toi, toi, toi. Ich kam als Letzte. Um seiner Tarnung den letzten Schliff zu geben, umfasste ich seine sich nach unten verjüngende Taille. Ich trug Annies wattierten Baumwollmantel, hatte die zottige Kapuze tief ins Gesicht gezogen und hielt meine Augen auf den Bürgersteig geheftet. Unsere Beobachter sollten die richtigen Schlüsse ziehen. Wir erreichten den Wagen. Ich quetschte mich auf die schmale Rückbank, dann kletterte Ernie auf den Beifahrersitz und zog rasch die Tür zu. Ich platzierte mich so, dass ich die Straße nach hinten hinaus beobachten konnte. Chris ließ den Motor an und wir fuhren los. Sogleich schalteten die beiden Kerle ihr Standlicht ein. »Sie kommen«, sagte ich. »Fahr nicht zu weit voraus.«

Chris murmelte etwas vor sich hin. Wir schossen auf die Querstraße und bogen nach rechts.

»Langsamer!«, zischte ich. »Wir wollen sie nicht verlieren.«

»Würd mir nicht im Traum einfallen«, gab er zurück.

In gemächlichem Tempo fuhren wir die Hauptstraße hinunter, hielten tugendhaft an jeder gelben Ampel und jedem Zebrastreifen, wo auch nur ein Fußgänger die geringste Absicht anzudeuten schien, hinübergehen zu wollen. Es war nicht schwer, uns zu folgen, nicht nur, weil ein reger Verkehr herrschte, sondern auch, weil unser Wagen so auffällig war: die tiefliegende Form des Jaguars und vor allem sein helles Verdeck waren leicht zu identifizieren. Am Angel waren sie direkt hinter uns. Wir fuhren geradewegs Richtung Clerkenwell und schwenkten dann nach rechts, Richtung King's Cross. Zu dieser Zeit am Abend war der Verkehr gen Norden ziemlich dicht und irgendwann verlor ich den grauen Ford aus den Augen. Wir trödelten so lange, bis Chris ihn im Seitenspiegel zwei Spuren weiter rechts entdeckte, während wir auf die Camden Road zusteuerten. Ich fischte mein Handy aus Annies Brusttasche heraus und rief zu Hause an.

»Ich bin's.«

Mr Stanley klang gefasst. »Ist alles in Ordnung?«

»Ja. Und bei Ihnen?«

»Ja. Soll ich jetzt telefonieren? Professor Hoare meinte, er würde bei mir an den Apparat gehen.«

Ich entgegnete, darum würde ich mich kümmern, er und die beiden Frauen sollten jetzt lieber rasch aufbrechen. Ich wünschte ihm eine sichere Fahrt und hoffte, ihn nicht beunruhigt zu haben. Aber seine Stimme blieb ruhig.

»Das kleine Mädchen – Nina – ist wirklich arm dran. Mrs Kelly meint, es könnten Entzugserscheinungen von einer Droge sein und sie würde vielleicht heute Nacht Probleme bekommen.«

Das überraschte mich nicht. Damit würden wir eben auch noch fertig werden müssen. Ich meldete mich ab.

Als ich Mr Stanleys Nummer eingetippt hatte, ertönte eine vorsichtige Stimme.

»Alles in Ordnung, ich bin's. Wir haben's geschafft – bis jetzt jedenfalls. Ist Ben …?«

»Schläft tief und fest im Nebenzimmer«, antwortete Barnabas. »Ich habe ihm versprochen, dass er morgen früh den Affen besuchen kann. Das dürfte für alle Beteiligten recht aufregend werden. Wann kommst du hierher?«

»Wir sind auf dem Weg, müssen aber noch sicherstellen, dass die Typen nicht merken, dass sie den Falschen folgen. Annie und das Mädchen brechen gerade auf und Ernie verabschiedet sich in ein paar Minuten.«

»Haltet euch auf den Hauptstraßen«, empfahl Barnabas lediglich und ich verbrachte ein paar Minuten voller Sorge mit der Frage, warum er bloß so seltsam gelassen geklungen hatte.

Am Finsbury Park modifizierte Chris sein Tempo und bog genau in dem Moment rasch nach links um die Busstation, als die Ampel auf Rot sprang. Dann schwenkte er noch zweimal so rasant nach links, dass ich auf der Rückbank hin- und hergeschleudert wurde. Schließlich vollführte er auf dem kurzen, leeren Zubringer zum Busbahnhof eine Schleuderwende und wir blieben mit der Motorhaube zur vorigen Fahrtrichtung und ausgeschalteten Scheinwerfern abrupt stehen. Ernie kämpfte sich aus dem

Wagen. »Wenn ein Bus kommt, bin ich in zehn Minuten dort«, meinte er und trottete zur Haltestelle.

Chris zog mit einem Knall die Beifahrertür zu und brachte uns zurück auf die Hauptstraße. Von dem anderen Wagen weit und breit keine Spur.

»Essen?«, fragte er.

Das klang gut. »Wenn wir uns an das Einbahnstraßensystem halten, können wir, falls sie uns noch auf den Fersen sind, in Richtung Upper Street zurückfahren.«

»Zum Kebabhaus?«, schlug er vor und schaltete hinunter auf ein gemächliches Tempo. Kurz darauf parkte er direkt gegenüber Highbury Corner. Ich stopfte Annies Mantel unter den Sitz und entstieg dem Wagen in meiner eigenen Lederjacke. Elegant, sorglos und in Vorfreude auf einen schönen Abend tänzelte ich herum. Chris schloss ab und folgte mir auf den Bürgersteig.

»Ich hab sie nicht mehr gesehen. Ich glaube, es hat geklappt«, verkündete er zufrieden.

Er nahm meine Hand und dann schritten wir wie zwei Filmstars über die Straße zum Restaurant. Der Verkehr hatte sich mittlerweile etwas gelichtet, aber ich konnte weder den Ford entdecken noch jemanden, der sich für uns interessierte.

Im hinteren Teil des Restaurants gab es einen freien Tisch. Wir mussten eine halbe Stunde totschlagen, um sicherzugehen, dass wir unsere Verfolger wirklich abgeschüttelt hatten. Sie sollten genug Zeit haben, sich über ihr Missgeschick zu streiten und dann ein Bier trinken zu gehen. Ich hatte einen Bärenhunger. »Ich nehme das Kebab mit Huhn«, sagte ich nachdenklich. »Eine doppelte Portion.«

»Wein auch?«

»Wein auch«, seufzte ich. »Ein Glas Rotwein.« Es sah so aus, als wären wir mit unserem Trick durchgekommen.

Kapitel 22

Schmerzen

Um halb zehn hatten wir uns alle in Mr Stanleys Wohnzimmer versammelt. Annie hatte Nina in eine Ecke des Sofas bugsiert, wo sie in stummer Angst zusammengesunken war. Ich beobachtete, wie sie unruhig herumrutschte. Hier und da flüsterte ihr Annie was ins Ohr. Chris saß auf der anderen Seite von Annie und studierte die beiden und Barnabas thronte im Sessel an der Tür, von wo aus er uns alle überblickte. Mr Stanley servierte Instantkaffee und quetschte sich zwischen mich und Ernie auf das kleinere Sofa. Die Abwesenden befanden sich in der Küche (Charlie) oder im Gästezimmer. Ben war, als ich nach ihm sah, kurz aufgewacht, hatte mir verkündet, er schliefe schon, und hatte das dann im Anschluss demonstriert. Ich wäre am liebsten zu ihm gekrochen, aber zuvor gab es noch einiges zu klären.

Mein Vater fand auf dem Beistelltisch einen Platz für seine Tasse und Untertasse und hüstelte. »Wir haben jetzt den ganzen Abend die Reise nach Jerusalem gespielt und ich möchte doch wissen, warum.«

Ich lehnte mich zurück, schloss die Augen und rasselte herunter: »Annie und Nina sind heute Nachmittag im Laden aufgetaucht, gefolgt von zwei Männern.« Jemand räusperte sich protestierend, doch ich ignorierte das, fuhr mit meiner Zusammenfassung fort und endete mit: »Während sie hinter uns her waren, brachte Mr Stanley Annie und Nina hierher.« Ich betrachtete das Gesamtbild. »Vielleicht sind Annie und Nina ja jetzt in Sicherheit.«

Plötzlich hörte ich in meiner Nähe eine Stimme etwas flüstern, was ich nicht verstand. Ich öffnete die Augen wieder. Mr Stanley hatte sich vorgebeugt, starrte Nina ins Gesicht und sprach mit ihr. Er bemerkte das allgemeine Schweigen und blickte sich um. »Ich hab sie nur gefragt, ob alles in Ordnung ist. Ich glaube, die Kleine braucht einen Arzt. Sie sagt, sie hätte Schmerzen. Ich bin mir nicht sicher …«

»Ich hab Dido schon erzählt, dass sie süchtig ist«, mischte sich Annie verärgert ein.

Das stimmte, aber hatte Nina tatsächlich *Mr Stanley* ihre Probleme zugeflüstert? »Sie können sich mit ihr verständigen?«

Er lächelte und richtete sich ein wenig auf. »Natürlich habe ich im Laufe der Jahre vieles vergessen, aber ich habe am Russischkurs teilgenommen.«

Welcher Russischkurs?

Barnabas erinnerte sich. »Ach ja, der Russischkurs! Bei der Armee, nicht wahr?« Er blickte in unsere verblüfften Gesichter. »Ach, Herrgott noch mal – ich meine den Sprachkurs für potenzielle Spione und Übersetzer, der am Ende des Krieges in Cambridge erteilt wurde! Wir bereiteten uns auf eine Sowjetinvasion vor, wissen Sie noch, Stanley? Viele fleißige Jungs absolvierten während ihres zweijährigen Wehrdienstes diesen Kurs; wahrscheinlich dachten sie, es wäre besser, Russisch zu pauken, als zu lernen, wie man Lastwagen wartet oder marschiert, um dann von zypriotischen Unabhängigkeitskämpfern oder kenianischen Freischärlern abgeschossen zu werden.«

Jetzt blickten wir alle zu Mr Stanley. Ich versuchte, ihn mir als potenziellen Spion vorzustellen. Er lächelte mich strahlend an.

»Sie können das Mädchen also verstehen«, kam Chris direkt zur Sache. »Können Sie sie fragen …«

»Nicht jetzt«, unterbrach ihn Mr Stanley entschieden. »Jetzt sollte sie jemand ins Bett bringen und einen Arzt rufen.«

»In welches Bett?«, fragte Annie spitz. »Ich geh gleich nach Hause und ich habe kein Bett für sie.«

»Darüber müssen wir reden«, warf ich ein.

»Da gibt's nichts zu reden.«

»Glauben Sie wirklich, Sie sind dort sicher?«

Meine Frage ließ sie innehalten. Sie sank in die Polster zurück und zog ein mürrisches Gesicht.

»Ich könnte Ben wieder nach unten bringen und ihn in meinem Bett schlafen lassen«, schlug mein Vater in ruhigem Ton vor. »Ich glaube, es ist unwahrscheinlich, dass sie jetzt noch auftauchen.«

Mr Stanley merkte, worauf er hinauswollte. »Dann hätten wir hier ein zusätzliches Bett. Aber mir wäre wirklich wohler, wenn ein Arzt …«

»Ich weiß, was zu tun ist«, unterbrach ihn Ernie. »Ich hab mal einem Kumpel vom College geholfen, vor ein paar Monaten. Gemeinsam mit seinen Freunden. Er hatte keine Lust auf Fragen, also – also haben wir ihn dabei unterstützt.«

»Ein Angebot, das man in Betracht ziehen sollte«, meinte Barnabas ernst, »obwohl es besser wäre, einen Notarzt zu rufen.«

Er und Mr Stanley wechselten einen Blick. Mr Stanley wirkte resigniert, aber dennoch nervös. Zwei weniger.

»Ich gehe jedenfalls«, beschloss Annie. »Bei Ihnen ist die Kleine in guten Händen. Schließlich kennt sie mich ja auch erst seit heute. Also ich bin weg.«

»Warten Sie, Annie, ich bring Sie nach Hause. Ich will ebenfalls heim. Wir brechen in einer Minute auf.«

»Dido …«, mahnte Barnabas.

»Ich werde die Alarmanlage in der Wohnung einschalten. Vielleicht lass ich morgen den Laden sogar abgeschlossen. Die Kunden müssen dann eben läuten.«

»Ich fahre euch nach Hause.« Chris erhob sich vom Sofa.

Ich schüttelte den Kopf. »Nicht mit deinem Wagen. Du lässt ihn besser eine Weile, wo er ist.« Ich bedachte ihn so lange mit einem ernsten Blick, bis er begriff, worauf ich hinauswollte: Es gibt Zeiten, da will man auffallen, und Zeiten, da will man es nicht.

Barnabas verkündete, er sei sich sicher, wir würden das alles noch zutiefst bedauern. Das war noch höflich. Vermutlich zügelte er sich, weil Fremde anwesend waren.

Wir holten Annies Mantel aus dem Jaguar und ließen uns dann in einem schwarzen Taxi nach Islington chauffieren, Annie neben mir, Chris uns gegenüber auf dem Klappsitz. Keiner sprach ein Wort. Das Taxi raste an der Kirche vorbei, ließ die Ampel am Angel viel schneller hinter sich als wir selbst einige Zeit zuvor und bog auf der City Road nach links. An der Old Street Station schwenkten wir noch einmal nach links und tasteten uns dann, Annies Anweisungen gemäß, in ein Gewirr kleiner Straßen vor, bogen ein paarmal ab und blieben schließlich vor einem alten Häuserblock stehen.

»Sollen wir Sie begleiten?«, bot ich an. »Nachsehen, ob drinnen die Luft rein ist?«

Annie warf mir einen wissenden Blick zu und antwortete: »Danke, meine Liebe, aber das ist nicht nötig. Auf ein andermal.«

Wir beobachteten, wie sie durch ein Tor eilte und dann nach links in einen Durchgang verschwand. Zwar beleuchteten ein paar trübe Laternen den Fußweg, trotzdem gab es hier viele dunkle Ecken.

»Warte mal kurz«, stieß Chris plötzlich hervor. Ich bekam gerade noch mit, wie er ausstieg und ihr folgte. Vielleicht schlief ich ein paar Minuten ein, aber als er zurückkehrte, hatte ich schon angefangen, an einen Hinterhalt zu denken. Er kletterte wieder in den Wagen; der Fahrer wendete und steuerte auf die Hauptstraße zu. Sorgfältig schloss Chris die Glaswand hinter ihm.

»Glaubst du, sie ist in Sicherheit?«, fragte ich.

»Ich hab da niemanden entdecken können. Sie lief schnurstracks über das Grundstück und auf der anderen Seite wieder raus und zwei Straßen weiter verlor ich sie aus den Augen. Vielleicht hat sie wirklich vor, mit uns in Verbindung zu bleiben. Dido, was war da los? Warum ist sie mit einem Mädchen bei dir reinspaziert, das sie angeblich vorher noch nie gesehen hat? Sie muss doch gewusst haben, dass sie sich Ärger mit ihren Freunden einhandelt. Und warum wolltest du bloß nicht die Polizei rufen?«

»Im Grunde genommen weiß ich es auch nicht«, gab ich zu. »Barnabas wird mir deswegen bestimmt den Marsch blasen, also fang du jetzt bitte nicht auch noch an. Ich war übernächtigt, mir gefiel das Aussehen der Männer nicht, alle hatten Angst. Nina tat mir Leid – sie tat ja selbst Annie Leid. Vielleicht war es dumm, aber es musste doch etwas unternommen werden. Ich bin jetzt zu müde, um darüber zu sprechen.«

Er rutschte zu mir, legte den Arm um mich und zog mich näher an sich heran. Wahrscheinlich fand er, ich wäre genauso leichtsinnig gewesen wie Annie Kelly. Ich lehnte mich an ihn und schloss die Augen mit dem Gefühl, dieser Tag würde schon eine Ewigkeit dauern.

Ich hatte wirklich ein paar Fehler gemacht. Ich war mir immer noch nicht sicher, ob ich nicht doch die Polizei hätte rufen sollen. Annie war dagegen gewesen und ich hatte begriffen, warum Nina offensichtlich Todesängste ausstand. Man hatte ihr gesagt, sie solle herkommen, da und dort hingehen, das und das tun. Und dann war sie in einer Welt gelandet, in der nichts so war, wie sie es kannte, in der alles anders war – jede noch so kleine Einzelheit, vom Aussehen der Straßenlaternen bis zur Sprache der Leute. Sie war hilflos. Nichts ergab für sie einen Sinn. Aber Annie? Ihr Verhalten konnte ich überhaupt nicht nachvollziehen. Sie befand sich doch auf vertrautem Terrain, warum forderte sie um Gottes willen das Schicksal heraus?

Aber wenn ich die ganze Angelegenheit in Ruhe betrachtete, fand ich, dass ich meine Sache gar nicht so schlecht gemacht hatte: vielleicht etwas übereilt gehandelt, aber ohne Lamento … zumindest ohne großes Lamento. Ich hatte die anderen dazu gebracht, unter derart merkwürdigen Umständen das Menschenmögliche zu tun. Nun würden wir wahrscheinlich alle zumindest eine Zeit lang in Sicherheit sein. Sogar Annie, wenn sie Glück hatte.

Dann fiel mir etwas ein, was auf einmal durchaus einen Sinn ergab: Annie hatte von einer Tochter erzählt, die auch irgendwo verschütt gegangen war. Ich glaube, wir werden alle von unseren alten Fehlern verfolgt.

Kapitel 23

Erwachen

Die Stille weckte mich auf. Ich öffnete die Augen und blickte mich um. Niemand außer mir und Mr Spock atmete in der Wohnung. Nach einem kurzen Anflug von Panik erinnerte ich mich daran, dass Ben bei Barnabas war, und dann kehrte auch der Rest in mein Gedächtnis zurück. Die Leuchtziffern auf dem Wecker zeigten fünf nach sechs. Ich schloss die Augen, merkte aber, dass ich meinen Geist nicht verschließen konnte, also gab ich auf, kochte mir einen Kaffee, ließ mir ein heißes Bad ein, legte mich hinein und beschloss, dass alles, was ich am vergangenen Abend – oder in den vergangenen zwei Wochen – getan hatte, ein schwerer Fehler gewesen war.

Barnabas traf mit dem Taxi ein, zu spät und besorgt. Zu diesem Zeitpunkt befand ich mich bereits seit mehreren Stunden im Laden und verschwendete meine Zeit damit, Bücher geradezurücken und den Boden zu fegen. Er marschierte schnurstracks an mir vorbei ins Büro. Als ich ihm folgte, um den Besen wegzuräumen, bemerkte ich, dass er auf den schwarzen Computerbildschirm starrte.

»Ich werde wohl alt. Vermutlich machen sich meine siebenundsiebzig Lenze bemerkbar. Mein Verstand arbeitet nur noch stockend.«

Das hielt ich für unwahrscheinlich. Ich rückte den zweiten Stuhl so an den Schreibtisch, dass ich die Ladentür im Auge behalten konnte, und setzte mich. »Es ist einfach zu viel passiert, Barnabas. Gestern …«

»Ich muss irgendwie nicht ganz wach gewesen sein.«

»Wie geht es den anderen?«

»Ich bin noch mal kurz zurückgefahren, nachdem ich Ben abgeliefert habe. Das Mädchen liegt im Gästebett und schreit ab und zu, dreht sich aber die meiste Zeit nur hin und her. Mr Stanley ist fix und fertig: Er hat im Wohnzimmer bei dem Affen buchstäblich Zuflucht gesucht. Aber Ernie scheint zu wissen, was er tut. Davon bin ich überzeugt: Er sitzt mit feuchten Waschlappen neben ihr am Bett und schwatzt mit ihr. Ich denke, das tröstet sie ein wenig. Ich frage mich nur, was passiert, wenn er nach Hause muss. Übrigens müssen wir Ben heute Nachmittag wieder hierher bringen; ich habe zwar eine Ersatzzahnbürste für ihn, aber er sehnt sich nach seiner Mutter.«

Ich nickte und wartete.

»Dido, du hast dir selbst eine Grube gegraben. Du weißt doch, was mit denen geschieht, die so was tun? Das Ganze ist nicht ungefährlich.«

Das wusste ich.

»Und als ich herkam, musste ich feststellen, dass die Ladentür nicht wie versprochen abgeschlossen ist, sondern dass jeder hier hereinspazieren kann.«

Ich beschloss, ihn zu unterbrechen. »Ich hab's ja versucht. Dann sind drei Kunden hintereinander an der Ladentür erschienen, haben den Zettel gelesen, verwirrt dreingeblickt und sind weitergegangen. Einer hat tatsächlich geklingelt und ist reingekommen, um zu fragen, wo das Problem liegt, also habe ich ihm irgendeine Geschichte aufgetischt: hab ihm erzählt, es hätte Fälle von Ladendiebstahl gegeben und so weiter, und da sagte er tatsächlich, das läge an den vielen Asylanten heutzutage, und ich musste mich zurückhalten, um ihm nicht das Klebeband an den Kopf zu werfen. Er hat nichts gekauft, deshalb konnte ich ihm auch noch nicht mal zu viel berechnen. Es geht nicht – wir können diesen Laden nicht führen wie die Juweliere auf der Bond Street.«

Mein Vater dachte angestrengt nach. Dann zog er eine Grimasse. »Ich glaub, ich bleibe wohl besser hier bei dir.«

Ich erzählte ihm von dem Ergebnis meiner morgendlichen Grübelei: das fast einzig Klare, das sich dabei herauskristallisiert hatte, war, dass die beiden Kerle nicht zurückkommen würden. Es war zu viel Zeit vergangen und mittlerweile hatten sie wohl entschieden, dass es nur Ärger brächte, die Dinge zu forcieren.

Er setzte zu einer Replik an, bremste sich jedoch.

»Was?«

»An ihrer Stelle würde ich Mrs Kelly suchen und sie überzeugen, ihnen zu helfen. Nur zwei Tatsachen verhindern, dass ich in größter Sorge bin. Die eine ist, dass alle Häuser in unserem Abschnitt vom Crouch Hill gleich aussehen und ich stark bezweifle, dass sie sich die Hausnummer gemerkt hat. Möglicherweise war sie angesichts der widrigen Umstände gestern Abend noch nicht mal in der Lage, den Straßennamen zu lesen. Die zweite ist, dass ich Mr Stanley ermahnt habe, unter gar keinen Umständen die Haustür zu öffnen, wenn jemand klingelt. Ich wollte zuerst Polizisten in Uniform davon ausnehmen, entschied mich dann aber dagegen. Dido, wir müssen reden.«

Ich stimmte ihm zu. »Es ist so viel geschehen«, seufzte ich. »Dinge, Leute … sie scheinen alle irgendwie zusammenzuhängen. Oder vielleicht doch nicht alle. Ich bin überzeugt, die Polizei weiß, was eigentlich los ist, aber ich habe keinen blassen Schimmer.«

»Du bist mir absichtlich ausgewichen«, bemerkte mein Vater.

»Was Nina betrifft – ja.«

»Und was eine ganze Reihe anderer Dinge betrifft, angefangen mit dem Affen, dem alten Mann, dem …« Er verstummte abrupt und runzelte die Stirn, während er ins Leere starrte. Als er weitersprach, hatte er die Richtung geändert: »... mit dem Ergebnis, dass du dich in eine ziemliche Bredouille gebracht hast. Du solltest innehalten und nachdenken. Erklär mir noch mal die Sache mit den Frauen: woher sie kamen, wie Mr Kennedy ins Spiel geriet, woher die beiden Schläger sie kannten und warum sie sie verfolgten, und warum du der Meinung warst, dass die Polizei nicht informiert werden sollte. Mir ist klar, dass das Mädchen von irgendeiner illegalen Droge abhängig ist: Aber Abhängigkeit ist eine Krankheit, kein Verbrechen. Vielleicht bin ich ja naiv, aber ich hätte gedacht, ein umfassendes Geständnis könnte nur hilfreich sein. Ihr solltet ihr auf die vernünftigste Art und Weise helfen: du, Ernie und Mr Stanley. Ihr drei müsst ihr Vertrauen gewinnen und ihr die Lage erklären. Sie mag ja Angst vor der Polizei haben; aber sie ist doch hier das Opfer, oder nicht?«

Das klang so vernünftig, dass er mich fast überzeugt hatte. »Kennedy meint ...« Mein Vater wartete mit hochgezogenen Augenbrauen, dass ich weitersprach. Langsam fuhr ich fort: »Vielleicht ist Drogenabhängigkeit strafbar, wenn du ein illegaler Einwanderer bist, weil dann nämlich alles strafbar ist.« Ich berichtete ihm, was Annie gesagt hatte. »Nina könnte zur Polizei gehen und vielleicht würde ihr ja jemand helfen, in diesem Land zu bleiben, wenn sie das möchte. Aber wenn sie sie nach Hause schicken, wird sie in höchster Gefahr schweben. Die Leute, die sie hierher gebracht haben, gehören zu einer großen Organisation. Sie haben Spione dort. Die Kleine weiß weder, wie sie ihnen hier, noch, wie sie ihnen dort entkommen soll. Und es werden Mädchen wie sie umgebracht. Denk nur an die Leiche von gegenüber.«

»Sie braucht Hilfe von qualifizierten Fachkräften, nicht von wohlmeinenden Amateuren«, entgegnete mein Vater schneidend. »Wenn sie ein potenzielles Opfer ist wie – nun, wie andere, dann umso mehr.«

Irgendwas an diesem Argument war unangenehm überzeugend. Wahrscheinlich brauchte ich neuen Input.

Chris Kennedys Handy war ausgeschaltet. Mr Stanleys Telefon hingegen nicht und wurde zögernd von einem gähnenden Ernie bedient.

»Wie geht es ihr?«

»Sie schläft«, erwiderte er. »Der alte Mann hat mit ihr gesprochen und jetzt schläft sie, aber wenn sie aufwacht, wird es ihr wahrscheinlich noch schlechter gehen. Es wird bestimmt ein paar Tage dauern, bis sie hier weg kann, Dido.«

»Weiß Mr Stanley das?«, fragte ich vorsichtig.

»Klar. Ich glaube, er ist in Ordnung. Es gefällt ihm, sich mit ihr zu unterhalten. Er sagt, so könne er Russisch üben. Dido, meine Mum hat übrigens gerade angerufen. Ich muss bald nach Hause.«

Das musste natürlich mal kommen. »Wie bald? Jetzt?«

»Tja«, murmelte er, was hieß, so bald wie möglich.

Ich versprach zurückzurufen, sobald ich mir etwas überlegt hätte, und gab die Fakten an meinen Vater weiter. Dann taten wir beide so, als arbeiteten wir, während sich jeder von uns über das Ganze den Kopf zerbrach. Ein paar Kunden spazierten rein und raus. Barnabas beschäftigte sich gerade mit einem von ihnen, als Kennedy anrief. Lautlos signalisierte ich ihm »Fünf Minuten« und lief mit meinem Handy nach oben, denn etwas an seiner Stimme war mir nicht entgangen.

»Was ist los, Chris?«

»Tut mir Leid, dass ich mich erst jetzt melde. Ich hatte mein Handy ausgeschaltet. Ich bin im Krankenhaus. Annie Kelly ist gestern Abend überfallen worden. Als die Typen mit ihr fertig waren, haben sie sie einfach auf der Straße liegen gelassen, und dann hat irgendjemand den Notarzt gerufen.«

Ich schwieg lange genug, um mir klar zu werden, dass Barnabas die Situation absolut korrekt beurteilt hatte. Ich hoffte nur, dass er, was den Rest betraf, ebenso Recht hatte und sie ihnen einfach nicht viel hatte erzählen können. »Kommt sie wieder in Ordnung?«

»Sie hatte Glück. Sie hat nur eine angeknackste Rippe, einen gebrochenen Arm und eine Gehirnerschütterung. Die Ärzte meinen, sie wird sich vollständig erholen.«

»Was sagt die Polizei?«, fragte ich.

»Die meint, ein Bekannter hätte sie wohl bestraft. Dido, bist du …«

»Barnabas ist hier und ich halte die Augen offen«, entgegnete ich rasch. »Aber jemand muss zum Crouch Hill, weil Ernie nach Hause muss. Chris, kann ich sie später besuchen?«

»Besucher sind nicht zugelassen.«

»Du aber schon.«

»Ich leiste nur Johnson Gesellschaft und versuche herauszufinden, ob sie was unternehmen wollen, und wenn ja, was. Wie geht's – du weißt schon?«

»Ernie meint, es würde noch ein paar Tage dauern, bis sie wieder auf den Beinen ist, aber sie unterhält sich jetzt schon ein bisschen mit Mr Stanley.«

»Ich habe sie hier gar nicht erwähnt, aber ich weiß nicht so recht.«

»Geht mir auch so. Barnabas und ich versuchen uns was zu überlegen. Er macht sich Sorgen wegen der Typen.«

Ich konnte fast hören, wie sein Verstand arbeitete. »Ich glaube nicht, dass du in Gefahr bist. Solche Leute wollen mit Außenseitern nichts zu tun haben. Bei Annie ist das was anderes. Vielleicht fürchten sie, sie hätte mit der Polizei gesprochen, und treffen jetzt ihre Vorsichtsmaßnahmen. Ihr so genannter Freund könnte für eine Weile verschwinden. Wahrscheinlich ist er es gewohnt, aus Sicherheitsgründen in regelmäßigen Abständen umzuziehen. Wenn wir Glück haben, beschließen sie vielleicht, dass Nina die ganze Mühe nicht wert ist. Es gibt unzählige Ninas. Vielleicht betreiben sie Schadensbegrenzung und beenden die ganze Sache.«

Ich sann über all das nach. Es waren ein bisschen viele »Vielleichts« dabei.

»Warum ich eigentlich angerufen habe – was hältst du davon, wenn ich mit deinem – mit Johnson spreche?«

»Im Ernst? Ja. Soll ich was arrangieren?«

»Gib mir mal seine Telefonnummer«, erwiderte ich und notierte die Ziffern auf einem Kassenzettel, der gerade griffbereit lag. Dann saß ich einfach da und starrte auf das Stück Papier.

Ganz offensichtlich hatte jemand Mädchen wie Nina umgebracht, weil sie entweder krank oder rebellisch geworden waren – also eine Belastung darstellten und keine Goldesel. Jetzt war Annie Kelly zusammengeschlagen worden – aber nicht allzu schlimm. Sie konnte sich also durchaus gerettet haben, indem sie uns bei ihren Peinigern verriet. Wenn ich mit ihr reden konnte, sobald sie dazu in der Lage war, würde ich das schon herausfinden.

An diesem Punkt fielen mir zwei Dinge auf. Erstens: Jemand schrie – Mr Spock stand mal wieder auf der falschen Seite des Küchenfensters. Ich hatte uns beiden noch nichts zu essen gegeben. Finster starrte er mich durch die Glasscheibe an und mir wurde auf einmal schlecht vor Hunger. Ich öffnete das Fenster und entschuldigte mich, während ich eine Dose Katzenfutter in seine Schüssel schaufelte. Es roch köstlich. Ich riss mich zusammen und konsultierte den Brotkasten. Altbackene Krümel. Müsli? Hah! Dosen mit gebackenen Bohnen? Weg. Es war wohl an der Zeit für einen Besuch im Supermarkt. Ich öffnete eine Dose mit Tomaten-Gemüse-Suppe, leerte sie in einen Topf, erhitzte sie rasch und brachte dann den Topf und einen Löffel zum Tisch. Die Suppe war gerade mal warm, schmeckte aber gut.

Ich hatte sie fast aufgegessen, da fiel mir wieder ein, was Barnabas behauptet hatte – ich hätte mir selbst eine Grube gegraben. Vorhin hatte ich ihm zugestimmt; aber plötzlich fragte ich mich, ob eine Grube wirklich so schlimm war – eine schöne, leere Privatgrube, wo man sich verstecken konnte. Wo man auf dem Boden saß und Zeit hatte nachzudenken. Und sich eine Rampe baute und ausstieg, wenn man dazu bereit war. Ich blickte auf den Rest im Suppentopf. Es lohnte nicht, ihn aufzubewahren. Tomaten-Gemüse-Suppe. Kleine, bunte Gemüsestückchen, so klein, dass sie kaum auszumachen waren, versteckt in sämiger, orangeroter Flüssigkeit, aus der sie auftauchten, wenn ich umrührte. In einer Suppe ist es viel schlimmer als in einer Grube, weil man nicht sieht, was sich außer einem selbst noch darin befindet. Man merkt nur, dass da viele kleine, geheimnisvolle Dinge sind, die nicht zueinander gehören: Bohnen vielleicht, Zwiebelstückchen fast ohne Geschmack, grüne Stippen, gelbes Zeugs, Kleckse.

Ich schwamm in einer Suppe. Seit Tagen schon waren Dinge um mich herum aufgetaucht: verrückte alte Männer, geheimnisvolle Bücher, ein Affe, Ohrringe, Leichen, missbrauchte Frauen … Viele, viele gefährliche Leute und klumpige, kleine Dinge wirbelten in der Dezemberdunkelheit umher.

Und genau an diesem Punkt fiel mir noch etwas ein. Im letzten Frühjahr hatte ich mich mit einem ranghohen Polizeibeamten unterhalten: mit Paul Grant, um genau zu sein. Ich wusste nicht einmal mehr, worum es damals ging. Er hatte sich darüber ausgelassen, dass Amateure immer versuchten, die Dinge zu beweisen, die ihr Instinkt ihnen nahe legte, während Profis (damit meinte er sich) die Fakten ausgruben – alle Fakten –, sie rational untersuchten und nur dann, wenn sie sich als stichhaltig erwiesen, anderen Ergebnissen zuordneten, bis das Puzzle fertig und das unwiderlegbare Gesamtbild enthüllt sei – und vor allem strafrechtlich behandelt werden könne. Damals hatte ich das ignoriert, weil ich mir dachte, dass es eben nur Superintendent Grant war, der mir wie so oft riet, ich solle mich um meine eigenen Angelegenheiten kümmern. Aber heute kam mir seine Analyse gar nicht so übel vor. Außerdem kannte ich einen Mann, der schon immer die Gabe hatte, sämtliche Fakten einer rationalen und geduldigen Prüfung zu unterziehen.

Ich kratzte die letzten Reste Sellerie oder was auch immer aus dem Suppentopf, ließ ihn eingeweicht in der Spüle stehen und ging nach unten, um noch einmal mit meinem Vater zu reden.

»Geh mal an die Luft«, befahl Barnabas irgendwann. »Ein bisschen einkaufen. Weihnachten ist nicht mehr weit. Kümmer dich mal um Ben. Warum fährst du nicht rüber zum West End und kaufst Spielzeug ein?«

Ich sah ihn blinzelnd an. Das war nicht die Reaktion, die ich von ihm erwartet hatte. Aber die Vorstellung war verlockend: Regent Street, ein Haufen ganz normaler, hektisch einkaufender Leute, Hamleys Spielzeugladen, Liberty …

»Aber jemand muss zum Crouch Hill, damit Ernie nach Hause kann. Und ich möchte dich hier nicht allein lassen.«

Barnabas schnaubte. »Wenn zwei Cowboys mit rauchenden Colts durch die Tür kommen, setze ich mein Pokerface auf und erkläre ihnen, es sei geschlossen. Du sagst doch, sie hätten Mrs Kelly erwischt. Warum sollten sie dann noch hierher kommen? Eines wird sie ihnen doch versichert haben, nämlich, dass sich das junge Mädchen nicht mehr hier befindet. Und was Ernie betrifft … Moment … ich könnte Mr Stanley anrufen, während du ein Auge auf das Geschäft hast.«

Im Laden befand sich momentan ein einziger Kunde. Ich ging hinein und lungerte herum, bis er verschwand und ich bemerkte, dass Barnabas mir winkte. »Erledigt. Das Mädchen schläft und Mr Stanley ist jetzt bei ihr. Er hatte das Gefühl, es gehöre sich nicht, dass er mit ihr allein sei …« Er bremste mein Schnauben mit einem ironischen Blick. »Wie auch immer, ich habe ihn davon überzeugt, dass es sich um einen Notfall handelt, und ihm versprochen, in vier Stunden bei ihm zu sein. Du machst jetzt eine Pause, verschwindest von hier, kaufst ein bisschen ein und ordnest dabei deine Gedanken. Meiner Meinung nach bringt einem ein Tapetenwechsel oft neue Einsichten. An deiner Stelle würde ich den Bus nehmen. Setz dich aufs Oberdeck, schau dich um, leere deinen Geist. Unter solchen Umständen kommen mir oft die besten Ideen.«

Da war vielleicht was dran. Ich griff nach meiner Tasche. »Ich bring noch die Schecks zur Bank und dann schieß ich los. Um halb vier bin ich zurück.«

»Eines noch«, fügte Barnabas hinzu. »Vielleicht könntest du einen Abstecher zur Charing Cross Road machen – zu Crow Hall Books am Cecil Court. Das sagt dir doch sicher was?«

Er schob einen Zettel über den Schreibtisch. Ich blickte auf die Adresse, die er darauf geschrieben hatte. Und dann zu ihm.

Er räusperte sich. »Du hast das mal erwähnt. Ich erinnere mich doch richtig, auch wenn du vermutlich keine Zeit hattest, dich darum zu kümmern. Als du oben warst, hab ich es auf der Webseite von Abebooks gefunden. Crow Hall bietet ein Exemplar von Andrews *Lektionen in Blumenmalerei* für 450 Pfund an. Vielleicht möchtest du einen Blick darauf werfen, bevor sie es verkaufen? Die Inhaber heißen Lane. Ich nehme doch an, es interessiert dich, woher sie es haben?«

Ja, das interessierte mich in der Tat. Ich fand, dass ich meinem Vater einen Gefallen schuldete. Laut erwiderte ich, ich würde so rasch wie möglich zurückkommen und hätte für die Zwischenzeit eine Frage, über die er nachdenken könne. »Warum?«, wollte ich wissen, »passiert das alles? Zuerst ist es mir nicht aufgefallen, aber dann kam es mir komisch vor: Warum werden all die Leichenteile in meiner Umgebung abgeladen? Das Geschäft mit der Prostitution scheint sich doch in King's Cross etabliert zu haben und dort wohnt auch dieser Georgie. In der Gegend gibt es jede Menge unbebautes Gelände, Bahnlinien und den Kanal. Wenn Chris Recht hat, dann sind da drüben bereits ähnliche Leichen gefunden worden. Aber jetzt lädt jemand *hier* Leichenteile ab. Was hat das zu bedeuten?«

»Die Frage hab ich mir auch schon gestellt«, gab mein Vater leise zu. »Ein Fund könnte vielleicht ein Zufall gewesen sein, aber zwei- oder gar dreimal muss wirklich etwas zu bedeuten haben.«

Kurz versuchte ich mir einen Mörder vorzustellen, der zerstückelte Leichen in seiner Gefriertruhe aufbewahrte, bis er die Zeit fand, sie Stück für Stück auf seinem Weg zur Arbeit irgendwo loszuwerden.

»Ich geh wohl jetzt besser«, murmelte ich.

Kapitel 24

Und Georgie zum Zweiten

Als ich aus der U-Bahn-Station kam, regnete es, daher verweilte ich einen Moment im Schutz des Eingangs und ließ die Menschenmassen an mir vorbeiströmen. Es schien mir nicht die Mühe wert, einen der Busse zu ergattern, die sich Richtung Verkehrskreisel schoben, obwohl ich beladen war wie ein Packesel. Aber es war nur noch ein kurzer Fußweg bis nach Hause und ich war immer noch aufgedreht von all den hektischen Weihnachtseinkäufen und dem sorgfältig eingepackten Buch, das in meiner Schultertasche verborgen war. Ich schleppte fünf große Tragetüten mit Geschenken mit mir herum, von denen jede ein bis zwei Tonnen wog. Entweder war ich leicht zufrieden zu stellen oder zu verzweifelt, um lange zu fackeln, aber das warme Gefühl einer erfüllten Aufgabe verlieh mir Flügel.

Ich wandte mich nach Süden, überquerte die Ampel und marschierte los. Als ich die Seitenstraße erreichte, die mich zum oberen Ende der George Street bringen würde, hielt ich mich links und war schon fast an der Ecke, da bemerkte ich den abgesperrten Bereich hinter dem Eingang zu den Sozialwohnungen. Ich blieb stehen. Wann war Sergeant Smiley noch herausgerutscht, es würde »etwas durchkämmt«? Das Gelände mit den Sozialwohnungen vielleicht? Bedeutete das, dass hier noch etwas gefunden worden war? Offenbar konzentrierten sich die Ereignisse weiterhin auf meine vertraute Umgebung.

Ich bog nach rechts in die George Street. Ich wollte noch rasch einen Blick auf die geheimnisvoll verschlossene Fassade vom

Haus der Ackers werfen. Ich hatte sogar noch ein paar Minuten Zeit, bevor ich Ben abholen musste, also könnte ich klingeln und mich erkundigen, ob Mrs Acker sich besser fühlte. Aber als ich das Haus erreichte, verrieten mir die dunklen Fenster, dass niemand da war. Ich blickte auf die Souterrainwohnung neben dem Eingang und fragte mich flüchtig, wer wohl da unten wohnte. Falls es überhaupt jemanden gab, denn das ganze Haus wirkte verlassen. Ich tauschte die Taschen in meinen Händen, lockerte meine Schultern und ging weiter.

Doch an der Werkstattmauer gegenüber dem Laden lehnte eine vertraute Gestalt. Ich verharrte. Es drang gerade genug Licht von der nächsten Straßenlaterne zu mir, um meinen Eindruck zu erhärten. Die Möglichkeit, mit mehreren großen Einkaufstüten wegzurennen, kam mir wenig realistisch vor, daher entschied ich mich für das Gegenteil: Ich schlenderte quer über die Straße auf ihn zu. Der Mann schrak aus seiner Warteposition auf und starrte mich an. Ein Zigarettenstummel glühte auf und erlosch wieder. Der Mann hustete, verlagerte sein Gewicht und warf die Kippe in den Rinnstein.

Ich bemühte mich um einen gleichmütigen Ton. »Mir war so, als hätte ich Sie wiedererkannt. Warum lungern Sie hier herum?«

»Hören Sie, ich wollte nicht, dass jemand zu Schaden kommt«, antwortete George mit heiserer Stimme.

Ich versuchte noch nicht mal, mein ungläubiges Schnauben zu unterdrücken. »Ach so«, gab ich leichthin zurück. In diesem Augenblick sah ich ein paar Leute auf uns zueilen, daher beschloss ich, noch ein wenig zu bleiben. Ich stellte meine Taschen auf dem Bürgersteig ab. »Also, was machen Sie dann hier?«

Er blickte mich direkt an. Zwischen seinen Augen vertieften sich die ausgeprägten Falten gewohnheitsmäßigen Stirnrunzelns. »Ich dachte, Sie würden heute vielleicht arbeiten.« Er nickte leicht in Richtung meines Schaufensters.

»Kurze Pause. Weihnachtseinkäufe«, erklärte ich.

»Ah.«

Ich wartete weiter.

Er hustete erneut. »Hören Sie – das mit Annie.«

»Welcher Annie?«

»Sie kennen Annie doch. Jedenfalls kennt sie Sie.«

Vielen Dank, Annie Kelly.

Ich zuckte die Achseln. »Und was ist, wenn ich jemanden namens Annie kenne?«

»Sie hatte einen Unfall.«

Ich verspürte plötzlich große Lust, ihm einen Tritt zu verpassen.

»Gestern Abend. Ich hab den Notarzt gerufen, weiß aber nicht, wo man sie hingebracht hat.«

»Wirklich«, erwiderte ich in unverbindlichem Ton.

»Wirklich«, echote er ungeduldig. »Hören Sie, würden Sie ihr etwas geben?«

»Was?«

»Ein bisschen Kohle.«

Ich schluckte. *»Was?«*

Mir war, als würde er fluchen, doch seine Stimme hatte sich zu einem unhörbaren Flüstern gesenkt. »Nehmen Sie's einfach!« Er trat einen Schritt vor und ließ ein kleines Bündel Papier in meine ungläubig ausgestreckte Hand fallen. Ich konnte es gerade noch schnappen, bevor es zu Boden fiel. Zwar wandte ich meinen Blick nicht von seinem Gesicht ab, aber ich *spürte* das Geld.

»Sie wird es brauchen, wenn sie rauskommt. Richten Sie ihr aus, ich würd mich später mal melden.«

Ich öffnete gerade meinen Mund, als er sich an mir vorbeischob und langsam die Straße hinaufging. Ich stopfte die Scheine in meine Manteltasche, nahm die Tragetüten und marschierte in die andere Richtung, wobei ich die Ohren gespitzt hielt. Als ich meinem Laden direkt gegenüberstand, drehte ich mich um. Er hatte die Straße überquert und jetzt entdeckte ich einen Schatten, der auf einem Mäuerchen vor einem der Häuser saß. Ein Feuerzeug flammte auf. Kein Wunder, dass Georgie heiser war. Ich wartete, bis er weiterging. Er war offenbar nicht in Eile. Als er das Ende der Straße erreicht hatte, verlor ich ihn aus den Augen.

Ich stieg die Treppe hinauf, legte die Tüten auf den Schrank, schob sie so weit nach hinten, dass Ben sie nicht finden konnte, und holte die Rolle Banknoten hervor: Zwanzigpfundnoten – zehn an der Zahl. Aha. Nein, ich wusste nicht, was das zu bedeuten hatte. Ich legte das Geld in ein Fach meiner Brieftasche und lief nach unten, um mich zu vergewissern, dass mit Barnabas und dem Geschäft alles in Ordnung war. Außerdem wollte ich etwas im Aktenschrank verstecken und dann musste Ben abgeholt werden. Ich hielt es für angebracht, zu Fuß zu gehen. Vielleicht würde ich nass und ein paar Minuten zu spät ankommen, aber ich hätte Zeit, meinen Gedanken nachzuhängen. Um ehrlich zu sein, hatte ich viel zu viel im Kopf, um mich aufs Autofahren konzentrieren zu können. Barnabas' Rat, Abstand von den Dingen zu gewinnen, ein bisschen Bus zu fahren und mir selbst Raum zu geben, war goldrichtig gewesen, obwohl inzwischen ein paar neue Probleme aufgetaucht waren. Ich hatte mir sogar provisorisch einen Plan zurechtgelegt, wie ich zu Annie Kelly durchdringen konnte: Dies schien mir oberste Priorität zu besitzen und es würde recht interessant werden, ihr von Georgies milder Gabe zu erzählen. Das war für morgen vorgesehen. Ich war mir ziemlich sicher, dass ich im Krankenhaus eine Schwester beschwatzen konnte, um in ihr Zimmer zu gelangen, schließlich stand sie nicht unter Arrest und mich würde man wohl kaum als eine Gefahr betrachten.

Ich schloss ab, sprang die Treppe hinunter und fand Barnabas allein im Laden vor. Ich rauschte an ihm vorbei ins Büro und zog die dritte Schublade des Aktenschranks auf, die aus irgendwelchen Gründen immer leerer ist als die anderen. Dann nahm ich das Paket und schob es verstohlen in sein Versteck.

»Ich geh besser sofort los und hole Ben ab.«

»Mr Stockton hat angerufen«, verkündete er.

Stockton! Den hatte ich ganz vergessen.

»Er hat dir eine Nachricht hinterlassen: Der Besitzer des Hauses, über das du dir Gedanken machst, heißt Acker – Mr K. Acker. Außerdem hat er gesagt, dass auf dem Besitz drei Hypotheken liegen, was ihm ›nicht unwichtig‹ vorkomme und bedeuten könne, dass der Besitzer in finanziellen Schwierigkeiten ist und daher vielleicht ein Angebot ernsthaft in Erwägung ziehen würde. Dido, darf ich das so verstehen, dass du endlich so weit bist, dir ein Haus zu kaufen, das groß genug ist, um einen Jungen darin aufzuziehen?«

»Ich hab nur mal nachgefragt. Barnabas, ich möchte dir so gern was zeigen, aber ich muss jetzt sofort weg.«

»Natürlich.« Er klang ein wenig beleidigt. »Und ich muss Mr Stanley erlösen. Wenn ich gehe, hänge ich das Schild an die Tür. Wir können ja später darüber sprechen.«

In den Augen meines Vaters war dies jedoch keine Möglichkeit, sondern eine absolute Gewissheit.

Ungeduldig spielte ich mit dem Telefonkabel. »Hast du noch etwas von Annie Kelly gehört? Ich muss sie sehen.«

Am anderen Ende der Leitung räusperte sich Chris. »Ich glaube, das klappt nicht. Ihr geht's zwar langsam besser, aber sie soll keinen Besuch empfangen. Aus Sicherheitsgründen.«

»Chris«, stöhnte ich, aus der Sicherheit meiner Überzeugung heraus, dass manches jetzt schnell angegangen werden musste, »wer würde mich wohl für eine Gefahr halten? Sie kennt mich. Außerdem bin ich eine ehrbare Bürgerin – zumindest in den Augen der Polizei. Wenn du mir also einfach verraten würdest, auf welcher Station sie liegt. Ich gehe dann einfach hin.«

»Okay Dido, ganz wie du willst – sie liegt in einem abgelegenen Zimmer hinter Station St. Catherine, im vierten Stock. Aber die Krankenschwestern und das Wachpersonal sind ausdrücklich angewiesen worden, Besucher von ihr fern zu halten.«

Ich schwieg lange genug, um mir vorzustellen, wie ich schreiend und um mich tretend von zwei, drei dicken Uniformierten mit Mundgeruch die Treppe hinuntergetragen wurde. Also hielt ich besser einen Plan B in der Hinterhand.

»Könntest du denn nicht mit Sam Johnson reden, dass sie mich zu ihr lassen?«

»Dido …«

»Und ihm mitteilen, dass ich, nachdem ich mit ihr gesprochen habe, mich auch gerne mit ihm unterhalten würde, falls er die Zeit erübrigen kann.«

Ich vernahm ein kaum unterdrücktes Lachen. »Okay, so können wir's versuchen. Erzählst du mir wenigstens, warum es so dringend ist?«

»Heute Nachmittag hat Georgie vor meinem Laden herumgelungert.« Durch seinen Aufschrei am anderen Ende der Leitung hindurch fuhr ich fort: »Er schien keinen Ärger machen zu wollen. Er hat mir sogar Geld für Annie in die Hand gedrückt. Ich dachte, ich sollte es ihr geben und nachfragen, was passiert ist, vor allem aber, ob sie Georgie und seinem Freund etwas über Nina verraten hat. Ernie meint, das Mädchen sei erst in ein paar Tagen in der Lage, Mr Stanleys Haus zu verlassen, also ist es wichtig herauszufinden, was genau Annie ihnen gesagt hat. Der Polizei hat sie doch bestimmt noch keine Auskünfte gegeben, oder?«

»Nein. Sie werden zwar langsam ungeduldig, aber ich hab gehört, Annie tut immer so, als schliefe sie, wenn ein Beamter auftaucht.« Wieder breitete sich Schweigen aus, diesmal kürzer. »Okay, vielleicht funktioniert dein Plan ja.«

»Und was wird aus Nina? Und aus Annie, wenn sie aus dem Krankenhaus entlassen wird? Wo können sie hin?«

»Wie wär's mit Holloway?«, schlug Chris bissig vor. »Dort wären sie bestimmt sicher.« Offensichtlich hatte er nicht die Wohngegend, sondern das Frauengefängnis vor Augen.

»Ich hab gehört, das Essen ist dort wirklich hundsmiserabel. Ich wette, der Weihnachtstruthahn ist zäh wie Leder. Kann deine Zeitung denn nichts für sie tun?«

Er stöhnte auf. »Morgen früh telefoniere ich mit Johnson. Gegen halb neun werde ich ihn wohl erreichen, dann teile ich dir die Antwort mit.«

»Ruf mich am besten über Handy an«, bat ich noch. Ich wollte vom Kindergarten aus direkt zum Krankenhaus. »Gute Nacht. Und – du weißt schon. Du hast was gut bei mir.«

»Gehst du Mrs Kelly besuchen? Kann ich mitkommen?«, krähte Ben hinter mir.

Er saß auf dem Sofa, hielt Mr Spock im Würgegriff und hatte offenbar jedes Wort gehört.

»Da bist du im Kindergarten«, erwiderte ich. »Wenn du willst, vielleicht beim nächsten Mal.«

Er gähnte. »Okay.«

»Zeit fürs Bett«, entschied ich.

Kapitel 25

Zug um Zug

Ich trat unter dem Schild *Station St. Catherine* durch die Schwingtüren und landete in einem engen Wartebereich mit drei Abfalleimern, vier Plastikstühlen und dem Eingang zum Schwesternzimmer direkt gegenüber. Momentan saß nur eine Person hinter der Empfangstheke: ein kleiner, forscher, blonder Mann, der auf eine Computertastatur einhackte und mit einem Haufen Akten jonglierte.

Während meiner Wanderung über den Besucherparkplatz, bei dem man einen Parkschein ziehen und hinter die Windschutzscheibe legen musste, hatte ich Barnabas mit Hilfe meines Handys in Mr Stanleys Wohnung aufgespürt und mir von ihm berichten lassen, dass Ninas Zustand unverändert schien und Ernie ihn gegen Mittag ablösen komme, woraufhin er dann den Laden öffnen würde, falls ich bis dahin noch nicht dort war. So weit so gut also. Ich hatte auch noch eine Voicemail gesichtet, jedoch beschlossen, diese zu ignorieren. Sie kam von Chris und bedeutete entweder, dass er einen Besuch bei Annie arrangiert hatte oder dass die Polizei strikt dagegen war. Mir war es lieber, das nicht zu wissen. In gewissen Situationen erweist sich eine unschuldige Unwissenheit als ziemlich erfolgversprechend. Also trat ich leise zur Empfangstheke und wartete höflich.

Ohne aufzublicken schnarrte der Mann: »Ja?« Ich warf einen Blick auf sein Namensschild am Revers und stellte mich vor. Prüfend musterte er mein Gesicht.

»Ich wollte Mrs Annie Kelly besuchen, Mr Hull.«

Seine Augen huschten zu einem Zettel, der an den Rand der Theke geklebt war. Dessen ungeachtet tönte er: »Ich zeige Ihnen, wo sie liegt.« Also wurde ich schon erwartet. Ich lächelte lieblich und folgte ihm in einen Seitengang. An der ersten Tür blieb er stehen, klopfte, öffnete die Tür und schob mich hinein.

»Mrs Kelly scheint zu schlafen.«

»Das ist schon in Ordnung. Dann warte ich eben«, erwiderte ich leichthin.

Er warf mir einen amüsierten Blick zu, der mir bedeutete, dass er einen Täuschungsversuch so glasklar erkannte wie seinen Nächsten, dann ging er hinaus und zog die Tür fest hinter sich zu.

Ich warf einen Blick durch das Zimmer. Am Fenster stand ein leeres Bett, hinter der Tür ein belegtes. Auf dem kleinen Fernseher auf einem Bord flackerte ohne Ton eine Weihnachtskochsendung über den Bildschirm. Wahrscheinlich hatte Annie sie sich angeschaut, bevor wir eintraten, jetzt aber lag sie mit geschlossenen Augen unter ihrer Decke, die Zöpfe auf dem Kissen ausgebreitet. Ich rechnete fest mit einem Schnarchton.

Ihr Gesicht hatte nicht mehr die richtige Form, es war geschwollen und voller Blutergüsse. Abgesehen davon wirkte sie ganz ruhig. Aber ich merkte, dass sie mich unter halb geschlossenen Lidern beobachtete. Ich trat hinüber zum Besucherstuhl; als ich mich hingesetzt hatte, waren ihre geschwollenen Lider wieder fest geschlossen. Ich erinnerte mich daran, was Kennedy erzählt hatte.

Ich holte die Rolle mit den Geldscheinen aus meiner Tasche, zog einen heraus und ließ ihn Annie auf die Brust fallen. Und danach noch einen.

Sie erwachte mit großem Theater, reckte sich, blinzelte und gähnte. »Mmmgh, ah, Dido! Was machen Sie denn hier? Was ist das?«

Ihr linker Arm war bis übers Handgelenk geschient, aber ihre rechte Hand hatte sich schon um das Geld geschlossen. Ich gab ihr die ganze Rolle. Sie betrachtete sie. Und sah dann zu mir. Ihre Augen waren blutunterlaufen und sie konnte sie auch nur halb öffnen, aber sie hatten nichts von ihrer Schärfe verloren.

»Wie geht es Ihnen?«

»Besser. Ein bisschen besser.« Sie warf einen bedeutsamen Blick auf die Banknoten und dann auf mich. »Was soll das denn sein?«

»Ein Geschenk vielleicht? Ich soll es Ihnen von einem Freund geben.«

»Von Mr Kennedy?«

»Von Georgie«, entgegnete ich. Ein Schatten flog über ihr Gesicht. Ihre Lippen zuckten. Vom stummgeschalteten Fernseher drang schwach das musikalische Thema einer Sendung an mein Ohr.

»Verdammter Mist«, stöhnte sie. »Wann denn?«

»Er hing gestern Nachmittag vor meinem Laden rum, also sprach ich ihn an.«

Sie schwieg einen Moment. »Hat er was gesagt?«

»Nicht wirklich. Nur, dass Sie bestimmt Geld bräuchten, wenn Sie hier rauskämen, und dass er sich irgendwann melden würde.« Ich hatte darüber nachgedacht. »War das eine Drohung?«

»Vielleicht. Ach was. Sie wissen doch, wir sind alte Freunde.«

»Komische Freundschaft«, entgegnete ich. Ich musterte sie so, dass sie es mitbekam: ein Arm in Gips, zwei klassische blaue Augen und eine Menge Blutergüsse, selbst wenn man davon ausging, dass einige davon jetzt nicht zu sehen waren. Sie wand sich ein bisschen, zog eine Grimasse, steckte das Geld unter ihr Kopfkissen und schloss erneut die Augen. Ich wartete.

»Ich ruh mich wohl besser ein bisschen aus«, murmelte sie. »Von dem ganzen Zeug, das sie mir hier geben, werde ich vollkommen döselig.«

»Wer hat Ihnen das angetan? Nicht Georgie? Wirklich nicht? Also war es der Große, den er neulich dabeihatte?«

Als sie nicht antwortete, stand ich auf, zog mir den Mantel aus, warf ihn ans Fußende ihres Bettes, setzte mich wieder, streifte die Schuhe ab und legte die Füße auf den Rand ihrer Matratze. Dann lehnte ich mich zurück und schloss ebenfalls die Augen. Für eine Weile entspannten wir uns.

Nach ein paar Minuten flüsterte sie: »Er nennt sich Andry. Er war auf der Suche nach dem Mädchen.«

»Und was haben Sie gemacht?«

»Die Wahrheit erzählt. Dass ich sie bei einem ihrer Freunde in Holloway gelassen hätte und die Adresse nicht kenne, weil ich vorher noch nie da gewesen war. Georgie glaubt mir sowieso und der andere hat aufgehört, als ich anfing zu kreischen und ein paar Kinder ihn aus der Nachbarwohnung heraus anschrien.«

»Also wissen die beiden, wo Sie wohnen.«

Sie zögerte erneut. »Georgie hat ihn hingebracht. Ich verschwinde wohl besser irgendwie. Ist schon in Ordnung. Ich muss nur meine Sachen holen und dann bleibe ich eine Zeit lang bei einer Freundin.«

»Aber Sie sollten besser nicht allein Ihre Wohnung betreten.«

»Ich überleg mir was«, seufzte sie.

»Das ist gut. Aber jetzt rücken Sie mal raus mit der Sprache: Was haben Sie den Typen über mich verraten?«

Sie starrte mich finster an. »Über Sie? Gar nichts!«

»Was hat Georgie dann gestern vor meinem Laden gewollt? Und was ist mit dem anderen? Werde ich als Nächste heimgesucht?«

Sie wirkte schockiert. Vielleicht war das echt. »Sie? Natürlich nicht! Warum auch?«

»Um Nina zu finden.«

Sie dachte darüber nach, und als sie erneut sprach, war ihre Stimme sachlich. »Dido, das glaube ich nicht, ehrlich. Warum sollten die zwei das tun? Sie hatten ja schon mich in der Mangel und ich hab ihnen nichts gesagt, was sie nicht schon selbst in Erfahrung gebracht hatten. Ich würde mich nie verplappern! Und die denken sowieso, Sie hätten keine Ahnung von allem. Die sind doch nicht verrückt!«

Sie schien wirklich davon überzeugt zu sein. Ich war mir nicht so sicher, musste es aber dabei belassen.

»Brauchen Sie etwas, Annie?«

Sie zögerte. »Lieber nicht. Ich krieg hier so viele Pillen, dass sie mir schon zu den Ohren rauskommen.«

Ich unterließ es nachzufragen, was genau sie lieber nicht wollte. Stattdessen kritzelte ich etwas in mein Notizbuch, riss die Seite heraus und legte sie ordentlich neben die Wasserkaraffe auf ihrem Nachttisch.

»Ich lasse Ihnen die Nummer von meinem Handy da. Wenn Sie was brauchen, können Sie mich anrufen.«

Sie blinzelte. »Danke, meine Liebe. Das werde ich.« Sie gähnte und ihre Augen fielen zu. »Wie geht's denn der Kleinen?«

»Nina? Nicht so gut. Wir dachten, es würde jetzt ein bisschen besser, aber dieser kalte Entzug ist hart für sie. Annie, ich weiß, dass sie Heroin gespritzt hat. War da sonst noch was?«

»Ich glaube, ja.« Sie hatte wieder die Augen geöffnet, sah mich aber nicht an. »Ja, wahrscheinlich haben sie ihr auch Crack gegeben. Das Zeug ist übel. Ich hab's nie angerührt, aber die Kids nehmen's mehr und mehr. Damit tut dir gar nichts mehr weh, aber es hat dich sofort fest im Griff und dann bist du zu nichts mehr in der Lage, du tust alles, nur um den nächsten Schuss zu bekommen, weil du dich dann nicht mehr wie Scheiße fühlst. Eine Weile spürst du dann gar nichts mehr.«

Ich ging und sie blieb schweigend und mit geschlossenen Augen liegen, ihre gesunde Hand unter dem Kopfkissen, wo sie das Geld versteckt hatte.

Mr Hull war an seinem Platz und kämpfte immer noch mit den Krankenakten.

Ich lehnte mich über die Empfangstheke. »Wann wird sie das Krankenhaus verlassen können?«

Er blickte zu mir auf. »Wahrscheinlich am Montag.«

»Nicht morgen oder übermorgen?«

»Ich denke, am Montag. Sie ist nicht besonders erpicht darauf, entlassen zu werden.«

Ich konnte mir schon denken, warum. »Wenn ich jeden Morgen um neun anrufe, würden Sie mir dann mitteilen, ob es etwas Neues gibt? Vielleicht möchte sie auch, dass ich sie nach Hause bringe.«

»Die Polizei wird schon etwas arrangieren, aber Sie können natürlich gerne anrufen.«

»Ich schätze, sie will die Polizei nicht damit behelligen«, wandte ich ein.

Er lachte kurz und schnaubend. »Diese Dame weiß schon, was sie will, glauben Sie mir. Rufen Sie ruhig jeden Morgen um neun an. Ich bin zwar am Wochenende nicht da, hinterlasse meiner Ablösung aber eine Nachricht. Ach, da drüben wartet übrigens jemand auf Sie.« Er wies auf die Stuhlreihe hinter mir und ich straffte die Schultern, seufzte resigniert und wandte mich um.

Es war nicht Sam Johnson. In den wenigen Sekunden, die er auf meinem Bildschirm erschienen war, hatte ich mir seine Gestalt intensiv eingeprägt. Dieser hier war ein anderer: größer, so groß wie Chris, aber kräftiger – und mit ergrauenden Schläfen. Er trug einen seriösen dunkelgrauen Anzug, der den ranghohen Beamten erkennen ließ. Mein erster Impuls war wegzurennen, aber in Anbetracht der Tatsache, wie lange der Krankenhauslift auf dem Weg hierher gebraucht hatte, war das wahrscheinlich nicht die Mühe wert. Also marschierte ich energisch auf ihn zu. Bei Georgie hatte es ja auch funktioniert.

Als ich näher kam, stand er auf. »Miss Hoare? Ich bin Superintendent Allan Barker. Man sagte mir, Sie seien heute Morgen hier zu finden.«

Ich setzte mein freundlich-geschäftsmäßiges Lächeln auf. »Dürfte ich bitte Ihren Dienstausweis sehen?« Ich streckte meine Hand aus, empfing das übliche Ledermäppchen und ließ ihn zuschauen, wie ich jedes Detail seines Gesichts mit dem Foto verglich. Dann reichte ich ihm den Ausweis zurück. »Ich hatte jemand anderen erwartet. Eigentlich hatte ich darum gebeten, einen gewissen Sam Johnson sprechen zu können. Ist er etwa nicht im Dienst?«

Barker blickte lächelnd auf mich herab. »Das weiß ich nicht. Aber als wir erfuhren, dass Sie uns vielleicht etwas zu berichten hätten, dachte ich, es wäre besser, wenn Sie und ich uns zuerst unterhielten.«

»Wer ist wir?«, fragte ich ein wenig misstrauisch.

»Mr Christopher Kennedy steht mit uns in Kontakt.«

Ich überlegte, dass ich mir doch immer sofort meine Voicemails anhören sollte, und bemerkte im selben Moment, dass er meiner Frage ausgewichen war. Also wiederholte ich sie. »Und ›wir‹ heißt …?«

»Hätten Sie Lust auf einen Kaffee, Miss Hoare? Vielleicht sollten wir hinunter ins Café gehen, damit wir hier niemanden stören.«

Ich warf einen Blick zu Mr Hull hinüber, der ihn erwiderte. Wahrscheinlich hatte Barker Recht. Ich nickte verdrossen und fegte an ihm vorbei zu den Aufzügen.

Zu dieser Tageszeit war die Cafeteria im Erdgeschoss nur spärlich besucht. Ich suchte einen kleinen Tisch aus, der so weit wie möglich von den anderen Gästen entfernt war; Barker ließ mich dort kurz allein und kam mit meinem großen Cappuccino, seinem kleinen Espresso und der beiläufigen Bemerkung zurück, er arbeite bei Scotland Yard.

»Ich glaube, Mr Kennedy hat Sie mal erwähnt«, entgegnete ich. »Welche Abteilung?«

»Man nennt uns Special Projects Unit. Das heißt …«

»Beschaffung von Hintergrundinformationen«, soufflierte ich, als er zögerte. »Organisiertes Verbrechen.« Das war also der Mann, der Chris davor gewarnt hatte, Johnson gegenüber allzu gesprächig zu sein. Möglicherweise erwies er sich als nützlicher als Johnson, aber ich musste ihn erst mal selbst ein wenig durchleuchten. Ich trat mir noch einmal wegen der Voicemail gründlich in den Hintern und murmelte: »Lass dir das eine Lehre sein.« Seiner Miene nach zu urteilen hatte ich das wohl lauter gesagt als beabsichtigt.

»Mr Barker, danke für den Kaffee, aber freitags habe ich in meinem Geschäft immer am meisten zu tun, vor allem im Dezember, könnten Sie mir also bitte einfach erklären, warum Sie hier sind?«

Sein Lächeln war ein klein wenig zu einschmeichelnd. »Ich wollte Sie kennen lernen. Mr Kennedy erzählte mir, Sie bräuchten bei einer gewissen Angelegenheit eventuell Hilfe. Ich meine das Mädchen, das Sie kennen gelernt haben.«

Alles klar. »Könnte schon sein. Ihr Name ist übrigens Nina. Im Moment ist sie nicht zu sprechen, es geht ihr sehr schlecht, aber …« Ich versuchte, meine Gedanken zu ordnen und gleichzeitig zu reden, immer ein gefährliches Unterfangen. »… möglicherweise braucht sie in Kürze wirklich Hilfe. Sie ist eine illegale Einwanderin. Sie wurde von Schleppern eingeschleust und zur Prostitution gezwungen, aber sie konnte ihnen entkommen. Eigentlich ist sie viel zu eingeschüchtert und zu krank, um etwas Vernünftiges von sich zu geben, aber sie möchte auf gar keinen Fall nach Hause zurück. Sie wird eine Menge Unterstützung benötigen. Aber ich glaube, im Gegenzug könnte sie Ihnen nützlich sein – wenn ich Ihr Anliegen richtig verstehe.«

»Mr Kennedy kennt unser Anliegen.«

»Aber ich nicht«, stellte ich klar. »Nicht zur Gänze jedenfalls. Ich frage mich zum Beispiel, warum Sie nicht möchten, dass ich ein Gespräch mit DS Johnson führe.«

»Es gibt nichts dagegen einzuwenden«, berichtigte er mich. »Zumindest, soviel ich weiß. Aber es wäre uns lieber, das Mädchen würde nicht mit ihm sprechen. Wahrscheinlich können wir etwas für sie tun. Johnson aber nicht. Wir wollen alles so weit wie möglich unter Verschluss halten, und um ganz offen zu sein, King's Cross würde die Sache ohnehin an uns weiterleiten müssen.«

Mir fiel wieder ein, wie Kennedy diesen Mann geschildert hatte. Oder seinen Verein. »Sie trauen der Mannschaft in King's Cross nicht.«

Er schüttelte den Kopf. »So eindeutig ist das nicht.«

»Gibt es schwarze Schafe?«

»Möglicherweise einen Interessenskonflikt.«

»Aber Scotland Yard ist doch die vorgesetzte Behörde!«, fauchte ich.

»In gewisser Weise ja, aber wir möchten nicht voreilig handeln.«

»Sie strengen also eine interne Untersuchung an.«

Er wirkte ein wenig gequält und nahm einen langen, langsamen Schluck aus seiner Tasse. Ich rechnete nicht damit, aufgeklärt zu werden. Und er enttäuschte mich nicht.

»Was wollen Sie, Mr Barker?«

»Ich möchte, dass Sie mich zu ihr bringen.«

Ich schüttelte den Kopf. »Sie ist in Sicherheit. Im Moment kann sie Ihnen einfach nicht helfen und außerdem hat sie zu viel Angst.«

»Dann wird sie jemand überzeugen müssen, dass es das Beste ist. In ihrem eigenen Interesse.«

Ich überdachte seine Worte einen Moment lang. »Im Grunde stimme ich Ihnen zu«, antwortete ich dann.

»Miss Hoare. Ich bemühe mich schon um Geduld, aber …«

»Aber wenn Sie an meiner Hilfe interessiert sind, fangen Sie besser gar nicht erst an zu drohen.«

Das bremste ihn. Er begann, mit den Fingern auf der Tischplatte zu trommeln. Und wieder hatte ich einen Polizisten gegen mich aufgebracht. Vermutlich war jetzt ein klein wenig Rationalität à la Barnabas gefordert. »Ich betone noch mal, ich stimme Ihnen zu. Ich werde mit der Kleinen darüber reden, aber wenn Sie ihre Kooperation wünschen, werden Sie warten müssen. Sie wird von Leuten versorgt, zu denen sie langsam Vertrauen fasst und die mit ihr ein wenig plaudern. Sie kann nämlich kaum Englisch, wissen Sie.«

»Wir können einen Übersetzer besorgen.«

»Den werden Sie auch brauchen«, versetzte ich. Dann holte ich Luft. »Sie werden ihr außerdem einen Deal anbieten müssen, aber dazu muss sie darauf bauen können, dass Sie Ihre Versprechen halten. Wenn Sie mir also verraten, wie ich mit Ihnen in Kontakt treten kann, werde ich Sie über alles Weitere informieren – so bald wie möglich.«

Ich bedachte ihn mit dem vernünftigsten, ausdruckslosesten und starrsten Blick, den ich zustande brachte.

Er kapitulierte nicht vollständig, blinzelte aber als Erster. »Sie sind damit überfordert, Miss Hoare.«

Ich lachte. »Das weiß ich. Trotzdem – kann ich mich nur auf mich selbst verlassen.«

Sein Mund zuckte. »Das stimmt nicht ganz. Mr Kennedy meint, Sie seien mit Sicherheit die sturste Person, die er je kennen gelernt hat. Er hat uns außerdem davon in Kenntnis gesetzt, dass er, sollten wir Sie verhaften, jeden Kontakt zu uns abbrechen und dafür sorgen würde, dass unsere ›brutale Polizeischikane‹ so schnell in seiner Zeitung erschiene wie die verlagseigenen Anwälte auf unserer Türschwelle.«

»Na, dann«, meinte ich und musste lächeln, denn mir wurde irgendwie warm ums Herz. Zu seiner Ehre muss ich erwähnen, dass er ebenfalls lächelte. Außerdem reichte er mir eine Karte mit seinem Namen und zwei Telefonnummern, die eine seine Durchwahl bei Scotland Yard, die andere seine Handynummer.

»Sie können mich jederzeit anrufen«, versicherte er. »Aber bitte möglichst bald.«

Ich versprach, mein Bestes zu tun, und stand auf. Ich wollte aus diesem Gebäude raus und endlich die Voicemail abhören, bevor mich noch etwas unerwartet traf. Wir gaben uns die Hand und dann rauschte ich davon und versuchte so auszusehen, als dächte ich an Bücher und Geschäfte. Versuchte, nicht zu rennen.

Auf dem Parkplatz blieb ich hinter der zweiten Wagenreihe stehen und schaltete mein Handy ein.

Kennedys Stimme ertönte. »Hi. Dido, im Krankenhaus wird jemand auf dich warten. Sein Name ist Allan Barker. Er ist ein Freund von mir, also bitte nicht beißen. Sam Johnson und ich werden um halb elf am Laden sein. Wenn du bis dahin nicht zurück bist, gehen wir um die Ecke ins Pub und warten dort auf dich. Dido: Johnson ist kein Freund von mir, sondern ein Kontaktmann. Alles klar? Sollte es ein Problem geben, bin ich über Handy erreichbar. Ansonsten gehe ich davon aus, dass du mit allem einverstanden bist. Bis dann.«

Ich blickte auf meine Armbanduhr. Es war Viertel vor elf. Also saßen sie jetzt wohl vor ihrem ersten Bier, aber wenn ich mich beeilte, konnte ich noch rechtzeitig zur zweiten Runde da sein.

Kapitel 26

In der dunklen Kiste

Das Vehikel, das ich mittlerweile fahre – ein großer, van-artiger, purpurfarbener MPV mit reichlich Platz für jegliche Kombination an Passagieren, Spielzeugen, Klappregalen und Bücherkartons – ist auffällig genug, um die Aufmerksamkeit der Politessen auf sich zu ziehen. Also zwängte ich seine Vorderreifen in den letzten Meter des Anwohnerparkplatzes und platzierte die Hinterreifen illegalerweise auf der gelben Linie. Ich hatte in dieser Woche bereits einen Strafzettel erhalten, also bedeutete mein Verhalten ein einziges Betteln um Gnade. Auf dem Bürgersteig wartete niemand auf mich. Ich blieb kurz an der Ladentür stehen, um durch das Glas zu spähen, einen Haufen Post auf dem Boden unter dem Briefschlitz zu identifizieren und festzustellen, dass ich keine Zeit hatte, einen trinken zu gehen, dann lief ich weiter.

Sie befanden sich an einem Ecktisch im hinteren Teil des Pubs. Kennedy, der dunkelhaarige Mann aus der Nachrichtensendung und ein Glas mit etwas, das aussah wie ein doppelter Wodka, obwohl die geschmolzenen Eiswürfel ihn vielleicht einfach voluminöser wirken ließen. Ich glitt auf die Bank neben Chris und kippte die Lemonflasche ins Glas.

»Bin spät dran«, sagte ich. »Tut mir Leid, es war ...« Ich bemerkte, dass Chris leicht zuckte, und erinnerte mich, »... viel Verkehr.«

»Dies ist Detective Sergeant Sam Johnson.«

Wir begrüßten einander. Er war ungefähr Anfang dreißig – braune Augen, kurz geschnittenes braunes Haar, ordentliche Rasur und ein weiterer dieser gutgemeinten Anzüge mit dezenter

Krawatte. Ich beschloss, charmant zu lächeln und ihm für sein Kommen zu danken, und meinte, einen freundlich-spekulativen Blick bemerkt zu haben, also hatte ich wohl richtig gelegen.

Ich lehnte mich zu ihm. »Ich muss mit Ihnen über Annie Kelly sprechen. Wissen Sie schon, wer sie angegriffen hat?«

»Es gibt dafür keine Zeugen«, entgegnete Johnson. »Jemand im Gebäude hörte einen Streit und rief die Polizei, aber weiter sind wir noch nicht gekommen.«

»Was ist mit diesem Freund von ihr – Georgie?«

»Klein Georgie McIntyre?«

Ich schnaubte. Das klang ja wie eine Figur aus einer Glasgower Gangsterserie. »Seinen Nachnamen kenne ich nicht. Er ist ein alter Freund von Annie. Ich glaube, er handelt mit Drogen.« Ich beschloss ihm mitzuteilen, was er wahrscheinlich auch bald aus anderer Quelle erfahren würde, wenn dies nicht schon längst geschehen war. »Ich hab Annie heute im Krankenhaus besucht. Dieser Mann, Georgie, hatte mir etwas Geld für sie mitgegeben.«

Damit hatte ich ihn offenbar geschockt. Als Chris mich fragte: »Was war da?«, klang es äußerst schroff.

»Als ich gestern nach Hause kam, hat er auf der Straße auf mich gewartet. Er drückte mir zweihundert Pfund in die Hand und meinte, ich solle ihr ausrichten, er würde sich mal melden.«

»War das eine Drohung?«

Ich dachte an die Antwort, die ich auf diese Vermutung hin von Annie erhalten hatte, und antwortete, er sei mir nicht sonderlich drohend vorgekommen.

Johnson blieb hartnäckig. »Hat er sonst noch was von sich gegeben? Etwa darüber, wo sie ihn finden könnte oder was er jetzt macht?«

Ich schüttelte den Kopf. »Das war aber auch nicht zu erwarten. Er hat nur gesagt, er sei dabei gewesen, als Annie überfallen wurde, und hätte den Notarzt gerufen.«

Johnson nickte langsam. »Die Polizei wurde von einer Frau informiert, der Notarzt hingegen von einem Mann. Und keiner von beiden hinterließ seinen Namen.«

»Annie hat ihm von mir erzählt. Deshalb brachte er mir das Geld. Er war nicht unfreundlich, nur ein bisschen ungeduldig, als ich nicht allem zustimmte, was er wollte. Aber Annie erwähnte heute Morgen noch einen anderen Namen. Es klang wie ›Andry‹.«

Johnson schwieg einen Moment. »Es gibt ein paar Leute, mit denen sie auch noch gesprochen haben könnte. Schläger vom Balkan. Die meisten Banden kommen von dort.« Er blickte zum Bodensatz seines Biers und dann zu Chris. »Ich fahre jetzt besser zurück aufs Revier und schaue mal, was ich herausfinde.«

Ich hielt ihn zurück. »Als ich Georgie das erste Mal traf, war dieser ›Andry‹ bei ihm. Er ist groß – ein Riese. Außerdem Typ Bodybuilder, um die vierzig, rasierter Schädel, Gesicht mit Stoppelbart, blaue Augen.«

Ich hatte den Eindruck, bei ihm würde was klingeln, aber er erhob sich ohne weiteren Kommentar. »Ich werde das überprüfen. Miss Hoare, wenn Sie diesen Mann noch einmal sehen, rufen Sie mich direkt an. Auch wenn Sie den anderen irgendwo wiedererkennen. Chris wird Ihnen meine Telefonnummer geben. Und übrigens, was den Großen betrifft – wenn es der ist, den ich meine, dann hat er einen sehr schlechten Ruf. Sie sollten sich von ihm fern halten. Aber eigentlich glaube ich nicht, dass die Kerle Sie belästigen werden. Halten Sie nur die Augen offen, vor allem, wenn Sie abends allein ausgehen.«

Auf all das war ich eigentlich auch schon gekommen, aber ich tat so, als sei ich ihm dankbar für den Rat. Er bedachte uns beide mit einem Blick, murmelte eine höfliche Bemerkung und verschwand.

»Noch einen?«, fragte Chris.

Ich erwiderte, eigentlich sei es noch ein wenig früh für mich, aber danke, einen würde ich noch schaffen. Ich hatte noch was zu tun, bevor der Laden geöffnet werden sollte, und das Interessanteste davon war ein überfälliger Besuch beim nächsten Supermarkt; aber ich hatte ihm auch noch einiges über Annie zu erzählen und auch über Barker wollte ich noch etwas erfahren.

Als er von der Bar zurückkehrte, verkündete ich: »Annie kommt vielleicht am Montag raus. Ich hab es so arrangiert, dass ich anrufen und nachfragen kann. Annie meinte zwar, sie würde zu einer Freundin ziehen, aber sie wird noch ihre Sachen aus der Wohnung holen müssen.«

»Hast du noch jemandem davon erzählt?«

»Nein. Aber ich habe Barkers Telefonnummer – Nummern vielmehr. Ich dachte, ich könnte ihr anbieten, sie nach Hause zu fahren. So wie sie aussieht, ist es bestimmt beschwerlich für sie, allein zu gehen, und wenn jemand bei ihr ist, ist es sicherer; vielleicht stimmt sie ja zu. Dann kann ich auch was mit der Polizei arrangieren. Ich würde Barker Bescheid sagen, wenn wir das Krankenhaus verlassen, und ihm die Route durchgeben, und er könnte einen Aufpasser hinterherschicken. Wenn das Muskelpaket auftaucht, können sie ihn sich schnappen oder ihn im schlimmsten Fall vertreiben. Und wenn keiner aufkreuzt, ist auch niemandem geschadet.«

Chris überdachte den Vorschlag. »Vielleicht können sie sich mit der Idee anfreunden, ihn wegen schwerer Körperverletzung zu verhaften.«

»Statt wegen …«

» … irgendetwas, was mit der wirklichen Untersuchung zu tun hat. Aber die Frage bleibt, warum gerade du?«

»Warum nicht ich? Es ist wahrscheinlicher, dass sie sich von mir nach Hause bringen lässt. Und dann muss ich nur mit der Verstärkung in Kontakt bleiben. Wenn sie überhaupt interessiert sind. Es war nur so ein Gedanke.«

»Melde dich nachher bei ihm und hör dir an, was er von dem Plan hält.«

Ich nickte. »Chris, ich möchte mich wirklich mit dir unterhalten, aber wenn ich nicht den Supermarkt aufsuche, bevor ich den Laden öffne, wird es heute bei uns buchstäblich nichts zu essen geben, und dann entzieht mir Barnabas Ben zu seinem eigenen Besten und Mr Spock wird verwildern. Könntest du nicht später noch mal wiederkommen?«

»Wenn es unsere Freundschaft nicht allzu sehr belastet, könnte ich dich begleiten und dir beim Tragen helfen«, bot Chris an.

Ich hob müde die Augenbrauen. »Du wandelndes Klischee«, stöhnte ich. »Fasziniert dich mein High-Society-Lifestyle denn dermaßen?«

Er erwiderte, meine zahlreichen Kontakte zur Polizei ließen mich in den Augen eines bescheidenen kleinen Journalisten wahrhaft glamourös wirken und für jemanden wie mich würde sich nur ein klassischer Jaguar zum Einkaufen eignen. Ich glaube, wir waren wegen der allgemeinen Lage beide reichlich nervös und eventuell auch ein wenig angetrunken.

Wenn ich mich beeile, kann ich innerhalb kürzester Zeit ein ansehnliches Fahrzeug mit Massen von gebackenen Bohnen, Katzenfutter, Milch, Apfelsinen, tiefgefrorenen Pommes frites und Bananen füllen. Als wir den Wagen halbwegs in eine freie Parklücke gequetscht hatten, war mein Laden immer noch geschlossen.

»Ich muss sofort die Tiefkühlkost wegpacken«, japste ich überflüssigerweise, dann beluden wir uns mit den Einkäufen und wankten in die Küche.

»Ich glaube, ich geh jetzt besser. Du sagtest vorhin, da sei noch was?«

Ich überlegte kurz, während ich ein paar Kartons ins Kühlfach warf. »Wegen Johnson: du hast mir noch gar nicht erklärt, warum Barker Bedenken gegen ihn hat. Geht es nur um ihn?«

»Denk dran, dass wir zwei Nervensägen nur einen ganz kleinen Teil des Gesamtbildes ausmachen. Barker schließt mich im Moment mehr oder weniger von allem aus, obwohl wir alte Freunde sind. Aber du hast Recht: Die Polizei vermutet, dass eine Bande von Schleppern schon seit einigen Jahren ein paar Kollegen auf ihrer Gehaltsliste stehen hat. Es wäre von Vorteil, wenn sie die undichte Stelle entdeckten: Aber zum jetzigen Zeitpunkt will man unter allen Umständen verhindern, dass durchsickert, der Yard wüsste von ein paar umgedrehten Beamten in dieser Gegend.

Und was Nina betrifft: Dido, du bist in eine winzige Ecke dieses Bildes gestolpert. Scotland Yard fahndet schon seit zwei Jahren nach dieser Organisation. Soviel ich weiß, gibt es sogar zwei Banden, die eine in King's Cross, die andere irgendwo drüben in Wembley. Beide sind im selben Geschäft: Mädchenhandel, Drogen, illegales Glücksspiel und Geldwäsche. Manchmal, wenn es sich lohnt, arbeiten sie zusammen. Aber es gab auch schon Bandenmorde. Wir sprechen hier von Millionenumsätzen, außerdem von den Kosten, die es verursacht, die Kriminalität zu überwachen und den angerichteten Schaden auszubügeln. Es ist ein internationales Problem und Barkers Leute arbeiten mit der Polizei verschiedener Länder zusammen. Hier in London hat es ein paar kleine Vorfälle gegeben. Manchmal scheinen die Kriminellen Dinge zu wissen, die sie nicht wissen dürften. Deshalb hält sich der innere Zirkel beim Yard zurzeit ganz bedeckt.«

Barker musste Chris erlaubt haben, mir so viel zu verraten. Vielleicht hatte ich aber auch einfach zu wenig mit all dem am Hut. »Ich glaube, ich hab verstanden. Also haben sie nicht speziell wegen Johnson Bedenken?«

»Es kann jeder außerhalb von Barkers Abteilung sein. Mit

größter Sicherheit werden sie sich gefragt haben, ob ich nicht zu viel ausgegraben und mich gegenüber den falschen Leuten verplappert habe. Ich persönlich habe nie den Eindruck gehabt, dass Johnson nicht ganz koscher wäre. Aber das muss nichts bedeuten.«

Ich spürte, dass meine Miene immer finsterer wurde, während er sprach. Ich war froh, dass diese eiskalte Welt nicht die meine war, und wollte das Thema wechseln.

»Chris …«

»Ich muss in die Redaktion. Vor einer Viertelstunde hat die Redaktionskonferenz begonnen und an der sollte ich teilnehmen. Versprich mir, dass du noch heute Nachmittag mit Barker telefonierst.«

Noch ein Punkt für meine Erledigungsliste. »Okay. Wann rufst du …«

»Ich melde mich heute Abend.«

Er wurde unterbrochen, weil es an der Tür läutete.

»Das ist Barnabas. Aber ruf mich auf jeden Fall an.«

»Auf jeden Fall«, bestätigte er. »Sei vorsichtig.«

Ich murmelte so etwas wie, ich sei immer vorsichtig.

»Dido?«

Ich bedeutete ihm, dass ich ganz Ohr war.

»Mir ist nicht wohl bei der Sache. Du hast hier eine schwierige Zeit. Ist das nur Zufall oder gibt es da etwas, was wir noch nicht begriffen haben? Und was das auch sein könnte: Wäre es möglich, dass *du* in irgendeiner Weise bedroht wirst, die wir nicht mitkriegen? Denn hier geht mit Sicherheit einiges vor sich, das wir nicht zu kapieren scheinen. Oder nicht?«

Ich lauschte auf die Geräusche von der Straße. Plötzlich hatte ich das Gefühl, ich befände mich in einer dunklen Kiste, um mich herum nur Finsternis und lauernde Tiere. Ich schüttelte mich: *Aufhören!*

»Willst du damit andeuten, jemand hätte es auf *mich* abgesehen? Das wäre ja verrückt. Nein, natürlich ist alles nur Zufall, Pech – was auch immer.«

»Natürlich«, bestätigte er langsam. »Wie auch immer – sei vorsichtig.«

Kapitel 27

Knifflige Angelegenheiten

Um die Mittagszeit strömten die Kunden nur so in den Laden. Am frühen Nachmittag wurden sie spärlicher, wodurch Barnabas und ich die Möglichkeit hatten, uns ins Büro zu setzen und Informationen auszutauschen sowie die neuen Kataloge zwischen uns aufzuteilen und den Papierkram des Tages zu erledigen. Das Ganze lief mehr oder weniger darauf hinaus, dass ich mich dafür entschuldigte, ihn nicht minütlich auf dem Laufenden gehalten zu haben.

»Und wenn du dir ein Handy zulegen würdest …?«, schlug ich zögernd vor.

»Lächerlich. Ich muss niemanden davon in Kenntnis setzen, dass ich mich jetzt im Bus befinde. Ich möchte auch keine Klingeltöne runterladen, Videospiele spielen oder SMSse mit meinem Vorschulkollegen austauschen.«

Fast wäre mir herausgerutscht: »Aber überleg mal, du wüsstest ständig, wo ich bin.« Doch mich schauderte. Ich sollte nicht mal im Traum daran denken, seine Technophobie zu heilen. Außerdem gilt das technische Talent meines Vaters den Handschriften der elisabethanischen Ära und was ist daran auszusetzen?

Es herrschte etwa fünf Minuten Stille, in der mein Vater die Seiten des neuen Katalogs von Bernard Davies überflog. Am Ende platzierte er ihn ordentlich neben seiner rechten Hand.

»Hier drin ist ein Exemplar von Hogarths *Five Days Peregrination,* das interessant klingt und recht preisgünstig zu sein scheint. Da sollte ich wohl gleich mal anrufen. Da fällt mir ein, dass du mir noch gar nichts von gestern erzählt hast. Du wolltest mir, glaube ich, etwas zeigen. Warst du bei Crow Hall Books? Was ist passiert?«

Passiert war natürlich, dass ich unter dem Druck der Ereignisse das Buch im Aktenschrank versteckt und dann vergessen hatte. »Sie hatten es noch. Ich hab's mir angesehen, es war tatsächlich das Exemplar von dem alten Lewis. Als ich nachfragte, woher sie es denn hätten, hat Mrs Lane ihr Hauptbuch durchgeblättert und einen Namen gefunden, der mir nichts sagte: John Brown. Ihr Mann hat eine Weile nachgedacht und dann gemeint, er würde sich erinnern, dass der Mann Anfang der Woche aufgetaucht sei und behauptet habe, das Buch hätte seiner Mutter gehört, aber das war auch schon alles. Der Mann war mittleren Alters, ordentlich gekleidet, ganz normal – also kein Buchagent oder Ähnliches. Barnabas, es ist das Exemplar des alten Mannes.«

»Aber offenbar hat der alte Mann es nicht verkauft.«

»Wer auch immer es war, er hatte nichts Auffallendes an sich. Sie fanden ihn weder verrückt noch vergesslich und er habe ganz sicher auch keine Wolldecke getragen.«

Mittlerweile hatte ich das Paket aus dem Schrank geholt, das Buch ausgepackt und meinem Vater gereicht. Er schlug es vorsichtig auf, blätterte ein paar Seiten um und hielt bei der Abbildung einer weißen Rose mit zart geäderten Blättern und rosigen Blütenrändern inne. »Bist du sicher, dass es dasselbe Exemplar ist?«

»Siehst du den alten Namenszug auf dem Vorsatzblatt? Der ist mir aufgefallen, als mir der alte Lewis das Buch zeigte.«

»Hmm.«

»John Brown könnte es ehrlich erworben haben. Oder vielleicht nicht gerade ehrlich, aber er könnte es schon von Lewis erworben haben.«

»Was hast du ihnen erzählt?«

»Dass das Buch sich noch vor zwei Monaten im Besitz eines alten Mannes befand, dessen Geisteszustand nicht ganz stabil gewesen sei und der es ganz gewiss nicht habe verkaufen wollen. Was zu dem wahrscheinlichen Schluss führe, es sei ihm gestohlen worden.«

»Warum ist es jetzt hier?«

»Wir berieten, was zu tun sei, und ich wies darauf hin, dass ich es vor ein paar Tagen bei der American Booksellers Association und der Provincial Booksellers Fairs Association als vermisst gemeldet hätte. Meine Anfrage sei daraufhin weiterverbreitet worden. Die Lanes sind ebenfalls Mitglieder in der PBFA. Zum Schluss bot ich ihnen an, es mitzunehmen und zu sehen, ob ich der Sache auf den Grund gehen kann; und Mr Lane versprach, er würde sich mit Brown in Verbindung setzen – er hatte beim Kauf des Buches natürlich seine Adresse aufgenommen – und ihn bitten, einen Herkunftsnachweis für dieses Buch zu erbringen.«

»Ah«, merkte mein Vater an.

»Was soll das heißen?«

»Als ich ankam, war eine Nachricht auf dem Anrufbeantworter. Jetzt verstehe ich, was sie zu bedeuten hat. Ich hab mir auf irgendeinem Zettel hier eine Notiz gemacht. Der Anrufer nannte sich ›Jeremy‹. Er sagte nur: ›Die Adresse ist falsch.‹ Hier, er hat seine Nummer hinterlassen.«

Ich zuckte die Achseln. »Alles klar.« Darüber sollte ich mir wohl besser ein paar Gedanken machen. Ich hatte jetzt die beiden kostbarsten Habseligkeiten von Harry Lewis in meinem Besitz und vielleicht sollte ich den Versuch unternehmen, ihm das mitzuteilen. Ein schönes Buch. Ein komischer Affe. Beide waren hier bei mir in Sicherheit und warteten darauf, dass er sie abholen kam – wenn er konnte, wenn er durfte …

Ich wusste nicht, wozu es gut sein sollte, aber erneut verspürte ich das unbedingte Bedürfnis, den alten Mann, wo auch immer er sein mochte, zu besuchen. Mit ihm zu sprechen. Herauszufinden, wer sich um ihn kümmerte, wie seine Prognose lautete, was man mit ihm vorhatte. Für all dies hatte ich wirklich keine Zeit und ich wusste auch nicht, wo ich ansetzen sollte.

Oder doch: bei Laura Smiley.

»Barnabas, ich muss wahrscheinlich noch mal kurz weg. Hast du was dagegen?«

Er behauptete, er hätte rein gar nichts dagegen.

»Wenn ich wegmuss, dann gehe ich gleich«, beschloss ich. »Ich muss nur noch jemanden anrufen. Und ich mach mir vorher schnell ein Sandwich. Möchtest du auch etwas?«

»Mr Stanley hat ein Mittagessen gekocht, bevor ich aufbrach«, erwiderte Barnabas.

Ich erkundigte mich, ob Ernie jetzt dort sei, und erfuhr, dass er just in dem Augenblick aus dem Bus gesprungen war, als Barnabas einstieg. Das bedeutete: zwei Telefonate zu erledigen.

Oben in der Küche legte ich etwas Käse und Essiggemüse zwischen zwei frische Scheiben Brot und lief kauend ins Wohnzimmer. Zuerst das Einfache: Ich wählte Ernies Handynummer.

»Hey, Dido«, begrüßte er mich fröhlich.

»Hey, Ernie«, gab ich zurück. Ich muss zugeben, dass meine Begrüßung es mit seiner frischfröhlichen nicht aufnehmen konnte. »Ist alles in Ordnung bei euch? Wie geht es ihr?«

Mir wurde versichert, es sei alles in Ordnung, Nina schliefe momentan friedlich und sei möglicherweise über das Schlimmste hinweg, Mr Stanley wirke, als ginge es ihm gut, und der Affe sei immer noch nervös, sobald Ernie sich in seine Nähe wage. »Ich schätze, ihm gefällt einfach mein Anblick nicht«, gestand Ernie traurig. Ich verabschiedete mich, bevor er fragen konnte, ob er mich an seinen Gastgeber weiterreichen solle.

Dann rief ich auf dem Polizeirevier an. Sergeant Smiley klang, als würde sie genau wie ich ihr Mittagessen am Schreibtisch einnehmen. Ich betrieb ganz kurz höfliche Konversation, holte dann tief Luft und sprach sie auf den alten Mann an.

»Er macht Fortschritte«, antwortete sie. Ihr Ton legte nahe, dass sie ebenfalls einige Dinge von mir wissen wollte.

»Ich muss mich mit Ihnen über Mr Lewis unterhalten. Dürfte ich Sie kurz aufsuchen?«

»Ist denn etwas passiert, Miss Hoare?«

»In gewisser Weise schon«, erklärte ich und beließ es dabei, um ihre Aufmerksamkeit zu gewinnen. Es funktionierte.

»Ich habe jetzt gerade eine halbe Stunde Zeit«, sagte sie und wir verabredeten uns am Hintereingang des Polizeigebäudes. Ich winkte Barnabas zu, als ich an der Ladentür vorbeirauschte, kletterte in meinen MPV – der diesmal keinen Strafzettel aufwies – und entfernte ihn aus seiner fragwürdigen Position.

Ich brauchte knapp zehn Minuten bis zum Revier, aber wie versprochen wartete DS Smiley auf mich.

»Ich habe gerade Mittagspause«, sagte sie. »Könnten wir irgendwo hingehen und uns einen anständigen Kaffee gönnen oder möchten Sie etwas Offizielleres von mir?«

Ich erklärte, inoffiziell sei schon in Ordnung, dann schritten wir hinaus in den trüben Nachmittag, überquerten die Straße und liefen einen Block südwärts, wo ein kleines Lokal eine Ecke der Hauptstraße einnahm. Es war genau zwischen Lunch- und Dinnerzeit, daher fanden wir problemlos einen Tisch im hinteren Teil. Sogar Cappuccino wurde hier serviert. Aber wir befanden uns ja auch im trendigen Islington.

Kapitel 28

Finger

Man hatte Lewis in einem Heim auf der Straße zwischen Crouch End und Muswell Hill untergebracht. Wenn es eine Möglichkeit gab, rasch dorthin zu gelangen, so war sie weder Smiley noch mir bekannt. Erst um kurz nach halb sieben kamen wir im Vorhof eines niedrigen, langgestreckten Gebäudes an, der von Bäumen und dichtem Gebüsch umsäumt war.

Es war nicht hell genug, um erkennen zu können, ob Smiley ebenso angenervt war wie ich, aber ihre ersten Worte lauteten: »Es wäre mir lieb, wenn wir uns beeilten. Mein Mann macht zwar den Kindern etwas zu essen, aber ich möchte trotzdem so früh wie möglich heim.«

Irgendwie hatte ich den Wunsch, nach Hause zu den Kindern zu wollen, nie mit Arbeit bei der Polizei in Verbindung gebracht. Jetzt sah ich ein, dass das ziemlich albern von mir gewesen war, und sortierte alle Polizeibeamtinnen auf der Stelle in die Kategorie »berufstätige Mütter« ein. Ich nutzte die Gelegenheit zu bemerken, dass ich ebenfalls einen kleinen Jungen hätte, dessen Großvater sich gerade freundlicherweise um ihn kümmerte. Auf dieser Basis traten wir forsch durch den Haupteingang, präsentierten eine Polizeimarke, als wir an der Empfangstheke vorbeieilten, und strebten, ohne Halt zu machen, einen langen, voll gestopften Korridor entlang zum hinteren Teil des Gebäudes. Smiley kannte sich ganz offensichtlich gut aus.

»Sie sind doch bestimmt nicht zum ersten Mal hier«, bemerkte ich beiläufig.

»Ich komme fast jeden Tag vorbei. Ich soll versuchen, ihn zum Reden zu bringen, um noch mehr über den Vorfall zu erfahren. Aber er erinnert sich an gar nichts.«

Ich verpasste eine Stufe, fing mich aber wieder. »Und wann haben Sie ihn zuletzt besucht? Hat er da mit Ihnen gesprochen? Wie ist sein Geisteszustand?«

Sie stieß die Schwingtür auf, ohne das Tempo zu drosseln, und antwortete: »Der variiert. Gestern war er für kurze Zeit fast normal, dann wurde sein Blick glasig und ging ins Leere. Ich frage mich, wie er auf Sie reagieren wird.«

Das fragte ich mich allerdings auch.

Wir trafen den alten Mann allein in einem Doppelzimmer im hinteren Teil des Gebäudes an, reglos saß er in einem Stuhl mit hoher Rückenlehne neben einem der Betten. Zuerst hielt ich ihn für den Zimmernachbarn; aber als ich genauer hinschaute, erkannte ich, dass der Mann mit dem ordentlich gekämmten, grauen Haar, dem glatt rasierten Gesicht, dem gestreiften Pyjama und dem karierten Morgenrock in Wahrheit mein verrückter, alter Harry Lewis war. Er trug eine Halskrause und seine rechte Hand steckte in einer Art Metallrahmen. Offenbar hatte er sich die Finger gebrochen. Er beachtete uns nicht.

Smiley machte leise einen Schritt nach vorn und neigte sich zu ihm. »Mr Lewis? Guten Abend, Mr Lewis. Hier ist Laura. Wie geht es Ihnen heute?«

Ich hielt mich im Hintergrund und verfolgte das Geschehen. Der alte Mann sah kurz zu ihr hoch und wandte dann den Blick ab. Er schien etwas auf seinem Nachtschränkchen zu betrachten. Sein Blick war so konzentriert, dass ich für einen kurzen Augenblick glaubte, er würde ein Insekt beobachten, das über die blankgescheuerte Oberfläche kroch.

Dann trat ich ebenfalls leise näher. Seine Augen suchten flackernd mein Gesicht und ich lächelte ihn freundlich an. »Ich wollte Sie auch einmal besuchen.« Etwas blitzte erneut auf und ich musste unwillkürlich an den Affen denken – an den Tag, als ich das Tier fangen wollte und lernen musste, mich ihm behutsam, ohne direkten Blickkontakt zu nähern. Ich hatte das Gefühl, Lewis könnte jede Sekunde mit wildem Kreischen aufspringen und versuchen zu fliehen.

Als ich fast sein Bett erreicht hatte, krächzte er: »Der Buchladen. Sie sind vom Buchladen.«

Ich hörte Smiley seufzen.

»Das ist richtig.« Ich hielt meine Stimme in einem schwebenden Singsang. »Ich freue mich, dass es Ihnen heute besser geht.«

Aber er hatte schon das Interesse verloren. Er wiederholte: »Im Buchladen«, und blickte weg.

Ich musste es ihm ganz leicht machen. Ich drehte mich um, entdeckte einen zweiten Stuhl an der Wand und trug ihn zum Fußende des Bettes – nicht zu nah, aber doch ihm zugewandt. Dann setzte ich mich, wartete und bemerkte, dass Laura Smiley langsam auf die andere Seite des Zimmers schlich.

Lewis bedachte mich erneut mit einem raschen Blick unter seinen struppigen Augenbrauen. »Ich bin weggegangen.«

Ich nickte. »Als Sie weggegangen sind, haben Sie etwas bei mir vergessen.« Er runzelte kurz die Stirn. »Erinnern Sie sich noch an Ihren Rucksack? Und den Schlafsack? Die haben Sie in meinem Müllcontainer gelassen. Aber es ist alles in Sicherheit. Sie können die Sachen jederzeit zurückhaben.« Nicht, dass ich sie jetzt bei mir hatte, aber Smiley konnte sie ihm bestimmt wiederbeschaffen – das heißt, wenn er sie überhaupt noch brauchen sollte.

Er nickte, neigte den Kopf vor und schloss die Augen, als sei er plötzlich eingeschlafen.

»Was wird mit ihm?«, fragte ich Smiley mit gedämpfter Stimme.

»Man wird ihn nächste Woche auf seinen körperlichen Zustand testen.«

Auf seinen geistigen Zustand wohl ebenfalls.

»Wenn alles in Ordnung ist, werden wir für ihn einen Platz suchen müssen, wo er bleiben kann. Ich werde jemanden beauftragen …« Sie brach plötzlich ab und tastete in der Seitentasche ihrer Jacke herum. »Da will mich jemand erreichen.« Das Handy, das sie hervorholte, klingelte nicht, vermutlich war es stummgeschaltet, denn sie drückte einen Knopf und studierte ihr Display. »Es ist etwas passiert. Ich muss mal kurz raus. Kommen Sie klar? Ich bin in einer Minute zurück.«

Ich nickte, ohne die Augen von Lewis zu wenden, der nicht auf ihren Abgang reagierte. »Ich gehe noch nicht«, sagte ich zu ihm. »Ich muss Ihnen noch etwas zeigen. Ich will nur kurz nachschauen, ob alles in Ordnung ist.«

Und wieder bewegte ich mich ganz vorsichtig. Kaum hatte ich die Tür erreicht, als ich DS Smiley durch das kleine Glasfenster auf mich zulaufen sah. Ich huschte hinaus und zog die Tür zu. Als ich ihr Gesicht bemerkte, eilte ich ihr entgegen.

»Ich muss weg.« Sie war außer Atem – offenbar war sie den ganzen Weg vom Haupteingang gerannt. »Sie kommen bestimmt allein zurecht. Er ist heute Abend gut in Form – vielleicht redet er ja mit Ihnen. Hören Sie: Wenn Sie mit mir darüber sprechen wollen, was mit ihm geschehen wird, dann rufen Sie mich morgen früh an. Ich darf jetzt keine Zeit verlieren.«

Aber sie rührte sich nicht.

»Was ist los?«

Anscheinend musste sie sich zu etwas durchringen. »Es ist wieder was aufgetaucht. Eine Hand in einer Plastiktüte. Die Kollegen gehen davon aus, dass es dieselbe ist. Ich meine, von derselben Leiche. Jemand hat die Tüte am Geländer eines Hauses am nördlichen Ende der George Street entdeckt.«

Wir blickten uns an. In meiner Straße. Sie vollführte eine kleine Handbewegung, drehte sich dann um und stürmte los.

Ich blieb, wo ich war. Nicht unsichtbar, nicht versteckt, sondern an einem Geländer, schaukelnd im Wind. Jedem, der vorbeikam, zuwinkend. Ein Fingerzeig für jedermann: Seht, hier bin ich wieder und ihr könnt nichts dagegen tun.

Mein erster Impuls war, ihr zum Parkplatz nachzujagen, aber ich hatte noch etwas vor und das musste ich erledigen, bevor ich das Heim verließ.

Ich wartete, bis meine Atmung sich wieder beruhigt hatte, dann schlich ich zurück ins Zimmer. Mr Lewis wartete auf mich. Ich trat langsam zu ihm und setzte mich auf den Rand des Bettes, direkt neben ihn.

»Ich muss jetzt nach Hause«, erklärte ich, »aber ich komme zurück, versprochen. Ich hab übrigens noch was für Sie. Ein Bild.« Es steckte schon seit geraumer Zeit in meiner Tasche: einer der Schnappschüsse von dem Affen, die ich für mich behalten hatte. Ich legte ihm das Foto in seine gesunde Hand: der Affe im Käfig, die Blumenvorhänge, das Fenster ... zuerst dachte ich, er würde ihn nicht erkennen, aber als ich aufstand, bemerkte ich, wie seine Finger sich darumschlossen. »Er ist in Sicherheit«, fügte ich hinzu. »Es geht ihm gut.«

Er antwortete nicht, also nahm ich meinen Mantel, schritt hinaus und warf ihm von der Tür noch einen letzten Blick zu. Er hatte sich nicht gerührt.

Ich nehme an, manchmal bin ich ein bisschen langsam. Vordergründig betrachtet zerbrach ich mir während des ganzen Heimwegs den Kopf über Lewis; aber insgeheim machte ich mir viel mehr Sorgen darüber, was mich wohl in meiner Straße erwarten würde. Kaum war ich um die Ecke gebogen, fiel mir schon der Betrieb am hinteren Ende der Straße ins Auge: Autos, ein Blaulicht, dunkle Gestalten, die sich hin und her bewegten. Vermutlich war DS Smiley eine davon. Ein paar Leute strömten auf die Szene zu: das Publikum der heutigen Show. Ich parkte auf der gelben Linie vor dem Laden und war schon an meiner Haustür, bevor mir etwas einfiel. Während der Fahrt hatte ich über den Tag nachgedacht, als Lewis das Ding gefunden hatte, mit dem alles anfing, wobei ich mich aber bemüht hatte, mir nicht den kurzen Blick auf die Hand der Toten ins Gedächtnis zu rufen; und meine Erinnerung war schließlich dahin gedriftet, wo ich ihn zurückgelassen hatte: sauber und warm auf einem Stuhl neben dem gemachten Bett. Von seinem Standpunkt aus kam mir das wie kein schlechter Tausch vor und seine körperliche Verfassung schien ja auch in Ordnung zu sein.

Aber die gebrochenen Finger: Plötzlich drängte sich mir die Frage auf, wie das wohl passiert sein mochte. Brachen einem die Finger, wenn man von einem Wagen angefahren wurde? Das kam mir nicht schlüssig vor Gut, auszuschließen war es wahrscheinlich nicht. Wenn er durch den Aufprall durch die Luft geworfen worden war, könnte er eine Hand ausgestreckt haben, um den Fall abzubremsen. Oder hatte er etwa versucht, ein vorbeirasendes Auto von sich wegzustoßen? Schon möglich. Das wäre zumindest denkbar. Plötzlich jedoch schoss mir das Bild in den Kopf, wie Harry Lewis festgehalten wurde, und bedroht und misshandelt. Wie jemand ihn packte, auf ihn einprügelte, ihm die Finger zurückbog und befahl: »*Gib mir …*« oder *Sag mir …*« Wahrscheinlich hatte ich so was mal in einem Gangsterfilm gesehen. Mit Vinnie Jones als Bösen. Schon möglich, dass ich einfach zu viel vor dem Fernseher hockte.

Schmerz.

Schmerz.

Kapitel 29

Große Sorge

»Und bitte – wenn ich euch mal aushelfen kann, jederzeit.« Ich beugte mich nach unten, gab Ben einen Kuss auf die Nase, lächelte Jean Smith an, deren Sohn Mike mit Ben in den Kindergarten ging, und verabschiedete mich. Es war nicht das erste Mal, dass Ben Mike besuchte, weil mein Terminkalender einfach zu voll war. Mike war zwar ebenfalls schon ein-, zweimal bei uns gewesen, aber bei mir schien es öfter Notfälle zu geben als bei Familie Smith. Da musste ich mir wohl was einfallen lassen: vielleicht mal einen Sonntag im Zoo, wenn es nicht mehr so kalt und feucht war.

Ich winkte den dreien auf der Türschwelle zu, warf einen verdrießlichen Blick auf die dichte Wolkendecke und flüchtete zum Van, um einen erneuten Versuch zu starten, DS Smiley ans Telefon zu bekommen. Sie war den ganzen Morgen nicht erreichbar gewesen. Und das hatte sich noch nicht geändert. Ich hinterließ eine weitere höfliche Nachricht, schaltete auf Stand-by und fuhr Richtung George Street.

Ich stand gerade auf halbem Wege vor einer Ampel, als mein Handy klingelte. Ich registrierte mit Interesse, dass ich, als ich das Gerät einschaltete, beinahe ängstlich zusammenschrumpfte: Vielleicht setzte mir das alles langsam ein bisschen zu.

»Miss Hoare? Ich habe gerade erst Ihre Nachrichten abgehört. Es tut mir Leid, dass ich Sie gestern so zurücklassen musste. Und ich hatte auch noch keine Zeit, die Pflegeeinrichtung anzurufen. Sobald ich eine freie Minute habe, erledige ich das und sorge dafür, dass Sie auf die Besucherliste gesetzt werden. In Ordnung? Kann ich Sie unter dieser Nummer erreichen, wenn es ein Problem gibt?«

Doch anstatt ihr direkt darauf zu antworten, sagte ich: »Ich bin auf dem Weg zurück zum Laden. Vorhin hatte ich den Eindruck, als wären Sie für heute in der George Street fertig?«

»Wir haben die Untersuchung gestern Abend schon abgeschlossen«, erwiderte sie. Ihre Stimme klang verbittert. »Da gab's nicht viel zu tun.«

»Und die Hand hing da wirklich in einer Tüte am Geländer?«

»Schön außerhalb der Reichweite kleiner Kinder.« An ihrem Ton gab's jetzt nichts mehr zu deuteln.

»Aber warum?« Ich hatte das gar nicht fragen wollen; es brach förmlich aus mir heraus.

»Erklären Sie's mir. Jemand führt uns an der Nase herum.«

»Und ist das jetzt alles? Ich meine – ist es vorbei? Haben Sie die ganze Leiche?«

Schweigen.

Es gab nichts, womit ich meine Frage hätte rechtfertigen können, also versuchte ich es erst gar nicht. Als die Stille eine Weile zwischen uns angehalten hatte, entgegnete Smiley: »Den größten Teil.«

»Also macht da jemand mit Absicht …« Ja, so war es. Genau das hatte sie gemeint. Ich dankte ihr für ihre Hilfe.

Das Gespräch hatte mich auf eine Idee gebracht. Ich machte einen kleinen Umweg und näherte mich von Norden der George Street, um an dem fraglichen Geländer vorbeizufahren. Die Mühe hätte ich mir allerdings sparen können. Ich erhaschte einen raschen Blick von zwei, drei Leuten, die an der Ecke standen und wahrscheinlich miteinander tratschten, aber von einem kriminaltechnisch untersuchten Fundort war nicht viel zu erkennen. Als ich Nummer 21 passierte, trat ein Mann aus dem Tor, den ich nicht kannte. Mrs Acker war mir übrigens schon seit ein paar Tagen nicht mehr über den Weg gelaufen.

Wir sollten um elf öffnen und bis dahin hatte ich noch was zu tun. Ich war mir ziemlich sicher, dass Barnabas nicht auftauchen würde. Das war das andere Problem, was an diesem Morgen auf mir lastete. Er hatte mich sehr früh angerufen, als ich noch oben in der Wohnung war. Im Hintergrund war es ziemlich laut gewesen. Zuerst hatte ich gedacht, das Kreischen stamme vom Affen, aber Barnabas klärte mich über die Geräuschquelle auf. Ernie hatte sich schließlich eingeschaltet und gemeint, das käme nicht unerwartet und die nächsten Tage würden hart für Nina und ihre ganze Umgebung werden. Mr Stanley könne das unmöglich allein überlassen werden. Also hieß das, Barnabas und Ernie würden sich bis auf weiteres ablösen. Daher die überstürzten Anrufe bei sämtlichen Freunden und Verwandten. Nun, da Ben versorgt war, zumindest für den heutigen Tag, konnte ich mich endlich darauf konzentrieren, die nächsten acht Stunden zu überstehen. Es hatte den Anschein, als würde ich fast jedem in meinem Umkreis eine Menge Zeit schulden.

Ich schloss ohne große Begeisterung die Ladentür auf, hob die Morgenpost von der Fußmatte und warf sie auf den Schreibtisch, ohne sie eines Blickes zu würdigen. Dann machte ich mich daran, Bücher einzuordnen, abzustauben und eine Unmenge an Müll zu entsorgen. Der Fußboden musste auch mal dringend geschrubbt werden. Vielleicht am Montag. Um Punkt elf Uhr versteckte ich drei schmutzige Kaffeebecher im Abfalleimer und öffnete den Laden.

Irgendwie muss ich wohl alles gemanagt haben, denn im Geschäft herrschte den ganzen Tag ein einziges Kommen und Gehen und keiner der Kunden packte mich an den Schultern und schüttelte mich oder wich mit ängstlichem Blick vor mir zurück.

Die Kreditkartenbelege und Schecks, die sich am Ende des Tages in der Schublade türmten, bezeugten, dass ich eine Menge Bücher und Drucke verkauft hatte, auch wenn ich mich kaum an Einzelheiten erinnern konnte.

Die Dinge beruhigten sich gerade, als Ernie hereinschneite. Ich bemerkte ihn, entzog mich einem kleinen Plausch über die Wahrscheinlichkeit einer weißen Weihnacht und umschlich den Mittelgang, um ihn abzufangen.

»Was ist los?«

Er grinste mich an. »Alles in Ordnung. Sie schläft, also meinte der Professor, ich könne mal eine Stunde vorbeischauen und helfen, bis du schließt. Was soll ich tun?«

Ich packte ihn am Arm und zog ihn ins Büro. »Könntest du ganz übernehmen? Ich habe noch nichts gegessen und ich möchte mal kurz die Straße rauf. Mrs Acker hätte heute in den Laden kommen sollen, aber sie ist bis jetzt nicht aufgekreuzt. Ich hoffe, bei ihr ist alles in Ordnung. Ich bin ganz sicher in ein paar Minuten zurück.«

Er nickte entschlossen, warf Jacke und Tasche auf den Packtisch und machte sich daran, durch die Gänge zu patrouillieren. Ich schlüpfte in meine eigene Jacke, vergewisserte mich, dass sich der Schlüsselbund in meiner Tasche befand, und rannte los, mit dem Gedanken schon beim Essen. Ich hatte den ganzen Tag nicht daran gedacht. Ich stapfte zum Zeitungshändler, um mir etwas Zartbitterschokolade und einen Notfallriegel namens Break Bar (eigentlich als kleine Mahlzeit zwischen Frühstück und Mittagessen gedacht) zu holen, dann kehrte ich eifrig kauend zur George Street zurück.

Ich wollte noch eben Mrs Acker aufsuchen. Ich hatte damit gerechnet, dass sie heute auftauchte, um mir die nächsten fünf Pfund zu zahlen, denn ich hatte sie als den obsessiven Typus verbucht, der so eine Verabredung nur dann nicht einhielt, wenn er bereits auf dem Sterbebett lag. Meine wenigen freien Sekunden dieses Tages hatte ich damit verbracht, zur Tür zu schlendern und einen Blick die Straße rauf und runter zu werfen. Ständig hatte ich mir versichert, dass ich sie wahrscheinlich einfach übersehen hatte. Dann war ich darauf verfallen, dass sie vielleicht keine Zeit hätte zu kommen, wegen Weihnachten und all dem. Oder etwas vollkommen Harmloses sei dazwischen geraten und sie würde stattdessen morgen ihre Anzahlung leisten. Ich wiederholte mir diese Argumente, während ich das Schokoladenpapier in meine Tasche stopfte, die Verpackung des Müsliriegels aufriss, einen großen Bissen Puffreis mit Honig abbiss und mühsam darauf herumkaute.

Im oberen Stockwerk von Nummer 21 schien an diesem Abend ein schwaches Licht, aber ansonsten war kein weiteres Lebenszeichen zu entdecken. Ich straffte die Schultern, stieß das quietschende Gartentor auf und marschierte den Weg zur Tür hinauf. Als ich die Klingel betätigte, hörte ich es deutlich im Treppenhaus läuten, aber da war ich wohl die Einzige. Ich klingelte ein zweites und dann ein drittes Mal. Nach einer Weile stieg ich die Treppe wieder hinunter, drehte mich um und musterte erneut die stille Fassade des Hauses. Das Licht von eben brannte noch, aber sollte irgendjemand am Fenster stehen, so konnte ich ihn nicht erkennen. Ich spazierte wieder zum Bürgersteig und zurück nach Hause, wobei ich alle paar Schritte einen Blick über die Schulter warf. Irgendwas stimmte nicht mit der Frau, aber ich konnte nichts weiter tun.

Letzten Endes schüttelte ich mich innerlich und befahl mir, sofort mit diesem Unsinn aufzuhören. Mrs Acker hatte vergessen, dass sie kommen wollte, und es konnte ein Dutzend simpler Gründe geben, warum sie auf mein Klingeln hin nicht reagiert hatte. Es blieb mir nichts anderes übrig, als es später noch einmal zu versuchen.

Aber das war gar nicht nötig. Um Punkt halb sieben läutete das Telefon, gerade, als der letzte Kunde verschwunden war und ich Ernie noch erklärte, dass er, egal ob er nun am Crouch Hill oder im Laden sei, für mich arbeitete, weshalb ich ihm auch mehr Geld gegeben hatte, als er erwartete. Und das entsprach meiner ehrlichen Überzeugung.

Ich hoffte, dass der Anrufer kein weiterer Kunde war; noch mehr aber hoffte ich, dass es nicht Barnabas war, der mich über die Prüfungen des Tages am Crouch Hill in Kenntnis setzen wollte. Aber die Stimme am anderen Ende der Leitung gehörte, obwohl tonlos und ein bisschen schwach, eindeutig Mrs Acker. Mittlerweile war ich jedoch zu erschöpft, um noch etwas anderes herauszubringen als ein mattes: »Oh. Kann ich Ihnen helfen?«

»Sie wissen ja, dass ich heute im Laden vorbeikommen wollte, aber vielleicht haben Sie bemerkt ... Ich hatte sehr viel zu tun. Mr Acker ist gerade gegangen, daher wollte ich mich jetzt auf den Weg machen, aber es tut mir sehr Leid, ich war noch nicht am Geldautomaten und musste soeben feststellen, dass ich überhaupt kein Geld im Hause habe. Ist morgen auch in Ordnung, oder Montag?«

Also hatte sie mich vermutlich doch an der Tür gesehen. Ich riss mich zusammen und erklärte, sie solle sich keine Sorgen machen, es sei nicht so wichtig, es würde mich gar nicht stören. Immer diese Lügen.

»Ich schaue morgen Nachmittag vorbei«, versprach sie. Sie klang so erschöpft, wie ich mich fühlte.

Ernie runzelte die Stirn, als ich auflegte, und fragte, was denn los sei. Als ich zugab, ich sei so müde, dass ich mich kaum noch auf den Beinen halten könne, bot er mir an, Ben abzuholen. Ich hätte ihn küssen können. Stattdessen akzeptierte ich mit Würde sein Angebot, schloss den Laden ab, kroch nach oben, und als die beiden zurückkamen, hatte ich ein großartiges Festessen aus gebackenen Bohnen und Fritten für uns drei gezaubert. Irgendwann verabschiedete sich Ernie, Ben wurde ins Bett gepackt und ich legte mich für einen kurzen Augenblick auf meine Steppdecke und fiel von einer Klippe in schwarze Bewusstlosigkeit.

Als ich aufwachte, war es dunkel, nichts Ungewöhnliches zu dieser Jahreszeit, aber die Stille draußen deutete darauf hin, dass es sehr früh am Morgen war. Ich spähte verschlafen auf den Wecker: noch nicht mal sechs Uhr. Für einen Sonntag zu früh, um aufzustehen. Dann bemerkte ich, dass ich immer noch in meinen Kleidern steckte, und begann mit dem Gedanken zu spielen, ob ich mir nicht das Gesicht waschen und mich umziehen sollte, während der Kaffee durchlief. Diesen Aktionsplan wog ich noch ein bisschen länger ab, und gerade, als ich es geschafft hatte, mich aufrecht hinzusetzen, drang ein unangenehmes Geräusch an mein Ohr: Ein Wagen hatte draußen auf der Straße scharf gebremst und laute Stimmen ertönten auf einmal. Etwas an ihnen erinnerte mich an Andry und Klein Georgie, daher schlich ich aus dem Zimmer, schloss leise die Tür hinter mir und rannte zum vorderen Fenster.

Unten entdeckte ich Scheinwerfer: Ein unbekannter Wagen stand mitten auf der Straße und daneben ein Mann – der eigentlich nicht stand, sondern eher torkelte – mit der Hand an der Fahrertür. Als er sich aufrichtete und einen Schritt zurück schwankte, fiel das Licht der Laterne auf Mr Ackers Gesicht. PC Kenneth Acker war ganz offensichtlich schwer angeschlagen. Er fischte eine Hand voll Münzen aus seiner Tasche und schleuderte sie auf den Wagen. Klirrend landeten sie auf Windschutzscheibe und Motorhaube und rollten dann auf die Straße. Er sprach etwas mit lauter, harter Stimme. Ich schob mein Fenster gerade noch rechtzeitig hoch, um das Ende zu hören: »… ist alles, verpiss dich!« Die Fahrertür wurde aufgedrückt. Acker wich einen Schritt zurück und trat sie wieder zu. Dann drehte er sich um und stapfte schwerfällig davon. Man konnte erkennen, dass er auf Streit aus war und sich nur mühsam zusammenriss. Er verschwand aus meinem Sichtfeld, allerdings nicht seinem Haus entgegen, sondern in die andere Richtung. Vielleicht wollte er sich noch ein wenig beruhigen, bevor er heimkehrte. Vielleicht sollte der Fahrer auch nicht herausfinden, wo er wohnte.

Nach einem Augenblick sprang die Fahrertür wieder auf und ein Mann mit einem länglichen, dunkelhäutigen Gesicht, wahrscheinlich ein Asiate, stieg aus. Er bückte sich, betrachtete prüfend seine Tür und fluchte laut vor sich hin. Ich fragte mich, was passieren würde, wenn ich mich aus dem Fenster lehnte und schrie: »Seien Sie vorsichtig! Dieser Mann ist Polizist!« Kindisch.

Der Taxifahrer – denn etwas anderes konnte er nicht sein – fing an, die Münzen aufzuheben. Er griff unter die vordere Stoßstange, verfolgte ihre Spur über die Straße, suchte beide Rinnsteine ab. Schließlich verharrte er unter der Laterne und zählte, was er gefunden hatte. Es dauerte nicht lang. Er schien sich zu schütteln, bevor er wieder in den Wagen kletterte, den Motor anließ und wegfuhr. Ich schloss das Fenster und fühlte mich seltsam schmuddelig. Doch dann öffnete ich es erneut, lehnte mich hinaus und wartete. Es dauerte acht, neun Minuten, bevor eine dunkle Gestalt am oberen Ende der Straße erschien. Sie ging langsam, als wäre sie müde, verweilte kurz und trat dann durch eines der Gartentore. Acker war zu Hause.

Ich hätte nicht beschwören können, ob es schon dort gewesen war, als ich mich aus dem Fenster lehnte, um zu beobachten, wie Acker heimwärts schwankte. Der Blickwinkel von meinem Fenster aus ist ziemlich spitz und ich hätte es auch ohne weiteres übersehen können; nur glaube ich das nicht. Aber um acht, halb neun war es ganz sicher schon da, als sich die ersten Leute auf der Straße zeigten und Ben und ich in der Küche frühstückten. Sergeant Smiley erzählte mir später, dass der Zeitungsausträger, der für den Zeitungshändler in der Querstraße arbeitet, es bemerkte, als er am Ende seine Runde die Straße hinunterstiefelte: eine alte Tüte vom Supermarkt, leicht angeschmuddelt, die am dritten Haus nördlich von meinem Laden hoch am schmiedeeisernen Geländer baumelte. Er wagte noch nicht einmal, einen Blick hineinzuwerfen, weil er bereits von der anderen Tüte gehört hatte. Der Zeitungshändler benachrichtigte dann die Polizei.

Kapitel 30

Zufall oder nicht

Als Barnabas um ein Uhr eintraf und feststellte, dass der Laden immer noch geschlossen war, klingelte er bei mir an der Haustür. Rasch lief ich zum Wohnzimmerfenster und sah ihn unten stehen und nach rechts starren.

Ich lehnte mich hinaus und wartete.

»Hast du verschlafen?«, fragte er laut. »Und was ist das?« Seine Augen ruhten auf einem Punkt ein paar Meter weiter die Straße hinauf.

Ich erwiderte, heute sei Ben bei mir, aber wir würden sofort herunterkommen.

Als wir unsere Teller vom Mittagessen in die Spüle gestellt, Schlüssel und Mäntel geschnappt hatten und die Treppe hinuntergestiegen waren, war mein Vater verschwunden, doch die Weihnachtsbeleuchtung im Schaufenster blinkte uns bereits an. Ich warf einen verstohlenen Blick auf die polizeiliche Bekanntmachung und half Ben, die Ladentür zu öffnen.

Barnabas lungerte hinter der nächsten Regalreihe herum und wartete auf uns. Ben raste zu ihm, um ihn zu umarmen, was ein Lächeln auf das Gesicht seines Großvaters zauberte; doch dann blickte Barnabas mich mit hochgezogenen Augenbrauen an und deutete mit einer Neigung seines Kopfes an, dass wir beide dasselbe dachten.

»Heute Morgen«, sagte ich. »Noch eine Tüte.«

Ich erhielt einen Blick reiner Ungläubigkeit.

»Ich weiß«, antwortete ich. »Die Polizei ist irgendwann kurz vor neun aufgetaucht und hat Stunden dort verbracht, aber ich glaube, sie waren nicht besonders glücklich mit dem Fund.«

»Gelangweilt?«, soufflierte mein Vater sarkastisch.

»Angenervt und nervös, beides gleichzeitig«, korrigierte ich. Das klang irgendwie unangemessen, also versuchte ich es zu erklären. »Es war genau so eine wie die, über die gestern jemand am oberen Ende der Straße gestolpert ist.«

»Warum?«

Ich wusste, was er meinte, und erzählte ihm von Smileys Vermutung: dass sich jemand auf Kosten der Polizei einen Scherz erlaubte. Ich ließ unerwähnt, was mich wirklich verstörte: fünf bedrohliche Plastiktüten und ihr Inhalt in engem Umkreis meines Hauses.

»Quatsch!«, knurrte Barnabas. Aber da ging die Tür auf und der erste Kunde des Tages rauschte herein und machte vor dem Schrank mit den Drucken Halt. Er wirkte recht leer. Das hätte mir eigentlich auffallen müssen. Wieder eins von den vielen Dingen, die mir entgangen waren.

Der Nachmittag war die reinste Jongliernummer. Als mein Vater und Ben schließlich eine halbe Stunde spazierengingen, um ihre Unruhe loszuwerden, erschien Mrs Acker. Ich dachte noch rechtzeitig daran, sie anzulächeln, konnte aber beim besten Willen nicht ausmachen, was sie beschäftigen mochte. Wenn sie was beschäftigte. Nur war ihre Stimme noch immer so flach wie am Abend zuvor.

»Miss Hoare, würden Sie meine Bücher kaufen?«

»Sie meinen: alle?« Hektisch suchte ich nach einer Ausrede. Ich hatte Mrs Acker seit etwa sechs Jahren Bücher verkauft und wenn ich mich nicht mehr an sie erinnerte, so lag das daran, dass es sich normalerweise um aussortierte Exemplare aus meiner Sonderangebotskiste für fünfzig Pence oder vom Klappregal mit der Aufschrift »Alles für ein Pfund« handelte, das ich früher an schönen

Tagen vor den Laden stellte. Allerdings hatte ich schon vor über einem Jahr damit aufgehört. Ich spielte auf Zeit. »Ich nehme an, Sie haben mittlerweile schon eine ganze Menge«, lächelte ich.

Sie nickte langsam und blickte mich weiterhin an. Nun, diese Situation ist für einen Buchhändler, der mit gebrauchten Büchern handelt, nicht ungewöhnlich. Manche Leute meinen sogar, wir betrieben eine Leihbücherei.

»Mrs Acker, ich würde Sie gerne mal besuchen und mir die Bücher anschauen, aber wie Sie sehen, sind im Moment meine Regale voll und ich glaube nicht, dass ich genug Platz für so viele habe. Wenn Sie möchten, könnte ich allerdings vorbeikommen und den Bestand sichten und mir dann ein paar Exemplare aussuchen.«

»Ich möchte sie alle auf jeden Fall sofort verkaufen«, entgegnete sie ausdruckslos.

Ich zögerte. Natürlich willst du das. »Wenn Sie einverstanden sind, werfe ich mal einen Blick darauf und dann kann ich Ihnen immer noch einen Großhändler nennen, der den Rest kauft.«

»Aber«, wandte sie in geschäftsmäßigem Ton ein, »Sie könnten sie doch als Ganzes übernehmen und sie dann an den Großhändler weiterverkaufen, oder nicht? Es ist so …« Sie verstummte.

Ich tat so, als zöge ich den Vorschlag in Betracht, und lehnte ihn dann widerstrebend ab. »Ich hab einfach nicht den Platz dafür. Solche Großhändler haben normalerweise riesige Speicherkapazitäten, ganz im Gegensatz zu mir. Aber ich könnte wirklich kurz zu Ihnen kommen und alles sichten, damit ich weiß, was vorhanden ist. Wann würde es Ihnen passen? Ich fürchte, vor Ladenschluss ist es unmöglich, aber heute Abend hätte ich Zeit.«

Sie nickte kurz. »Dann bitte zwischen halb acht und neun. Danke.« Sie trippelte ein paar Schritte zur Tür und blieb dann unvermittelt stehen. »Fast hätte ich's vergessen«, murmelte sie und reichte mir eine neue Fünfpfundnote.

»Ich hab im Moment ziemlich zu tun. Geht das in Ordnung, wenn ich Ihnen die Quittung heute Abend mitbringe?«

Sie dachte darüber nach, nickte wieder und bedachte mein Ohr mit einer Miene, die man fast für ein Lächeln halten konnte. Dann hatte jemand eine Frage zu den Reisebüchern und ich verlor sie aus den Augen.

Um halb sieben hatte Barnabas genug. »Ich möchte jetzt mit dir sprechen. Könntest du um Himmels willen die Ladentür abschließen, bevor noch jemand hereinspaziert kommt? Mein Mitgefühl gegenüber meinen Nächsten ist langsam erschöpft.«

Ich blickte ihn prüfend an. Vielleicht lag es nur am Deckenlicht, aber sein Gesicht wirkte grau. Das ist nicht gut bei einem Mann mit schwachem Herzen. Ich verkündete, das Aufräumen würden wir jetzt mal lassen und stattdessen alle Lampen löschen und nach oben gehen, um vor dem Dinner einen kleinen Aperitif zu uns zu nehmen: er und ich einen irischen und Ben einen aus Kakao. Um sieben Uhr saßen wir immer noch zusammengesunken vor dem Fernseher, als Ben bemerkte, wie hungrig er war. Leider schienen er und Mr Spock durchaus geneigt, eine Staatsaffäre daraus zu machen.

»Wenn es je eine Gelegenheit für Junkfood gegeben hat, dann diese«, merkte Barnabas an. »Wie wär's mit Pizzataxi ...?«

Ich überlegte kurz: Stärke, Fett, chemische Zusätze – lecker – und suchte in der obersten Schublade meines Schreibtischs nach der Preisliste. Dann teilte ich ihm mit, ich hätte gerne Pilze und Speck und Ben Hühnchen.

»Und Speck«, ergänzte Ben.

»Alles in Ordnung mit dir?«, fragte ich meinen Vater leise.

Er antwortete ebenso leise, dass dem so wäre. Etwas anderes hatte ich aber auch nicht erwartet. Laut sagte ich, wenn er die Bestellung durchgäbe, würde ich Mr Spock füttern, bevor noch etwas Schlimmes passierte, und Teller und Gläser organisieren.

»Wird Mr Spock uns wirklich fressen, wenn wir ihn nicht füttern?«, wollte Ben wissen. Es klang ernsthaft interessiert.

Barnabas erwiderte, diese spezielle Katze sei viel zu klein für so etwas, trotzdem sollten wir kein Risiko eingehen. Dann fügte er, während er zum Telefon schritt, hinzu, wir müssten uns bald mal unterhalten, weil er früh nach Hause wolle; und da hing alles wieder drohend wie eine Gewitterwolke über mir.

Wir aßen die Pizza dann doch aus den Schachteln, weil das weniger Arbeit bedeutete, und tauschten Probestücke aus; und als wir alle fettige Finger hatten, erzählte ich Barnabas von Mrs Acker.

Er heftete seinen Blick auf ein Stück Margherita. »Sie will dir ihre Bücher verkaufen? Findest du das nicht komisch?«

Ich hatte das auch schon bedacht und mir eine Theorie dazu entworfen. »Er schlägt sie und hält sie mit Geld knapp, also versucht sie, etwas Geld aufzutreiben, um ihn zu verlassen.«

»Möglich und gewiss löblich.«

»Ich hätte nicht so lange gebraucht«, erwiderte ich grimmig. »Ich habe ihr versprochen, sie heute Abend aufzusuchen und mir die Bücher mal anzusehen. Es wird nichts Brauchbares darunter sein, aber ich kann feststellen, wie viele sie hat, und ihr den Namen von jemandem geben, der sie ihr abnehmen könnte – jemand wie Book Exchange mit einer großen Second-Hand-Abteilung. Ich glaube zwar, dass ich mich schon entschieden habe, aber – wenn sie sich nicht mehr an den Großhändler verkaufen lassen, werde ich ihr ein Angebot machen, auch wenn ich dann alles direkt zum Altpapiercontainer bringen muss.«

»Schließlich hast du über all die Jahre auch etwas an ihr verdient«, bemerkte Barnabas in gemessenem Tonfall. Dies schien seine Billigung auszudrücken. »Dido …« Sein Blick fiel auf Ben, er bremste sich und setzte von Neuem an: »Ich hab mir die Sache noch mal ganz nüchtern durch den Kopf gehen lassen – ich meine das, was du heute Morgen erwähnt hast. Jetzt habe ich eine Idee und würde nach Möglichkeit gerne noch heute Abend mit dir darüber sprechen.«

Ich sagte: »Wenn ich jetzt kurz bei Mrs Acker vorbeischaue, während Ben sein Bad nimmt, könnte ich, wenn ich zurück bin …«

Er nickte. »Bleib nicht zu lange.«

Also überließ ich es den beiden, allein das Badewasser einlaufen zu lassen, machte einen kleinen Abstecher in den Laden, um eine weitere Quittung für Mrs Acker zu schreiben, schnappte mir einen Stift und einen großen, linierten Block, um guten Willen zu zeigen, und brach auf.

Die Vorhänge des Wohnzimmers standen an diesem Abend einen Spalt offen und Licht drang bis zum Vorgarten des Gebäudes. Irgendetwas schien sich dort abzuspielen. Im tiefsten Schatten neben der Treppe konnte ich ein paar Leute erkennen. Drei, vielleicht vier dunkle Gestalten. Es lag etwas Bedrohliches in ihrer Lautlosigkeit. In der unteren Wohnung brannte kein Licht, aber es sah so aus, als stünde die Tür offen. Ich versteckte mich hinter dem Steinpfosten neben dem Gartentor und riskierte einen Blick hinüber. Es war so still um sie herum, dass mir plötzlich der seltsame Gedanke kam, es handele sich um Steinfiguren. Doch dann löste sich einer der Schatten und ein Mann trat vor; ein Unbekannter. Meine Augen hatten sich wohl mittlerweile an die Dunkelheit gewöhnt, denn als ich einen erneuten Blick auf die vierte Gestalt warf, erkannte ich sofort, dass es kein Mensch, sondern ein Mülleimer war. Jemand hatte ihn durch die offene Tür manövriert. Er bewegte sich sachte und die Räder knirschten.

»Schiebt ab!« Die leise Stimme war voll kontrollierter Bösartigkeit. Acker? Ich war mir ziemlich sicher, dass das die Stimme des Mannes war, der in meinem Laden gestanden war und mit mir über das Affenposter gesprochen hatte.

Jemand lachte laut. Ich presste mich eng an die Steinsäule und bekam langsam das Gefühl, dass sie nicht dick genug war, um mich vollständig zu verbergen. Dann sprach ein anderer: Seine Stimme war fast unhörbar und ich konnte den Wortlaut nicht entschlüsseln, aber dennoch erahnte ich, nein, spürte eindeutig, dass da etwas Grauenvolles vor sich ging und ich keineswegs dabei sein wollte.

»Nächste Woche«, die Stimme wurde nun deutlicher, »nächste Woche, vergiss das nicht, rufst du an.« Ich kannte diese Stimme. Den Akzent.

»Du machst das«, sagte ein anderer, »du hast …«

Er brach ab.

Etwas regte sich, dann knirschte ein Stiefel auf Kies. Ohne auch nur eine Sekunde zu zögern, rannte ich los: die Straße hinauf zum nächsten Haus, durch das offen stehende Gartentor, in den Schatten der kleinen, feuchten Rasenfläche. Hier wuchsen Rosenbüsche, und wenn ich mich dahinter duckte, würden sie mich mit großer Sicherheit verbergen. Als sich nebenan Gestalten auf dem Gartenweg bewegten, sauste ich hinter die Rosen. Ich kniete mich hin, spähte durch die dornigen Zweige und sah, dass zwei der Männer auf die Straße traten. Sie wandten sich in meine Richtung und dann erfassten die Scheinwerfer eines entgegenkommenden Fahrzeugs ihre Gesichter. Das Licht musste sie ziemlich blenden, aber ich konnte sie jetzt klar und deutlich erkennen. Der Eine war der Unbekannte. Und der Andere Andry. Als der Wagen an ihnen vorbeipreschte, hatten sie bereits das Tor passiert und waren nur noch von hinten zu sehen. Vorsichtig richtete ich mich auf und lauschte auf das Knirschen am Haus der Ackers. Dann warf ich einen Blick nach oben. Am Wohnzimmerfenster war ein bleiches Gesicht aufgetaucht: Mrs Acker. Sie blickte reglos hinaus, bis die Tür im Souterrain zuknallte. Daraufhin riss sie die Vorhänge zu. Dann stieg ihr Mann unsicher die Treppe hinauf, schloss die Haustür auf und trat hinein. Als ich das

Türschloss knirschen hörte, verließ ich mein Versteck. Der Bereich vor Nummer 21 war wieder menschenleer. Auch der Mülleimer war verschwunden. Und ich würde jetzt auf keinen Fall Mrs Acker besuchen.

Ich stand eine ganze Weile vor meinem Laden und versuchte, mir zusammenzureimen, was ich da eigentlich beobachtet hatte. Als ich schließlich nach oben trottete, erklärte ich Barnabas, die Ackers wären beschäftigt gewesen. Falls meine Stimme angespannt klang, schien er es zumindest nicht zu bemerken. Er kochte Tee.

Ich verkündete, ich würde Ben wohl besser aus dem Bad holen.

Doch er hielt eine Hand in die Höhe. »Dem geht's im Moment gut. Dido, diese Sache mit den Leichenteilen ist einfach unfassbar. Die Vorstellung, dass jemand damit der hiesigen Polizei irgendeine triumphale Botschaft übermitteln will, ist schlicht frivol. Es sei denn natürlich, wir haben es mit einem Wahnsinnigen zu tun.«

»Keines der Pakete war wirklich versteckt. Das hast du selbst gesagt.«

»In der Tat, sie waren eher – präsentiert als sicher untergebracht. Man könnte fast vermuten, dass dies als Drohung gedacht war. Meinst du nicht auch?«

»Aber wer droht hier wem?«

»Ja, das ist die Frage«, murmelte Barnabas finster. Er schenkte sich einen Schluck Tee ein, zog eine Augenbraue in die Höhe, um zu fragen, ob ich auch etwas wollte – ich schüttelte rasch den Kopf – und fuhr fort: »Nichtsdestoweniger scheint mir dies die wahrscheinlichste Lesart zu sein.«

Dem konnte ich nur zustimmen. Man musste schon ein müder, wütender und überarbeiteter Polizeibeamter sein, um etwas anderes zu behaupten, und sei es im Scherz. Ich hingegen war nur erschöpft, und was den letzten Punkt betraf, so hatte ich keine Antwort darauf, selbst nicht, nachdem ich Ben ins Bett gebracht hatte und das Taxi meines Vaters Richtung Crouch Hill abgefahren war.

Als das Telefon klingelte, war ich erleichtert, nicht mehr über all das nachdenken zu müssen, was ich erlebt hatte.

»Hat Barnabas dir nicht erzählt, dass ich vor über einer Stunde angerufen habe?«, ertönte Kennedys Stimme. »Ich wollte, dass du zurückrufst.«

Mir sank das Herz. »Ich schätze, das hat er vergessen. Tut mir Leid – hier ging alles drunter und drüber und ich glaube, er fühlt sich nicht wohl.« Ich schob den Gedanken beiseite. »Ist was passiert?«

»Ich wollte nur kurz prüfen, ob bei dir alles in Ordnung ist. Ich hab gehört, bei euch ist heute schon wieder etwas gefunden worden. Geht es dir gut?«

Ich log, es sei alles bestens. Dann machte ich einen Rückzieher und gestand ihm, was mich beunruhigte: Smileys leichtfertige Äußerung, Barnabas' Bemerkungen, meine eigenen Zweifel.

»Soll ich vorbeikommen? Ich bin gerade unterwegs. Vielleicht finden wir zusammen was raus. Und hast du schon von Annie gehört?«

»Was denn?«

»Sie wird morgen gegen zehn Uhr entlassen. Barker schlug vor, ich solle Sam Johnson von unserer Idee erzählen, und Jonson war nicht nur einverstanden, sondern ziemlich begeistert. Bist du immer noch dazu bereit?«

»Im Moment nicht; aber das ändert sich, wenn ich erst mal ein bisschen Schlaf hatte. Es war kein besonders guter Tag heute. Und: Ja, Chris, bitte komm vorbei.«

»Halt durch, Dido, ich bin in einer Viertelstunde bei dir.«

Kennedy war etwas Reales. Ich fühlte mich sicherer, wenn er in der Nähe war.

Es wohnen etwa hundert Personen in dieser Straße und noch mehr, wenn man die Sozialwohnungen am Nordende mitzählt, und noch viel mehr, wenn man die nähere Umgebung mit einbezieht. Nicht zu vergessen die Ladeninhaber und alle, die hier in der Nähe arbeiten. Meine Gedanken drifteten zu der Vorstellung, dass jemand es schlicht mit der guten, alten Schutzgelderpressung versuchte. So etwas geschah schließlich überall auf der Welt. Aber hier, im trendigen Islington? Fünfzig Piepen die Woche, Alter, dann endest du auch garantiert nicht als Hackfleisch. Vielleicht erklärte es das, was heute Nacht stattgefunden hatte. Dabei war eigentlich gar nichts passiert. Oder sie hatten es einfach noch nicht für nötig befunden, sich um mich zu kümmern.

Ich versuchte, mir ein klares Bild zu machen – ohne großen Erfolg. Da war Annie Kelly, deren Verbindungen zur Unterwelt ziemlich echt wirkten und die dafür gesorgt hatte, dass Georgie und das Muskelpaket in mein Leben traten. Und wenn man sich den so ansah, Andry oder wie er auch heißen mochte, so waren tote Mädchen, oder besser tote junge Prostituierte, mit ziemlicher Sicherheit genau sein Ding. Vielleicht wies aber auch irgendwas mit dem Finger auf mich. Mit einem toten Finger. Ach, verdammt.

Als es endlich an der Tür klingelte, überprüfte ich sowohl die Identität des Wagens wie auch die des Fahrers, bevor ich nach unten ging, um zu öffnen.

Kapitel 31

Flucht in die Vorstadtidylle

Nachdem ich jede Parkreihe zweimal abgefahren hatte, ohne einen freien Platz zu finden, folgte ich dem Beispiel anderer und ließ den MPV einfach auf der Fahrbahn stehen, vor einer Reihe mit ordnungsgemäß abgestellten Wagen. Ich warf einen Parkschein vom nächstbesten Automaten aufs Armaturenbrett, schloss ab und blickte auf meine Armbanduhr. Es war neun Uhr fünfunddreißig, und als ich endlich den vierten Stock erreicht hatte und zur Station St. Catherine hetzte, war ich schon ziemlich spät dran.

Mr Hull saß auch an diesem Morgen am Empfang. Er schaute auf und bemerkte mich. Ich winkte ihm zu und eilte auf Annie Kellys Nebenzimmer zu. Ich hatte den Eindruck, dass er mir etwas mitteilen wollte, nahm aber an, es wäre nicht so wichtig. Da irrte ich mich. Wahrscheinlich hatte er mich warnen wollen. Als ich anklopfte und in Annies Zimmer trat, präsentierte sich mir folgende Szene: Sie saß mit steinerner Miene auf ihrer Bettkante, während Sam Johnson sich vor ihr aufgebaut hatte. Als ich eintrat, hielt er in seiner Rede inne. Ich blieb wie angewurzelt stehen. Beide blickten zu mir.

»Ich hab Mrs Kelly gerade angeboten, sie nach Hause zu bringen«, erläuterte Johnson.

»Aha? Tja, deshalb bin ich auch hier«, erwiderte ich. »Wir haben das alles schon arrangiert.«

Und das hatten wir auch: Noch bevor ich Ben zum Kindergarten gebracht hatte, hatte ich erst mit Mr Hull und dann mit

Annie telefoniert, der ich zunächst sagte, ich hätte nur angerufen, um mich nach ihrem Befinden zu erkundigen, und dann, als sie mir von ihrer Entlassung erzählte, das Angebot unterbreitete, sie nach Hause zu bringen. Aber was noch wichtiger war, ich hatte Johnson ebenfalls Bescheid gegeben und mit ihm verabredet, dass er einen Zivilwagen hinter uns herschicken würde. Was sollte dieses Spielchen also?

»Sehen Sie?«, meinte Annie zu ihm gewandt. »Also vielen Dank für alles.«

»Mrs Kelly …«

Sie starrte ihn ausdruckslos an.

»Wenn Sie sich so sicher sind, dann verabschiede ich mich eben jetzt. Vergessen Sie nicht, uns zu informieren, wenn Ihnen noch etwas zu dem einfällt, was Ihnen zugestoßen ist. Und viel Glück.« Er nickte erst ihr zu, dann – nur unwesentlich herzlicher – mir und verschwand.

Ich beschloss, allem zuvorzukommen.

»Was war das denn?«, fragte ich.

Annie verzog das Gesicht. »Er wollte nur eine weitere Möglichkeit nutzen, mich zu nerven. Ich habe die Nase voll davon, dass sie hier ständig auftauchen. Ich möchte einfach nur nach Hause.«

Das akzeptierte ich ohne Widerspruch und wechselte das Thema. »Haben Sie alles eingepackt?«

»Es gibt nichts, was ich einpacken könnte.« Sie blickte an sich herab. Die Knie ihrer Jeans waren schwarz vor Schmutz und man hatte ihr den Ärmel ihres blauen Sweatshirts aufgeschnitten, um den Gips durchstecken zu können. Der Anblick schien sie zu deprimieren. »Ich muss mir nur was zum Anziehen holen. Dido, ich brauche eine halbe Stunde in der Wohnung, um mich umzuziehen und zu packen. Geht das in Ordnung? Weil der Bulle mir irgendwie zu verstehen gegeben hat, dass ich Ärger kriegen könnte, ich meine, dass jemand auftauchen und mir noch mal zusetzen könnte.«

»Aber doch wohl nur, wenn Sie allein sind«, antwortete ich unschuldig. »Ich bleib bei Ihnen, bis Sie fertig sind, wir werden die Augen offen halten und ich hab auch mein Handy dabei – sollte irgendjemand auf der Bildfläche erscheinen, rufe ich sofort die Polizei.«

Sie bedachte mich mit einem ihrer Kelly-Blicke, die ich so schwer deuten konnte. »Ich bin überrascht, dass Sie allein hergekommen sind. Ich dachte, Chris würde Sie begleiten.«

»Er muss arbeiten«, erklärte ich.

»Oh«, gab sie zurück und verstummte dann, als zwei Krankenschwestern eintraten, um ihr ein paar Rezepte und gute Ratschläge zu geben, ums Bett herumzuwuseln und ihr den Mantel über die Schultern zu legen. Die Formalitäten dauerten ein bisschen, aber schließlich stiegen wir in einen der überlasteten Aufzüge und fuhren nach unten.

Draußen war keine Spur von Johnson. Ich wusste nicht, ob ich beruhigt sein sollte, dass er außer Sichtweite blieb. Annie bewegte sich steif und ungelenk, was mich vor ein gewisses Problem stellte. Als sie aus dem Haupteingang trat und scharf Luft holte, beschloss ich, die Gelegenheit zu nutzen.

»Annie? Alles in Ordnung? Möchten Sie hier warten, während ich den Wagen hole?«

»Nein!« Das war ziemlich eindeutig und ließ mich glauben, dass sie eine Heidenangst hatte, jemand Bekanntem über den Weg zu laufen. »Es geht schon«, fügte sie hinzu. »Nur nicht so schnell.« Also legten wir unseren Weg zum Parkplatz im Rekonvaleszententempo zurück. Als ich den Wagen auf die Straße zurücksteuerte, wartete ein unauffälliges Zivilfahrzeug am Bürgersteig, das sich ein paar Meter hinter uns in den Verkehr einfädelte. Es befand sich nur die Person am Steuer darin – ihr Gesicht war nicht zu erkennen. Der Wagen blieb über eine Meile immer mehr oder weniger weit hinter uns, dann verlor ich ihn aus den Augen.

Wir fuhren nach Annies Anweisungen die City Road hinunter und bogen dann in ein Gewirr aus Seitenstraßen ein. Soweit ich feststellen konnte, wurden wir nicht verfolgt. Aber als wir vor einem niedrigen, renovierten Wohnblock mit Sozialwohnungen hielten, parkte ein Wagen auf der gegenüberliegenden Straßenseite, der Fahrer blieb darin sitzen. Es sah aus, als wäre es dasselbe Fahrzeug wie vorhin. Mir fiel wieder ein, dass die Polizei ja diese Adresse kannte.

»Warten Sie drinnen«, sagte ich und stieg aus, um den MPV zu umrunden und die Straße zu überblicken. Abgesehen von einer schwarzweißen Katze, die auf einem Mäuerchen balancierte, schien niemand auf uns zu achten. Ich öffnete ihre Tür, streckte ihr eine Hand entgegen und betätigte die Zentralverriegelung. Dann fischte ich mein Handy aus der Tasche und hielt es bereit, während wir langsam durch einen Gang in den Innenhof des Gebäudes schritten, am Ende nach rechts schwenkten und dann eine Betontreppe zum ersten Stock hinaufstiegen. Als wir dort angekommen waren, lieferten wir uns einen Wettstreit darin, um die Ecken zu spähen und die breiten Flure zu überprüfen, die zu den einzelnen Wohnungen führten. Niemand da. Ich nahm die letzte Stufe zum Treppenabsatz und untersuchte den nächsten Treppenabschnitt. Leer. Schließlich trat ich zum Geländer und kontrollierte unsere zurückgelegte Strecke. Am Eingang entdeckte ich eine Frau mit Einkaufstüten, aber sie wandte sich zur anderen Seite des Geländes.

An der Tür zur zweiten Wohnung holte Annie einen Schlüssel hervor und führte ihn ans Schloss.

Ich packte ihr Handgelenk. »Stopp! Ist da jemand drin?« Sie zögerte blinzelnd und ich fragte nach: »Wem gehört diese Wohnung? Hat Georgie einen Schlüssel?«

Sie schüttelte den Kopf. »Ich hab sie von einer Freundin, die ein paar Monate weg ist, und natürlich hat der verdammte Georgie keinen Schlüssel! So doof bin ich auch nicht!«

»Könnte irgendjemand da drin sein?«

Wir beide blickten zur Tür und dem Fensterchen daneben; beide wiesen keinerlei Anzeichen auf, dass an ihnen herumgefummelt worden war. Dann lachte sie kurz auf. »Dido, Sie sitzen zu oft vor der Glotze.« Sie drehte bereits den Schlüssel im Schloss. Ich trat zurück und legte meinen Daumen auf den Knopf meines Handys: Wenn ich ihn drückte, würde Johnsons Handy klingeln, und dann würde er wie der Blitz herbeieilen. Zumindest hoffte ich das.

Ich folgte ihr in eine stickige Küche. Stille. Mit dem Bild von bewaffneten Männern im Kopf, die in ein dunkles, gefährliches Lagerhaus am Hafen eindringen, blieb ich dicht hinter ihr, immer das Handy im Anschlag, bereit, jederzeit Alarm zu schlagen. Voll gestopftes Wohnzimmer, riesiger Fernseher, Plastikmöbel, Unordnung – verstreute Kissen und ein umgekippter Stuhl, und da wurde mir klar, dass Annie zuerst hier angegriffen worden sein musste. Winziges Schlafzimmer – so chaotisch wie meins. Niemand sprang aus dem Schrank und unter dem Bett war noch nicht mal für einen Winzling wie Georgie Platz. Badezimmer: beige Fliesen mit braunen und orangefarbenen Blumen, eine braune Garnitur und kein Verbrecher, der in der Ecke lauerte. Ich kam mir albern vor und steckte das Handy weg.

Annie seufzte. »Alles klar? Ich muss jetzt mal pinkeln und mir diese Klamotten ausziehen. Wir treffen uns im Schlafzimmer.«

Momentan standen wir knappe zwei Meter vom Schlafzimmer entfernt. Ich trat in den Flur und ließ sie allein.

Aber trotz ihrer Wunden und Blutergüsse bewegte sie sich schneller als erwartet. Zwanzig Minuten später schleifte ich ihren großen, alten Koffer aus der Wohnung und tastete mich mit den gleichen Vorsichtsmaßnahmen wie vorher zum Wagen vor. Dreißig Sekunden später verriegelten wir die Türen, schnallten uns an und fuhren los. Ich blickte lange genug in den Rückspiegel, um mich zu vergewissern, dass der fremde Wagen von der anderen Straßenseite sich ebenfalls in Bewegung gesetzt hatte. Er folgte uns auch noch, nachdem ich zweimal rechts und einmal links abgebogen war und wir auf die Old Street zusteuerten.

»Wo fahren wir hin?«

»Immer geradeaus, über die Kreuzung hinweg«, antwortete mein Fahrgast. »Halten Sie nach der Sun Street Ausschau. Dort biegen wir links ein. Es is' nich' weit.«

Als ich ein paar Minuten später langsam zur Ampel rollte, sprang mir das Straßenschild ins Auge und ich bog nach links. Diese Gegend kannte ich nicht besonders gut und ich war überrascht, als Annie eine Minute später verkündete: »Hier, das ist es – schön. Und danke, Dido. Echt.«

Ich blickte zu dem großen Schild direkt vor uns hoch: Liverpool Street Station.

»Annie, wo wollen Sie hin? Ich könnte Sie doch hinbringen …«

Aber sie zog bereits ihren Koffer aus der Seitentür und bewegte sich jetzt noch flinker. »Nee, danke, meine Liebe, aber nicht den ganzen Weg bis nach Wanstead. Ich ruf Sie später mal an, okay?«

Ich dachte rasch nach. »Wie kann ich Sie erreichen, wenn ich was von Georgie höre?«

Sie hielt mit der Hand an der Tür inne. »Im Moment hab ich genug von dem Kerl. Hören Sie, ich meld mich bei Ihnen. Sie stehn ja im Telefonbuch.«

»Ja, natürlich, aber werden Sie …?«

Aber da knallte sie schon die Tür zu, winkte fröhlich und schleifte den Koffer zum Eingang des Bahnhofs, wo sie in einer

Woge von Fußgängern untertauchte. Genau in diesem Augenblick machte das vertraute, unauffällige Auto hinter meinem MPV Halt und Sam Johnson kletterte heraus. Er bückte sich und blickte durch mein Rückfenster, dann kam er zur Fahrertür. Ich kurbelte mein Fenster hinunter.

»Miss Hoare, was …«

»Sie nimmt einen Zug nach Wanstead. Warum …?«

Aber er rannte bereits los, um den Zug einzuholen. Vermutlich. Ich sann einen Moment lang über all das nach, gab es dann auf, wendete und fuhr nach Hause. Ich war bereits mit allen möglichen Dingen im Rückstand. Ein paar dieser Dinge gehörten sogar zu meinen eigenen Angelegenheiten. Im Gegensatz zu dem Plan, der sich gerade in Luft aufgelöst hatte. Zurzeit kam ich mir nicht besonders schlau vor. Und ich hätte wirklich den ältesten Trick der Welt erkennen sollen.

Aber vielleicht war ich nur durch das Überraschungsmoment verwirrt worden.

Kaum war ich im Laden, schloss ich hinter mir zu, nahm die Post zur Hand und sah, dass der Anrufbeantworter blinkte. Es war nur eine Nachricht darauf und die Stimme gehörte zu Mr Stanley.

»Miss Hoare?«

Da stimmte was nicht.

»Miss Hoare, bitte rufen Sie mich an. Ich fürchte, es ist etwas passiert. Es tut mir so Leid.«

Ich erstarrte zu Eis. Barnabas!

Kapitel 32

Zeitverschwendung

Ich drückte den Rückrufknopf und lauschte auf das Leerzeichen. Schließlich ertönte die Stimme meines Vaters. Ich setzte mich und holte zweimal tief Luft, bevor ich selbst meinen Namen nannte.

»Ist was nicht in Ordnung?«, erkundigte sich mein Vater.

Ich holte noch einmal Luft und war dann in der Lage, ihm mit nicht schwankender Stimme zu erklären, dass ich mich lediglich auf Mr Stanleys Anruf hin meldete.

»Er ist äußerst aufgebracht. Ich hab versucht, ihn davon zu überzeugen, dass es nicht seine Schuld war«, seufzte Barnabas. Seltsam, wie viele Katastrophen man sich unter gewissen Umständen auf einmal ausmalen kann. »Er hatte anscheinend heute Morgen nach dem Frühstück keine Milch mehr und ging zum Supermarkt die Straße hinunter, ohne mich anzurufen, weil die Kleine zu schlafen schien. Als er wieder zurückkam, entdeckte er, dass die Wohnungstür offen stand. Nina ist weg.«

»Weg? Wie das?«

»Er war noch ganz erfreut über die Fortschritte, die sie beim Frühstück zeigte. Sie trank eine Tasse Tee und ... Nun, es ist unserem Freund höchst peinlich und er überlegt, ob er die Polizei anrufen sollte.«

Ich dachte hektisch nach. »Könnte sie mit jemandem telefoniert haben, während er nicht da war?«

Ich hörte gedämpfte Stimmen, dann kehrte mein Vater mit der Nachricht zurück, dass man das unmöglich eruieren, aber auch nicht ausschließen könne.

Ich erzählte ihm in Grundzügen von meinem eigenen morgendlichen Verlust.

»Und jetzt fragst du dich, ob die beiden Kontakt zueinander aufgenommen haben?«

Tja, in der Tat. Ich kam zum Kern der Angelegenheit: »Wann genau war er wieder zurück?«

Es folgte ein weiterer, diesmal kürzerer Austausch. »Er verließ die Wohnung um etwa Viertel vor neun und war nicht länger als zehn, fünfzehn Minuten weg.«

Wenn Annie Mr Stanleys Nummer genannt hätte, würde sie bestimmt die Gelegenheit genutzt haben, eine Münze ins öffentliche Telefon auf der Station zu werfen und Nina anzurufen. Aber woher sollte sie Mr Stanleys Telefonnummer haben? Es schien mir wahrscheinlicher, dass Nina selbst mit einem Freund telefoniert hatte, oder mit jemandem, den sie für einen Freund hielt, um sich dann mit ihm zu treffen.

»Richte Mr Stanley aus, dass ihm niemand die Schuld gibt. Hat er sich draußen umgesehen, als er entdeckte, dass sie weg war?«

»Wir haben beide die Straße abgesucht. Mr Stanley hätte nicht gedacht, dass sie kräftig genug war, so weit zu kommen. Natürlich ist da eine Bushaltestelle direkt an der Ecke. Aber Dido, wir sollten deswegen jemanden benachrichtigen.«

»Ich tu's«, antwortete ich verdrossen. »Ich weiß schon, wen. Wenn ein Mann von der Polizei namens Barker dich anruft – dann solltest du ihm am besten alles erzählen, was er wissen will.«

»Barker«, wiederholte mein Vater mit einer Stimme so trocken wie Talkumpuder. »Ja, das sollte ich wohl.«

Ich fand seine Karte mit den Telefonnummern auf der Rückseite und wählte sein Handy an. Er meldete sich sofort mit einem knappen »Barker«.

»Dido Hoare«, schnappte ich. Ganz ruhig jetzt. »Mr Barker,

Nina ist verschwunden – möglicherweise zusammen mit Annie Kelly, die heute Morgen aus dem Krankenhaus entlassen wurde.«

Es herrschte Schweigen. Dann ertönte eine sehr geduldige Stimme: »Ich glaube, Sie informieren mich jetzt besser über alles, Miss Hoare.«

Ich erwiderte, ich würde ihm die Geschehnisse dieses Morgens in chronologischer Reihenfolge schildern, und das tat ich dann auch.

Nach kaum merklichem Zögern erklärte mir der leidgeprüfte Besitzer der Stimme, dass er jetzt ein paar Anrufe tätigen müsse und sich später wieder mit mir in Verbindung setzen würde. Ich beschloss, es zu beschleunigen, und rief ein: »Warten Sie!« dazwischen. Dann legte ich ihm die Sache mit dem Telefon dar. Nina sei heute zwar schon kräftiger gewesen, aber noch nicht wieder vollständig genesen. Also wäre es viel wahrscheinlicher, dass sie von Mr Stanley aus jemanden gebeten hatte, sie abzuholen, als dass sie sich zur Bushaltestelle geschleppt hatte. Wenn das aber der Fall wäre …

»Das wird jemand für mich bei der Telefongesellschaft nachprüfen … und bei den Busfahrern dieser Linie. Vielleicht ist sie ja einem von ihnen aufgefallen. Wir rufen Sie so schnell wie möglich zurück.« Niemand hatte mich angeschrien. Das würde mit Sicherheit später kommen.

Ich dachte gerade wieder an einen Kaffee, da läutete das Telefon, bevor ich mich auch nur in Bewegung setzen konnte. Ich zwang mich, forsch zu antworten.

»Miss Hoare, hier spricht Mrs Acker.«

»Hallo.«

»Ja, Ich wollte nur hören, ob wir … wenn Sie jetzt nicht zu viel zu tun haben … wegen der Bücher, meine ich.«

Zumindest ging es ums Geschäft, auch wenn es kein Geschäft war, das mich interessierte. Vom wirtschaftlichen Standpunkt aus war es reine Zeitverschwendung. Ich blickte auf meine Armbanduhr und verabredete mich für halb zwölf. Vielleicht konnte ich mich damit für zwanzig Minuten allem Ärger entziehen.

Kaum hatte ich aufgelegt, ertönte das Telefon erneut. Ich ließ es klingeln und rannte los.

In der Kaffeemaschine war noch ein Rest. Ich wärmte ihn wieder auf, schenkte ihn mir ein und schlenderte ins Wohnzimmer, wobei ich mich entschieden weigerte, das Chaos im Schlafzimmer oder gar das Durcheinander im Bad zur Kenntnis zu nehmen. Mr Spock folgte mir und wir kuschelten uns für stille fünf Minuten zusammen aufs Sofa. Danach schlief er ein und auch mir wollten die Augen zufallen. Aber das Telefon meldete sich bereits wieder. Ich rührte mich nicht, bis ich Chris Kennedys Stimme auf dem Anrufbeantworter hörte, dann nahm ich mitten in seiner Nachricht ab.

»Ich bin hier.«

»Guten Morgen. Du hast noch geschlafen, als ich ging – ich hatte einen Termin um acht. Wie fühlst du dich?«

Ich entgegnete, ich käme mir wie ein Idiot vor, säße außerdem in der Patsche und warum er fragte.

Er stieß einen leisen Pfiff zwischen den Zähnen aus. »Das meinte Johnson also. Er rief mich vor zehn Minuten an und fragte, ob ich wüsste, wo du wärst. Er hat es im Laden und über Handy probiert.«

»War er in Wanstead?«

»Sollte er das?«

»Vielleicht«, wich ich aus. »Hat er gesagt, was er wollte?«

»Er möchte, dass du ihn anrufst. Ich habe gehört, Mrs Kelly ist euch beiden an der Liverpool Street Station entwischt.«

Ich fragte, was das heißen solle.

»Sie ging durch den einen Eingang in den Bahnhof und zum anderen schnurstracks wieder hinaus und stieg dort in eines der

Taxis am Stand. Er sah nur noch, wie sie davonfuhr. Er hat alle Taxiunternehmen abgeklappert, um den Fahrer zu finden, aber er möchte, dass du ihm Bescheid gibst, wenn sie sich mit dir in Verbindung setzt.«

Oh. Also war's nichts mit Wanstead. Ich bemerkte, dass dies die Möglichkeit eröffnete, dass Nina und Annie sich wirklich verabredet hatten, obwohl ich noch nicht begriff, wie oder warum. Es sei denn, Georgie und das Muskelpaket hätten doch … irgendein Deal mit Annie? Die Vorstellung verursachte mir Übelkeit. Wie auch immer, ich glaubte nicht, dass sie die Absicht hatte, sich in nächster Zeit bei mir hören zu lassen, und von meiner Seite aus war das auch völlig in Ordnung. Wer hatte noch gleich behauptet, ich sei überfordert? Ich sollte mich tatsächlich auf andere Dinge konzentrieren.

»Chris, ich muss jetzt zu den Ackers, um ihre Büchersammlung zu sichten. Ich bin schon überfällig. Aber ich lasse mein Handy eingeschaltet.«

»Gut, wir können später noch mal telefonieren. Nicht, dass du …« Zögern. Vielleicht war ihm etwas in meiner Stimme aufgefallen. »In Ordnung, wir sehen uns bald.«

Mr Spock zuckte mit dem Ohr. Ich war mir sicher, dass er etwas Schönes träumte: eine Jagd nach Mäusen und Goldfischen, einen Sprint auf der Backsteinmauer mitten zwischen die Vögel, so dass die Käfer sich unter einem Blatt oder in einem Spalt in Sicherheit bringen mussten. Ich spürte einen Anflug von Neid: Es musste tröstlich sein, in der eigenen Welt das große Raubtier zu sein.

Leise brach ich auf.

Viel zu spät erreichte ich Nummer 21, trotzdem setzte ich den Weg vom Tor zum Hauseingang im Schleichtempo fort. Nicht, dass hier irgendwas zu sehen gewesen wäre. Der Mülleimer war immer noch weg, vermutlich in den Keller zurückgerollt, die

Blendläden waren geschlossen, noch nicht mal ein Fetzen Papier auf dem Boden deutete darauf hin, dass nur ein paar Stunden zuvor jemand hier in ernsthaften Schwierigkeiten gesteckt hatte.

Und doch war da was. Ich verließ kurz den Gartenweg und warf einen raschen Blick auf die Spuren der Reifen und Tätlichkeiten, die im Staub auf der Türschwelle zur Kellerwohnung sichtbar waren, nur um mich zu vergewissern, dass ich mir das Ganze nicht eingebildet hatte. Dann stieg ich zur oberen Wohnungstür hoch und betätigte die Klingel. Ich hörte nichts, bis plötzlich die Bolzen des Steckschlosses schnappten, die Tür nach innen schwang und Mrs Acker mit einem Schal um den Kopf, einer altmodischen Schürze über den Kleidern und unförmigen Latschen an den Füßen dastand. Ihre Augen waren geschwollen.

»Tut mir Leid, dass ich zu spät komme«, sagte ich zur Begrüßung. »Gerade als ich gehen wollte, erhielt ich noch ein paar Anrufe.« Ich wedelte mit Notizbuch und Stift, um ihr zu versichern, dass ich es nun, da ich endlich hier war, auch ernst meinte.

Sie nickte unbeteiligt und trat beiseite, um mich einzulassen, dann drehte sie den Schlüssel im Schloss und schritt mir voran die Treppe hinauf.

Dieses Mal steuerten wir direkt den hinteren Teil der Wohnung an, wo ein kleines Zimmer neben das Badezimmer gezwängt worden war. Als sie die Tür öffnete, fiel mir wieder einmal auf, wie kalt und zugig es hier doch war. Sie trat zurück und bedeutete mir, den Raum zu betreten, der die Größe eines Kinderschlafzimmers hatte und nur einen verschlissenen braunen Teppich, einen alten Eßzimmerstuhl und acht zusammengewürfelte Bücherregale an zwei Wänden aufwies. Es waren alte, schäbige Dinger unterschiedlicher Größe, die ganz offensichtlich aus Trödelläden stammten und mit Büchern voll gestopft waren.

Ich überschlug es kurz: zwölf- bis fünfzehnhundert Bände inklusive Taschenbücher. Ein paar Schutzumschläge, meistenteils aber verblichene Leineneinbände oder Buchrücken aus Papier. Ich knöpfte meinen Mantel auf, öffnete das Notizbuch und fing am rechten Regalende an. Unter normalen Bedingungen hätte ich zehn Minuten gebraucht, um eine Schätzung abzugeben. Aber das war jetzt nicht so wichtig. Vielmehr ging es darum, möglichst lange hier zu bleiben und sie zum Reden zu bringen. Um meinen guten Willen zu zeigen – Mrs Acker blieb auf der Türschwelle – fing ich an, von oben die Taschenbücher zu zählen und ein, zwei gebundene Bände vom Regal zu ziehen, aufzuschlagen, das Impressum zu prüfen und mir bei einem von ihnen sogar eine Notiz zu machen. Beim dritten Bord wurde sie unruhig.

»Ist da etwas …? Meinen Sie …?«

»Es ist alles in Ordnung«, erwiderte ich. »Ich arbeite nun mal sorgfältig. Sie wollen doch nicht betrogen werden.« Wobei mir längst klar war, dass dieser Fall sowieso nicht eintreten würde, weil nichts in diesem Zimmer die Mühe lohnte.

»Ich wusste nicht, dass es so kompliziert sein würde«, murmelte sie.

Ich zog ein Exemplar von *Erinnerungen an Hekates Land* hervor – jemand hatte anscheinend Himbeersaft auf den vorderen Buchdeckel gespritzt – öffnete es auf der Impressum-Seite, die mir bestätigte, dass es ein Londoner Nachdruck von 1951 war, und schrieb mir als Gedächtnishilfe in mein Notizbuch, dass auch dies uninteressant war.

»Die Sache ist die«, meldete sich Mrs Acker hinter mir zu Wort, »ich wusste nicht, dass Sie so lange brauchen würden. Es ist fast Mittag und ich glaube, Mr Acker wollte in der Mittagspause nach Hause kommen, also sollte ich runtergehen und ihm was kochen.«

Ich sprach absichtlich langsam, so als wäre ich in meine Arbeit vertieft: »Das ist schon in Ordnung, ich komme zurecht. Sie können mir ja wieder Gesellschaft leisten, wenn Sie fertig sind.«

Doch sie rührte sich nicht.

Ich drehte mich nicht um. Man lernt schon etwas im Umgang mit Affen. Nach einer Weile fügte ich hinzu: »Mrs Acker, eins ist mir nicht verständlich und ich hoffe, es stört Sie nicht, dass ich nachfrage, aber Sie behandeln Ihre Bücher so außerordentlich pfleglich.« Das stimmte: Nirgendwo war auch nur ein Staubkörnchen zu sehen. Vielleicht war der alte Stuhl nur dazu da, um ihn beim täglichen Abstauben als Leiter zu benutzen. »Ganz offensichtlich lieben Sie Bücher. Warum wollen Sie sie dann verkaufen? Ich fürchte, Sie werden dafür nicht so viel bekommen, wie Sie bezahlt haben.«

Hinter mir hörte ich sie nach Luft schnappen, dann antwortete sie entschlossen: »Aber die Hälfte? Ich dachte, man bekäme, wenn man ein Buch wieder verkauft, den halben Preis?«

Ich erklärte ihr, dass dies davon abhänge, ob jemand ein ernsthaftes Interesse an dem Buch habe. Ich zählte eine weitere Gruppe Taschenbücher und zog ein neu wirkendes, gebundenes Exemplar von *Das Bildnis des Dorian Gray* hervor – ihre Bücher waren strikt nach Autoren geordnet und ich hatte am Ende des Alphabets begonnen. Ein gutes Leseexemplar. Ich stellte es zurück. »Mrs Acker, ich halte das Ganze wirklich für keine gute Idee, es sei denn, Sie haben die Bücher gründlich satt und wollen sie loswerden.«

Während ich wartete, zählte ich weitere zehn broschierte Bände.

»Mein Mann schuldet jemandem etwas Geld.«

Mein Mann schuldet jemandem etwas Geld. Ich dachte an den Abend zuvor. Schuldet jemandem etwas? Das würde dieses aufgeräumte, kalte Haus erklären, in dem nur das Allernotwendigste zu finden war. Und dem Streit, den ich mitbekommen hatte, war vielleicht eine Zahlungsaufforderung vorausgegangen, und in diesem Falle kannte ich einen Polizisten, der bald eine Menge

Ärger kriegen würde. Nebst seiner Frau. Da kam mir ein Gedanke. »Ach ja, die Kreditkarten!«, plapperte ich drauflos. »Sie machen es einem ja so leicht, über die Stränge zu schlagen, nicht wahr?« Ich verstummte, hauptsächlich, weil mir kein Gegenstand in dem Haus einfiel, der auf Kreditkartenrechnungen schließen ließ. Ich zählte bis zehn und fuhr dann vorsichtig fort: »Sind es viele Schulden? Weil ich nicht weiß, ob diese Bücher – ob es ihm sehr helfen wird, wenn Sie diese Bücher verkaufen. Aber ich werde sie mir sorgfältig ansehen und dann versuchen wir, die beste Lösung zu finden.«

Ich wartete. »Er … hat ein Problem«, kam es nach einer Weile. Ich wartete noch etwas. »Er spielt Karten, nur zum Spaß, aber manchmal …«

Ein Spieler! Das konnte doch erklären, was ich am Abend zuvor gehört hatte.

»Ich muss sie verkaufen.«

Zur Überbrückung nickte ich nur und zählte wieder einen Schwung Taschenbücher – aus der Puffinreihe. Sie hatte mir ja erzählt, dass sie Kinderbücher las. Ich hörte, wie sie mit den Füßen scharrte. Ich wartete und zählte.

»Ich möchte lieber nicht, dass Mr Acker Sie hier antrifft. Er ist gerade mit etwas sehr Wichtigem beschäftigt. Wäre es möglich, dass Sie vielleicht später weitermachen?«

Ich fuhr mit den Fingerspitzen über das nächste Bord, während ich daran dachte, was Leonard Stockton mir erzählt hatte. »Natürlich«, entgegnete ich dann. »Kein Problem. Ich weiß, wie belastend Schulden sein können. Nehmen Sie es mir nicht übel, aber diese Wohnung muss doch mittlerweile sehr viel mehr wert sein als zum Zeitpunkt des Kaufs. Bei den heutigen Immobilienpreisen. Könnten Sie nicht einfach eine Hypothek aufnehmen? So würden Sie sehr viel mehr Geld zusammenbekommen.«

»Oh, die Wohnung gehört uns aber nicht!« Sie klang fast schockiert. »Mein Mann hat sich zwar noch nicht dazu geäußert, aber ich glaube, er möchte, dass wir umziehen. Also wäre es wohl, ich weiß nicht, wahrscheinlich leichter, wenn ich meine Bücher jetzt verkaufe. Falls wir wegmüssen, es wäre das Vernünftigste.«

Ich erreichte das unterste Bord des ersten Regals, ohne überhaupt Notiz davon zu nehmen, denn ich fragte mich die ganze Zeit, warum sie mich anlog. Leonard Stockton hatte mir versichert, dass Acker der Eigentümer des Hauses war und außerdem drei große Hypotheken auf seinem Besitz lasteten. Vielleicht hatte er ihr nichts davon erzählt? Allmählich ergab das ein ziemlich übles Bild.

Ich richtete mich auf, verkündete, ich ginge dann wohl besser und würde mal einen Blick auf meine Morgenpost werfen. »Soll ich nach dem Mittagessen wiederkommen? Ich schätze, für den Rest brauche ich nicht länger als eine Stunde. Vielleicht um zwei Uhr?«

Als ich mich umwandte, lächelte sie angespannt. »Danke, Miss Hoare. Das ist sehr nett von Ihnen.«

Ich stieg rasch die Treppe hinunter, denn ich war nicht in der Stimmung, Mr Acker erneut über den Weg zu laufen, musste aber an der Haustür warten, bis sie mich einholte, aufschloss, die Tür öffnete und dann hinter mir wieder zudrückte und abschloss. *My home is my castle.* Ich hastete aus dem Gartentor. Es waren ein paar Leute auf der Straße, aber niemand, den ich kannte.

Mehr Kaffee. Mehr Nachdenken. Vielleicht sogar ein Anruf bei Mr Stanley, bevor ich mich wieder dem Geschäft widmen würde.

Kapitel 33

Zu viel Kaffee, zu viele Nachrichten

Es endete damit, dass ich die Kaffeemaschine nebst Zubehör hinunter ins Büro brachte und auf dem Aktenschrank abstellte, wo sie mit dem alten elektrischen Wasserkessel um den Platz kämpfte. Ich brauchte wirklich eine Kaffeemaschine hier unten. Vielleicht sollte ich einfach losgehen und eine kaufen.

Das blinkende Lämpchen auf dem Anrufbeantworter klagte Priorität über die Morgenpost ein. Sieben Nachrichten hatten sich bereits angesammelt. Also drückte ich den Abspielknopf und nahm einen Stift zur Hand, um mir Notizen zu machen.

Eins: »Hey, Dido. Haste das mit Nina gehört? Mann, wenn ich da gewesen wäre, aber ich hatte Uni an dem Morgen. Sorry. Heute ist mein letztes Seminar um drei aus. Soll ich dann rüberkommen?«

Ja bitte, Ernie. Ich stoppte den Anrufbeantworter und hinterließ meinerseits eine Nachricht auf seiner Voicemail, um ihm zu bestätigen, ich würde um halb vier mit ihm rechnen und darauf warten, ihn in den Laden zu lassen.

Zwei: »Miss Hoare, hier spricht Sam Johnson. Es ist halb zwölf. Bitte rufen Sie mich zurück.«

Oh.

Drei: »Dido, ich werde in Kürze bei dir sein.« Barnabas natürlich.

Vier: »Hi, Dido, hier ist Jeff Dylan. Hör mal, du weißt doch, dass am Donnerstag nach Weihnachten mein fünfundfünfzigster Geburtstag ist? Ich werde in London sein und wollte meine

Geburtstagsparty im Old Nepal feiern. Bist du dabei? Ruf mich an.«

Fünf: Eine Nachricht bezüglich eines Bilderbuchs in unserem letzten Katalog – war es noch erhältlich? Geschäft! Ich machte mir eine Notiz, dass ich nachschauen musste.

Sechs: »Miss Hoare? Allan Barker. Könnten Sie sich mit mir unter 7320 1212 in Verbindung setzen? Bitten Sie die Zentrale, Sie auf jeden Fall durchzustellen.«

Sieben: »Hi. Ich wollte dir was sagen. Ruf mich an, wenn du Zeit hast.« Das war Kennedy.

Glücklicherweise ist der Laden montags immer geschlossen, auch im Dezember. Aber vielleicht konnten Barnabas und Ernie sich nach ihrer Ankunft einigen, wer sich um die Buchanfrage kümmerte, und zur Abwechslung sogar mal jemandem etwas verkaufen. Ich übertrug mein Gekritzel über das Bilderbuch in eine Schrift, die auch andere lesen konnten, heftete die Notiz an den Computerbildschirm und schenkte mir eine frische Tasse Kaffee ein, bevor ich Sam Johnson auf seinem Handy anrief.

Als er sich meldete, nannte ich meinen Namen und fragte sogleich: »Was ist los? Haben Sie sie gefunden?«

Aber er antwortete nicht direkt. »Miss Hoare, ich muss mit Ihnen sprechen. Könnten Sie aufs Revier kommen?«

»Nicht ohne Handschellen«, gab ich zurück. Ich hörte ein Geräusch, welches nahe legte, dass er meine Worte vernommen hatte, obwohl ich dabei den Hörer vom Gesicht entfernt hatte. Ich hielt ihn wieder an den Mund und fuhr fort: »Tut mir Leid, das ist unmöglich. Ich bin hier allein im Laden und muss mir in ein paar Minuten eine Privatbibliothek anschauen. Worüber wollen Sie mit mir reden?«

»Warten Sie mal kurz.«

Im Hintergrund knallte eine Tür und dann erstarben die Geräusche, die ich vorher gehört hatte.

»Hat Kennedy es Ihnen erzählt? Annie Kelly ist nicht nach Wanstead gefahren.«

»Hab ich schon gehört. Hatten Sie Glück bei den Taxiunternehmen?«

»Ja ja«, stöhnte er. »Der Fahrer hat sie am Vorplatz zur Euston Station abgesetzt.«

Ich sah den Vorplatz der Euston Station lebhaft vor mir. Das hieß nichts anderes, als dass sie einen Zug nach Norden genommen hatte, einen Bus in Richtung Norden, Süden, Osten oder Westen oder ein zweites Taxi oder aber dass sie von einem Freund mit dem Wagen abgeholt worden war. Ich hielt meinen Mund, weil ich sicher war, dass auch er bereits all diese Möglichkeiten durchdacht hatte.

»Mr Johnson, ich habe keine Ahnung, wohin Annie gegangen sein könnte. Wenn ich mich recht erinnere, deutete sie an, sie würde zu einer Freundin ziehen. Aber ich kenne sie eigentlich gar nicht. Jedenfalls nicht so, wie Sie solche Leute kennen. Ich kann Ihnen wirklich nicht helfen, Mr Johnson.«

Ich hörte erneutes Grunzen. »Die Dame sollte besser die Augen offen halten.«

Darüber sann ich ein wenig nach, allerdings nicht sehr lange, dann erwiderte ich, ich sei mir ziemlich sicher, dass Annie genau das täte, weil sie wahrscheinlich aus diesem Grund auch abgehauen sei. Ich endete mit: »Sie wird schon auftauchen. Sie ist zäh.« Das hieß: So zäh wie eine böse Kopfgrippe.

Ich glaubte so etwas wie ein Lachen zu vernehmen, aber als er wieder das Wort an mich richtete, klang er ziemlich ernst.

»Wenn sie sich bei Ihnen meldet, versuchen Sie bitte herauszubekommen, wo sie sich aufhält.«

Das gefiel mir nicht und das sagte ich ihm auch.

Aber Johnson hielt dagegen, es sei nur zu ihrem eigenen Besten, denn jemand anderer würde wahrscheinlich ihr Versteck kennen, und es wäre besser, wenn er, Johnson, als Erster da aufkreuzen würde. Das stimmte vermutlich. Ich hörte, wie ich ihm zustimmte, aber es gefiel mir immer noch nicht.

Danach tröstete ich mich, indem ich Jeff in Swansea anrief und die Einladung zu seiner Party annahm. Ich brauchte dringend etwas, auf das ich mich freuen konnte. Als ich ankündigte, ich müsse Ben vielleicht mitbringen, klang er immer noch begeistert. Ich würde ihm ein Buch schenken.

Dann wählte ich die Nummer von Scotland Yard und bat, mich zu Superintendent Barker durchzustellen. Er war so rasch am Apparat, dass ich den Eindruck bekam, er hätte an seinem Schreibtisch auf diesen Augenblick gewartet.

»Miss Hoare.« Pause.

»*Sie* hatten mich doch angerufen«, bemerkte ich spitz.

»Ich hoffte, Sie hätten mir etwas zu erzählen.«

Es gab etwas, was ich ihm *nicht* erzählen wollte, und nahm an, dass er darauf anspielte. »Wie kommen Sie darauf?«

»Miss Hoare, wir reden aneinander vorbei. Ich glaube, es ist jetzt der Zeitpunkt gekommen, mit dem Mädchen zu sprechen. Ich habe heute Morgen Mr Kennedy angerufen und er meinte, das müsse ich mit Ihnen aushandeln. So weit, so gut. Ich weiß nicht, welche Garantien sie möchte, aber ich werde versuchen, ihr zu helfen, innerhalb vernünftiger Grenzen natürlich. Aber das Gespräch muss bald stattfinden.«

»Warten Sie mal kurz«, bat ich. Für dieses Gespräch brauchte ich einen weiteren Kaffee. Als mein Becher gefüllt war, kehrte ich zum Schreibtisch zurück, nahm den Hörer auf und berichtete ihm, was passiert war.

Ich konnte fast vor mir sehen, wie er sich bemühte, seinen Kopf nicht auf die Schreibtischplatte zu knallen. Vielleicht unterschätzte ich aber auch seine Selbstbeherrschung. »Die ganze Sache tut mir sehr, sehr Leid, Mr Barker. Ich dachte, es sei das

Richtige. Es ist alles anders gekommen, als ich wollte. Die – Person, die sich um Nina gekümmert hat, war der Ansicht, sie schliefe, und ließ sie für nur zehn Minuten allein. Ich schätze, die Kleine ist doch nicht ganz so hilflos, wie wir dachten. Drogen aktivieren wohl die List in einem.«

Während des darauf folgenden Schweigens wartete ich auf eine Predigt über Amateure, die ihre Nase in die Erwachsenenangelegenheiten der Polizei stecken.

Stattdessen sagte er: »Ich muss mit demjenigen sprechen, der sich um sie gekümmert hat. Wir müssen die Wohnung durchsuchen. Vielleicht gibt es Hinweise, die uns helfen, sie ausfindig zu machen.«

Das hätte ich voraussehen können. »Sie werden nichts finden, weil sie nichts bei sich hatte als die Kleider, die sie am Leibe trug. Und ich bin diejenige, die sich um sie gekümmert hat, also fragen Sie mich, was Sie wollen.« Na ja, irgendwie stimmte das ja auch.

»Miss Hoare, könnten Sie sich demnächst hier einfinden?«, fragte er schließlich.

Ich erklärte, ich würde den Yard nur in Handschellen betreten (obwohl ich es anders ausdrückte – und noch nicht mal rechnete, damit durchzukommen).

»Ich möchte, dass Sie sich ein paar Fotos ansehen.«

Oh. »Das Musk – ich meine: Andry?«

»Ja, ich hoffe es zumindest.«

Tja dann.

»Ich muss aber noch auf meine Ablösung warten und sicherstellen, dass sie meinen kleinen Sohn vom Kindergarten abholt«, wandte ich ein.

»Wenn es Ihnen hilft, schicke ich Ihnen einen Wagen vorbei. Rufen Sie mich an, sobald Sie Zeit für mich haben.«

Ich starrte auf den Bodensatz meines Kaffees. »In Ordnung.«

»Miss Hoare?«

»Mmh?«

»Möchten Sie einen Freund mitbringen?«

»Meinen Sie meinen Anwalt?«

»Nein!« Er klang amüsiert. »Ich meinte nur einen Freund, jemanden, der Sie begleitet. Ich dachte an Chris Kennedy, wenn er Zeit hat. Oder jemand anderen, den Sie gern dabeihätten.«

Ich versprach, ich würde darüber nachdenken, unterbrach die Verbindung, blickte auf meine Armbanduhr und rief Kennedy an, was ich ohnehin vorgehabt hatte. Seine Nachricht hatte gelautet, er wolle mir etwas sagen. Mittlerweile glaubte ich zu wissen, um was es sich handelte.

Bei seinem Büroanschluss lief seine Voicemail. »Ruf mich über Handy an«, diktierte ich. »Es ist etwas passiert. Chris ...« Aber dann beließ ich es dabei und versuchte es über sein Handy, wo er sich dann meldete.

»Hi. Wie geht's?«

Ich wollte ihm schon antworten, es sei alles in Ordnung, aber ich war bei Mrs Acker schon zehn Minuten überfällig und hatte jetzt keine Zeit mehr. »Chris, was wolltest du mir erzählen? Weißt du schon, dass Annie und Nina verschwunden sind? Nina ist einfach abgehauen, als Mr Stanley sie für ein paar Minuten allein ließ. Und ich versuche die ganze Zeit, mit Mrs Acker zu reden – bei ihr ist irgendetwas im Busch. Und ich fürchte, man wird mich wegen Behinderung der Justiz anzeigen, und es wäre nett, wenn du mich nicht auch noch anschreien würdest wie alle anderen, und dein Freund bei Scotland Yard denkt offenbar darüber nach, mich zu verhaften, weil ich ihm alles vermasselt habe.« Ich bremste mich. Erwartete, dass noch ein Mann mich darauf hinwies, ich hätte einen Narren aus mir gemacht.

»Dido, willst du nicht eine Weile mit Ben zu mir ziehen?«

Chris wohnt in einer hübschen Wohnung mit drei Betten in

Swiss Cottage. Immer wenn ich an sie denke, kommt sie mir wie eine Art Hafen vor, wie eine Oase – in seinem Wohnzimmer steht sogar eine große Topfpalme. Und was noch praktischer ist: Rund um die Uhr bewacht ein Portier die Eingangshalle.

»Dido?«

»Chris, ich weiß nicht, was ich dazu – kann ich dich zurückrufen? Ich will wirklich mit dir reden, aber ich komme jetzt schon zu spät zu einer Verabredung. Hast du nachher zu tun?«

»Wenn du möchtest, könnte ich bei dir vorbeifahren.«

Einen Moment lang war ich versucht, ihn doch zu bitten, mich zu Scotland Yard zu begleiten. Aber dann ging mein Stolz mit mir durch und so sagte ich stattdessen, ich würde ihn zur Abendessenszeit anrufen, oder vielleicht auch später. Dann schaltete ich die Kaffeemaschine aus, warf mir den Mantel über, schnappte mir das Notizbuch und blickte prüfend die Straße rauf und runter. Weder Barnabas noch Ernie waren in Sicht und auch niemand Bedrohliches. Ich schloss die Tür ab und eilte in Richtung Hausnummer 21.

Kapitel 34

Schwacher Trost

In dem kleinen Schlafzimmer war es am Nachmittag noch kälter geworden, also inspizierte ich die Regale, so schnell ich konnte. Ich hätte den Wert der Bücher in fünf Minuten einschätzen können, doch ich wollte Mrs Acker die Gelegenheit geben, sich zu entspannen und sich mit mir zu unterhalten. Ich hatte erwartet, dass sie da blieb und mir zusah, doch nach einer Minute murmelte sie etwas und verschwand. Sie schien heute sehr unruhig zu sein. Von unten dröhnte der Staubsauger an mein Ohr und dann folgte ein unregelmäßiges Klacken, das ich als einen Besen identifizierte, der gegen die Fußleisten stieß. Abgesehen davon blieb das Haus still. Ich harrte aus. Aber als ich mit dem Buchstaben A fertig war und Mrs Acker suchen ging, stand sie am Fuß der Treppe und drehte sich zu mir um.

»Ich hab jetzt alles, was ich brauche«, lag mir auf der Zunge, doch da vernahm ich, wie sich hinter ihr ein Schlüssel im Schloss drehte, und Mrs Acker starrte mich an. Panik schien sie befallen zu haben. Ich wich zurück, und als die Haustür geöffnet wurde, hatte ich mich bereits in das kleine Schlafzimmer geflüchtet.

Sehen konnte ich niemanden, aber ich hörte sie. Sie begrüßte ihn mit fast flehender Stimme. »Stimmt was nicht, Ken? Ich hab dich noch gar nicht erwartet. Soll ich eine Kanne Tee aufsetzen?«

Seine Stimme klang gedämpft. »Ich wollte nur was holen. Stör mich nicht.« Dann trat kurzes Schweigen ein. »Was ist das denn?«

»Nur der Abfall aus der Küche, Ken. Könntest du den bitte auf dem Weg nach draußen mitnehmen? Was ist mit dir?«

»Was soll denn sein? Lunger hier nicht so rum!«

Sie flüsterte etwas.

»Was? Jetzt? Komm hier rein.«

Der Wortwechsel klang nun gedämpfter, aber ich hatte den Eindruck, dass eine Art Verhör stattfand, auch wenn ich nur wenig verstehen konnte, bis er irgendwann schrie: »Was hast du ihr erzählt?« Die Wut in seiner Stimme brachte mich wieder an den oberen Treppenabsatz. Sie hatten die Wohnzimmertür nicht ganz geschlossen und ich verrenkte mir fast den Hals, bis ich erkennen konnte, dass sie sich mitten im Zimmer gegenüberstanden. Sie hatte die Hände in ihre Schürze gekrallt.

»Es tut mir Leid. Ich wusste nicht …«

Danach senkten beide die Stimme, aber ich konnte etwas Dringliches in ihrem Geflüster ausmachen. Er bereitete dem mit einem unartikulierten Ausruf ein Ende und stürzte sich nach vorn. Ich erstarrte; aber in letzter Sekunde wandte er sich von ihr ab, hob die Fäuste und boxte mit einem weiteren explosiven Schrei gegen die Wand neben dem Fernseher. Danach herrschte lange Stille.

»Es tut mir Leid«, wiederholte sie. Ihre Stimme war leise. »Ich wollte dich nicht aufregen. Ich hab ihr nur gesagt, ich wolle die Bücher verkaufen. Willst du nicht auch, dass ich die Bücher verkaufe? Falls wir umziehen?«

»Wir bleiben, wo wir sind«, knurrte er. »Will das nicht in dein dämliches Hirn? Ist mir doch scheißegal, was sie mit dem Müll da oben anstellt, schaff sie mir vom Hals!« Stille. Schließlich hörte ich ihn mit rauer Stimme fortfahren: »Komm her, komm her. Tut mir Leid.« Dann schienen sie, gerade außerhalb meiner Sichtweite, für lange Zeit eng beieinander zu stehen. Schließlich kehrte er zur Tür zurück und ich duckte mich. Ich war mir nicht sicher, was ich tun sollte, falls er nach oben liefe. Aber dann schien er gegen etwas Weiches zu schlagen und daraufhin knallte die

Wohnungstür ins Schloss. Ich wartete kurz, dann zog ich ebenfalls die Tür zum kleinen Schlafzimmer zu, und zwar laut genug, dass Mrs Acker es unten hören konnte. Ich rief ihren Namen und schlich zum Treppenabsatz.

Ich dachte, dass Acker sie geschlagen oder getreten hätte, aber als ich sie unten in der Eingangshalle entdeckte, starrte sie auf einen Müllbeutel neben der Küchentür. Er war wohl durch einen Tritt aufgeplatzt und nun ergossen sich Kartoffelschalen und zerknüllte Verpackungen auf den Flurteppich. Ich eilte die Treppe hinunter, doch sie hatte sich bereits hingekniet und damit begonnen, alles einzusammeln und wieder in den Beutel zu stopfen.

»Ich bin fertig«, verkündete ich unbehaglich. »Ich muss jetzt gehen und alles zusammenrechnen, bevor ich meinen Sohn vom Kindergarten abhole. Soll ich das mit rausnehmen?«

Sie sah mich an, als hätte ich ihr einen unanständigen Antrag gemacht. »Nein! Nein, danke, aber unser Container ist nicht – tut mir Leid, haben wir Sie eben gestört?«

Ich log. Und fügte hinzu: »Ich werde Ihnen eine schriftliche Aufstellung all Ihrer Bücher geben. Soll ich sie Ihnen später vorbeibringen?«

»Nein«, flüsterte sie. Sie blickte wie üblich auf mein rechtes Ohr. »Machen Sie sich keine Umstände. Ich kann später in den Laden kommen, um mit Ihnen darüber zu sprechen. Oder lieber morgen?«

Ich fragte, ob alles mit ihr in Ordnung sei. Sie antwortete, ja, danke, und starrte wieder auf das, was ihre Hände verrichteten. Genau wie sie tat ich so, als wäre nichts weiter passiert, und verließ das Haus. Jetzt hatte ich Zeit, darüber nachzudenken, was ich mit diesen Büchern anfing, die ich zwar nicht haben wollte, aber trotzdem kaufen musste, während ich auf Ernie oder Barnabas oder auf beide wartete. Ich würde ihnen meine Arbeit überlassen und dann spazieren gehen. Ich würde etwas Weihnachtliches zu kaufen suchen. Oder etwas Nützliches. Oder ich würde einfach nur alles daransetzen, den Ausbruch von Gewalt zu vergessen, dessen Zeuge ich gewesen war. Möglicherweise wollte ich auch mit jemandem reden.

Ich lief vorbei an der polizeilichen Bekanntmachung, in der darum gebeten wurde, dass jeder Bürger, der am Sonntagmorgen etwas Ungewöhnliches gesehen hätte, sich bei den Verbrechensbekämpfern melden solle, und dann bemerkte ich, dass meine Weihnachtsbeleuchtung eingeschaltet war. Also war Barnabas bereits da. Schon an der Tür hörte ich, dass im Büro eine lautstarke Unterhaltung stattfand. Als ich hinzukam, rief Barnabas gerade: »Aber wer hätte gedacht, dass sie aufstehen und verschwinden könnte? Mr Stanley ist am Boden zerstört!« Ernie blieb lässig: »Ich schätze, sie taucht wieder auf«, gab er zurück. Dann schlug ich die Tür zu.

»Dido, ist alles in Ordnung mit dir?«, fragte Barnabas und runzelte die Stirn.

»Bin nur müde«, wehrte ich ab. Das stimmte. Und vielleicht hatte ich auch für einen Augenblick Angst gehabt. Aber ich zwang mich, ganz ruhig das Büro zu durchqueren, um das Notizbuch wegzulegen und Barnabas mitzuteilen, dass ich an diesem Abend wahrscheinlich einen Babysitter brauchen würde. Dann wich ich weiteren Fragen von ihm aus, indem ich verkündete, ich würde mich jetzt hinlegen, bis ich Ben vom Kindergarten abholen müsse. Mir war jemand eingefallen, der mir beim Problem mit den Ackers helfen könnte, doch für mein Vorhaben benötigte ich die Privatsphäre rund um mein Telefon in der Wohnung.

Als ich DS Smiley erreichte, beschrieb ich ihr die Szene, die ich soeben beobachtet hatte, erzählte ihr auch von den Prellungen, die meinem Vater und mir aufgefallen seien, und dass es sich als unmöglich erwiesen habe, mit der betreffenden Frau darüber zu sprechen. »Also brauche ich Ihren Rat«, schloss ich. Namen hatte ich nicht erwähnt.

»Ich habe schon ein paar Erfahrungen mit häuslicher Gewalt gesammelt«, erwiderte sie langsam. »Solche Fälle werden immer weiblichen Beamten übergeben. Um ehrlich zu sein, versuche ich, derartigen Aufgaben aus dem Weg zu gehen. Es ist ein hartes Stück Arbeit, den Frauen klar zu machen, dass sie offiziell Anzeige erstatten müssen, selbst wenn sie halb tot im Krankenhaus gelandet sind. Und dann ziehen sie die Anzeige zurück, weil sie von den Kerlen abhängig sind. Sie leugnen alles und reden sich ein, die Männer hätten es eigentlich nicht gewollt. Sagten Sie nicht, diese Leute hätten ein ernstes Problem mit Schulden? Wahrscheinlich steht der Mann unter großem Druck und wird damit nicht fertig.«

»Er hat mir Angst gemacht«, gestand ich.

»In meiner Familie ist auch so was passiert«, antwortete sie unvermittelt. »Ich weiß, wie Sie sich fühlen; es kommt leider recht häufig vor.«

»Was sollte ich Ihrer Meinung nach tun?«

»Das Wichtigste ist, die Frau davon zu überzeugen, sich an eine Selbsthilfegruppe zu wenden. Dort wird man schon die richtigen Worte finden. Es gibt da ein Projekt namens Hearthstone: Ich such mal die Nummer raus und ruf Sie zurück. Und ich könnte versuchen herauszufinden, ob der Mann schon als Gewalttäter registriert ist. Das könnte uns weiterhelfen. Wenn Sie mir seinen Namen und seine Adresse geben, überprüfe ich es.«

»In Ordnung«, entgegnete ich und nannte ihr seinen Namen und seinen Dienstrang. »Ach, du Scheiße«, murmelte sie.

»Sie kennen ihn? Also – dann verraten Sie mir, was ich machen soll.«

»Miss Hoare … ich muss darüber nachdenken. Soweit ich

weiß, lässt seine Einstellung gegenüber Kolleginnen zu wünschen übrig, aber er ist bei Weitem nicht der einzige sexistische Polizist. Glauben Sie wirklich, dass er gewalttätig wird? Nein, das war schlecht ausgedrückt. Ich meine, während Sie zuhörten, hat er sie doch nicht geschlagen, oder? Wie dringlich ist die Angelegenheit also Ihrer Einschätzung nach?«

Diese Frage hatte ich nicht erwartet und ich war mir nicht sicher, was ich darauf erwidern sollte. Mir hatte die Szene Angst eingejagt, aber wenn man nach Mrs Ackers bisherigem Verhalten urteilte, war das Ereignis vorhin für sie wohl nichts Ungewöhnliches. Für mich jedoch erklärte sich dadurch die Atmosphäre geballten Unglücks in diesem kalten Haus.

DS Smiley wartete keine Antwort ab. »Ich möchte jetzt erst mal ein paar Leute kontaktieren. Aber ich rufe Sie zurück, egal ob ich nun was herausfinde oder nicht. Sie sind sich darüber im Klaren, dass ich mit Mrs Acker werde sprechen müssen. Vielleicht bekomme ich ja genügend Anhaltspunkte zusammen, um die Sache seinem Vorgesetzten vorzutragen. Außerdem muss ich mir eine Strategie überlegen, wie ich die Frau davon überzeuge, dass sie Hilfe braucht.«

»Mir ist das alles zuwider«, brach es plötzlich aus mir heraus und ich wechselte das Thema. Sergeant Smiley wollte auf dem Heimweg noch mal bei Lewis vorbeisehen. Ich konnte nicht. Ich machte mir gar nicht die Mühe, den Grund zu erklären. Aber ich wollte mich bemühen, ihn am nächsten Tag zu besuchen.

»Gibt es noch etwas? Stimmt was nicht?«, erkundigte sie sich.

War ich wirklich so leicht zu durchschauen?

»Diese – Leichenteile, die ständig hier auftauchen: Ich glaube, langsam gerate ich deswegen in Panik. Sie halten mich bestimmt für verrückt, nicht wahr?«

»Nein, da sind Sie nicht die Einzige, Miss Hoare. Es ist eine wirklich üble Geschichte.«

»Ich wünschte nur, ich müsste nicht immer wieder darüber nachdenken«, seufzte ich. »Diese letzten beiden am Wochenende – da ist doch jemand *krank!*« Das war nichts als Betteln um Mitleid. Nachdem sie kurz und professionell einige tröstende Bemerkungen von sich gegeben hatte, fuhr ich fort: »Ist es immer noch dasselbe Opfer? Und weiß man mittlerweile, warum die Leiche eingefroren war?«

»Es tut mir Leid, aber ich darf Ihnen keine Informationen über den Fall zukommen lassen.«

Gut, ich korrigierte meine Strategie. »Jedes Mal, wenn ich aus der Tür trete, habe ich Angst, wieder über etwas zu stolpern«, sinnierte ich düster. »Sie brauchen mir gar nicht erst zu sagen, dass das irrational ist. Können Sie mir denn wenigstens eines verraten? Ist es jetzt endlich vorbei? Haben Sie die ganze Leiche beisammen?«

Sie zögerte. Wahrscheinlich wünschte sie, sie könnte mir helfen. »Fast«, erwiderte sie. »Fast alles ist jetzt in der Pathologie und dort arbeiten die Kollegen auf Hochtouren. Aber ich kann Ihnen eines mitteilen und ich hoffe, das tröstet Sie ein bisschen: Es sieht so aus, als wäre sie nicht umgebracht worden. Ihr Tod war … beinah natürlich, eher zufällig, und es gibt mit größter Sicherheit keinen Serienkiller, der in Ihrer Gegend Frauen attackiert, also zerbrechen Sie sich darüber nicht mehr den Kopf.«

»Aber es fehlt noch etwas!« Meine Stimme wurde ein klein wenig lauter. Vielleicht verriet das uns beiden, wie ich mich in Wahrheit fühlte.

»Miss Hoare, versuchen Sie bitte, sich keine unnötigen Sorgen zu machen. Was diese andere Sache betrifft, so setze ich mich so bald wie möglich mit Ihnen in Verbindung.«

Wir verabschiedeten uns und dann legte ich auf und dachte über das nach, was sie erzählt hatte: dass die junge Frau nicht ermordet worden war. Was sollte das heißen, »beinah natürlich«?

Ich lehnte mich auf dem Sofa zurück, warf erneut einen Blick auf die Uhr und schloss die Augen. Als ich sie wieder öffnete, wusste ich, dass »beinah natürlich« bedeutete, dass das tote Mädchen nicht ermordet worden war – weder erschossen, noch erschlagen oder erwürgt. Je länger ich darüber nachgrübelte, desto mehr verschmolz die Tote in meiner Vorstellung mit Nina. Beide waren gleich alt, beide Prostituierte, beide wahrscheinlich fremd in London. Beide drogenabhängig? Hieß das, dass die Tote an einer Überdosis gestorben war – Heroin, Crack, was zu so einem Leben dazugehörte? Und was das Einfrieren der Leiche betraf: Angenommen, dieses Mädchen hätte vor seinem Tod jemandem wie dem Muskelpaket »gehört«. Und was wäre, wenn dieser Jemand ihre Leiche einfach bei sich behalten hätte, bis sie sicher entsorgt werden konnte?

Aber das erklärte nicht, warum die Leiche stückweise in der Gegend verteilt wurde. Das passte einfach nicht. Wer eine Leiche in eine Gefriertruhe steckt, will sie für eine Weile von der Bildfläche verschwinden lassen; wenn er sie dann in Stücke hackt und überall herumbaumeln lässt, lenkt er die öffentliche Aufmerksamkeit auf sich und vergrößert das Risiko, geschnappt zu werden: Die beiden Sachverhalte widersprachen sich vollkommen. Irgendetwas musste sich geändert und bei dem Täter ein Bedürfnis erzeugt haben, das das Risiko überwog. Möglicherweise ergab sich der Widerspruch nur daraus, dass ein Bedürfnis das andere verdrängte.

Barnabas stellte mich, bevor ich mich verdünnisieren konnte. Mit einem gebieterischen: »Dido!«, bremste er mich vor der Ladentür.

Ich erwiderte, ich wolle nur Ben abholen.

»Zuerst noch eins! Etwas, worüber du nachdenken solltest. Ich bin sicher, Pat würde sich freuen, dich und Ben bei sich zu beherbergen, bis die Dinge sich geklärt haben. Ernie und ich werden uns um den Laden kümmern. Eigentlich gibt es auch gar keinen Grund, warum wir nicht bis nach Neujahr schließen sollten.«

Der letzte Teil schien mir ein guter Vorschlag zu sein – wenn nicht jetzt, dann ab Ende der Woche. Am besten kündigte ich morgen mit einem Schild schon mal unseren Betriebsurlaub an. Viele Läden schließen ja zwischen Weihnachten und Neujahr. Was die Sache mit St. Albans betraf, so war ich nicht sicher, ob Pat und ich unter einem Dach wohnen konnten, ohne uns ständig anzuschreien. Das Übliche unter Geschwistern. Auf der anderen Seite war Kennedys Palme doch …

»Eigentlich«, murmelte ich zögernd, »hab ich schon eine Einladung. Aber es wäre eine gute Idee, den Laden zu schließen.«

»Eine Einladung von Pat?«, fragte er ungeduldig, um die Sache zu regeln.

»Nein«, erklärte ich. »Von Chris Kennedy. Er hat in seiner Wohnung massig Platz für drei.«

Barnabas kniff die Augen zusammen. Aber ich winkte ihm nur und setzte mich in Bewegung. Und dann kauften Ben und ich einen richtigen Weihnachtsbaum, der vor Kiefernharz nur so klebte, und brachten ihn mit nach Hause.

Kapitel 35

Bilder

Als ich zurückkam, brannte Licht in der Wohnung, doch alles war ruhig. Ich trat vorsichtig ein und steckte den Kopf ins Schlafzimmer, wo Mr Spock zusammengerollt auf meinem Kopfkissen lag (im Geiste machte ich mir eine Notiz, es vor dem Schlafengehen umzudrehen), und Ben schlief mit halb abgestrampelter Decke. Ich schlich zum Bettchen, zog die Decke sacht hoch und steckte sie fest. Er seufzte, rührte sich aber nicht. Ich schloss leise die Tür und tappte ins Wohnzimmer. Barnabas, der bequem mit einem Buch vor der Nase auf dem langen Sofa ruhte, betrachtete mein Näherkommen mit einem Blick, der alles andere als schläfrig war, und erkundigte sich, ob ich schon gegessen hätte.

»... Denn«, fuhr er fort, »Ich habe vor einigen Stunden etwas bestellt und konnte es nicht aufessen, obwohl Ernie mich tatkräftig unterstützt hat. Übrigens habe ich ihn gebeten, morgen etwas früher hier zu sein, weil ich ein bisschen Zeit bei Mr Stanley verbringen möchte. Und dem Affen natürlich.«

»Ich hab da ein Sandwich bekommen«, gähnte ich.

»Wie du willst. Dann erzähl mir, was passiert ist.«

Ich ließ mich in den Sessel sinken und betrachtete den Weihnachtsbaum – Barnabas oder sonst jemand hatte den Ständer auf dem Bord hinten im Flurschrank gefunden und den Baum neben dem Kamin aufgestellt, bereit zum Schmücken.

»Überall waren die Straßen verstopft«, seufzte ich. »Selbst mit Blaulicht und Sirene brauchten wir eine Ewigkeit, um zur Victoria Street zu gelangen. Dann saß ich zwei Stunden in der Ecke eines großen Raumes und sah mir irgendwelche Bilder an und hin und wieder brachte mir jemand dünnen Instantkaffee aus einem Automaten.«

»Welch faszinierende Hintergrundbeschreibung«, bemerkte Barnabas trocken. »Und?«

»Sie gehen davon aus, dass er Andry Barden heißt, aber er benutzt auch andere Namen. Ursprünglich stammt er offenbar aus Moldawien, aber der Superintendent meint, er würde viel herumreisen. Barker wurde fast gesprächig, als ich das Muskelpaket identifizierte. Es sei ihm egal, ob dieser Mann für fünfzig Jahre ins Gefängnis ginge, nach Moldawien zurückgeschickt würde oder stürbe, Hauptsache, es geschähe bald. Genau das waren seine Worte. Barnabas, sie hatten Nina auch in der Kartei – ich war mir fast sicher, obwohl sie auf dem Foto wesentlich dicker aussah. Sie hat vor drei Monaten eine Geldstrafe wegen Prostitution erhalten, aber sonst weiß man nichts über sie. Bei ihrer Verhaftung hatte sie einen deutschen Namen angegeben. Jetzt soll die Streifenpolizei nach ihr Ausschau halten, vor allem, weil sie beim Yard mittlerweile wissen, dass sie Umgang mit diesem Typen hat. Aber wahrscheinlich wird man sie nicht mehr auf der Straße finden, vielleicht noch nicht mal in London. Wenn sie zu den Mistkerlen zurückgekehrt ist, haben sie sie entweder in den Norden geschickt oder irgendwo in einen Club oder Massagesalon. Möglicherweise halten sie sie auch einfach so unter Verschluss.«

Es machte mich müde, mich selbst immer weiter und weiter reden zu hören. Ich schloss die Augen und lauschte, wie mein Vater sich rührte, aufstand und zu mir an den Sessel trat.

»Ich geh jetzt nach Hause, aber ich komme morgen gegen Mittag zurück. Ich möchte, dass du mit mir nach unten gehst und an der Haustür die Kette vorlegst. Und dann legst du dich wohl am besten aufs Ohr, nicht wahr?« Es war weniger eine Frage als ein Befehl, aber ich war ziemlich willig. Gegenüber allem.

Oben drehte ich meine Runde, um das Licht zu löschen. In der Küche trockneten saubere Teller auf dem Abtropfständer und es gab nichts, was unbedingt sofort erledigt werden musste. Ein Anflug von Hunger trieb mich, den Kühlschrank zu öffnen. Auf dem unteren Bord warteten zwei Pappbehälter mit Essen. Ich lüftete die Deckel über einer halben Portion Kürbis-Bhaji und einer Hühnerkeule in einer klebrigen, orangefarbenen Sauce. Es würde nur eine Minute dauern, das aufzuwärmen. Also holte ich Messer und Gabel heraus und aß es kalt aus der Schachtel. Dann bürstete ich mir die Sauce von den Zähnen und ging zu Bett. Als ich mich ausgestreckt hatte, wusste ich nicht mehr, ob ich das Kissen vorher umgedreht hatte. Es ist schon seltsam, was einen so beschäftigt, noch lange nachdem man eingeschlafen sein sollte.

Kapitel 36

Deals

Als das Telefon anfing zu klingeln, drehte ich mich um und eilte zurück. Ich hatte eigentlich überhaupt keine Lust, noch mal Hausnummer 21 aufzusuchen, und jeder Aufschub war mir willkommen. Als ich die Stimme von Annie Kelly in der Leitung vernahm, wurde mir klar, dass ich mir über diese Möglichkeit noch gar keine Gedanken gemacht hatte.

»Dido?« Ihre Stimme klang an diesem Morgen auffallend laut und fröhlich. »Ich wollte mich nur wegen gestern bedanken.«

»Nichts zu danken«, gab ich zurück. »Wie ist es so in Wanstead?«

Sie entschied sich zu lachen. »Hören Sie, meine Liebe, tut mir Leid deswegen, aber als ich in meinem Schlafzimmer stand und zusammenpackte, dachte ich noch mal über alles nach, und es ist für Sie einfach sicherer, wenn Sie keine Ahnung haben, wo ich bin.«

Für sie aber auch. »Nina ist verschwunden«, sagte ich. »Stehen Sie mit ihr in Kontakt? Wissen Sie, wo sie ist?«

»Ach du Scheiße«, tönte es nach einer langen Pause. Also offenbar nicht.

»Was ist passiert?«

»Als Mr Stanley ihr gestern kurz den Rücken kehrte, ist sie abgehauen.«

»Ach. Tja. Tja, ich hoffe, es geht ihr gut.«

»Das denke ich nicht. Sie etwa?«

Ihre Stimme klang zunehmend widerstrebend. »Wie ging es ihr denn?«

»Ein bisschen besser. Nur ein bisschen. Aber sie hätte mehr Zeit gebraucht.«

»Ja, nun, die Sache ist die, Dido, so einfach ist das nicht.«

»Sie war wohl cracksüchtig.«

»Ja, das schätze ich auch. Wissen Sie, man kommt nicht so einfach von dem Zeug los. Wenn man sich das nächste Mal als ein Stück Scheiße empfindet, erinnert man sich bloß daran, was für ein Wahnsinnsgefühl so ein Trip auslöst.«

»Dealt Georgie mit Crack? Ist sie zu ihm zurückgegangen?«

»Ja, manchmal, glaube ich.«

»Also hat Andry sie jetzt wieder in seinen Fängen«, knurrte ich. »Wird er sie umbringen?«

Ich hörte zu, wie sie sich um einen zuversichtlichen Tonfall bemühte, um sich und mich zu beruhigen. Dann verlor sich ihre Stimme.

»Annie, ich muss Nina finden. Bitte geben Sie mir Georgies Adresse.« An diesem Punkt fielen mir plötzlich meine Instruktionen ein, aber es war zu spät, jetzt nach meinem Handy zu suchen. »Oder zumindest seine Telefonnummer. Ich werde herausfinden, ob sie bei ihm ist.« Ich drückte mir die Daumen.

Als Reaktion kam jedoch ein Schrei: »Dido, Sie dumme Kuh, Sie werden sich von denen fern halten!«

»Nichts wäre mir lieber«, entgegnete ich kalt. »Aber wenn ich mit ihnen reden kann, werde ich versuchen, sie dazu zu bewegen, die Kleine freizulassen. Wie wichtig ist sie den Typen wohl noch? Nina hat doch schon monatelang für sie angeschafft. Sie haben längst ihren Profit mit der Kleinen gemacht. Wie viel wird sie außerdem jetzt noch wert sein, wo sie so krank ist? Ich könnte ihnen, wenn nötig, sogar etwas Geld anbieten. Chris und ich werden eine Möglichkeit finden, das zu bewerkstelligen.« Was jetzt folgte, war ein Schlag unter die Gürtellinie, aber ich fuhr fort, ohne mit der Wimper zu zucken: »Halten Sie mal einen Moment inne und denken Sie nach, Annie Kelly: Es war *unsere* Schuld, dass sie weggelaufen und dann zu den Kerlen zurückgegangen ist. Verstehen Sie? Zuerst Ihr Fehler und danach meiner, weil ich nicht richtig aufgepasst habe. Wenn sie Nina umbringen, ist das unsere Schuld.«

»Nein, ist es nicht.« Sie klang wie ein trotziges Schulmädchen.

»Annie – Sie wissen genau, dass ich Recht habe! Sie haben ihr etwas Gutes getan und jetzt müssen Sie es zu Ende bringen. Sie müssen sich entscheiden.«

Ich lauschte so lange auf das Schweigen am anderen Ende der Leitung, dass ich langsam argwöhnte, sie hätte einfach den Hörer weggelegt und sich aus dem Staub gemacht. Ich hatte Angst, noch etwas zu sagen.

»Dido?«

»Annie.«

»Wenn er rauskriegt, dass Sie sie von mir haben …«

»Trauen Sie mir zu, dass ich Sie verrate?«

»Nein, schon gut. Haben Sie einen Stift?«

Langsam diktierte sie mir die Nummer seines Handys. Ich schrieb die Ziffern fast ebenso sorgfältig nieder und las sie noch einmal vor. Dann hängte sie auf. Ich drückte ohne große Hoffnung die Rückruftaste, doch eine elektronische Stimme nannte mir als Nummer »des letzten Anrufers« eine ganz normale Festnetznummer. Und ausgehend von den ersten vier Ziffern befand sich Annie im Zentrum Londons und wahrscheinlich gar nicht so weit entfernt von mir. Ich schrieb die Nummer unter die von Georgies Handy, faltete den Zettel in ein kleines Quadrat und schob es tief in meine Tasche, damit ich es überall und allzeit griffbereit hatte. Georgie würde wohl ahnen, dass ich die Nummer von Annie hatte. Aber es war ja nur die von seinem Handy. Wahrscheinlich nutzte er es ständig für seine Geschäfte – gut möglich, dass halb London die Nummer kannte. Es konnte ihm egal sein, ob ich dazuzählte, denn mir wurde damit nicht verraten, wo er – und vielleicht auch Nina – sich aufhielt. Die Frage war also, wie ich diese Nummer nutzen konnte.

Mrs Acker öffnete so rasch die Tür, dass mich der Verdacht beschlich, sie hätte auf der Treppe gesessen und auf mich gewartet. Sie trat zurück und winkte mich hinein, lächelte zaghaft und wartete. Ich holte das Blatt Papier mit den Zahlen hervor, das ich gerade ausgedruckt hatte, und reichte es ihr. Sie warf einen kurzen Blick darauf. Dann wandte sie sich an mich.

»Miss Hoare, ich wusste nicht, wie viel Arbeit Sie …, ich wusste es nicht … soll ich das lesen?«

»Ja, das sollten Sie«, erwiderte ich. Ich wies auf die Zahlen: »Hier, das sind die Taschenbücher. Ich hab sie mir nicht genau angesehen, aber gezählt. Es waren neunhundertundzehn. Aber sie sind leider nicht viel wert.«

»Oh«, flüsterte sie. »Ja. Nein, ich verstehe. Das sind sie nie. Ich hab sie hauptsächlich von Oxfam, also bin ich auch nicht davon ausgegangen.«

»Sie haben nicht zufällig Ihre Meinung geändert und wollen sie doch lieber behalten, wie?«, fragte ich hoffnungsvoll. »Nur zum Lesen?«

»Nein«, wehrte sie ab. »Nein, es muss alles weg. Er … Was … Wie viel würden Sie mir dafür geben?«

In Ordnung. »Hundert Pfund.«

»Oh!«

»Nun zu diesen«, fuhr ich rasch fort, »das sind die gebundenen Bücher. Ein paar von ihnen sind in ziemlich gutem Zustand, aber es sind keine – nichts, was wir ›Sammlerstücke‹ nennen. Aber ich könnte Ihnen einen Pfund pro Band anbieten. Es sind dreihundertundzweiunddreißig. Und dann habe ich hier unten zwei von ihnen gesondert aufgeführt – das alte Buch mit den Landschaftsstichen und das mit den Vogelillustrationen. Die beiden sind recht interessant und ich gehe davon aus, dass ich sie an einen meiner Kunden verkaufen kann.« Ich blickte rasch auf ihr konzentriertes Gesicht. »Das Vogelbuch ist fünfundsiebzig Pfund wert und für das Landschaftsbuch kann ich Ihnen hundert Pfund anbieten.«

Ich hatte seit dem Vortag jeden meiner Schritte sorgfältig überlegt. Ich war nun im Begriff, etwas vollkommen Irrationales zu tun, und hoffte nur, sie würde es nicht bemerken. Ich holte tief Luft. »Alles zusammen ergibt 607 Pfund. Oder sagen wir 600 Pfund und Sie können sich alle Taschenbücher rausnehmen, die Sie behalten wollen und sich einfach an ihnen freuen.« Die Zahlen waren völlig aus der Luft gegriffen, aber ich hatte den Eindruck, sie bemerkte das gar nicht. Zwar sagte ich nicht: Bitte behalten Sie sie alle, aber es wäre mir durchaus möglich gewesen. »Ich hoffe, das hilft Ihnen«, ich lächelte sie an, »aber wenn Sie noch Zeit brauchen, darüber nachzudenken, dann …«

»Oh nein«, antwortete sie rasch. »Ich hoffte … aber ich bin sicher, Sie sind fair. Ich hatte noch ein Buch, das Sie bestimmt interessiert hätte. Aber es sieht so aus, als hätte ich es verloren. Ken hat es mir zum letzten Geburtstag geschenkt. Es war eins über Blumen.«

Mein Herz unternahm einen Versuch, meinem Brustkorb zu entfliehen. Ich brachte gerade noch zustande: »Blumen? Oh, zu schade.« Meine Stimme klang gekünstelt. »Sammler lieben Blumenbücher. War es denn alt?«

Sie nickte düster. »Sehr, sehr alt. Ken hat es eines Tages auf einem Trödelmarkt entdeckt und nur fünf Pfund dafür bezahlt, aber es war wirklich schön und vielleicht hätten Sie das auch gewollt. Ich glaube, es hat einmal einem Kunststudenten gehört, weil ein paar der Bilder gemalt waren, mit Aquarellfarben, verstehen Sie? Und es war so schön! Ich habe es geliebt.«

Mir klingelten die Ohren. Ich erwiderte, das sei ja wirklich eine Schande, und erkundigte mich, wie lang sie das Buch besessen hätte und wann es verschwunden sei und ob sie nicht meinte, es würde irgendwo im Haus auftauchen, wenn sie nachsähe, und wenn ja, dann sollte sie es mir wirklich zeigen.

Sie nickte. »Mein Geburtstag war im Oktober und ein paar Wochen später vermisste ich es auf einmal. Natürlich wird es wieder auftauchen. Bestimmt wird es das.«

Ich nickte. Die Sache mit dem Trödelmarkt schluckte ich natürlich nicht, weil selbst der dämlichste Straßenhändler das Alter des Buchs bemerkt, die Bildtafeln studiert und das Buch dann für sehr viel mehr Geld an einen Buchagenten oder einen Antiquitätenladen verkauft hätte. Constable Ackers Geschichte war erstunken und erlogen und ich fragte mich, ob irgendwo in den Akten stand, dass er im Oktober einen Obdachlosen verhaftet hatte. Aber er hätte ihn auch gar nicht verhaften müssen – ein bisschen Einschüchterung oder ein paar Dosen Bier hätten es wahrscheinlich auch getan. Die Identität des ordentlichen, ganz normal aussehenden Mannes mittleren Alters, der sich John Brown nannte, war nun nicht länger ungeklärt.

Ich lächelte scheinheilig und verkündete, wenn sie das Buch tatsächlich fände, würde ich es mir jederzeit mit Vergnügen ansehen.

»Dann«, antwortete sie entschieden, »denke ich, ich sollte jetzt alles an Sie verkaufen. Und bezahle das, was ich Ihnen noch für *Pu der Bär* schulde. Sie können es doch abziehen oder nicht, und mir eine Quittung geben, auf der lediglich steht, Sie hätten die Bücher für den Restbetrag gekauft? Das wird es einfacher machen.«

Ich brauchte nur eine Sekunde, um zu erkennen, warum sie es so haben wollte, und um dem Handel zuzustimmen. Ich würde zwei Ausfertigungen eines Angebots über genau 542 Pfund für all ihre Bücher erstellen, sie würde eine für mich unterschreiben und die andere für sich behalten und dann würde ich ihr den Bären aushändigen. Und außerdem hatte ich immer noch keine Gelegenheit gefunden, mit ihr über ihren Mann zu sprechen.

Aber nun, da das Geschäft abgeschlossen war, blickte sie erneut stur auf mein rechtes Ohr und mir erstarb der halb formulierte Satz im Mund.

»Werden Sie sie gleich mitnehmen?«

Ich blickte auf meine Uhr. »Ernie – Sie wissen doch, mein Assistent – kommt erst später. Ich werde seine Hilfe brauchen, um die Bücher zusammenzupacken und wegzubringen. Aber sobald er auftaucht …«

»Vielleicht könnten Sie mich anrufen, bevor Sie losfahren, nur um sicherzugehen, dass es gerade passt?«

Ich erinnerte mich an die Szene vom Vortag und verstand vollkommen.

»Und Miss Hoare, wenn es nicht zu viele Umstände macht, könnten Sie mir die Summe dann wohl in bar geben? Das wäre mir eine große Hilfe.«

Ich nickte. Wahrscheinlich musste ich ohnehin zur Bank.

Ich befand mich auf halbem Weg zur Straße, als mir der Gedanke kam, gefolgt von großer Erleichterung, dass ich Recht behalten und sie offenbar wirklich beschlossen hatte, ihn zu verlassen. Ich hoffte inständig, dass ich mich nicht täuschte, denn damit wäre ich alle Verantwortung los. Ich würde nicht mehr versuchen müssen, mit ihr zu reden. Ich konnte aufhören, mir Sorgen zu machen. Ein Problem weniger, aber immer noch genügend weitere, um die ich mich kümmern musste.

Kapitel 37

Zahltag

Ich überreichte Mrs Acker das Geld und beobachtete, wie sie es sorgfältig und bis zur letzten Pfundmünze zählte. Dann unterschrieb sie die Empfangsbestätigung. Ich holte *Pu der Bär* hervor, der mit zwei Lagen Noppenfolie gut geschützt war, und drückte ihr meine Quittung über seinen vollen Preis in die Hand. Nachdem wir das Geschäft besiegelt hatten, blieben wir nebeneinander in der Eingangshalle stehen und sahen zu, wie Ernie die letzten Kisten den Weg hinunterschleppte und sie in den Kofferraum meines purpurfarbenen Vans schob. Insgesamt waren es vierzehn, also hatte ich zumindest nicht die Sitze zusammenklappen müssen. Eine der Kisten – die kleinste und leerste von allen – enthielt die Bücher, die tatsächlich zu mir in den Laden kommen sollten.

»Tja«, meldete sie sich plötzlich zu Wort, die Augen starr auf Ernie und den Wagen geheftet, »jetzt wird es ordentlicher sein.«

»Sie sagten doch, Sie würden wegziehen, oder?«, fragte ich sie zögernd. »Ich werde Sie vermissen – Sie waren so eine gute Kundin. Wann ist es denn so weit?«

Sie zögerte. »Noch nicht sofort, so habe ich es nicht gemeint. Bald. Mr Acker wird Vorruhestand beantragen. Wissen Sie, er wird bald zweiundfünfzig, und jetzt möchte er nicht mehr. Und dann können wir umziehen.«

Ich tat so, als hätte ich vergessen, was sie erzählt hatte, und entgegnete: »Aber es wird natürlich auch eine Zeit lang dauern, dieses Haus zu verkaufen, also wird es vielleicht erst im Frühjahr dazu kommen?«

»Oh!« Sie lachte kurz. »Wie ich bereits erwähnte, es ist nicht unser Haus! Ich wünschte, es wäre so. Es muss mittlerweile ein Vermögen wert sein und er könnte …« Dann schien ihr etwas einzufallen und sie verstummte.

»Oh, oh, und ich dachte, es gehörte Ihnen«, murmelte ich und sie lachte noch einmal unglücklich auf und schüttelte den Kopf.

»Wenn Mr Acker in Pension geht, werden wir Urlaub machen. Wir konnten uns seit Jahren keinen richtigen Urlaub mehr leisten, aber er wird ja eine Abfindung erhalten, und vielleicht fahren wir dann nächstes Frühjahr nach Spanien.«

Das würde sicher schön sein, stimmte ich zu und mir fiel auf, dass sie in all den Jahren, seit ich sie kannte, noch nie so offen gewesen war.

»Was wird Ihr Mann in Zukunft machen? Heutzutage ist zweiundfünfzig doch kein Alter.«

Ihr Lächeln schwand. »Darüber haben wir noch nicht gesprochen. Ken ist so erschöpft, er muss sich einfach mal ausruhen. Wissen Sie, die Metropolitan Police hat mittlerweile einfach zu wenig Leute. Zusätzlich zur steigenden Kriminalitätsrate gibt es jetzt auch noch all den neuen Papierkram. Heutzutage herrscht schrecklich viel Kriminalität in London. Vom Zeitunglesen kriege ich richtig Alpträume. Manchmal kommt Ken sehr angespannt nach Hause.«

Das hatte ich ja mitbekommen: Anspannung, Wut – nicht, dass das irgendwas entschuldigen würde. Ich wollte ihr antworten, aber Ernie wartete schon im Van, und ich musste noch was erledigen. Außerdem hatte ich das Gefühl, es sei jetzt nicht der rechte Zeitpunkt, das Thema zur Sprache zu bringen, weil sie fast glücklich wirkte.

Also beließ ich es dabei. Ich trat über die Schwelle, blieb aber noch kurz stehen. »Ich hoffe, der Bär macht Ihnen viel Freude. Und Sie können natürlich jederzeit im Laden vorbeischauen, auch wenn Sie nichts kaufen möchten. Nur um ›Hallo‹ zu sagen.«

Als sie lächelte, sah man fast, dass sie früher einmal ziemlich hübsch gewesen sein musste.

Ich stieg in den MPV und startete den Motor.

Ernie runzelte die Stirn. »Wo wollen wir das Zeug bloß unterbringen? Glaubst du, es ist noch genug Platz unter dem Packtisch?«

Ich klärte ihn auf: Rund fünfzehn Bücher würden wir prüfen und dann einstellen, aber dreizehn Kisten kamen direkt zum Buchladen des Oxforder Hungerhilfekomitees, kurz Oxfam, in der Marylebone High Street, dafür hatte ich bereits gesorgt.

Er bedachte mich mit einem durchdringenden Blick, drehte sich weg und starrte durch die Windschutzscheibe. Es gibt ein paar Gesten, die Ernie von Barnabas abgekupfert hat. Tja, wir hatten in diesem Monat gute Geschäfte gemacht und ich konnte mir jetzt eben eine Spende leisten.

Eine Stunde später waren wir im Laden und wieder an der Arbeit – Ernie an der Webseite, ich am Schreibtisch mit der Post – als mir einfiel, dass das Acker-Problem doch nicht ganz so gelöst war, wie ich gehofft hatte, und dass ich Laura Smiley noch anrufen musste. Ich grub das Telefon unter einer Papierverwehung hervor, kam sofort zu ihr durch und schnitt ihr das Begrüßungswort ab. »Erinnern Sie sich an die Sache, in der ich Sie um Rat gefragt habe? Ich hab etwas über den Mann herausgefunden. Könnten wir uns treffen? Es ist eine wirklich wichtige Information und ich denke, es ist notwendig, dass wir uns persönlich treffen. Es ist etwas kompliziert.«

»Das klingt aber spannend«, lachte sie. »In Ordnung, aber ich wollte gerade aufbrechen. Ich muss zu Mr Lewis. Mal sehen, ob ihm noch etwas eingefallen ist. Vielleicht können wir uns unterhalten, wenn ich wieder zurück bin?«

»Okay«, lenkte ich ein, aber nachdem ich aufgelegt hatte, mich zu der Wunschliste wandte, die ich durchgehen musste, und feststellte, dass ich eine ganze Seite mit Titeln gelesen hatte, ohne einen einzigen davon im Gedächtnis behalten zu haben, schob ich die Liste zu Ernie hinüber.

»Ich muss mal weg. Könntest du, wenn du Zeit hast, nachsehen, ob wir von diesen Büchern welche dahaben?«

Er nickte. »Bist du rechtzeitig zurück, um Ben abzuholen?«

Ich bejahte, machte es aber gleich darauf zunichte, indem ich hinzufügte, wenn etwas schief ginge, würde ich um vier Uhr im Laden anrufen. Dann dachte ich noch rechtzeitig daran, zu erwähnen, dass Barnabas bald käme, und eilte hinaus zum Van. Genau wie Smiley wollte ich erfahren, ob Lewis noch etwas eingefallen war. Mir war klar, dass es Tage gab, an denen ich von ihm eine Antwort erwarten konnte, und Tage, an denen nichts ging. Gleichzeitig konnte ich mir Smiley schnappen: zwei Fliegen mit einer Klappe.

Doch als ich vorsichtig das stille Zimmer im Pflegeheim betrat, verriet mir ihre Miene, dass sie nicht in der Stimmung war, geschnappt zu werden.

»Hallo, Mr Lewis. Hallo, Sergeant Smiley. Ich war gerade in der Nähe, also dachte ich, ich käme mal vorbei. Haben Sie miteinander gesprochen? Ich wollte nicht stören.«

Sie beherrschte sich mit übermenschlicher Anstrengung und erwiderte: »Nein.« Nein, ich hatte nicht bei einem lebhaften und nützlichen Austausch von Informationen gestört.

Ich tappte leise durch den Raum und setzte mich ruhig auf einen Stuhl am Fenster. Mr Lewis beobachtete mich. Als ich einen Blick zu Smiley warf, sah ich, dass sie es bemerkt hatte. Sie zögerte ein wenig und nickte dann fast unmerklich.

Ich lächelte freundlich. »Ich hoffe, es geht Ihnen besser, Mr Lewis? Was macht denn Ihre Hand?«

Er betrachtete sie und hob sie hoch. »Besser. Nicht schlecht.«

Ich lächelte weiter. »Das freut mich.« Sollte ich es jetzt verderben, indem ich seine Erinnerung aktivierte? »Ich hoffe, Sie sind bald wieder ganz gesund. Wie ist das denn eigentlich passiert?«

Aber ich hatte mich verschätzt. Zumindest dachte ich das, als er mit der gesunden Hand den Gips umfasste und stöhnte. Aber ein Rückzieher kam mir jetzt sinnlos vor – leichter würde es dadurch auch nicht. Behutsam fragte ich weiter: »Waren es Männer, die Sie verletzt haben?«

Als er nicht antwortete, schaute ich ihn kurz an. In seinen Augen schimmerten Tränen. »Ist es passiert, als der Wagen Sie streifte?«

Statt einer Antwort prasselte eine Kaskade von Flüchen auf mich nieder, die das ganze Zimmer in Schwefel hätte tauchen können. Als er schließlich verstummte, warf er mir einen raschen Blick zu. Mir schien, dieser Blick wäre schärfer, und er sagte deutlich: »Verdammter Bastard.«

Nur einer?

»Kannten Sie ihn? Er sollte dafür bestraft werden.«

»Nein, nein, nein«, widersprach er rasch. »Das geht nicht.«

Unvermittelt schaltete sich Smiley ein. »Aber man kann nicht zulassen, dass er Leute verletzt, verstehen Sie? Das ist nicht erlaubt.«

»Können Sie mir seinen Namen nennen?« Ich nahm meinen Faden wieder auf. »Ich würde Ihnen gerne helfen. Erzählen Sie mir doch etwas über ihn, damit ich etwas für Sie tun kann.«

»Da war ein Auto.«

»Sind Sie in dem Auto gefahren?«, hakte Smiley nach.

Was ging hier vor?

Lewis nickte. Dann schwanden die Intelligenz und die Konzentration aus seinem Blick. Er zog die Schultern zusammen, starrte hinunter auf seine Hand und weinte.

»Ich sag mal besser der Schwester Bescheid, dass wir ihn aufgeregt haben«, flüsterte Smiley mir zu. »Vielleicht braucht er Medikamente. Und dann möchte ich mit Ihnen reden.«

Sie erhob sich, trat zum Bett und legte ihm sanft eine Hand auf die Schulter. »Auf Wiedersehen, Mr Lewis.« Er saß da wie aus Stein. Ich stand ebenfalls auf. »Ich komme Sie bald wieder besuchen, Mr Lewis. Beim nächsten Mal bringe ich Ihnen auch ein Geschenk mit.« Er ignorierte mich. Rasch verließen wir den Raum.

Auf dem Korridor beschleunigte sie ihre Schritte und gab an der Empfangstheke Bescheid, dann drängte sie mich fast zum Hauptausgang hinaus. Es nieselte. Wir sahen einander an.

»Mein Wagen ist gleich hier.« Sie hatte ihren kleinen, silbernen Nissan auf einem für Ärzte reservierten Parkplatz abgestellt: das Privileg der Polizei. Ich ließ mich auf den Beifahrersitz gleiten; sie setzte sich hinters Steuer und starrte mich dann an.

»Was war denn das da drinnen?«

Ich zuckte die Achseln. Ich war mir nicht sicher. »Na ja«, erwiderte ich zögernd, »er fing an, über den Unfall zu sprechen, weil ich mich nach seiner Hand erkundigte. Ich hab letztens darüber nachgedacht, wie seine Finger gebrochen wurden, als das Auto ihn streifte. Ich bin kein Arzt, aber ...«

»Der Arzt hat sich dasselbe gefragt«, gab sie unverblümt zurück. »Das ist einer der Gründe, warum ich hier bin.«

»Und Lewis sagte, er sei im Auto gefahren. Nicht von ihm überfahren. Aber als ihm das wieder einfiel, schaltete er ab.«

»Ja. Das macht er, wenn ihm etwas in den Sinn kommt, mit dem er nicht umgehen kann. Es war offensichtlich eine schreckliche Erinnerung.«

»Er saß also bei jemandem im Wagen und ...«

»Das ist der andere Grund, warum ich hier bin. Es hat sich jemand bei uns gemeldet – ein junges Mädchen, das den Unfall beobachtet hat. Sie hat sich nicht früher mit uns in Verbindung gesetzt, weil ihre Eltern dachten, sie wäre zu Hause gewesen, obwohl sie eigentlich bei ihrem Freund war. Dann fand ihre Mutter das raus und zwang sie, uns anzurufen.«

Ich wartete.

»Dies hier ist streng vertraulich, verstanden? Es muss definitiv unter uns bleiben, bis die Untersuchung abgeschlossen ist.« Sie unterbrach sich, damit ich dem laut und deutlich zustimmen konnte, starrte mich bedeutsam an – ich sollte mich gefälligst an das halten, was ich versprochen hatte – und kam dann zum Punkt. »Das Mädchen hat gesehen, wie er aus einem Streifenwagen geschubst wurde. Das dumme Gör war natürlich nicht so schlau, sich zum Beispiel das Autokennzeichen zu merken. Wahrscheinlich war sie sturzbetrunken. Die Sache ist nur die ... sie ist sich absolut sicher, dass es ein Polizeifahrzeug war.«

»Hat sie das Gesicht einer der Mitfahrer erkannt?«

»Laut ihrer Aussage nein.«

»Ein Streifenwagen? Ein richtiger ...«

»Oh ja«, versicherte Smiley. Es klang wie ein leises Knurren.

Ich sammelte meine Gedanken. Ja, das passte. »Sergeant Smiley, ich werde Ihnen jetzt was erzählen. Ich kann nichts davon beweisen, aber Sie können es vielleicht. Und diese Quelle ist im Moment ebenfalls vertraulich zu behandeln.« Ich wandte ihren Trick mit dem Anstarren jetzt so lange bei ihr an, bis sie blinzelte.

»Im letzten Herbst trug der alte Mann noch ein Buch mit sich herum. Er hatte mitbekommen, dass ich Bücher verkaufe, daher zeigte er es mir eines Abends.« Ich beschrieb ihr das Buch, erläuterte ihr seinen Wert und wies auf den unverwechselbaren Namenszug auf dem Vorsatzblatt hin. »Ich hab ihn nicht gefragt, woher er es hat. Aber als ich die Sachen durchsuchte, die Lewis in meinem Müllcontainer verstaut hatte, war es nicht dabei. Ich nahm an, er hätte es verkauft. Oder verloren, in einer seiner verwirrten Phasen.

Aber dann entdeckte ich es in einem Buchladen in der Charing Cross Road. Es stand zum Verkauf. Die Inhaber meinten, sie hätten es von jemandem namens John Brown erworben, der behauptet habe, es hätte seiner Mutter gehört. Aber ich konnte nachweisen, dass es das Exemplar von Lewis war. Und die Adresse, die dieser Mann angegeben hatte, war falsch.«

Sie blickte mich mit zusammengekniffenen Augen an und wartete.

»Gestern habe ich mir eine Privatbibliothek angesehen …« Das war eine derart absurde Bezeichnung für Mrs Ackers Bücher, dass es mir fast die Sprache verschlug. »Die Frau, die mir die Sammlung verkaufen wollte, machte mich darauf aufmerksam, dass sie noch einen Band hätte, der mich interessieren könnte, doch sie könne ihn leider nicht finden: Es sei ein Buch mit Blumenbildern, das sie zum Geburtstag erhalten hätte. Ihr Mann hat ihr erzählt, er hätte es für fünf Pfund auf einem Trödelmarkt gekauft. Und jetzt, man beachte, fehlt es. Es war dasselbe Buch.«

»Heißt der Ehemann zufällig John Brown?«

»Nein. Aber die Beschreibung passt haargenau.«

»Und?«

»Warten Sie. Ich fand außerdem heraus, dass ihr Mann hoch verschuldet ist. Die Frau deutete an, es handele sich um Spielschulden. Sie war überhaupt ziemlich gesprächig, während ich ihre Bücher zusammenpackte: erklärte, dass er in Pension gehen wolle und sie in Spanien Urlaub machen würden. Sie schilderte auch ausgiebig, wie müde und angespannt ihr Mann sei und unter welchem Druck er stehe.«

»Was Ihnen bereits auch aufgefallen war? Alles klar: Sprechen Sie jetzt aus, was ich zu hören erwarte?«

»Mrs Acker ist eine alte Kundin von mir; ich kenne sie seit Jahren und ich glaube nicht, dass sie das alles erfunden hat.«

Sergeant Smileys Gesicht sprach Bände – allerdings nicht heiteren Inhalts – aber sie ließ sich nicht aus der Fassung bringen. »Ich brauche eine offizielle Aussage von Ihnen«, erklärte sie ruhig. »Nur das, was Sie mir schon mitgeteilt haben, sonst nichts – es sei denn, Ihnen fällt sonst noch was von Bedeutung ein. Ich muss das so schnell wie möglich meinem Vorgesetzten präsentieren und dazu hätte ich gerne Ihre Aussage als Sicherheit. Denn dies wird ihm gar nicht gefallen.«

»Nein.«

Sie starrte mich an. »Was?«

»Dann wird er davon erfahren, oder nicht? Seien Sie ehrlich. Es wird was durchsickern. Mr Acker ist gewalttätig. Er verliert sofort die Selbstbeherrschung – ich habe ihn in Aktion erlebt. Er schlägt seine Frau. Er wohnt in meiner Straße und er kennt mich. Und ich lebe allein mit meinem dreijährigen Sohn.«

Sie starrte mich an, zögerte und seufzte. »Ich verstehe, aber ich muss was tun, und ich werde auf jeden Fall nach Vorschrift vorgehen. Gut, würden Sie sich für den Anfang zumindest inoffiziell mit jemandem unterhalten und über eine Aussage denken wir dann später nach? Ob Mrs Acker nun Anzeige erstattet oder nicht, früher oder später werden Sie aussagen müssen, wenn nicht die ganze Sache im Sande verlaufen soll. Wenn er Vorruhestand beantragt, könnte man sich nämlich dafür entscheiden, ihn aus Mangel an Beweisen ziehen zu lassen. Das ist durchaus möglich, wissen Sie.«

Mir wurde langsam klar, dass ich mich ziemlich weit aus dem Fenster gelehnt hatte und nun mit reichlich Druck rechnen musste. »Ich bin bereit, mich mit noch jemandem zu treffen, wenn es nicht ausreicht, nur mit Ihnen zu reden. Aber nur inoffiziell. Nicht auf dem Revier, nicht bei mir zu Hause.«

»Wo dann?«

Ich sah sie an. »In der Kanzlei meines Anwalts und in seiner Gegenwart.«

Nach und nach breitete sich ein Lächeln auf ihrem Gesicht aus. »Das ist keine schlechte Idee. Ich werde es meinem Vorgesetzten ausrichten. Das wird ihm zwar gar nicht gefallen. Miss Hoare …«

»Nennen Sie mich Dido. Es gibt noch etwas, was Sie tun sollten, Sergeant Smiley: Sehen Sie sich die alten Personalakten an. Als Acker nach Islington versetzt wurde, herrschte wegen ihm einiges Gerede. Vielleicht ging's um Alkohol, vielleicht um Glücksspiel, vielleicht auch um was Schwerwiegenderes.«

Sie starrte mich an. »Sie haben Kontakte zu unserer Truppe?«

»Nur zu einem Detective, der in Islington Dienst tat, als Acker dort auftauchte. Wenn Sie möchten, gebe ich Ihnen seinen Namen.«

Sie atmete hörbar aus. »Später. Ich muss zurück zum Revier und ein bisschen herumrecherchieren; damit sollte ich nicht länger warten.«

Ich stieg hinaus in den Regen und versprach zum Abschied: »Ich verrate Ihnen meine Handynummer und bleibe heute Nachmittag auf Stand-by.«

Sie lachte und schrieb die Nummer in ein einfaches, kleines, schwarzes Notizbuch. Ich sah ihr zu, doch als sie ansetzte, meinen Namen daneben zu schreiben, hielt ich sie auf. Wir blickten einander an.

»Es hat diesen Monat einfach zu viele tote Frauen hier in der Gegend gegeben«, erklärte ich. Als ich mich das sagen hörte, kamen wieder ernsthafte Zweifel in mir hoch.

Kapitel 38

Mein Vater mit seinem Rasiermesser

Ich schrie Ben »Bis um halb drei!« hinterher und beobachtete dann, wie er den Weg hinaufrannte und im Eingang zum Kindergarten verschwand. Dann kletterte ich wieder in den Van, schnallte mich an und warf einen prüfenden Blick auf die Straße und auf die Uhr auf meinem Armaturenbrett: fünf vor neun. Nicht schlecht.

Ich hatte mit meinem Vater verabredet, ihn zu Hause abzuholen und unter diesem Vorwand der Wohnung über ihm einen kurzen Besuch abzustatten. Mr Stanley lag mir auf der Seele. Es war höchste Zeit, ihm dafür zu danken, dass ich sein Leben auf den Kopf stellen und ihm einen kaum kontrollierbaren Affen und einen noch viel weniger kontrollierbaren Teenager aufs Auge drücken durfte. Ich dachte sogar darüber nach, ob ich nicht irgendwo anhalten und ihm einen Strauß Blumen kaufen sollte.

Ich parkte den Van am Briefkasten auf der kleinen Anhöhe, lief die kurze Strecke zum Haus meines Vaters hinab und läutete. Als daraufhin nichts geschah, versuchte ich es eine Klingel weiter oben und wurde mit dem Geräusch sich nahender Schritte belohnt. Die Kette klirrte und Barnabas öffnete die Tür.

»Ich bin oben«, verkündete er nicht ganz korrekt.

»Wie geht es ihm?«

»Wieder besser. Wir haben uns über die Auswirkungen harter Drogen unterhalten. Er ist geneigt zu glauben, dass es eine schlechte Idee war, es ganz allein mit ihr versuchen zu wollen.«

Ich straffte meine Schultern, um mich auf einen weiteren Vortrag vorzubereiten, und folgte ihm die Treppe hoch.

Sie saßen im Wohnzimmer. Mr Stanley in einer grauen Strickjacke hielt gerade Teetasse und Untertasse in Händen. Charlie hockte auf seiner Schulter und sah mich prüfend an, beschloss aber, mich für harmlos zu erachten, als ich ihn deutlich ignorierte und eines der Sofas ansteuerte. Mein Vater gesellte sich zu mir.

»Tee, Miss Hoare?«

»Danke, aber ich bin nur kurz vorbeigekommen, um meinen Vater abzuholen. Wir haben heute viel zu tun – und am Nachmittag besuchen wir ein Weihnachtskonzert im Kindergarten. Mr Stanley, ich wollte Ihnen nur sagen …«

Der alte Herr schüttelte den Kopf. »Das ist nicht nötig. Mir tut es um die arme Kleine Leid. Es war nicht ihr Fehler. Ich glaube, sie konnte einfach nicht anders. Sie ist letzte Woche sechzehn geworden: Wussten Sie das? Als ich sechzehn war, erlaubten mir meine Eltern, mit dem Fahrrad zur Schule zu fahren, aber wenn ich abends wegwollte, haben sie mich jedes Mal gefragt, wohin ich wollte und warum. Die Welt hat sich verändert, und zwar nicht zum Besseren.«

Darauf hätte ich eine Menge antworten können, angefangen mit der Feststellung, dass, als Mr Stanley sechzehn war, Hitler gerade erst entmachtet worden war und ein paar Städte in Japan der Atombombe zum Opfer gefallen waren; aber das ging wohl nicht, also wechselte ich das Thema. »Wie macht sich Charlie?«

Ein Lächeln glitt über Mr Stanleys Gesicht. »Er ist wirklich ein interessantes kleines Wesen. Er lernt überraschend schnell. Und dabei ist er doch nur ein Tier.« Er hatte offenbar eine Bewegung bemerkt, denn er verstummte und wartete. Charlie hatte beschlossen, dass Mr Stanley Fellpflege benötigte, und wandte nun seine Aufmerksamkeit dem Kopf neben ihm zu. Er starrte ihn prüfend an und glitt vorsichtig mit den Pfoten durch Mr Stanleys Haar, um die einzelnen Strähnen zu kämmen. Als er seine Hände wieder zurückzog, blickte er durchdringend auf etwas zwischen seinem Daumen und Zeigefinger und steckte es sich in den Mund. Dann richtete er sich leicht auf und machte sich erneut an die Suche.

Barnabas räusperte sich und stand auf. »Ich komme heute Abend noch einmal vorbei«, versprach er seinem Nachbarn.

Mr Stanley lächelte freundlich, dann ließen wir die beiden allein.

Als mein Vater die Haustür hinter uns zuzog, bemerkte er: »Das Tier stinkt immer noch. Scheint sich nicht vermeiden zu lassen.« Dann hüllte er sich für die gesamte Fahrt in Schweigen.

In der George Street steuerte ich den Laden an, aber Barnabas strebte zur Haustür. »Ich denke, wir gehen nach oben?«

»Na gut, ich könnte ja noch schnell frischen Kaffee kochen«, bot ich voll Unbehagen an.

Er nickte und ich fügte mich. Nachdem wir uns im Wohnzimmer eingefunden hatten, blickten wir uns über den niedrigen Tisch hinweg an. »Was ist denn, Barnabas?«

»Als wir eben aus dem Wagen gestiegen sind – hast du da eigentlich gemerkt, was du gemacht hast? Du hast dich extrem langsam abgeschnallt und dabei in den Rückspiegel gestarrt. Dann hast du genauso sorgfältig die Straße vor dir kontrolliert und dich vorgelehnt, um in deine kleine Müllnische zu spähen. Als du endlich ausgestiegen bist, schienst du sehr interessiert an den Innenräumen der anderen geparkten Wagen auf der Straße. Dann bog plötzlich ein grauer Wagen um die Ecke und du fuhrst vor Schreck zusammen. Als du dann …«

»Barnabas, ich war nur vorsichtig! Willst du dich *beklagen,* dass ich vorsichtig war?«

»Nein«, wiegelte er ab. »Natürlich nicht. Aber du verhältst dich in einer Art und Weise, die, weißt du, irgendwie paranoid ist.«

»Mir geht's gut«, entgegnete ich.

»Ich habe gestern Abend zufällig mit Pat gesprochen und sie

versicherte mir noch einmal, dass Ben und du für die Ferien natürlich höchst willkommen wärt. Ihr Au-Pair-Mädchen ist über Weihnachten zu Hause, daher ist das Gästezimmer frei und Ben hätte in der kindergartenfreien Zeit jemanden zum Spielen.«

»Zwölfjährige spielen nicht mit Dreijährigen«, klärte ich ihn auf. »Sie glauben, kleine Kinder würden sie beim Rauchen und Graffitisprayen verraten.«

»Pat's Söhne …«

»Erhielten niemals die Erlaubnis für so was«, schnappte ich. Dann wechselte ich die Tonlage. »Ich sagte doch, ich bin nur vorsichtig. Ich befolge einfach nur die Anordnungen.«

»Wessen Anordnungen?«, wollte Barnabas wissen.

Ich nannte eine Reihe Namen, angefangen mit seinem, und fügte hinzu: »Genau in diesem Augenblick geht in dieser Gegend irgendetwas vor sich. Ich sitze …« Ich blickte ihn bedeutsam an, »in der Patsche. Die Sache muss geklärt werden, aber bis dahin …«

… werde ich weiterhin nervös sein, wollte ich fortfahren, bremste mich aber rechtzeitig und nahm Zuflucht darin, in meinen Kaffee zu starren.

»Vielleicht sollten wir sie eingehender betrachten?«

»Ich weiß ja noch nicht mal, wo wir anfangen sollen.«

»Fang mit den Fakten an«, befahl Barnabas. »Nicht mit dem, was du dir vorstellst, sondern nur mit dem, was du persönlich mitbekommen hast.«

»Leichen«, erwiderte ich. Vorsichtig zählte ich auf: Lewis, der den schwarzen Sack auf der gegenüberliegenden Straßenseite gefunden hatte, und dann das sukzessive Erscheinen anderer Einzelteile derselben Leiche. Es war fast alles Hörensagen, aber meine Quelle war die Polizei, beruhte also auf Fakten. Außerdem stand fest, dass die Leiche vor ihrem Auftauchen eingefroren gewesen war.

»In Einzelteilen und meist an kaum zu übersehenden Stellen«, fasste Barnabas zusammen. »Ergo, um etwas damit mitzuteilen.

Vielleicht eingefroren, um die Entsorgung leichter zu machen, doch dann als Drohung verwendet?«

»Alle in dieser Straße oder in der Nähe.«

»Weil es bequem war oder doch eher als Nachricht für einen Anwohner gedacht?«

»Wie: bequem?«

»Nun«, erwiderte Barnabas trocken, »vielleicht so: der Täter ist eine einbeinige Hundertjährige, die zu schwach ist, die Leiche weit zu tragen.«

Ich verkniff mir eine Antwort.

»Oder ist es doch eher eine Gewaltandrohung? Nach dem Motto: Möchtest du wie sie enden?«

»Aber sie ist eigentlich nicht geendet«, widersprach ich. »Das hab ich ganz vergessen: Sie wurde gar nicht ermordet; jemand von der Polizei meinte, sie sei eines natürlichen Todes gestorben.«

Barnabas hatte sich einen alten Buchkatalog genommen, ihn auf der leeren Rückseite aufgeschlagen und schrieb jetzt kleine, ordentliche Stichwörter darauf. Als ich meinen Kopf herumbog, konnte ich erkennen, dass er die ersten vier, fünf Zentimeter mit unzusammenhängenden Kritzeleien gefüllt hatte: »Leichenteile? Zweck? Wo? Fast sicher Drohung? Für wen? Kommt noch was?«

Dann blickte er mich ermutigend an. »Wem wird denn dann gedroht? Und warum?«

»Das kann alle möglichen Gründe haben. Man will die Sache jemandem anhängen, der sie gar nicht getötet hat. Oder man droht einer Frau, das wäre zumindest wahrscheinlicher, sie solle sich benehmen, sonst würde sie auch so enden. Barnabas, das ist alles reine Spekulation, und du wolltest doch, dass wir uns an die Fakten halten.«

»Aber dann ist es, als würden wir über Trittsteine vorwärtshüpfen! Dido, lass uns die einfachste Erklärung suchen. Ockhams Rasiermesser ist – wie ich dir oft genug erkläre – das Prinzip, nach dem alle unbrauchbaren Fakten einer Untersuchung sofort ausgeschlossen werden.«

»Das Gemüsesuppenprinzip?«

»Was?«

»War nur ein Bild.«

Barnabas sah mich mit gerunzelter Stirn an und beließ es dabei. »Ich glaube, die relevanten Fakten sind folgende: Die Tote ist nicht ermordet worden und ihre sterblichen Überreste wurden nicht versteckt, sondern fast öffentlich ausgestellt, daher sind sie wahrscheinlich als Warnung gedacht. Wenn es eine Warnung ist, muss dies für die betroffene Person offensichtlich sein: Das ist insofern bedeutsam, als dass die Leichenteile alle in derselben Umgebung auftauchten. Der Erste – angenommen der, den Mr Lewis an jenem Tag aufstöberte, war der Erste – wurde in dieser Straße gefunden; dann einer im westlichen Teil der Upper Street und dann einer im östlichen Teil des Geländes mit den Sozialwohnungen. Die nächsten beiden wieder in dieser Straße, beide hingen an Zäunen auf dieser Seite, einmal im Norden, einmal im Süden. Ah. Ich frage mich, ob noch einer kommen wird? Es sieht fast so aus, als würde etwas eingekreist.«

»Einen letzten Teil wird es bestimmt noch geben«, warf ich frivol dazwischen. »Der wird dann mit Sekundenkleber an der Tür der Zielperson befestigt.«

»Oder thront eines Morgens, wenn die Müllabfuhr fällig ist, auf ihrem Mülleimer.«

»Oh.«

»Oh?«

»Ja, oh.« Es war vollkommen eindeutig. »Wie würdest du reagieren, wenn ich dir erzählte, dass ich jemanden kenne, der neuerdings seinen Mülleimer im Haus einschließt?«

»Meinst du Mr Acker? Nun, ich fände es unhygienisch.«

»Und seltsam. Die Dinger sind nicht gerade leicht durch Türen und über Treppen zu manövrieren. Aber man würde es schon machen, wenn man Angst hätte, irgendjemand würde etwas Verdächtiges hineinlegen, das ein anderer dann zufällig aufspürt.«

Harry Lewis zum Beispiel, der aus einem Streifenwagen geworfen wurde, nachdem jemand ihn »überredet« hatte, etwas zu tun oder den Mund zu halten – nein, nicht den Mund zu halten, denn wer würde sein Gebrabbel schon ernst nehmen – oder etwas herauszurücken oder … Mr Lewis hatte wie üblich Mülleimer durchwühlt, als ihm etwas ins Auge gesprungen war: der Ohrring des toten Mädchens, der Schmuck für den Affen. Aber das Ding war gewiss nicht das Einzige gewesen, das hätte entdeckt werden können. Möglicherweise hatte es schon früher eine Botschaft gegeben, die jeder übersehen hatte. Oder vielleicht waren die sterblichen Überreste auf dem Hof der verlassenen Werkstatt doch die »erste Nachricht« gewesen, die Acker selbst dorthin geschleppt hatte, nachdem sie zunächst auf seinem eigenen Grundstück gelandet waren?

»Ken Acker«, überlegte ich laut weiter. »Der Polizist aus dieser Straße, der einen fragwürdigen Ruf und ein unangenehmes Naturell hat und außerdem hoch verschuldet ist, weil er, wie seine Frau mir anvertraute, beim Kartenspielen Geld verloren hat. Barnabas, du weißt doch, was sich neulich ganz früh vor unserer Tür abgespielt hat? Sonntagmorgen. Ich war schon wach und sah, wie er mit dem Taxi nach Hause kam. Er hatte wohl nicht genügend Geld bei sich, um den Fahrer zu bezahlen, und schleuderte einfach eine Handvoll Münzen auf das Auto und stapfte davon. Er ist ein Spieler.«

»Polizist?«, grübelte Barnabas. »Müsste er nicht mit einem Disziplinarverfahren rechnen, wenn man das herausfände? Mindestens mit einer Untersuchung, vielleicht sogar mit einer Strafe. Er wäre erledigt.«

»Also ist er wegen der Geschehnisse unter Druck und sucht

einen Weg aus dem Schlamassel. Barnabas, Mrs Acker hat berichtet, er würde Vorruhestand beantragen. Und Laura Smiley befürchtet, wenn er die Truppe verließe, könnte er sich der Verfolgung durch die Behörden entziehen. Wenn man ihn in die Enge triebe … Natürlich würde eine Pension nicht reichen, um große Schulden abzubezahlen.«

»Das Gehalt eines Police Constable wäre ebenfalls nicht ausreichend, wenn du das meinst«, fügte Barnabas hinzu.

»Vielleicht hat er ab und zu etwas gewonnen.«

Barnabas zog eine Augenbraue in die Höhe. Nein. Der Spieler gewinnt auf lange Sicht niemals, sonst würde sich kaum jemand die Mühe machen, ein Casino oder gar illegale Glücksspiele zu betreiben.

»Sie müssen doch wissen, wie viel er verdient.«

»Warum lassen die im Casino dann zu, dass er sich so hoch verschuldet?«, sinnierte Barnabas im Tonfall eines Erwachsenen, der einem Kind die Möglichkeit geben will zu glänzen, obwohl er bereits die Antwort weiß.

»Weil es eine Menge wert ist, einen Polizisten in der Hand zu haben? Natürlich, er gehört nur zur Streife und ist nichts Höheres als ein Constable, aber er könnte durchaus in der Lage sein, ihnen einen Tipp zu geben, wenn gegen sie ermittelt wird.«

»Auf jeden Fall ist er ein Insider! Er kriegt alle möglichen vertraulichen Informationen mit und reicht sie weiter. Nur ein Anruf pro Woche als Gegenleistung für …«

»Barnabas! Genau darum ging es! Ich hab's doch gehört: Sie haben ihn bedroht und so was gesagt wie ›einen Anruf machen‹.«

Er blickte mich an und nickte. Sonst würden sie Acker Arme und Beine brechen. Dafür sorgen, dass seine Vorgesetzten entdeckten, was er tat. Ihn ruinieren.

»Barnabas, eines wusste ich bereits. Nicht die Verbindung zum Glücksspiel, aber – Lewis.«

Mein Vater war ganz Ohr.

»Es muss Acker gewesen sein, der den alten Mann attackiert hat. Laura Smiley und ich haben das heute eruiert. Sie forscht jetzt in seiner Personalakte nach. Ich glaube, ich sollte mal mit ihr telefonieren.« Und mit Superintendent Barker auch. Es sei denn, er wusste all dies bereits. Es ist schwierig, eine Situation zu durchschauen, in der die Leute, denen man helfen will, einem nicht verraten, wie viel sie selbst bereits wissen.

Sergeant Smileys Handy war ausgeschaltet, also hinterließ ich ihr die dringende Bitte, mich zurückzurufen. Vielleicht arbeitete sie bereits an dem Problem.

Weiter.

»Andry und Georgie sind nur wegen Annie ins Spiel gekommen und Annie kam dazu, weil Chris Kennedy einen Artikel über Menschenschmuggel schreibt und ein Kontaktmann von der Polizei in King's Cross ihn auf sie aufmerksam gemacht hat. Die arme Nina ist nur durch einen dummen Zufall zwischen die Fronten geraten.«

»Sie ähnelt in vielerlei Hinsicht dem toten Mädchen, dessen Leiche dir im Kopf herumspukt. Man könnte sich mit Recht fragen, ob das wirklich ein Zufall ist. Außerdem darf man nicht vergessen, dass die beiden …«

»Georgie.«

»Was?«

»Als er da draußen rumlungerte, um mir das Geld für Annie zu geben …«

»Halt! Warum hat er eigentlich gewartet? Er hätte doch einen Umschlag unter der Tür durchschieben können, wenn der Laden geschlossen gewesen wäre? Sonst hätte er auch reinkommen können. War noch irgendjemand zu dem Zeitpunkt dort? Ja, natürlich, ich war dort. Ich hätte ihn aber nicht erkannt. Er wäre nur ein Mann gewesen, der einen Umschlag abgibt.«

»Er stand nicht genau vor dem Laden. Sondern ein kleines Stück weiter die Straße rauf.«

»Vor Ackers Haus?«

»Auf der gegenüberliegenden Straßenseite und ein paar Häuser weiter, aber es wäre gut möglich, dass er Ackers Haustür im Auge behalten wollte.«

»Vielleicht hatte er ihm auch etwas zu übermitteln.«

»Barker hat mir erklärt …«

»Barker?« Barnabas' Stimme hatte einen scharfen Ton angenommen.

»Der Polizeibeamte, bei dem ich gestern war.« Barnabas nickte und bedeutete mir fortzufahren. »Barker hat mir erklärt, sie würden zurzeit nach ein paar großen Banden fahnden, die im Menschen- und Drogenhandel aktiv seien, Geldwäsche betrieben – und auch illegale Glücksspiele, Barnabas. Beim Yard hegen sie den Verdacht, dass jemand von der Polizei Informationen an sie hat durchsickern lassen.«

»Es erleichtert mich zu erfahren, dass die Dinge vielleicht doch nicht so willkürlich sind, wie sie scheinen. Zufall ist etwas vollkommen Normales in einer unvollkommenen Welt, aber zu viele Zufälle führen zu Aberglauben. Man könnte jetzt fast sagen: heureka – ich hab's gefunden!«

Ich erinnerte ihn noch einmal daran, dass wir uns eigentlich strikt an die Fakten halten sollten, woraufhin er erwiderte, es sei uns erlaubt, Fakten miteinander in Zusammenhang zu bringen und logische Schlussfolgerungen zu ziehen; und dann versuchte ich noch einmal, Sergeant Smiley zu erreichen. In der Zentrale hieß es, sie sei vorübergehend nicht erreichbar und ob ich mit jemand anderem sprechen wolle, aber das wollte ich nicht.

Kapitel 39

Immer nach vorn blicken

Nie ist jemand da, wenn man ihn braucht. Als Kennedy sich bei mir meldete, machte ich ihm klar, dass ich dringend jemanden von der Polizei benötigte. »Annie hat mich angerufen und dabei einen Schnitzer gemacht. Ich hab ihre Nummer zurückverfolgt und jetzt möchte ich herausfinden, von wo aus sie angerufen hat.«

»Die British Telecom weiß, wo das Telefon angeschlossen ist, aber dort wird man es dir nicht verraten.«

»Deshalb brauche ich ja jemanden von der Polizei. Meinst du, Sam Johnson könnte es für mich herausfinden?«

Er dachte darüber nach. »Ich glaube, Barkers Leute können es besser. Möchtest du mit ihm telefonieren oder soll ich es tun?«

Ich war mir nicht sicher. Annie durfte auf keinen Fall überfallartig gestellt und einkassiert werden, denn wenn das die falsche Person mitbekam, würden die Kerle Nina wahrscheinlich kurzerhand verschwinden lassen. Und zwar für immer. Ich dachte, Scotland Yard würde wohl eher wissen, wie man mit der Situation umging. »Er ist dein Freund«, antwortete ich feige.

»Gut, ich ruf dich zurück. Bist du im Laden?«

»Im Moment ja, aber um halb drei beginnt Bens Weihnachtsfeier.«

»Glaubst du, ich könnte euch begleiten?«

Ich blinzelte und bemerkte beim Auflegen, meiner Meinung nach würde der Kindergarten wohl kaum etwas dagegen haben, wenn sich ein weiterer Zuschauer einfände. Der größte Teil der Elternschaft bestand aus berufstätigen Müttern oder abwesenden

Vätern und jeder zusätzliche Körper im Raum würde die Kinder auf jeden Fall ermutigen. Außerdem hatte ich ihm was zu sagen. Das würde eine gute Gelegenheit sein.

Dann widmete ich mich wieder meiner Alltagsroutine. Es war schon eine Weile her, dass ich mich aufs Geschäft konzentriert hatte, und wäre mein Vater nicht da gewesen, hätte ich es wohl aufgegeben. Wie auch immer, ein paar Kunden schauten herein, kauften Bücher oder hinterließen ihre Adressen für den nächsten Katalog und der ganz normale Gang der Dinge war am Ende irgendwie doch recht tröstlich. Um halb zwei versuchte ich noch einmal, Smiley über Handy zu erwischen, und hinterließ eine weitere Nachricht, bevor wir das »Geschlossen«-Schild an die Tür hängten und zum Mittagessen nach oben gingen. Als Kennedy eintraf, kletterten wir alle zusammen in seinen Jaguar und fuhren los. Vornehme Gesellschaft. Ich war die Kleine mit den kurzen Beinen, die sich auf den Rücksitz zwängen musste. Das erinnerte mich an unsere Flucht vor Andry und Georgie eine Woche zuvor, woraufhin ich mich eine Weile dem Gespräch entzog und mir den Kopf darüber zerbrach, was wohl zu tun wäre, wenn ich Annie fände, und ob Nina immer noch wohlauf war und was Smiley sich dabei dachte, mich nicht zurückzurufen.

Das Konzert war … nett, wenn auch leicht dissonant. Danach gab es Tee mit süßen Pasteten und einem Schuss Normalität. Als wir uns auf den Heimweg machten, trug Ben sein Weihnachtsgeschenk vom Kindergarten stolz vor sich her und war – als Spätfolge des Lampenfiebers – immer noch ganz quirlig. Er und Barnabas liefen zur Wohnung vor, aber als ich folgen wollte, hielt Chris mich auf und wedelte mit seinem Handy.

»Ich hab hier eine Nachricht von Barker. Die Adresse. Was willst du jetzt unternehmen?«

»Wo ist es denn?«

»Einen Moment.« Er drückte ein paar Knöpfe, blickte aufs

Display und zuckte die Achseln. »Sieht nach St. Pancras aus. Ich muss das erst auf meinem Stadtplan suchen. Ich frag mich, ob sie in ihre alte Wohnung zurückgekehrt ist.«

»St. Pancras ist nur eine Meile entfernt. Wichtig ist jetzt nur, sie zu finden.«

»Aber vielleicht soll niemand wissen, dass sie dort ist.«

Ich meinte, ich würde trotzdem nachsehen, sobald ich das mit Ben und Barnabas geklärt hätte.

»Ich komme mit«, murmelte er leise. »In Ordnung?«

Ich erwiderte, das wäre sehr schön.

Die Adresse, die zu der Telefonnummer gehörte, war ein schäbig wirkender Wohnblock fünf Minuten Fußweg von Euston Station entfernt; das erklärte, warum sie dort aus dem Taxi gestiegen war. Die Wohnungen führten auf hohe Betonbalkone hinaus. Nr. 138 konnten wir in der Dunkelheit nur schwer ausmachen: Jemand hatte die Lampe neben der Eingangstür eingeschmissen und ich spürte die Glasscherben unter meinen Schuhen. Die Vorhänge vor dem Fenster waren zugezogen und drinnen war kein Licht zu erkennen, daher drückte ich mein Ohr gegen die Scheibe. Von irgendwoher erklangen Stimmen, ganz leise, und so etwas wie Lachen und Applaus.

»Der Fernseher läuft.«

»Vielleicht nebenan.«

Aber ich konnte mir gut vorstellen, dass Annie sich im Dunkeln versteckte, mit heruntergedrehtem Ton vor dem Fernseher saß und die Ohren gespitzt hatte, um gegen nahenden Ärger gewappnet zu sein. Das jedenfalls hätte ich wahrscheinlich getan.

Als ich mein Handy hervorholte und die Nummer wählte, die Annie benutzt hatte, läutete drinnen das Telefon. Es klingelte immer weiter. Falls sie mit ihren Freunden aus war, um in ihrem Stammlokal einen zu trinken, brauchte ich nur bis zur Sperrstunde auf ihrer Türschwelle zu warten. Aber ich wollte es jetzt hinter mich bringen. Die Lösung war, es ihr unmöglich zu machen, uns zu ignorieren. Neben der Tür befand sich eine Klingel, aber das reichte mir nicht. Ich drückte sie zuerst, um ihre Aufmerksamkeit zu wecken, dann rief ich: »Annie? Hier ist Dido. Machen Sie auf!« Um meiner Forderung Nachdruck zu verleihen, packte ich den kleinen Türklopfer aus Metall und betätigte ihn so laut es nur ging. Dann schrie ich aus vollem Halse: »Kommen Sie schon!« durch den Briefschlitz. Der Lärm musste mittlerweile im ganzen Gebäude zu hören sein.

In diesem Augenblick wurde die Tür vor meinem Gesicht zurückgerissen und eine vertraute Stimme flüsterte durch den Spalt: »Dido? Was schreien Sie so laut, halten Sie die Klappe! Wen haben Sie da bei sich?«

»Das ist Chris«, entgegnete ich. »Lassen Sie uns rein, wir müssen mit Ihnen reden.«

Ein dramatisches Stöhnen ertönte, aber dann klirrte die Kette und die Tür öffnete sich ins Dunkle. Das heißt, ganz dunkel war es nicht. Am Ende des düsteren Flurs flackerte ein bläuliches Licht. Wir traten ein, woraufhin sie die Tür mit einem leisen Klicken zudrückte und die Kette wieder vorlegte.

»Wie haben Sie mich gefunden?«, zischte sie.

»Sam Johnson hat uns gesagt, wo Sie sind«, erklärte Chris unvermittelt.

Ich hatte schon den Mund zu einer Bemerkung geöffnet, klappte ihn aber wieder zu, als sie stöhnte: »Das hätt' ich mir ja denken können. Sie lassen einen nie in Ruhe. Kommen Sie rein, machen Sie sich's bequem.«

Das war mir gar nicht recht, doch als sie in der Dunkelheit verschwand, hatte ich keine andere Wahl. Ich zockelte hinter ihr den Flur entlang und stieß mir den Ellbogen an einer offenen Tür. Als wir in dem Zimmer mit dem Fernseher standen, sorgten der Bildschirm und zwei kleine Teelichter auf dem Tisch für genügend Licht, dass ich ihr Gesicht erkennen konnte. Sie wirkte müde. Wir nahmen auf dem niedrigen Sofa Platz, während sie wieder in ihrem Sessel Platz nahm und den Ton ganz abstellte.

»Was wollen Sie?«

»Nina«, gab ich zurück.

»Dido, sie ist nicht hier. Wenn Sie möchten, können Sie nachschauen. Ich hab sie nicht mehr gesehen, seit ich sie bei Ihnen gelassen hab.«

»Haben Sie was von ihr gehört?«, fragte Chris in ernstem, vertrauenswürdigem Ton. »Irgendetwas?«

»Ist sie bei Georgie?«, warf ich dazwischen. »Oder wieder bei dem Mus – Andry?«

»Weiß ich nicht, weil ich nicht mit ihnen gesprochen habe.«

»Dann müssen Sie nichts weiter tun«, fuhr ich höflich fort, »als uns ihre Adresse zu geben. Wir verraten auch nicht, dass wir sie von Ihnen haben.«

»Dido«, stöhnte sie. »Woher sollten Sie sie sonst haben? Doof sind die nicht.«

»Vielleicht erwartet Dido zu viel«, mischte Chris sich wieder ein.

Sie murmelte etwas wie »erledigen mich«, dann saßen wir ein paar Minuten einfach nur da.

»Sie wird sterben«, raunte ich irgendwann.

Ein tiefer Seufzer durchschnitt schließlich das Schweigen; dann brach es aus Annie trotzig hervor: »Ich werde auch sterben. Und um *mich* kümmert sich niemand.«

»Um Sie?«, schnaubte Chris. »Sie sind doch zäh wie Leder. Und ziemlich clever.«

»Clever genug, um zu wissen, dass Ihre Freunde von der Polizei hinter ihnen her sind. Wenn ich Ihnen irgendwas über Georgie erzähle, machen die mich zu Hundefutter.«

»Dann sollten Sie von hier verschwinden«, knurrte Chris. »Jedenfalls so lange, bis die Sache beendet ist. Erzählen Sie uns, was

Sie wissen, und fahren Sie dann in Urlaub. Sie brauchen ja gar nicht zu bezeugen, dass Sie uns die Adresse vermittelt haben.«

»Und von welchem Geld soll ich verschwinden?«, versetzte sie triumphierend. Ich hatte das Gefühl, dass wir jetzt langsam zum Wesentlichen kamen. »Hören Sie, wenn ich ein paar Mäuse hätte, wäre ich auf und davon und würde Weihnachten bei meiner Kusine verbringen, die hat 'n Bed and Breakfast in Weston-Super-Mare. Aber ich muss für mich selbst aufkommen, sie ist nicht gerade reich.«

»Würden dreihundert reichen?« Chris zuckte mit keiner Wimper.

»Vier«, entgegnete sie und Chris schlug ein. »Abgemacht.«

Sie murrte etwas und verkündete dann laut: »Aber die Adresse in Weston gebe ich Ihnen nicht.«

Wie viele Bed and Breakfasts konnte es wohl in Weston-Super-Mare geben, fragte ich mich rhetorisch. Nun, ich war dort gewesen: Ein paar waren es schon. Aber wenn's sein musste, würde die dortige Polizei sie finden.

»Machen Sie sich eine schöne Zeit«, schaltete ich mich ein. »Bringen Sie sich in Sicherheit, Annie. Wie lautet nun Georgies Adresse?«

»Zuerst das Geld.«

Ich überschlug hektisch das Chaos in meiner Schultertasche, wo sich wahrscheinlich höchstens zwanzig Pfund finden würden. Ich wollte ihr schon anbieten, einen Geldautomaten aufzusuchen, als Chris seine Brieftasche hervorholte und fein säuberlich acht Fünfzigpfundnoten auf den Tisch blätterte.

Annie schob ihre Hand darauf zu: »Über Andry weiß ich nichts, wo er wohnt und so, okay? – aber Georgie wohnt direkt nördlich von hier. Warten Sie.« Sie hatte eine Fernsehzeitschrift und einen Kugelschreiber gegriffen, riss eine Seite heraus und kritzelte etwas an den Rand. Dann wurde getauscht.

Chris hielt das Papier vor die Kerzen, um lesen zu können, was sie geschrieben hatte. Er sah sie an. »Ist er jetzt zu Hause?«

»Heute Nachmittag war er es.«

»Alles klar dann. Nur eins noch: Wessen Wohnung ist das hier?«

»Meine!« Es klang empört.

»Sind Sie mit der Miete im Rückstand?«

»Krieg Wohngeld.«

»Schön«, fauchte er. »Mrs Kelly, wenn wir uns jetzt auf den Weg machen und entdecken, dass Sie uns die Adresse eines netten, chinesischen Ehepaars gegeben haben, verpfeif ich Sie beim Sozialamt. Dann ist es aus mit der Wohnung.«

Das war gewagt, aber am Ende entschied sie sich für ein etwas säuerliches Lachen. »Abgemacht«, lenkte sie ein. »Aber gehen Sie nicht allein rüber. Bei Georgie weiß man nie, was einen erwartet.«

»Wär mir nicht im Traum eingefallen«, erwiderte Chris und schien auf einmal genauso fröhlich wie sie.

An der Tür berührte sie meine Hand. »Ich ruf Sie mal an. Nur um zu erfahren, ob Sie das Mädchen gefunden haben.«

Ich nickte und sie schloss die Tür hinter uns.

Chris hatte sich mit seinem Handy ein paar Meter entfernt. Er hielt den Zettel gegen die nächste Lampe und las die Adresse vor, die sie uns aufgeschrieben hatte. »Barker?«, erkundigte ich mich leise. Er nickte. Ich streckte die Hand aus, woraufhin er: »Einen Moment mal« in den Hörer schnarrte und ihn mir reichte.

Ich wappnete mich und verkündete: »Mr Barker, ich muss Ihnen etwas mitteilen, was ich im Vorgarten von PC Acker erlebt habe. Andry Barden war auch dabei.« Es dauerte ein paar Minuten. Am Ende meiner Beichte schaltete ich das Telefon ab und hielt es Chris wieder hin. Wir blickten einander nachdenklich an.

»Zeit aufzubrechen und deinen Vater abzulösen?«

»Ja«, murmelte ich. »Ich bin ein bisschen platt.«

»Wolltest du etwa bei der Razzia dabei sein? Heute Abend findet keine mehr statt, sie starten nur die Überwachung.«

»Was ist mit Barkers großem Projekt?«

»Wenn sie Georgie schnappen, wird ihn das mit Sicherheit weiterbringen. Aber sie werden nichts unternehmen, solange sie nicht für den finalen Fischzug bereit sind.«

Das hoffte ich – ich hoffte, dass alles am Ende geklärt werden würde, denn ich hatte es versucht, und jetzt gab es nichts mehr, was ich tun konnte. Was ich jetzt nur noch wollte, war, nicht mehr über diese Dinge nachzudenken, sondern früh zu Bett zu gehen, am nächsten Morgen mit Ben aufzustehen und den Baum zu schmücken.

Kapitel 40

Ein Mann auf der Flucht

Als mich die Türklingel weckte, dachte ich, es sei mitten in der Nacht, aber der Wecker auf dem Nachttisch beschied mir, dass es erst Viertel nach eins war. Der erste Gedanke, der aus meinem benebelten Hirn an die Oberfläche tauchte, war, dass wahrscheinlich ein Betrunkener, der zufällig die Straße entlangtorkelte, für die Störung verantwortlich war. Der zweite, dass ich dann von Glück sagen konnte. Der dritte, dass Ben nicht aufwachen sollte. Ich rollte mich zum Rand des Bettes, fiel hinaus, rappelte mich hoch und taumelte hinaus, wobei ich die Tür hinter mir zuzog. Als ich das Wohnzimmer erreichte, klingelte es erneut. Ich schleppte mich zum Fenster und lehnte mich hinaus. Einen Moment lang erkannte ich sie nicht. Als ich rief: »Ich bin gleich unten!«, blickte sie nicht hoch.

Draußen war es eisig kalt. Ich schnappte mir den Mantel, als ich am Haken im Flur vorbeikam, und tappte dann vorsichtig auf nackten Füßen die Treppe hinunter. Tür auf. Nein, zuerst die Kette – ich war noch nicht ganz wach. Kette, Tür …

Ein paar Meter entfernt stand Mrs Acker in Hausschuhen und Morgenmantel, hielt mit ihrer rechten Hand ihre linke fest und spähte die Straße hinunter. Selbst in diesem schwachen Licht konnte ich die dunklen Spritzer auf ihrer Hand und ihrem Gesicht erkennen. Überall.

»Was ist passiert?«, rief ich aus. »Kommen Sie rein! Schnell, bevor Sie mir noch erfrieren!«

Aber sie wandte sich ab und entfernte sich langsam.

»Warten Sie! Was ist denn?«, rief ich – als ob ich das nicht sähe.

Sie drehte sich wieder um und blickte zu mir. »Ich hab die Haustür aufgelassen«, sagte sie dumpf. Dann setzte sie sich in Bewegung und strebte ihrem Haus zu.

Ein nackter Zeh auf dem Bürgersteig machte mir klar, dass ich mit Erfrierungen zu rechnen hatte, wenn ich weiterliefe. Für den Fall, dass sie ihre Meinung änderte, ließ ich die Tür offen, rannte nach oben und überlegte hektisch, was ich tun sollte. Ich öffnete die Schlafzimmertür einen Spalt und lauschte auf Bens regelmäßigen Atem. Dann schloss ich sie wieder. Mir blieb keine Wahl. Unter den Mantelhaken standen ein paar alte Sportschuhe. Ich schlüpfte mit nackten Füßen hinein, griff nach meinem Handy und den Schlüsseln und schlich wieder nach unten. Sie war nicht zurückgekommen. Ich wählte Barnabas' Nummer und fragte mich, wie rasch ich ihn wohl würde wecken können; aber er meldete sich fast augenblicklich und klang viel wacher, als ich es war. Er hatte wohl noch gelesen.

»Dido? Was ist los?«

»Ben und mir geht es gut, aber es ist etwas mit Mrs Acker. Sie hat gerade bei mir geklingelt. Sie ist angegriffen worden, ich hab Blutspuren gesehen und sie steht offensichtlich unter Schock. Jetzt ist sie wieder die Straße raufgegangen. Wenn er auf sie wartet … Barnabas, ich ruf die Polizei, wenn ich sie eingeholt habe, aber ich muss Ben allein lassen. Er schläft zwar, aber könntest du dir ein Taxi rufen, dir einen Mantel überwerfen und einfach rüberkommen?«

»Sei bloß vorsichtig!«, raunzte er mich an und legte auf. Ich behielt das Telefon in der Hand und konzentrierte mich auf den Weg. Mrs Acker war ein Stück voraus, sie bewegte sich wie eine alte Frau. Jetzt öffnete sie ihr Gartentor.

Als ich ankam, war die Tür nur angelehnt. Schlecht. Wenn jemand vorbeigekommen wäre, ganz gleich wer, hätte ich ihn um

Hilfe gebeten; aber da war niemand. Ich blickte nach unten. Eine Einfassung aus halben Backsteinen trennte die Platten des Gartenwegs von dem kurzen Gras der winzigen Rasenfläche. Mit aller Kraft zerrte ich an einem der Steine, bis ich ihn gelöst hatte. Das war zwar nicht viel, doch vielleicht besser, als mit leeren Händen zu kommen. Unmittelbar vor der Wohnungstür blieb ich stehen.

»Mrs Acker? *Mrs Acker?*«

Keine Antwort, kein Geräusch. Ich brauchte irgendeine Reaktion, um mir ein Bild von der Lage machen zu können.

»Constable Acker?«

Es war so still, dass ich einen Wasserhahn tropfen hörte. Das einzige Licht kam von oben.

In Windeseile programmierte ich die Nummer der Polizei in mein Handy. Ein einziger Knopfdruck würde mich mit der Notfallzentrale verbinden. Dann drückte ich auf den Lichtschalter in der kalten Diele und ging weiter. Ich rief nicht mehr. Mit dem Handy in der linken Hand und dem Backstein in der rechten schlich ich die breite Treppe hinauf. Das Licht drang aus dem Schlafzimmer. Ich tappte zur Tür hinüber und schob sie vorsichtig auf.

Mrs Acker saß mit dem Gesicht zu mir auf dem Rand des Doppelbetts. Ihr Mann lag hinter ihr, halb auf dem Bett, halb heruntergerutscht. Die Laken waren rot.

»Er wollte alleine fortgehen«, erklärte sie plötzlich mit ausdrucksloser Stimme. »Das hat er gesagt. Er wollte mich nicht mitnehmen. Ich hab auf ihn eingestochen, als er schlief, ich konnte nicht zulassen, dass er mich verlässt. Ich liebe ihn. Ich konnte es nicht zulassen … Anders geht's nicht.«

Mein Daumen drückte den Knopf. Als ich eine leise Stimme vernahm, hob ich das Handy ans Ohr, nannte die Adresse und berichtete, ein Mann sei tot. Dann schritt ich hinüber zum Bett und versuchte, sie dazu zu bringen aufzustehen und mit mir hinunterzukommen, aber sie wollte nicht und sie war bleischwer; also musste ich mich neben sie setzen, dem Toten den Rücken zugewandt, und ihre Hand halten.

Kapitel 41

Affen

An Heiligabend schlossen wir den Laden frühzeitig. Müde schleppte ich mich hinaus zum Van. Eine Sache hatte ich noch zu erledigen und das konnte ich genauso gut jetzt tun. Ich brauchte keine halbe Stunde dafür, und als ich zurück war und die Wohnungstür öffnete, drang ein Schrei aus dem Wohnzimmer. »Nicht reinkommen! Mummy, du darfst nicht reinkommen! Wir packen deine Geschenke ein!«

»Dann warte ich in der Küche. Beeilt euch!«, rief ich zurück und ging in die Küche, wo ich entdeckte, dass noch eine kleine Tasse Kaffee übrig geblieben war. Ich glaube, ich trinke zu viel Kaffee. Vielleicht bin ich deshalb so nervös.

Nach ein paar Minuten hörte ich jemanden vom Flur ins Schlafzimmer huschen und dann tauchte Ben in der Tür auf.

»Jetzt ist alles in Ordnung«, erklärte er, »aber du darfst nicht nach ihnen suchen.«

Ich versprach es hoch und heilig, nahm meinen Becher, umarmte Ben und folgte ihm ins Wohnzimmer. Die Baumbeleuchtung war angeschaltet, der Teppich übersät mit Geschenkpapierfetzen und Bänderresten, leeren Plastiktüten und zwei leeren Klebebandrollen. Ben und Barnabas wirkten äußerst selbstzufrieden.

»Ihr zwei habt aber viel eingepackt. Trotzdem, wenn ich all dies aufsammle, kann ich bestimmt ein paar meiner Geschenke erraten«, bemerkte ich nachdenklich.

Ben warf Barnabas einen Blick zu und machte sich dann mit

Feuereifer ans Aufräumen. Ich ließ mich neben meinem Vater aufs Sofa fallen.

»Ich war Mr Lewis besuchen.«

»Wie geht es ihm heute?«

Ich entsann mich, wie ich den alten Mann zurückgelassen hatte: zusammengesunken auf dem Rand seines ordentlich gemachten Betts. Auf dem Nachttischchen hatten zwei Weihnachtskarten gestanden. Als ich meine daneben stellte, riskierte ich einen Blick. Die mit dem kleinen Stechpalmenzweig kam von den Krankenschwestern. Und die mit den Kindern vorm Weihnachtsbaum stammte von Laura Smiley. Meine zeigte ein eher unrealistisches Bild von Big Ben im dichten Schnee; das heißt, so wie es in diesem Jahr fror, war es vielleicht doch nicht so lächerlich. Ich saß ein, zwei Minuten mit ihm da, doch er sprach kein Wort, und ich konnte ihm nichts Gutes tun. Am Ende stand ich auf, sagte: »Ich hab Ihnen was zu Weihnachten mitgebracht«, und überreichte ihm das Buch. Da flackerte etwas in seinen Augen auf und er öffnete es, fing an, es durchzublättern, und hielt bei den Bildern mit den wunderschönen Blumen inne, bei jedem Einzelnen. Ich verabschiedete mich, aber er hatte mich wohl nicht gehört. Seine Finger waren so lang und dünn wie die des Affen gewesen.

»Sie werden ihm irgendwo einen Heimplatz suchen müssen«, meinte ich zu meinem Vater.

»Ja«, erwiderte Barnabas. Er räusperte sich und wechselte das Thema. »Das rote Kleid, das bei dir am Schrank hängt, ist das …?«

»Für morgen«, unterbrach ich ihn entschieden. »Rot. Genau richtig für ein Weihnachtsessen.«

»Es wirkt ein bisschen – nun: festlich – für ein Familienessen. Vielleicht frierst du darin.«

»Es ist sehr fröhlich«, versetzte ich und bemühte mich um einen vergnügten Tonfall, »und in Pats Haus ist es sowieso immer zu warm.« Mein Krankenbesuch hatte mich deprimiert.

Er schlug erneut einen anderen Kurs ein. »Ich hätte erwartet, dass Mr Kennedy dich wegen der Neuigkeiten angerufen hätte.«

»Chris verbringt über Weihnachten ein paar Tage in Kyrenia. Er ist gestern Abend nach Zypern geflogen.«

Barnabas sah mich blinzelnd an. Ich wich seinem Blick aus. Ich weiß, dass er sich früher oder später dazu durchringen wird, Fragen über mich und Chris zu stellen, doch bis jetzt war es noch nicht dazu gekommen. Im gegebenen Fall würde ich ihn lediglich davon in Kenntnis setzen, dass Chris Kennedy nur ein einziges Mal in seinem Leben verliebt war, dass seine Liebe aber nicht mir gegolten hatte und dass dies das Entscheidende war.

Dann merkte ich auf. »Welche Neuigkeiten?«

»Ich hab's gerade auf Radio 4 gehört. Im Morgengrauen sind in über zwanzig Etablissements in Nord- und Westlondon Razzien durchgeführt worden. Die Polizei hat eine Anzahl Personen festgenommen, die wegen Menschen- und Drogenhandel angeklagt werden. Du solltest heute Abend nicht vergessen, zu den Nachrichten den Fernseher anzuschalten.«

Fast wäre ich aufgestanden und hätte auf der Stelle Superintendent Barker angerufen, doch bestimmt hatte er sich ein, zwei Tage freigenommen und war gar nicht erreichbar. Dies war zweifellos der große Fischzug, auf den er jahrelang hingearbeitet hatte. Ich hoffte für ihn, dass er ein Bombenerfolg gewesen war. Nur Nina war noch nicht gefunden worden. Bis sie wieder auftauchte, würde weiterhin alles in der Schwebe bleiben. Die Vorstellung, dass sie wie ein entlaufender Affe durch die Straßen irrte, die Weihnachtsbeleuchtung betrachtete und nach einem Schlafplatz, Geld und Drogen suchte, war deprimierend. Im Gefängnis wäre sie besser dran – davon war ich fast überzeugt.

»Dido?«

»Tut mir Leid. Ich musste gerade an Nina denken.«

»Aller Wahrscheinlichkeit nach haben sie sie bei einer der Razzien entdeckt – das heißt, wenn sie zu den Kerlen zurückgegangen ist – und dann ist sie zumindest in Sicherheit. Andernfalls kannst du dich darauf verlassen, dass sie mehr gesunden Menschenverstand und einen größeren Selbsterhaltungstrieb besitzt, als du ihr zutraust.«

Ich erwiderte, diese Ungewissheit sei mir verhasst. Aber ich war mittlerweile erwachsen genug, um zu wissen, dass manches einfach nicht mehr gut wird.

»Und Mrs Acker?«

»Laura Smiley meint, sie würde unter Anklage gestellt, aber ihr Anwalt würde auf schuldig plädieren und mildernde Umstände geltend machen. Die Strafe wird nicht sehr hart ausfallen. In den letzten Jahren werden Abhängigkeiten wie ihre von den Gerichten immer ernster genommen. Sie wird Hilfe erhalten. Barnabas, könnten wir dieses Thema jetzt fallen lassen und stattdessen über morgen sprechen? Schließlich ist Weinachten, oder nicht? Wir holen dich ab und dann frühstücken wir hier und machen große Bescherung.«

»Ich habe mich mit Mr Stanley zum Frühstück verabredet. Er fährt dann zu seiner Schwiegertochter nach Richmond. Und das wird ziemlich früh sein. Vielleicht könnte ich aber später bei dir eine Tasse Kaffee trinken?«

»Es wird Mr Stanley bestimmt ganz gut tun, mal einen Tag ohne den Affen zu verbringen«, bemerkte ich herzlos.

Barnabas zuckte die Achseln. »Mr Stanley hat mich darüber in Kenntnis gesetzt, dass er beabsichtigt, sein Testament zu ändern. Im Falle seines vorzeitigen Ablebens hinterlässt er mir den Affen und die Summe von 500 Pfund.«

Einen Augenblick lang saßen wir schweigend da und sahen zu, wie Ben die letzten Reste Geschenkpapier aufsammelte und sie in die letzte freie Plastiktüte stopfte. Wahrscheinlich stellten wir uns beide dasselbe vor: wie Charlie durch die Wohnung meines

Vaters tobte, zwischen all den Regalen hindurch, und die ganzen Stapel voller wertvoller alter Bücher, akademischer Zeitschriften und Notizen durcheinander wirbelte.

»Was hast du ihm gesagt?«, fragte ich dann.

»Nichts.«

»Aber Barnabas!«

»Sollte es jemals dazu kommen«, entgegnete mein Vater in einem Ton, der keinen Widerspruch duldete, »wird Charlie mit 500 Pfund in seinem Rucksack in Gerald Durrells Zoo ziehen, wo er ein ihm angemessenes, aufregendes Leben als gesunder Affe unter Artgenossen führen wird.«

Ich wollte gerade dazu ansetzen, welch eine gute Idee das sei, doch da kam mir ein weiterer Gedanke dazwischen.

»Barnabas! Weißt du noch? An dem Tag, als der Affe hier auftauchte, fragte ich dich, woher du wüsstest, wie man Affen fängt, und du versprachst mir, du würdest mir die Geschichte irgendwann einmal erzählen.«

Angelockt von dem Wort »Geschichte« hielt Ben in seiner Arbeit inne und kletterte neben seinem Großvater aufs Sofa.

»Ah ja, in der Tat«, brummte Barnabas. Dann verfiel er in den singenden Tonfall des Geschichtenerzählers. »Nun, es war kurz nach dem Krieg. Deine Mutter und ich befanden uns auf Hochzeitsreise in Marrakesch und …«

Dank

Ich wünschte, ich könnte dem Autor eines kleinen Kinderbuches danken – wer auch immer das war –, welches ich vor einer Ewigkeit besaß; es hieß *Drei weise Affen* und das Titelblatt zeigte, wie sie mit den Händen über den Augen, den Ohren oder dem Mund auf einem Ast hockten. Die drei verwiesen auf die Affengruppe, die im siebzehnten Jahrhundert in die Tür des Heiligen Stalls im japanischen Nikko geschnitzt worden war und das Motto repräsentierte: nichts Böses hören, nichts Böses sehen, nichts Böses sagen. Natürlich glaubte ich als Kind, dass sie den Weg zum Guten wiesen. Aber als ich in der wirklichen Welt erwachsen wurde, entdeckte ich, wie zweideutig ihre Botschaft war. Und heute erscheint es mir nicht mehr weise, sich zu weigern, Leid und Bosheit zu erkennen oder zu erwähnen – sondern eher feige.

Jedenfalls möchte ich all den Menschen danken, die mir bei diesem Buch geholfen haben: Keith und Jo und all die anderen im Affenhaus des Londoner Zoos und sonstwo, die meine dummen Fragen über echte Affen und ihr Verhalten beantworteten; Abbey Hamilton, Erik Korn, Andrew Korn und Alex Wagstaff, die eine frühere Version des Buches gelesen haben und mir ihre Kommentare und Vorschläge dazu gaben; und meiner Agentin Jacqueline Korn, die mir gegenüber diesmal wahrhaft die Geduld einer Heiligen walten ließ.

John le Carré
Geheime Melodie

Roman. www.list-taschenbuch.de
ISBN 978-3-548-60756-6

Dolmetscher Bruno Salvador wird vom Britischen Geheimdienst für eine inoffizielle Konferenz zum Thema Kongo engagiert. Die krisengeschüttelte und an Rohstoffen reiche Region ist Brunos Heimat. Bahnt sich in dem fernen Land eine Katastrophe an? Bruno sucht Verbündete, die mit ihm für eine demokratische Zukunft des Kongo streiten. Doch plötzlich wird er zum Gejagten, denn in seinem Besitz befinden sich wertvolle Dokumente.

»Eine große, vielstimmige Symphonie des Verrats«
Der Spiegel

»In John le Carrés *Geheime Melodie* hören wir den O-Ton der Weltgesellschaft.« *Süddeutsche Zeitung*

»Le Carré zieht alle Register seiner Spionagethriller-Kunst.« *Bild am Sonntag*

List Taschenbuch

L310

Jón Hallur Stefánsson
Eiskalte Stille

Deutsche Erstausgabe
Island-Krimi. www.list-taschenbuch.de
ISBN 978-3-548-60726-9

Ein Architekt Anfang 40 wird in der Nähe seiner Sommerhütte tödlich verletzt aufgefunden. Für Valdimar Eggertsson von der Kriminalpolizei Reykjavik wird schnell klar, dass im Umfeld des Mannes nichts so ist, wie es den Anschein hat. Doch welche seiner Lügen wurde ihm zum Verhängnis?

»Der Kronprinz der isländischen Kriminalliteratur«
Birta

»Außergewöhnlich gut geschrieben und spannend«
Fréttabladid

»Ein großartiges Debüt – Stefánsson hat neue Maßstäbe gesetzt.« *DV*

List Taschenbuch

L316

Dominique Sylvain
Schöne der Nacht

Kriminalroman. www.list-taschenbuch.de
ISBN 978-3-548-60785-6

Im 10. Arrondissement von Paris wird eine junge Frau grausam ermordet. Für den neuen Polizeichef eine klare Sache: Maxime Duchamp, der Chef und Geliebte ihrer Mitbewohnerin, ist hochverdächtig. Lola Jost, Kriminalkommissarin im Ruhestand, sieht das anders. Unterstützt von der amerikanischen Striptänzerin Ingrid Diesel, macht sie sich selbst auf die Jagd nach dem Mörder ...

»Spannend und voller Atmosphäre« *Elle*

Das Buch

In Dido Hoares Nachbarschaft ereignen sich in letzter Zeit seltsame Dinge: Ein Obdachloser findet in einer Mülltonne Teile einer zerstückelten Leiche und ein kleines Äffchen streunt umher. Dass der Mann und das Äffchen zusammengehören, weiß Dido von früheren Begegnungen; nun sitzt das Tier plötzlich auf ihrem Fensterbrett und Dido nimmt sich seiner an. Der Obdachlose ist allerdings verschwunden, seit er wegen des grausigen Funds von der Polizei verhört wurde. Als sie ihn schließlich in einem Krankenhaus aufstöbert, kommt ihr zu Ohren, dass der Mann aus einem fahrenden Polizeiwagen gestoßen wurde. Sollte er zum Schweigen gebracht werden? Hat am Ende der Polizist Mr Acker etwas damit zu tun, dessen Frau eine gute Kundin bei Dido ist und offenbar von ihrem Mann geschlagen wird? Ehe sie sich's versieht, steckt Dido mitten in einem ihrer brisantesten Fälle …

Die Autorin

Die Kanadierin Marianne Macdonald ging zum Studium nach Oxford, wo sie die nächsten dreißig Jahre ihres Lebens blieb, um eine akademische Karriere zu verfolgen. Heute lebt sie im Norden von London und widmet sich ganz ihren zwei großen Leidenschaften: der Schauspielerei und dem Schreiben.

Von Marianne Macdonald sind in unserem Hause bereits erschienen:

Das Manuskript
Die Schriftrolle
Die letzte Strophe
Ein gutes Versteck
Blut ist dicker als Wasser
Der Stammkunde

Unsaubere Geschäfte